聂欣晗 著

清代女性诗学与文化

世界图书出版公司
广州 · 上海 · 西安 · 北京

图书在版编目 (CIP) 数据

清代女性诗学与文化 / 聂欣晗著 .—广州：世界图书出版广东有限公司，2017.1（2025.1重印）
ISBN 978-7-5192-2332-8

Ⅰ.①清… Ⅱ.①聂… Ⅲ.①妇女文学–诗学–中国–清代 Ⅳ.①I207.22

中国版本图书馆 CIP 数据核字 (2017) 第 011227 号

清代女性诗学与文化
QINGDAI NVXING SHIXUE YU WENHUA

著　　者：聂欣晗
策划编辑：李　平
责任编辑：冯彦庄
装帧设计：周文娜
出版发行：世界图书出版广东有限公司
地　　址：广州市新港西路大江冲 25 号
邮　　编：510300
电　　话：020-84460408
网　　址：http://www.gdst.com.cn
邮　　箱：wpc_gdst@163.com
经　　销：新华书店
印　　刷：悦读天下（山东）印务有限公司
开　　本：710mm × 1000mm　1/16
印　　张：15.5
字　　数：200 千字
版　　次：2017 年 1 月第 1 版　　2025 年 1 月第 3 次印刷
国际书号：978-7-5192-2332-8
定　　价：78.00 元

目　录

绪　论

自 20 世纪 80 年代以来，随着文献资料的不断丰富、完善与研究趋向的多元化，古代女性文学研究成为学术界关注的重点之一。清代女性文学繁荣已是不争的事实，在丰富的创作实践中提炼出来的女性诗学也呈现出复杂多向的性别特征，成为清代文化的一个特殊组成部分。

清代是中国古典诗学的高峰时期，也是结穴时期。清代女性的诗学批评是指清代女诗家以作品选本、诗话、词话、论诗诗、序跋等批评形式对文学所作的理性思考。女性诗学的发展与男性诗学、社会发展几乎是同步的。它们既是女性诗歌丰富创作成就的理论总结，也是指引女性诗歌健康发展的重要依据。同时，它们所根植的男权社会思想又深刻地影响着、制约着女诗家，使其不得不在男权话语中进行有限的性别探索。

一、清代女性诗学的发展分期

清代女性文学创作达到古代女性文学的巅峰。据胡文楷《历代妇女著作考》著录，古代女作家凡 4000 余人，明清两代就有 3750 余人，清代高达 3660 余人，占中国古代女作家的 90% 以上。再加上南大图书馆史梅女士辑录的未收入《历代妇女著作考》的 118 人，清代女诗人近 4000 家。与女性文学发展繁荣交相辉映的是，女性的诗学批评也逐步走向兴盛。在蔚为大观的清诗话著作中，一个很醒目的类别就是闺秀诗话。此处所谓闺秀诗话，专指女性撰写的诗话，不是一般意义上的记载、评论女性诗歌创作的著作。据蒋寅《清诗话考》著录经眼闺秀诗话 15 种，待考之书著录约 20 种，是研究中国妇女文学史与中国古代文学史的重要文献，其中女诗家所收集的历史资料与体现的诗学思想，均是一笔宝贵的文学遗产。清代女诗家还编撰了不少诗歌总集或选集，论诗诗与序跋文也是她们纵论诗学思想的重要载体。整体而言，清代女性诗学是古代女性诗学的繁盛期，取得丰硕成果。由于清王朝的历史跨度较大，不同时期的诗歌发展与诗学理论有阶段性特点，本书根据学界对清代诗歌发展史的分期，[1] 结合清代女性诗歌历史发展脉络，以清代女性诗学实绩为依据，将清代女性诗学发展分为三个阶段。

明末清初是清代女性诗学发展的第一个阶段，约合于明万历（1573）年间至康熙末年（1722），这是女性诗学的兴起时期。由于明末女性诗歌发展已渐趋强劲，清初接续其风，加之政治风云的激荡、人性解放思潮的推动、印刷技术的快速提升，女性诗学呈现初步繁荣景象，女诗家的数量迅速扩大。方维仪（1585 ～ 1668）、沈宜修（1590 ～ 1635）、周之标（约活动于明万历天启年间）、柳如是（1618 ～ 1664）、季娴（1644 ～ 1661）、王端淑（1621 ～ 1701 年后）、归淑芬（明末清初人）等众多才女名媛纷纷加入批评家的队伍，打破了女性文学批评主体以男性为主的局面。易代之际的历史变故推动了明清诗风的嬗变，由明入清女诗家上承晚明个体觉醒思潮，在视野、心态上均突破了性别角色的限制，显现出独特的文人化精神风貌与向外探索的积极情怀。此后，女诗家就一直活跃于女性文学批评的舞台上。

晚明方维仪与其妹方维则论古今女士之作，被编为《宫闺诗史》，以彰明闺阁之作，意在“刊落淫哇，区明英烈”[2]，成为中国文学批评史上首部批评中国古代女诗人的诗学专著，分《正》《邪》二集，其中多附编者所写的评语，

[1] 张寅彭在《新订清人诗学书目》中权衡诸家之说后，认为同治间杨希闵论清诗“在各家分期之说中最为有识”，于是略变其说，分顺治康熙（前三十年）期、康熙（后三十年）雍正期、乾隆期、嘉庆道光期、咸丰同治光绪宣统期等五期。宋清秀在《略论清代女性文学史的分期与历史特征》（《浙江师范大学学报》2014.5）中将清代女性文学史分为四个时期，认为顺康雍是女性文学理论与活动范式的创建时期，乾嘉道是两类女性文学传统重构与女性诗学理论完善时期，咸同是闺秀诗史观念凸显时期，光宣是女性文学最后的辉煌和落幕时期。

[2] 钱谦益．列朝诗集小传·闰集·香奁上．“姚贞妇方氏”条 [M]. 上海：上海古籍出版社，1983：736.

具有开创性的文学理论性与批评性。顺治年间社会风气较为宽松，诗媛们在活动空间拓展的背景下展开了较为广泛的两性诗学交游，张扬的个性与多姿多彩的诗风，以及在广阔的时空视野下注入的深沉历史咏叹与浓郁的疏世情怀，使得女诗家更为自觉地以诗学批评为武器来切磋创作经验，标举自己的诗学主张。季娴《闺秀集》是清初诗坛上罕见的一部论诗之选。与清初许多选本主要以保存易代文献的意图不同，季娴以标举女性诗学审美典范为主要创作意图，选诗明显偏于被选录诗作的审美价值，而非以诗存人，大胆拒绝把社会身份和道德操守作为取舍标准，入选不分先后，不立高低，惟诗品是论，体现了非常个性化的编选意图。《闺秀集》还以夹批和诗末短评的形式品评女性诗作，所收三百六十首中评点之作超过二百五十首，评点之作占全部诗作近四分之三。季娴编选《闺秀集》，意在为女性树立学习和借鉴的诗歌典范的旨趣，诗学观暗合明代中期复古诗学思潮，并明确标举以三唐为宗趣。这是第一部严格意义上女选家第一次以批评家的身份自觉介入主流诗坛的论诗之选，惜无存。《名媛诗纬初编》是清初女诗家王端淑集二十六年之力完成的卷帙浩繁的女士诗歌总集。该书广收博采，收录女性诗人近千人，诗作逾两千首，以集分部，集下分卷，卷中以诗系人，人各有小传，且小传后以“端淑曰”的形式既评人又评诗，体例分明。王端淑在反思明朝诗学得失的基础上，以女性诗歌创作实绩为批评核心，试图完善诗学经纬，建构完整理想的女性诗纬，确定女性诗歌自成一脉的诗史地位。《名媛诗纬初编》为清代女性诗学的顺利发展奠定了较好的理论起点，增强了女性诗学发展的信心。易代之际女性的生存状态和文学创作，是女性诗学批评关注的焦点。特别关注那些体现了亡国之音与故国之思的女性作品，体现了批评者重“才”轻“德”的评判倾向，具体表现为对女性文学才华的肯定和对女作家身份的淡化。

清代女性诗学发展的第二个阶段，约合于雍正即位（1723）至道光末年（1850），这是女性诗学的鼎盛时期。骆绮兰、潘素心、恽珠、孔璐华、杨芸、王琼、汪端、沈善宝、熊琏等诸多女诗人都有诗学批评行为。无论是诗歌总集的编撰，还是选本、诗话、诗品、论诗诗、评点、诗文序跋等批评形式，都出现了典范之作，而且批评领域突破了性别视野，男性诗人诗作进入女性批评范畴，并产生具有自身特色的评析，在中国古代文学批评史上形成了一个女性文学批评“自觉”的时代。一批成就卓著的女诗家，如恽珠、汪端、熊琏、沈善宝等分别以各自的代表性著作成为清代女性诗学批评的最高成就。

本人专著《清嘉道年间女性的诗学研究》已以恽珠的《国朝闺秀正始集》及其续集为闺秀总集的个案，以汪端的《明三十家诗选》为选本批评个案，以沈善宝的《名媛诗话》为闺秀诗话的代表，以随园女弟子诗群、湘潭郭氏闺秀诗群、碧城仙馆女弟子诗群作为闺秀论诗诗的核心考察对象，较为全面、深入地分析著者诗学思想的形成、诗学观的具体内涵、其美学特质与性别特征。本书则以熊琏的《澹仙诗话》为重点，进一步对嘉道年间女性诗学思想、流变轨迹及其在中国诗学史上的地位进行细致分析，发现女性诗学已经充分与主流诗学融合，并真正成为地域文学发展的先导者或重要组成部分。嘉道女诗家以积极的姿态、丰硕的成果参与了对清代诗学风貌的构建，使之成为古代女性诗学批评中一个集大成时期。其中，儒家诗教观与性灵诗说是此时期女性诗学思想先后相继的主流声音。无论是批评实绩还是其中蕴涵的性别意蕴均需要我们打破原先的思维定势与单性别视角来重新评价女性诗学批评内涵、古代诗学批评史的建构、女性意识的发展历程等问题。

清代女性诗学发展的第三个阶段，约合于咸丰即位（1851）至五四运动（1919）爆发，这是清代女性文学批评的结穴与新变时期。此时女诗家自觉总结前贤诗学成果，出现了带有总结性质的诗学作品，如陈芸的《小黛轩论诗诗》、毛国姬的《湖南女士诗钞所见初集》、施淑仪的《清代闺阁诗人征略》等。《小黛轩论诗诗》共二百二十一首，分上、下卷，皆为七言绝句体，所论清代女诗人一千余家。女诗家陈芸有意识地“爰取诸集，又参以各家徵载可名者，杂比成章，谓为《论诗诗》”。广泛采编的创作动机使得这部作品以“存人存集”为中心，巧妙之处在于每句或嵌入所论诗人的名号，或所论诗文的名目，或所论诗人的诗句。在“论诗诗”后适当加注，品评甲乙，形成诗注互补的论诗特点。而论诗诗本身多非上乘之作，正如陈寿彭所叙：“此作若以诗言，可存不过数十首，但其间大半意在传人传集，有清一代女文献十罗八九，不如悉存其旧可矣。”[1] 毛国姬的《湖南女士诗钞所见初集》较全面地展示了湖湘女诗人的创作特色与文化品格，在女性诗学的地域文化特征方面颇具代表性。施淑仪的《清代闺阁诗人征略》辑录了清代顺治至光绪末年闺秀诗人 1260 余人的事迹，始于清初沈云英，终于清末秋瑾，寄寓对女中豪杰的崇拜之意。前人选本一般遵循女子从夫的原则，将明末入清之后的闺秀归入明朝。此书认为“女子亦独具人格”，“著述乃个人之事，与夫无与”，故不从夫而归入清初，选者具有了先进的女性独立自主意识。同时，西方思潮逐渐传入中国，传统儒家性别观念遭到怀疑和批判，女性诗学也开始了现代性探索。

总体而言，清代女性的诗学随着时代文化思潮的变化而转变，与清代男性主流诗学发展基本同步。清初注重政治与道德并重，清代中期以性灵为核心，呈现复杂渐变的诗学状态。清末民初的女性诗学显示出社会变革时期的复杂性。清代女性诗学的发展历程有一个在性别特征上由隐到显，与主流诗坛关系既相互呼应又逐渐独立的过程。女诗家们以诗学探讨创建了一条婚姻、血缘、地域无法割断的文化链。

二、女性诗学的独特文化内涵

女性诗学在发展过程中，始终与主流诗坛保持密切关系，甚至在很多时候，她们的诗学观受男性文人影响非常大，如诗学体裁、诗学用语等均有效仿，但这些并不影响女性诗学可以有自身独特的文化内涵。就普遍性与特殊性而言，清代女性诗学既是清代诗学史不可缺少的组成部分，也是女性文学具有独特地位的重要基础。因此，从“性别与文化”的视角探讨女性诗学的特殊文化内涵当是女性诗学的重要内容。清代女性诗学尤其关注以下诗学问题：

第一，女性书写权利的论争。写作主体的性别追问是女性诗学的特殊内涵。女性能否写诗，一直是批评家们在思考和争论的问题。在男主女从的社会中，女性群体长期处于社会弱势和边缘化境地，“女子不宜为诗”的传统道德观念影响深远，从明末吕坤的《闺训》到清代王相之母的《女范捷录》、陈宏谋的《教女遗规》、章学诚的《妇学篇》等都对女性的“才”与“德”给予关注和讨论。

[1] 王英志．清代闺秀诗话丛刊 [M]．江苏：凤凰出版社，2010：1511.

总体而言，“才能妨德”“德本才末”的观点占据社会主流思想。女性书写权利遭到长期压制或剥夺，女性写作才能遭到不断怀疑，女性作家及作品自然长期成为稀缺的存在。

当受教育权的缺口被打开，部分女性能接受一定教育时，摆在她们面前的首要诗学困惑是女性能否为诗的问题。否定者有之，肯定者有之，持矛盾态度者亦不少，有关女性才德问题成为诗学讨论的焦点。否定者认为女性以德为首，才能妨命，故而不赞成女性写诗。这是男权社会愚女文化心理的普遍反应，不少女性接受了这一观点。《国朝画征补录》记载了张因拒绝地方官求诗一事：“长官慕其名，求见其诗者，闭门谢曰：‘本不识字也。’”[1]康熙朝韩临玉病殁前烧掉自己的诗稿，并说：“（作诗）非妇人事也。”钟温临终前也作出了相同的举动：“自以风雅流传，非女士所宜，悉焚弃之。”汪莹《闺训篇》亦认为“德厚才自正”“无德才曷取”。清初商景兰《琴楼诗稿序》曰：“大抵世之穷，不穷于天而穷于工诗。女之夭，不夭于天而多夭于才。”才女多夭、才高福薄的忧命意识使得众多女性不敢写诗，或对写作采取矛盾态度。

女诗家们力争女性话语权，首先需确定其合理性，如明末寒山陆卿子宣称：“诗固非大丈夫职业，实我辈分内物也。”为给女性文学正名，她们纷纷将女性文学的源头追溯至儒家经典《诗经》，如：“三百始以《关雎》，诗莫尚于女子。乃秦汉以还，虞悲骓逝，戚泣春残，明妃秋木之伤，班姬齐纨之怨，皆得诸死生离别，忧郁苦辛。迄于六朝，左芬令娴，桃叶芳姿，琢句敲词，往往谱入管弦，被诸声歌。唐人踵之，五字七言，炳炳燐燐，固一时之盛也。宋诗一归正大，元明尤多作者，孙徐李陆，并驱中原。”[2]又如：“俗人每云女子不宜吟诗，此辈笨伯之言，不知出何经典。人所珍重者三百篇，然三百篇中，后妃何尝无诗耶？且自来圣人亦未有戒。”[3]宗经的策略使得女性文学成为儒家礼教所允许的合理性存在。

同时，女诗家试图改变传统主流女性才德观，推崇才德兼备的女性作为理想女性典范。顾若璞在《闺晚吟序》中提倡“德才兼备”：“妇德兼妇言，

[1] 黄秩模．国朝闺秀诗柳絮集 [M]. 付琼，校．北京：人民文学出版社，2011：941.

[2] 胡文楷．历代妇女著作考 [M]. 上海：上海古籍出版社，2008：905.

[3] 胡晓明，彭国忠．江南女性别集（初编）[M]. 安徽：黄山书社，2008：1419.

古识之矣。卷耳之什，首列风人，未见踣节，柳絮单词，流耀千载……”夏伊兰则明目张胆地与“女子无才便是德”唱反调：“人生德与才，兼备方为善，独至评闺才，持论恒相反。有德才可赅，有才德反损。无非亦无仪，动援古训典。我意颇不然，此论殊褊浅。”她认为才德兼备也应该适应于女性。在诗学批评时，女诗家担负更多的才德焦虑，在诗学实践中往往把作品的审美性置于第二位，而妇德的标准则是首要的。如王端淑选评方维仪时曰：“予品定诸名媛诗文，必先扬其节烈，然后爱惜才华。”[1]毛国姬在选集例言结尾亦不忘强调：“是选意在激扬表著，有关节义者必收入，期有合女史之箴，无失性情之正。”[2]

第二，女性诗歌发生学的思考。女性为何写诗是女诗家寻找女性创作合理性的基础。女性进行诗歌创作主要有几种目的：其一，女性心灵的自我表现。男性可以通过诗歌作为媒介实现自身的社会价值，只能“举头空羡榜中名”的女性创作没有这种功利性目的，“自娱”和“闲吟”就成为普遍的书写心态及状态。如袁希谢、柴静仪、周寿龄[3]等均认为诗歌创作能消遣馀闲岁月、提高自身修养、带来审美快乐，它是一种优雅的艺术，是女性闺阁幽闭生活中的一缕精神阳光。其二，情感交流的媒介。如阳湖程蕙英《自题弹词〈凤双飞〉后寄杨香畹》所云：“半生心迹向谁论，愿借霜毫说与君。未必笑啼皆中节，敢言怒骂亦成文。惊天事业三秋梦，动地悲歌一片云。开卷但供知己玩，任教俗辈耳无闻。”寻找精神知己是女诗人创作的重要精神诉求。通过诗文获得异性青目、同性情谊、家庭和谐、夫妻幸福是女诗人创作的重要动力。女性的家族联吟、夫妻唱和、拜师结社、姐妹情谊等均离不开诗歌。衡量家族一门风雅与否的重要标准是家族女性能否为诗。对于明清家族女性来说，家族为其提供了多方面充足的教育资源，从家学的传承、氛围的熏陶、长辈的指导、资源的共享到家族成员的唱

[1] 王端淑《名媛诗纬初编》卷十二，清刻本。

[2] 毛国姬．湖南女士诗钞所见初集（例言）．贝京校点．湖南女士诗钞 [M]．长沙：湖南人民出版社，2010：4.

[3] 袁希谢《述怀二首》中云：“深闺漫道难寻乐，一卷吟哦乐有馀。”又《自题绣余吟卷》曰：“深闺寂寂绣馀时，聊写闲情赋小诗。”柴静仪《与妇柔则》中有：“自怜吟咏足怡情，谁道深闺亦好名。”周寿龄《偶笔》曰：“埋头岂是为功名，一度吟哦气自清。”

和，都成为家族女性成长与成才的必要条件。清代出现众多祖孙、父女、夫妇、姑嫂、妯娌、姐妹一门联吟的文化现象。特别是夫妻唱和成为婚姻幸福的表征。"修到人间才子妇，不辞清瘦似梅花""赖有闺房如学舍，一编横放两人看"成为当时才子佳人的婚姻理想。正如汪端《寄怡珊姊》所论："只有交情在文字，何须得失问鸡虫。"异姓姐妹情谊建立在共同的诗学追求中者不少，如席佩兰《寒夜喜佩珊至》云："高论尽除闺阁气，名家不作女郎诗。"归懋仪和诗云："谈深绣阁欣同梦，拜倒骚坛敢论诗。"因为相互仰慕诗才，两人心息相通。其三，诗教功能。明末清初开始，不少父母鼓励女子读书是因为有益"阃教"和事夫之道，他们认为，女子"于妇职余闲，流览坟索，讽习篇章，也因以多识故典，大启性灵，则于治家相夫课子，皆非无助"[1]。在传统道德语境中，女性的立言能否得到社会认同，是否符合女教是一个隐含标准，如席佩兰《闻宛仙亦以弟子礼见随园喜极奉简》所云："诗教从来通内则，美人兼爱擅才名。"[2]才德兼备是社会认同的最佳典范，女性书写性情要发乎情，止于礼义。其四，对才名的渴求。明清时期，有才女性不仅在婚姻生活中的地位要比一般女性更高，甚至还有女性凭借才华成为职业女性（如闺塾师）而获取家庭生活来源，这些都刺激了女性对才名的追求。比文招亲的沈善宝、夜难新郎的金纤纤、以诗拜访半野堂的柳如是、夫妇唱和的顾春、才高十倍于夫的汪端等均获得夫婿的敬重。有远见的女性甚至希望通过才名获得不朽。蕉园诗社成员钱凤纶给社友林亚清讨论诗笺《与林亚清》云："顷将觅传神手绘蕉园雅集图，置五人于乔松茂竹、清泉白石间，使我辈精神，永相依倚。一时盛事，传之千秋。较彼七贤六逸，文学固不敢方，而其游咏殆一致也。"钱凤纶将诗社成员与历史上的名士七贤六逸相提并论，充分表现了"莫道才华让男子，深闺亦有竹林期"的志向。

第三，女性诗风的困惑。脂粉气与英雌气并陈的时代，究竟哪种风格才是女性诗歌的最高典范？不同诗学家说法不一，有坚持脂粉气乃女性诗歌本色者，

[1] 徐树敏，钱岳．众香词 [M]．上海：大东书局，1933：43-44.

[2] 胡晓明，彭国忠．江南女性别集（初编）[M]．安徽：黄山书社，2008：475.

如梁孟昭、沈彩、吕碧城[1]等女诗家，有认为女性诗歌能超脱脂粉气而具备英雌气才具有更高审美价值者，席佩兰、吴藻、袁希谢、薛绍徽[2]诸人独钟无脂粉气者。置身于这样一个纷纭变幻的时代，也有通达的女诗家认为脂粉气与英雌气各有千秋，不必泥定一格。王端淑认同女性诗歌清秀本色，但更赞赏无脂粉气的诗歌。沈善宝[3]认为只要是自然抒写性灵的作品，无论秾艳、幽贞抑或壮烈、雄浑，都可备诗学一格。

女性诗歌的脂粉气与创作题材大多来源于女性日常生活的细节以及内心世界的隐秘波动有关，是女性生活的本色呈现，符合诗歌书写真实的要求。女诗家赞赏脂粉气也主要从此出发进行肯定，与男性赞赏女性脂粉气时常流露出的香艳之心或居高临下的怜香惜玉不同。女性诗歌要超越脂粉气而具英雌气是一件非常困难的写作尝试。晚清薛绍徽临终前感叹："吾生平最恶脂粉气。三十年诗词中，欲悉矫而去之，又时时绕入笔端。甚哉，巾帼之困人也！"女性诗歌一旦能突破脂粉气而达到大多男性的创作水平，就能进入主流文坛。清代女诗家更多赞赏"一洗香艳绮罗""去脂粉气"的英雌气既是时代变迁扩大女性

[1] 沈彩《论妇人诗绝句》云："四时烟月资清真，信口诗依本分身。莫泥要无脂粉气，蛾眉螺首是何人。"吕碧城在《女界近况杂谈》曰："兹就词章论，世人多訾女子之作，大抵裁红刻翠，写怨言情，千篇一律，不脱闺人口吻者。予以为抒写性情，本应各如其分，惟须推陈出新，不袭窠臼，尤贵格律隽雅，情性真切，即为佳作。诗中之温李，词中之周柳，皆以柔艳擅长，男子且然，况于女子写其本色，亦复何妨？若言语必系苍生，思想不离廊庙，出于男子，且病矫揉，讵转于闺人，为得体乎？女子爱美而富情感，性秉坤灵，亦何羡乎阳德？若深自讳匿，是自卑而耻辱女性也。古今中外不乏弃笄而弁以男装自豪者，使此辈而为诗词，必不能写性情之真，可断言矣。"（吕碧城．吕碧城诗文笺注 [M]. 李保民，笺注．上海：上海古籍出版社，2007：476-477.）吕碧城在此处坚持的是一种"女性立场"，拒绝"言语必系苍生，思想不离廊庙"的男性社会创作观。

[2] 柳如是评论黄媛介曰："皆令之诗近于僧。夫侠与僧，非女子本色也。"（柳如是《女士黄皆令集序》）柳如是虽未直言，但还是透露出些许对侠僧诗风的贬低之意。席佩兰《寒夜喜佩珊归》曰："高论尽除闺阁气，名家不作女郎诗。双鬟煮茗供清话，忘却更长瞌睡时。"（胡晓明，彭国忠．江南女性别集（初编）[M]. 安徽：黄山书社，2008：557.）袁希谢有《读杨蕊渊、李纫兰诸女士词稿》曰："各拈彩笔斗清思，填出红闺绝妙词。……芬芳不染粉脂气，绰约生成兰蕙姿。"（胡晓明，彭国忠．江南女性别集（初编）[M]. 安徽：黄山书社，2008：1005.）

[3] 王端淑《名媛诗纬初编》卷五曰："诗有逸致，不加装点，是闺帏本色。"沈善宝《名媛诗话》卷七曰："余常论诗犹花也，牡丹、芍药具国色天香，一望知其富贵。他如梅品孤高，水仙清洁，杏桃秾艳，兰菊幽贞，此外则或以香胜，或以色著，但具一致，皆足赏心。何必泥定一格也。"

创作空间带来的新风，也是女性获取主流话语权的策略之一。

第四，女性诗歌的流播焦虑。清代女诗家在深知立功无望的情况下，选择将立言作为女性追求不朽的重要方式。她们尽力选编、出版女性诗文总集、选集、别集，题写序跋、论诗诗，甚至自著诗话，以扩大女性文学的影响。然而，“闺秀之名，其传也，亦难于才士”。何也？骆绮兰曰：“至闺秀幸配风雅之士，相为唱和，自必爱惜而流传之，不至泯灭。或所遇非人，且不解咿唔为何事，将以诗稿覆醯瓮矣！”[1]沈善宝亦云：“窃思闺秀之学与文士不同，而闺秀之传又较文士不易。盖文士自幼即肄习经史，旁及诗赋，有父兄教诲，师友讨论。闺秀则既无文士之师承，又不能专习诗文，故非聪慧绝伦者万不能诗。生于名门巨族，遇父兄诗友知诗者，传扬尚易；倘生于蓬荜，嫁于村俗，则湮没无闻者，不知凡几。余有深感焉，故不辞摭拾搜辑而为是编。”直到清末，毛国姬还在感慨：“名闺存稿，易至散佚，故百年以前，已搜辑为难。”[2]

女诗家们均认识到女性诗歌传播比文士更难，主要原因有：其一，受到“内言不出于阃”的影响，许多女诗人即便有所作也不愿向外人出示，焚诗、弃诗成为不少女诗人对自己诗作传播的否定选择。季娴在《闺秀集》中感慨：“夫女子何不幸而锦泊米盐，才湮针线，偶效簪花咏絮，而腐儒瞠目相禁止曰：闺中人，‘闺中’人也。即有良姝自拔常格，亦凤毛麟角，每希觏见，或湮没不传者多矣。今日三百篇以后，由宋元以溯汉魏，女子以诗传者几人乎？”[3]季娴认为腐儒的禁止是传诗女性稀少的重要原因。到了清代，许多女性已自觉接受了“内言不出于阃”的儒家规范。陈维崧《妇人集》中就载宗梅军的母亲陈夫人“有妇德，兼工文咏。然唱随外，不以示人。每有所作，梅宁欲受而录之，辄不许，恐言出于壸也。临终，取生平所作尽焚之，故不传一字”。在胡文楷《历代妇女著作考》中，明清女性诗集以“绣馀”为名的有 128 种，以“焚馀”为名的有 31 种，以“爨馀”为名的有 3 种。女诗家陈芸在《小黛轩论诗诗》中对这些以“绣馀”“焚馀”命名的女性诗集作了整理总结，同时也指出在收集

[1] 胡晓明，彭国忠．江南女性别集（二编）[M]. 安徽：黄山书社，2010：695.

[2] 毛国姬．湖南女士诗钞所见初集（例言）. 贝京校点．湖南女士诗钞 [M]. 长沙：湖南人民出版社，2010：4.

[3] 季娴．闺秀集 [M]. 台南：庄严文化事业有限公司，1997：330.

整理时遭遇的尴尬境地:"我欲尽罗归帼箧,可堪大半是焚馀。"[1]其二,女性个体生活环境对诗作传播造成很大影响。女诗家们发现家庭出身、婚姻选择乃至儿孙辈的境遇是影响女性诗歌传播的重要因素。女性被禁锢在狭窄的闺中,"庭训义有疑,无人可问难"[2]。如果不是名父之女、才士之妻或令子之母,女性作品很难广泛流誉。早在明清之际,就有女诗人对自己的作品流传非常在意,如《列朝诗集小传》"项氏兰贞"条记:"临殁,书一诗与卯锡别曰:'吾于尘世,他无所恋,惟《云》《露》小诗,得附名闺秀后足矣。'"王贞仪去世前也叮嘱丈夫曰:"平生手稿,为我尽致蒯夫人,蒯夫人必彰我于身后也。"歙县程绮堂妻朱兰"临殁谓其外子程君曰:'遗诗必得王先生柳村选刻,吾目始瞑。'程子诺,遂含笑而逝"。她们临终遗愿都表现出女性对才名的焦虑与渴望。董宝鸿有《因诗无力付梓有感》曰:"万事伤心已尽头,灯窗犹耻费膏油。雕虫转愧生长叹,宝鸭高焚敢妄求?千古传人真福命,几番挥泪苦春秋。可怜一片心头血,将化馀波付水流。"[3]因为实在无力付梓而有无限恨憾之意。男性文人的传播影响力远远大于女性,借助有才夫婿实现自身文才的传播成为清代中期女诗人不约而同的选择。"修到人间才子妇,不辞清瘦似梅花"的婚姻理想中,无疑包含女性对两性平等、精神和谐的婚姻追求,也有借助男性实现女性立言的渴望。有才夫婿更能在文学上给予女诗人以支持,包括传播影响力。许多女诗人的诗作就是通过父亲、夫婿或儿孙传播开来或流传下来的,著名女诗家王端淑、恽珠、汪端均未能例外,即便她们自身成就高于夫婿,但传播力却远不如男性。其三,地域环境影响女性诗歌传播。清代女性文学传播迅速的地域大多处于交通条件较好的江南,而女诗家收集边远地区诗人诗作时常无奈于"远莫能致"。毛国姬在《湖南女士诗钞所见初集》(例言)中指出清代湖南女诗人没能入选清代已有闺媛诗选的原因:"然于湘兰沅芷,采撷寥寥,则以闺中雅咏,多自珍秘,久且不传,而湖外地阻,流播不远,故选多不及。"[4]除了因"内言

[1] 王英志.清代闺秀诗话丛刊[M].江苏:凤凰出版社,2010:1605.

[2] 邱掌珠《书岭南闺秀诗后》,恽珠《国朝闺秀正始集》卷十八,道光红香馆刊本。

[3] 胡晓明,彭国忠.江南女性别集(初编)[M].安徽:黄山书社,2008:958.

[4] 毛国姬.湖南女士诗钞所见初集(例言).贝京校点.湖南女士诗钞[M].长沙:湖南人民出版社,2010:4.

不出于阃”的观念限制了流传外，湖南多山地、与外界联系困难也是流播不远的一个原因。

清代女诗家大多因不忍女性文学湮没无闻而努力搜集整理，她们已具备了文学批评的自觉性。在扩大女性诗歌影响力方面做出诸多努力：其一，借助男性的力量。通过家族男性传扬诗书、向外拜师求学、交游结社等多种方式，女诗家得以展开相关诗学活动。季娴编辑《闺秀集》、王端淑编辑《名媛诗纬初编》、郭润玉编辑《湘潭郭氏闺秀集》等均得到丈夫的大力支持才得以刊刻流传。熊琏弟弟熊瑚、毛国姬弟弟毛国翰均积极参与到《澹仙诗话》《湖南女士诗钞所见初集》的编校中，恽珠之子完颜麟庆更是利用自己官场的影响力积极为《国朝闺秀正始集》收集闺秀诗作。同时，她们还通过请序题词谋求更多男性的揄扬，如熊琏《澹仙诗话》有二十多位男性文人题词，越多的题词就代表她所编诗学作品流传越广，有助于扩大女作家及其作品的知名度与传播范围。其二，以女性集体力量扩大在女性内部的影响力。清代中期几部大型的女性诗学著作如《国朝闺秀正始集》《明三十家诗选》《名媛诗话》均是女性集体努力的结晶。《国朝闺秀正始集》及其续集是完颜家族中三代女性共同投入的产物，从恽珠到其媳程孟梅及孙女妙莲保前后相继完成这一文化工程。《明三十家诗选》初选后，汪端邀请了大量女士参与到校对工作中来；沈善宝《名媛诗话》也是与她的女儿和女弟子们共同完成的。同性之间彼此扶持声援比起异性的支持更为有力。集体的力量可能打破男性话语世界对于女性的征服、压抑和无所不在的笼罩，因而成为她们重要的传播策略。其三，广而告之。编者亲自征稿是当时搜集诗作的一种新办法。清初歙县张伯岩妻丁白发《征名媛诗启》中公开征求名媛之诗。熊琏在《澹仙诗话》中封内有“续刻嗣出”字样，明显带有广而告之征集诗作之意。恽珠在《清代闺秀正始集》凡例中云：“诸闺友闻余辑录是集，不吝赐教，多以琼章见贻。”孙女完颜妙莲保在《续集》小引中云：“刊行《正始集》后，四方女士闻风投赠”，恽珠去世后，“知者寄诗吊挽，不知者仍录诗就正，俱汇而藏诸箧中”。毛国姬也在《湖南女士诗钞所见初集》（例言）中呼吁：“初集既成，尤冀同心者，使瑶编绣帙不限于幽遐，或觅鳞鸿，惠我琼玉，续成二编，庶免遗漏之憾。"[1]希望四方同心者能惠名闺之作续成二编，风雅相传。

清代女性诗学在不断发展中趋于完善，尽管有诸多男性主流话语的印记，但也逐渐形成自己独特的文化内涵，富含性别关注的内容成为女性诗学的核心价值。正如学者所说："即使历史进入20世纪之后，在一些男性大师的笔下，女性生活的真相从未曾出现，女性只是等待男性来拯救的被侮辱与被损害者或是用来寄寓男性某种理想的载体，说出女性真相的工作只能由女作家自己来完成。"[2]男性诗学家与女性诗人之间有一个无法跨越的界线就是：隔。"隔的原因即在于，以男性视角与评价标准去要求、衡量一个女性诗人，不能正视女性作品的女性特色。"而清代女诗家的出现很好地解决了这一问题。她们以不俗的成绩在充实与完善古典女性诗学内部建构的同时，也在与男性诗人的互动中彰显自身的性别特征，对清代诗学风貌的构建做出了重要贡献。清代诗坛出现了男女两性诗学共荣的景观，清代诗学的全面复兴是两性共同努力的结果。

[1] 毛国姬．湖南女士诗钞所见初集（例言）．贝京校点．湖南女士诗钞[M]．长沙：湖南人民出版社，2010：4.

[2] 西慧玲．西方女性主义与中国女作家批评[M]．上海：上海社会科学院出版社，2003：107.

第一章

遗民女诗家王端淑与明末清初的女性诗学

整个中国古代史中，明末清初[1]是一个令人瞩目的时段。这一百余年里出现了许多新的社会变化，对文化思潮与文学创作产生了深远影响。随着社会在发生深刻而复杂的变动，士人群中出现了“为书至繁，著述之盛，包括之广，超越前代”的文化现象，有识女性也随着社会与性别秩序的动荡有机会参与到文艺创作与品鉴中来，为官修正史、中国文化史作了不一样的补充，成为有异于以往文化现象的别支。如沈宜修编撰《伊人思》、柳如是参与编撰《列朝诗集》中“香奁”部分、季娴编纂《闺秀集》。而在明清之际为中国诗学做出重要贡献的女诗家首推王端淑。

王端淑（1621～1701），字玉映，号映然子，又号青芜子、吟红主人，浙江山阴（今绍兴）人，明礼部侍郎、著名文学家王思任（1575～1646）次女，适宛平太史丁文忠公子司理圣肇。端淑工诗文，善书画，长于史学，著作甚丰。据胡文楷《历代妇女著作考》著录，端淑著有《映然子吟红集》三十卷、《名媛诗纬》《名媛文纬》《历代帝王后妃考》《玉映堂集》《史愚》《恒心集》《宜楼集》《无才集》《留箧集》等十种，均著录于清代王士禄《燃脂集》，惜大多已湮没不存。今仅见《映然子吟红集》《名媛文纬》《名媛诗纬初编》有传。

至于王端淑的生卒年，论者说法不一，学界主要有三种观点。大多数资料

[1] 谢国桢先生在编订《(增订)晚明史籍考》时，将晚明的时间划分为上迄明万历，下迄清初平定三藩，以甲申为断。所以后来研究社会史的学者称“晚明清初”。

性记载中所采用的是：生、卒年不详。第二种观点认为，生年为1621年。笔者认同此说。王猷定所撰王端淑传中记载："辛酉秋七月八日感神梦诞端淑。"[1]据此推测王端淑生年为1621年。《名媛诗纬初编》卷十九"陈非桩"条也可佐证此点："余十龄从先大夫白门，曾见之。"根据《王思任年谱》所记："崇祯四年辛未，先生五十七岁，二月升南工部营缮司主事，六月至白下。"[2]崇祯四年即为1631年，王端淑时年恰是自叙的"十龄"。中国台湾学者钟慧玲、郭玲、高月娟等均取此说。至于卒年，无法确切考证，姑且从钟慧玲之说，卒于清康熙四十五年左右，即公元1706年左右。第三种观点认为王端淑生年为1622年。张敏认为1621年生年的说法不准确，应是1622年。[3]但其所举材料均为推算，没有利用到当时人的传记资料与王端淑自叙。因此笔者更愿意相信同时代人王猷定的传记所指出的年份为最直接证据。

令人困惑的是，同置于《吟红集》中的孟称舜所作《丁夫人传》则曰："夫人以七月八日生，岁在戊戌。"根据干支纪年表与王端淑生活年代进行推算的话，此戊戌年应为1598年。在同一本书中矛盾共存而没有引起一向严谨的王端淑与众多编选者的注意，暂时存疑。

第一节　王端淑：明末清初知识女性的典范

纵观王端淑的一生，出身簪缨世家，身历鼎革之变，呕心沥血创作吟红之作缅怀故国故臣，家道艰难却坚守遗民心志，宁作闺塾师而力辞曹大家之位，倾尽半生心力只为闺帏传诗，博闻强识成一代学者，为谋生计、为谋声誉而广结师友。其行止、思想与诗学观均具有明清之际知识女性的典范意义。

一、秉承家学，力辞朝聘的遗民诗人

王端淑出身于典型的知识分子家庭。父亲王思任是明末重要的文学家、思

[1] 王猷定《王端淑传》，王端淑《名媛诗纬初编》卷首。

[2] 于浩辑．明代名人年谱 [M]. 北京：北京图书馆出版社，2006：384.

[3] 张敏．王端淑研究 [D]. 南京师范大学，硕士学位论文，2007.

想家。字季重，号遂东，又号谑庵、稽山外史。万历年间进士，曾知兴平、副品、当涂、青浦诸县，迁袁州推官、九江佥事。后被朝臣构陷，被迫返回故乡山阴修筑“避园”，以诗酒学问自娱。当南京被清军攻陷后，弘光朝权臣马士英拟奉太后入越，王思任上疏太后，历数马士英之罪，还凛然致信马士英曰：“吾越乃报仇雪耻之国，非藏垢纳污之区也。”（王思任《让马瑶草》）慷慨陈词，拒绝马士英来绍兴避难。当鲁王监国绍兴时，王思任追随鲁王，为南明抗清军队效力，授礼部侍郎兼詹事，后进礼部尚书。清顺治三年（1646）六月绍兴被清军占领，王思任弃家入山，在祖墓边建草亭孤竹庵，自号采薇子，抱着矢志不渝的忠明之心拒食清朝之粟。九月，绝食而终。无论是知识传承、人格文品还是民族气节，端淑均得其父真传。

端淑从小就接受良好的家庭教育，“六岁听父讲古今贤媛诸故事，辄记忆不忘”[1]。稍长，“从诸兄弟就外传，授《四书》《毛诗》，过目即成诵”[2]。王思任是一位善于发现孩子潜力的父亲。他广为流传的一句名言是“身有八男，不易一女”[3]。指的是自己八个儿子不如一个女儿——王端淑。在男尊女卑的父权社会中，从一位父亲口中说出这样的话是非常难能可贵的。时人即已为端淑的兄弟们鸣不平，如明末清初大学者冒襄注曰：“按：山阴王家郎俱有凤毛，季翁情钟贤女，遂损誉儿之癖。”[4]然论者仍多引此言为端淑才高之表征。王端淑利用过目不忘的超群天赋博闻强记，家中十三昆仲能读父书者惟端淑而已。端淑在《读先君文饭》中曰：“文饭先君笔，才雄直更狂。傲情高李白，逸致仿羲皇。山水云烟秀，冰霜气节芳。声名播海内，千古诵遗章。”[5]王思任著有《文饭小品》，端淑读后非常景仰父亲的学问、才情与人品，可惜自己非男儿之身，希望众兄弟能继承先父之志：“恨非男子相，继述听诸昆。”含有深深的性别遗憾。

端淑不类寻常闺阁的男儿志趣与过人胆识最得父亲赏识。据王猷定所记，少时：“（端淑）尝喜为丈夫妆，常剪纸为旗、以母为帅、列婢为兵将，自行队

[1] 王猷定《王端淑传》，王端淑《名媛诗纬初编》卷首。

[2] 王猷定《王端淑传》，王端淑《名媛诗纬初编》卷首。

[3] 陈维崧《妇人集》，王英志《清代闺秀诗话丛刊》，19。

[4] 陈维崧《妇人集》，王英志《清代闺秀诗话丛刊》，19。

[5] 王端淑《映然子吟红集》卷八，清康熙间刻本。

伍中拔帜为戏，父见而笑曰：'汝曷不为女状元乎？'"儿时游戏时，端淑就喜欢女扮男装，亲身扮演，以排兵布阵为乐，父亲以"女状元"许之，父亲眼中的她定是文武双全，出类拔萃的。

王端淑也确实没有辜负父亲当年的期许，遭遇危难时表现出超人胆识。崇祯七年（1634），端淑随父居九江官署时，因匪寇侵袭，父欲坚守城不去，担心端淑母女安全，欲遣还乡，端淑悲泣不从，誓与父亲共进退，坚辞曰："吾母子宁从父死贼，岂偷生求活耶？"[1] 小小年纪就有这样的胆识与品格，实在是可敬可慕。顺治丙戌年（1646），当端淑不顾生命危险赶回老家时，父亲已经绝食而死，端淑既悲且痛："先文毅享年七十三，予实恨其少。但此数十日，予又嫌其多。"经历国破流亡之苦，又遭遇父死姊出家的家庭惨剧，父亲的冀望之语言犹在耳，端淑自觉继承父亲的遗志，成为一个意志坚定的遗民。

位卑未敢忘忧国，在"丧乱之后，家计萧然，暂寓梅山"时，王端淑无心女红，将家国情怀、兴亡之叹凝聚成沉痛的文字，仅1648～1649年间，就为忠明官员、死难忠明人士写了多篇传记，包括刘宗周、倪元璐、祁彪佳和她的父亲王思任。《吟红集》是端淑作为一个遗民诗人的泣血之作。王端淑用《红咏》一诗说明了"红"字这一意象深刻内涵："入汉宫人泪，吟清玉映诗。空音芍药想，飘渺御沟思。汗血嘶风马，长锋断赤眉。疏林留落照，击碎后庭枝。""红"与"朱"同义，"吟红"二字，为追念故国而作。"丁子常引觞自遣，而夫人则为吟咏以佐之，集成曰'吟红'，志悲也。"[2] 端淑将亡国破家的悲痛、勇士壮志未酬的悲愤、女性难以主宰生活的悲哀凝结"吟红"的文化内涵。"以诗志史"的文化自觉，自然超越了普通闺阁的狭窄眼界与柔弱诗风。其间透露出坚定的政治信念、非凡的文学眼光与渊博的学识，赢得众多男性文人尊重。吴国辅赞叹道："王端淑身为妇人女子，而作魁梧奇伟之文，见魁梧奇伟之志。"[3] 乃至"同秋社盟弟"的47位浙江文人如曾益、张岱等，主动资助王端淑个人诗集《吟红集》的出版。

[1] 王猷定《王端淑传》，王端淑《名媛诗纬初编》卷首。

[2] 孟称舜《丁夫人传》，王端淑《名媛诗纬初编》卷首。

[3] 吴国辅序，王端淑《映然子吟红集》。

随着清政府统治日趋稳定，复明无望，坚守遗民心态的端淑只好与新朝尽量保持疏离。《清朝野史大观·清人遗事》卷八引吴德旋《初月楼续闻见录》云，端淑回乡后偕同丈夫丁圣肇曾一度隐居于明代书画家、戏曲家徐渭的故居“青藤书屋”，过着恬静闲雅的隐居生活。继而寓居杭州吴山，靠闺塾师的收入维持家计。清顺治帝闻其才高之名，“欲援曹大家故事，延入禁中教诸妃主，映然子力辞之”[1]。《清代画史增编》《国朝画识》《初月楼闻见录》等书中均转引了这件事情。对于这份在很多人看来令人艳羡的宫中恩遇，端淑却不为所动，敢冒天下之大不韪拒绝征召，宁愿隐居，可见其黍离吟红的一脉家风。

颇有意味的是，端淑《映然子吟红集》中有1首代其姐王静淑而作的《访映然子隐居（代真姊作）》、1首代其小姑丁步孟而作的《秋夜忆映然子弟妇（代步孟姑作）》。端淑均把自己作为被代写者所思念追忆的对象，两诗的主题也非常接近，都是对自己隐逸生活的诗意描绘：

流云淡淡接疏林，半堕晴光绿水沉。蝉静不喧巢叶稳，人幽多管抱琴吟。泥封径草随音觅，林拨闲花带笑寻。月冷一椽寒影隔，轻烟香已出松阴。（王端淑《访映然子隐居（代真姊作）》，《映然子吟红集》卷十）

羡君高隐鹿门留，一片闲云接素秋，踈树红飘香水静，远山翠落淡相收。雁来拾得芦花味，诗就同寻败叶修，此际芳怀应不寐，绮窗倚玩小银钩。（王端淑《秋夜忆映然子弟妇（代步孟姑作）》，《映然子吟红集》卷十）

以己之笔借他人身份给自己的隐居生活投射羡慕的目光，作者迫切主动展现自己隐居者形象，既是在坚定自己的信念，也是通过诗歌向世人宣告自己的隐逸情怀。《蓬门》诗有类似眷念故国、全节自持，生活虽困窘而不为名利所动的自白：“骨傲岂随俗，宁攀山鬼邻。舒云聊作帐，集叶戏为茵。凤岭知难效，鹿门且耐贫。残篇任意读，不羡骑辚辚。”隐居期间，端淑用大部分时间吟诗与编撰《名媛诗纬初编》，卷二十专列“新集”之名，收集明清易代之时的女诗人诗作，绝大部分是动乱中遭遇不幸的女子，她们或因乱落籍烟花，或为兵

[1] 张庚《国朝画征录》，清乾隆四年刻本。

伍所掠，这种特殊的编排形式无疑寄寓亲历国变家难的诗人内心深处那消磨不去的易代之悲。民族、家族文化因子在端淑身上以隐逸情怀的方式进行承载与传递。

从大厦将倾时“与君偕隐,毋误封疆大事”的真诚规劝,到无力回天时“愿图归计”的哀哭，再到国破家亡后粗衣蔬食的宁静淡泊，历时性地记载了一个女遗民的心路历程，与清初遗民诗人群心理变化的转变同步而不完全相同，端淑自身的女遗民身份与充满女性特征的遗民话语是明清之际历史书写的男性遗民话语传统的重要补充。女性遗民诗人特有的私情与男性遗民的大义形成相辅相成的文化现象，共同组成遗民话语的全部内涵。

二、夫妻易职，声动朝野的闺塾师

王端淑与丁圣肇的婚姻是典型的父母之命，年幼时就被父母指定，就当时而言，算得上门当户对。王端淑父亲王思任与同朝为官的丁乾学渊源颇深。据《畿辅通志》记载:“万历乙未科朱之蕃榜:王思任，宛平人。”而在《东林列传》中说:“丁乾学，字天行，宛平籍，浙江山阴人。”他们不仅籍贯相同，而且所居地都在浙江山阴。两人或许因为这双重关系，联系非常紧密，甚至连丁圣肇的名字都是王思任所取。据王思任回忆:“未几，乘间而言:‘后辈欲有所恳，吾贰又举一子,未知所名,先生命之。’问何生,则曰:‘天启元年生。’予曰:‘名之圣肇可乎？’则拜谢去。”[1]随后，丁乾学请求两家缔结秦晋之盟，王思任爽然应诺，只提了一个要求:“不欲其远嫁耳。”[2]爱女之心昭昭可见。不幸的是，天启七年（1627），丁乾学惨遭阉党陷害而死，丁家陷入极度困境。丁母担心婚约失效,王思任立言:“人存,吾与论南北;人亡,不敢效炎凉。吾女许之矣。”[3]两人如约完婚。王猷定、孟称舜两传有相似记载:“丁子自北来结缡。”[4]可见，丁圣肇南下入赘，数年后才回北平奉母。北上后不久，中原板荡，北地尤濒危，

[1] 王思任．文饭小品 [M]. 长沙：岳麓书社，1989：478.

[2] 王思任．文饭小品 [M]. 长沙：岳麓书社，1989：478.

[3] 王思任．文饭小品 [M]. 长沙：岳麓书社，1989：479-480.

[4] 孟称舜《丁夫人传》，王端淑《名媛诗纬初编》卷首。

夫妇不得已谋南辕而依王父居。此后，丁圣肇有短暂的为官时期，应简命司理三衢。但好景不长，随着南明王朝的灭亡，丁圣肇即解官归隐彭山之阳，此后再未出仕。面对山河动荡，丁圣肇益纵酒猖狂，以“衢间散人”为号，傲世不阿，不衫不履，日在醉乡，山水作友，花鸟为邻，哭笑失时，于生计束手无策，家庭陷入困境。

端淑虽然没有明显的“天壤王郎”之叹，但面对不时断炊的物质困境，一向心高气傲的她只能放下女性的尊严，走出家门，承担本应由丈夫完成的家庭责任。端淑回忆自己当时的处境：“上衣不敝身，朝食不及夕。……舌耕暂生为，聊握班生笔。”与她同样来自浙江绍兴的学者毛奇龄在《闺秀王玉映〈留箧集〉序》中也证实了夫妻当时的困境：“今玉映以冻饥轻去其乡，随其外人丁君者牵车出门。将栖迟道路，而自衒其书画笔札以为活。”家境贫困，除了依靠文学和艺术才华来谋生外，生活无以为继。端淑后来在杭州等地寓居，或为闺塾师，或鬻书画，社交圈子与个人影响逐渐扩大，经济状况稍有好转。

但端淑“舌耕”“握笔”的漂泊生活却遭到各方非议。首先，来自自家兄弟的反对：“长兄诘小妹，匆匆何负笈。昆弟无所求，但问诸友执。且父海内外，如何人檐立。”兄弟们认为端淑的抛头露面使母家蒙羞。其次，来自社会习惯势力的压力。由于女性谋生养家的状况无形中打乱了“三从”传统，颠倒和扰乱了传统家庭生活对男女的分工，并构成道德危机，使得保守之士唯恐乱了伦常。不过，也有开明男性自觉不自觉地接受了女性的跨界与男女角色的性别错位。王端淑丈夫丁圣肇算是其中一员，他支持妻子走出家门，并帮助她与男性文化圈建立广泛联系。与端淑交游的两性文人总计一百余人，其中男性八十余人，通过丈夫建立关系的达五十余人。丁圣肇不无骄傲地把王端淑带进自己的男性交往圈，并在《吟红集》序言中赞曰：“得吾内子而于是获良友。”成为妇唱夫随的典范。

闺塾师成为端淑谋取生活来源的一种方式，也成为其才名迅速传播的有效方式。而才名的传播又大大增加了其闺塾师的份量，她能因此获得更高级别家庭的延请。最典型的是“浮翠吴夫人”胡紫霞的聘请。在《答浮翠轩吴夫人》诗中，端淑直言：“此情愿博芸窗史，故向朱门作女师。”吴夫人即胡紫霞，号浮翠主人，山阴人，因嫁锦衣都督吴公国辅为继配，时人多尊称为吴夫人。王端淑《名媛诗纬初编》有“胡紫霞”条介绍为：“（夫人）姿容端好，治家严肃，子理祯文学，女祥祯授业予门，长适翰林沈振嗣。夫人善诗，博野爱才，篇什甚多，不以示人，其著《浮翠轩集》，惜未传世。”存于《名媛诗纬初编》卷四十二中的《予客游半载，至丙申春尚滞萧邑，浮翠吴夫人以扁舟相接，赋此志感》一诗表现的就是1656年她和吴夫人第一次见面的情景。在吴夫人的居所，王端淑受到了很高的礼遇，此后常与吴夫人及其友人结社唱和，不仅解决了经济问题，而且获得了家庭之外感情深厚的姐妹情谊。

端淑从家庭空间走出的初衷是出于经济目的，在走向广阔的社会空间过程中，却凭着自己出色的才华征服了四方文士，意外收获了女性难得的“才名”。文坛宗伯钱谦益有赠王端淑十绝句，其诗云：“季重才名噪若耶，缥囊有女嗣芳华。汉家若采《东征赋》，彤管先应号大家。”推重之意溢于言表。端淑的才名传入当世皇帝顺治帝耳中，皇帝请她去做嫔妃们的老师，这种殊荣对闺塾师的职业生涯无疑是最高级别的肯定。

闺塾师凭借文化资本谋生的生活方式是清初才女活动的新动向，也是清代女性文学的独特之处。端淑之友，清初著名女性黄媛介也曾是广为人知的闺塾师。闺塾师从经济价值的获得走向社会价值的实现，完成了那个时代女性能被社会接受的价值最大化。她们在流动中建立起来的不断扩大的文学网络与活动空间，不仅使得才名远播，也开始动摇了女性的才德观念与两性社会秩序。良家女性在公众领域的职业生涯本是一种越界的行为，从当时社会对闺秀走出家门存在谴责和宽容并存的声音来看，王朝交替和社会转型时期深刻的复杂性不言而喻。自此，传统的家庭内外界限出现变动，两个区别严格的文化空间开始互相渗透。职业女性因为有更多的自主权可能获得了一定意义上的男女平等。

三、博学负才，交游四方的学者

据载，端淑“读书自经史及阴符老庄内典稗官之书，无不浏览淹贯”[1]，可谓博览群书，学识渊博，是明末清初女性文人多才多艺、女性文化文士化的代

[1] 王猷定《王端淑传》，王端淑《名媛诗纬初编》卷首。

表人物。《清代闺阁诗人征略》《初月楼续闻见录》《国朝画征录》《国朝画识》《清画家诗史补编》《清代画史增编》《国朝书画家笔录》《国朝书人辑略》《书林藻鉴》《林下诗选》《两浙輶轩录》《莲坡诗话》《妇人集》等书中分别将王端淑作为诗人、书法家、画家等身份载入其中，肯定了端淑在诗学、书法、绘画、史学方面的突出成就。如冯金伯《国朝画识》卷十六"王端淑"条："王端淑……善书画，长于花草，疏落苍秀。"《历代画史汇传》卷六十八记载有："王端淑……画学倪米，工花卉，且博学工诗文，善书。"

王端淑最突出成就无疑是诗学。她不仅著有别集《映然子吟红集》三十卷，内含诗、词、赋、记、序、奏疏、传、纪事、行状、墓志铭、偈、赞、铭和祭文等十四种文体。同时，还编著了《名媛诗纬初编》四十二卷，成为明清之际著名的女诗人兼诗评家。编撰《名媛诗纬初编》的参考书目有《尧山堂外纪》《列朝诗集》《红蕉集》《十五国诗源》《诗源》《诗通》《古今女史》《明诗选》《宫闺诗史》《婢海侍儿录》《草堂诗余》《花镜隽声》等，足见涉猎之广。

《神释堂胜语》云："玉映以才情学问自负，欲奄有众长，故诗文诸体，靡不涉笔，语其大致，小赋《秋虫》一篇最善。"陈其年云："山阴王端淑，意气荦荦，尤长史学。……今人但知其精于诗学，无有知其通于史学者。西河'著书不让汉时史'之句亦可为端淑小传。"《历代帝王后妃考》纂集了历朝皇室后妃公主的传记史料，大概与《史愚》共为王端淑在史学方面的著述，彰显了她深厚的史学功力。

王端淑亦是清初著名的女书画家。她自幼濡染家学，书画兼工，"天资高迈，楷法二王，画宗倪米"[1]。隐居青藤书屋时期，端淑欣赏到徐渭的许多书画作品，深受徐渭以水墨作写意花卉奔放淋漓、气势盛旺的风格熏陶，所以，王端淑擅长花草，涉笔潇洒，天趣抒发，疏落苍秀，具有隽逸清趣。在当时，王端淑的花鸟画颇为流行，书画之名不亚其父王思任。福建莆田女画家、女诗人林文贞有诗《自题秋兰便面寄映然子》专门称赞。后世著名女诗人顾春有一首《题王端淑碧翠禽》七绝，诗云："风前玉蕊蒙蒙写，天际浮云淡淡遮。小鸟枝头相睡稳，

---

[1] 震钧. 国朝书人辑略（卷十一）[M]. 上海：上海古籍出版社，1995.

月明初上碧桃花。”[1] 诗歌形象再现了一幅晚风徐徐、浮云淡淡、月色清明的背景下，玉蕊初绽、小鸟稳睡的恬淡画面。端淑隐居于杭州吴山诸地时，以绘山水自娱。山水画是女性画家们表现得最少的题材。受“妇德”“妇道”“妇规”等种种无形的封建道德绳索束缚，足不出户的女性画家们，不能像男性画家那样从领略大自然的美景中获取创作灵感，这无疑极大地降低了她们创作山水画的欲望。端淑描摹历代男性画家的山水图册，同时以自我亲身所阅作为创作素材。今天的故宫博物院尚保存有王端淑的山水画幅，有着明显的文人山水画风格，笔墨技法考究，山水树石虚幻飘渺，墨气润泽，意境清幽深远，无人间尘俗气，展示了王端淑对深浅墨色的理解和巧妙的运用，娴熟于中国文人画意到笔不到的美学意境。全册唯求笔墨意趣，不求造型的准确工细，体现出文人画“墨戏”的审美特点。

“腹有诗书气自华”，端淑少时即以才情学问自负。查为仁《莲坡诗话》载萧山毛西河曾选浙江闺秀诗，独遗山阴王氏端淑。端淑寄西河句曰：“王嫱未必无颜色，怎奈毛君下笔何。”引用二姓恰合，且气势逼人。《随园诗话》《清画家诗史》《两浙輶轩录》《莲坡诗话》等均载此事。毛西河即毛奇龄（1623 ～ 1716），原名甡，又名初晴，字大可，又字齐于，号西河，学者称西河先生。王端淑与毛奇龄的笔墨情缘开始于这场美丽的误会，后来二人成为文学知己。毛奇龄编选《越郡诗选》时选入王端淑之诗，并为其《留箧集》命名并作序曰：“先生（笔者按：王思任）制文传海内，而玉映继之。中郎有女，可慰孰甚。”[2] 毛奇龄后来作诗专门赞赏王端淑：

江南女士一代稀，王家玉映声先知。
着书不数汉时史，织锦岂怜机上诗。
清晖阁中父书在，落笔争开写眉黛。
吟成细雨滴口脂，行即青藤绕裙带。
风流遗世姿独殊，猗嗟四壁贫无知。

[1] 顾太清．天游阁集（卷二）[M]．金启琮，乌拉熙春，编．沈阳：辽宁民族出版社，2001.
[2] 毛奇龄《西河文集》卷七，乾隆四十九年（1783）刻本。

牵萝补屋愁不耐，天寒袖薄侵肌肤。
只今兵革满涂路，欲走西陵过江去。
崎岖宛转进退难，祗恐行来更多误。
昨宵行李隘巷宿，绣帙香奁解书轴。
今朝寂历风雨来，令我停弦抚心曲。
梧宫木落无复愁，清溪桃叶今难留。
君行渺欲向何所，长江浩浩还东流。

此诗知人论诗，对端淑生平了然于胸的毛公历数端淑高迈的诗才与牵萝补屋的悲苦经历，无限落寞同情之意通过景物描画出来，一个风华绝代而又入世奋搏的佳人跃然纸上。毛奇龄赞王端淑的诗歌“已及刘禹锡、韩诩，闺秀莫及焉”，可见评价之高。

端淑也有多首赠毛奇龄之诗，如《代外赠别毛大可》《为夫子和毛大可赠别韵》《同夫子读毛大可雨中听三弦子长句赋赠》等。《代外赠别毛大可》曰：“西泠月落板桥霜，衰柳长堤只自伤。几日穷愁兼别怨，一帆秋色带斜阳。浮云影逐离亭路，归雁声凄夜梦床。学采芙蓉江上去，黯然回首恨茫茫。”离别之恨加上穷愁之苦，全诗蒙上了一层挥之不去的黯然之色，真实感人，端庄娴静，饶有高致。

走出闺门的端淑负才而行，赢得四方名流赞许。崇祯十四年（1641 年），丁圣肇与诸贤聚订中秋之盟，王端淑受嘱代序，曰：“忆予自髫年以逮白首，社窗诸友，不下百余人，皆各承先世遗泽，殚精文雅，胸罗武库，学富三冬。”[1] 介入与男性交往的王端淑，从少年时起，长期活跃在跨越性别的文学活动中，据阮元《两浙輶轩录》载：“山阴王季重先生有八子，惟女玉映能读父书。负工才诗。初得徐文长青藤书屋居之，继又寓武林之吴山。与四方名流相倡和，对客挥毫同堂，角尘所不吝也。”[2] 王端淑的高才得到名家许兆祥、钱谦益、王士禄、毛奇龄、韩则愈、陈维崧等大学者的敬重，纷纷为其《名媛诗纬初编》作序题诗。同时代大学者孟称舜撰《丁夫人传》，王猷定写《王端淑传》。特别

[1] 王端淑《映然子吟红集》卷一十八，清康熙间刻本。

[2] 阮元《两浙輶轩录》，清嘉庆六年仁和朱氏钱塘陈氏同刊本。

是著名戏剧家李渔亲请王端淑为其新剧《比目鱼》作序，王端淑以“事君信友”与“情至而性见”的精典之评，显见出她在剧评方面的独特见解。

端淑与女诗人的交往亦很广泛，据王敏统计，共有25人之多。[1]闺友身份多样，既有亲人，亦有闺友社友，还有丈夫社交圈的夫人。其中，与蔡音度、王静淑、比丘尼纯宗、董大素、吴夫人、丁步孟、郑二明、黄媛介、丁君望、吴岩子、姜绮季、卓夫人、觉济尼师、王夫人、周夫人、何孺人、高朴素、张夫人均有诗书唱和。

与两性文人的广泛交游不仅获得了经济上的独立，还成功拥有了一定的话语权，“启光曰：玉映博极群书，湛深理学，居然有儒者之风，故其所为诗无不春容博大、严谨整饬，对之穆然”[2]。端淑学者型诗歌为女性进入主流诗学文化开拓了一定空间，这是清代女性诗学走向繁荣的基础。

四、亲操选政，经纬诗史的女诗家

出身文化型家族的女性因受家庭的熏陶，文化使命感尤其突出。端淑自言自己一向有操政之志，对女性诗歌的散落湮灭之状深表忧虑，丁圣肇在为《名媛诗纬初编》选集的叙文中提到：“名媛诗纬何为选也？余内子玉映，不忍一代之闺秀佳咏湮没烟草，起而为之霞搜雾辑。其耳目之所及者，藏之不忍；其耳目之所未及者，书中举凡王公、贵妇、贞节烈妇、闺秀佳人、艳妓歌女、方外女尼，皆存录之。”从己卯年（1639）十月开始编选《名媛诗纬》，迄于甲辰年九月（1664），历时二十六年，共四十二卷，可见作者之恒心与毅力。全书收录女性诗人时间跨度很长，《名媛诗纬初编》（凡例二）指出：“闺秀诗上自汉魏三唐，及于元宋，必广收博采，庶尽上下古今之胜。”目光所及从秦末的虞姬直到清代的祁德渊等，代不乏人，选入诗人近千人[3]，选入作品两千余首，

---

[1] 张敏．王端淑研究 [D]. 南京师范大学，硕士学位论文，2007.

[2] 王端淑《名媛诗纬初编》卷四十二。

[3] 目前对《名媛诗纬初编》所收录诗人数统计所得不一，有研究认为选入作者786人，作品1955首，有研究者据南京图书馆本统计收录作者847人，作品2091首。张敏《王端淑研究》认为收录了830名女性诗人的2028首诗歌，另包括她自己的63首诗歌附于集后。因为著作版本不一，同一诗人前后重出者亦有，本书采用约数。

内容包罗之广可谓空前。除附小传及选诗外，并于其下各系评语，按个人的身份、社会阶级的高低加以分类，闺秀列入“正”类，歌伎则列入“艳”类。《名媛诗纬》是女性诗歌史上的一部重要的诗歌总集，对于保存女性文学创作发挥了重要的作用。其中卷三十七和卷三十八为女性曲作的选辑，1935年，卢前将这两卷单独辑出，发行了单行本《明代妇人散曲集》。这是清代女性文学批评中少有的对女性戏曲创作的关注。

关于书名的由来，王端淑自序曰：

客问于予曰:“《诗》三百，经也。子何取于纬也?《易》《书》《礼》《乐》《春秋》，皆有纬也。子何独取于诗纬也？”则应之曰：“日月江河，经天纬地，则天地之诗也，静者为经，动者为纬。南北为经，东西为纬，则尘野之诗也，不纬则不经。昔人拟经而经亡，则宁退处于纬之，足以存经也。《诗》开源于‘窈窕’，而采风于‘游女’，其间贞淫异态，圣善兴思，则诗媛之关于世教人心，如此其重也。”予不及上追千古，而尤恨千古之上之诗媛诗不多见，见不多人。因取其近而有征者，无如名媛。搜罗必备，品藻期工。人予一评，诗予一骘，辑而为四十余卷。

《名媛诗纬初编》以先秦经典《诗经》为并置的对象，集名曰“纬”，是希望女性诗歌作为诗三百的羽翼能并传于世，形成经纬交错的诗歌体系，以此提升女性诗歌的社会地位和文学地位，进而与男性作家并驾齐驱，由此构成一个完整的文学世界。端淑认为静者为经，动者为纬;南北为经，东西为纬，不纬则不经也。动静结合、经纬交错才成为一个完整世界。如果缺少了女性文学，文学世界是不完整的。可见作者的高远志向和对女性文学的自信，其胆识胸襟卓绝当世。

端淑在明末清初诗坛女诗人崛起之文化现象中具有代表性的意义：具有良好教育背景的知识女性开始进入当时的诗学文化圈，不仅能以卓绝才华获得男性社会的认可，还能获得经济上的独立。这一文化现象不仅促使了家庭内男女分工的变化，而且对整个社会秩序的松动带来复杂多变性。王端淑无疑是当时知识女性中的佼佼者。亲历国破家亡的她与男性一样有着强烈的家国情怀。与新朝疏离的政治立场、隐居田园的生活方式、以诗文书画为精神寄托的价值追求，均与当时男性遗民诗人无异。特定时代与生活经历促使了女性诗歌情感内容与审美风格均发生变化，文士化趋势明显，英雌话语成为自觉的审美选择与诗学评价标准。这些变化不仅丰富了女性诗学传统，也颇易被当世男性诗坛接受，为女性诗学融入主流话语创造了有利条件。她率先有了建构女性诗史的自信，在丰富与完善古代诗学史建构中功不可没。所以说，王端淑是明末清初知识女性的典范。

第二节　《映然子吟红集》研究

《映然子吟红集》是王端淑的别集，清康熙间刻本，仅见存于湖南图书馆，是为善本。国家图书馆有其微缩制品一盘，35 毫米银卷。此外，据孙康宜教授在论文《明清女诗人选集及其采辑策略》所提，日本内阁文库藏有《映然子吟红集》的较完整刻本。笔者即以湖南省图书馆藏本为研究底本。此书按体裁收录，主要由诗、文、词、曲组成，还包括记、序、奏疏、传、纪事、行状、墓志铭等十八种文体。其中文十四卷：卷一赋，卷十七记，卷十八序，卷十九奏疏，卷二十传，卷二十一纪事上，卷二十二纪事中，卷二十三纪事下，卷二十四行状，卷二十五墓志铭，卷二十六偈（嗣刻），卷二十七赞，卷二十八铭，卷二十九祭文；诗十三卷：卷二乐府，卷三歌行，卷四五言古诗，卷五七言古诗，卷六五言排律，卷七七言排律，卷八五言律，卷九七言律上，卷十七言律下，卷十一五言绝句，卷十二六言绝句，卷十三七言绝句，卷十四回文七言绝句；词两卷：卷十五诗余，卷十六回文诗余，卷三十所言的词实为曲作。《神释堂胜语》中载云："玉映以才情学问自负，欲奄有众长，故诗文诸体，靡不涉笔。"[1]仅从《映然子吟红集》观之，此言亦不虚。据初步统计，《映然子吟红集》中诗作共三百九十二首、词作二十四首、曲作五首，其中有一首诗歌缺诗题，还有一缺页无法统计。另有附于《名媛诗纬初编》卷末的六十七首，仅有《送茹

[1]　胡文楷.历代妇女著作考 [M].上海：上海古籍出版社，1985：250.

仔苍公车北上代睿子咏》和《代睿子怀玉尺弟》二诗与《映然子吟红集》相重复。《清画家诗史》载《代外赠毛大可》一首,《两浙輶轩录》载《小楼晓望》《吴山春望》和《采菱曲》三首。《撷芳集》辑其诗十一首,《国朝杭郡诗辑》有三首，去其重复者，王端淑留存的诗词作品，至少在四百八十首以上。需要说明的是，邹漪选辑的《诗媛八名家集》收录了王端淑的作品，题为《王玉映诗》，清顺治十二年邹氏鸢宜斋刻本，现藏于国家图书馆。从所选诗作来看，并非简单选自《映然子吟红集》。

《映然子吟红集》的写作缘由与大多诗人的别集产生不同，其中有着不同寻常的政治情怀。孟称舜在《丁夫人传》中记载："明亡后，半不蔽风雨，而季重先生以节死，栖迟无依，丁子常引觞自遣，而夫人则为吟咏以佐之，集成，名曰吟红，志悲也。语曰：'春女怨秋士悲，不怀春而悲秋'，夫人其犹秋士之心也，夫镜水光寒，霜叶花红，骚人逸士，对之则增其乐，迁客茕人，视之则生其悲，此《吟红集》所以作也。"明亡后，王端淑隐居于翁园谑庵小楼处，于白马岩田庐数年，得林峦花鸟之情，为帘窥镜感之助，荆布尘甑，鬓舞惊燕淡如也。而诗意盈然，集曰"吟红"，不忘一十七载黍离之墨迹也。《映然子吟红集》不仅情感独特，而且诸体诗并有胜处。主要特征有：

第一,"始信千载难为妇"的性别愤懑与"闺侠设计出重肩"的理想探求。端淑也写了一些传统闺阁题材的诗作，曾赞贤妻良母，也曾顾影自怜，也曾春花秋月，但是她没有欲语还休的婉约，没有无病呻吟的伪饰，更没有委曲求全的认命，有的是女性无辜被弃的怨愤、对男性喜新厌旧的指斥、对女性才华的赞赏、对英雄豪情的仰慕、对壮志未酬的愤懑。无论是传统闺阁题材还是超越性别限制的山水清音抑或压抑不止的英雄情怀，始终有一个鲜活生动的女诗人存在。

关注女性历史境遇与现实状况是端淑诗歌的重要内容。诗人通过吟咏历史女性、彰显当世女性才德兼备的理想追求和咏叹诗人自身遭际三方面来完成对理想女性形象的建构：从"始信千载难为妇"的悲愤呼喊中，从"闺侠设计出重肩"的热情呼唤中，我们可以看到，端淑已经不满于男尊女卑的社会秩序，也对"无才便是德"的女性意识进行否定，她所追求的理想女性是才德兼备的。

哪些历史女性能进入诗人视野，如何诠释她们的形象是我们理解诗人心中理想女性形象的一个视角。《映然子吟红集》对西施、虞姬、李夫人、宋蕙湘等均有吟咏，表达了作者的独特史识与对女性参与历史建构的认知。如对西施的认识就非同寻常，“固知随国灭，应悔误夫差”。作者从西施的悲剧命运推测她当时的心理活动，认为西施如果早知道自己会随着吴国的灭亡而死亡，她肯定后悔是自己误了吴王夫差。西施是文人笔下经常被吟咏的对象，关于她的美貌、情感经历、对吴越历史的影响以及最终结局均是后世文人关注的焦点。王端淑认同了西施在吴国灭亡时也遭遇被逼死亡这一说法，并因此而推衍西施临死前的心理，认为此时的她才醒悟自己不过是被越国统治者利用的政治斗争的牺牲品，政治任务一完成，她也就遭遇被无情抛弃的命运。在这里，王端淑借对西施临终前合理心理活动的推测，对历朝男性统治者利用美人计赢取政治权势的斗争中仅将美人作为工具的无情进行尖锐大胆的嘲讽。又如虞姬，端淑对“血痕妖滴滴，洒作草丝丝”的虞美人寄予深切同情之意，同时严厉批评项羽：“美人哀愤极，叹王弗我知。”以死报恩的虞姬临死前是悲愤交集的，因为此时她才幡然醒悟，西楚霸王并不真正了解自己，才会有那一声“虞兮虞兮奈若何”的迷惘。从对西施与虞姬的咏叹中，我们可以看出，即便是卷入政治漩涡中的女性，放不下的还是心中那份感遇之情。

端淑比较关注当世女性，尤其是贞洁烈女的生命价值，如《哭金烈妇同夫殉节》《挽贞烈汤夫人》，赞扬她们对传统女德的坚守，坚信她们定会青史留名：“浩然正气表清名，贞洁含香载鉴史。”[1] 不过，端淑对那些“才堪咏絮过谢庭”[2] 的才女更感兴趣，同情她们“寂深闺，老于牖”的孤寂命运，愤懑“举世中，皆瞽瞍”而不识才媛的价值，诗人最终忍不住以“山阴叟”自居，“左歌铭，右击缶”[3] 来凭吊西陵女子。诗人非常仰慕小青的文学才华：“捧读遗章奠美醽，恨不随君到九冥。”读了“挑灯闲读牡丹亭”等诗句后，恨不得追随而去。可惜的是，高才多情的小青因被弃而抑郁寡欢，诗人对其“低嘱化工传病形，自

[1] 王端淑《映然子吟红集》卷五。

[2] 王端淑《映然子吟红集》卷五。

[3] 王端淑《映然子吟红集》卷二。

搦班管写香铭”的遭遇深表同情，最后，以一种豪迈笔调宣称：“金闺亦有扫眉士，喜赋爱吟香口齿。”[1]诗人认为女性吟咏之才丝毫不逊于扫眉才子，从而对那些轻视女性才华者以有力回击。

端淑如此重女性之才，与切身经历后的反思有关。明代以来，“女子无才便是德”的社会信条明显将女德置于更高位，有扼杀女性之才的意图。“三从四德”成为社会衡量贤德女性的标准，使众多女性自觉放弃一切人性主动权，成为男尊女卑社会的垫脚石。王端淑一开始也接受了这一社会标准，接受了父母之命的婚姻，努力做一个孝媳贤妻良母。但是，当她发现自己的顺从不仅没能换来婚姻的幸福，甚至要搭上人性的尊严时，她醒悟了，开始走了一条不同寻常的女性之路，也因此改变了她传统的女性观与社会价值观。以家世、才华论，王端淑明显优于丈夫丁圣肇。丁圣肇早年丧父后，家道中落，只好来依王家成婚。不久，王端淑考虑到丁家还有两位母亲需要赡养，于是不顾母家人的担忧与劝阻，同丁圣肇回老家竭尽孝道。两姑去世后，端淑依然每逢忌日，酒食以进。诗作《八月十四姑胡太夫人生忌》曰：“仍依汉制献秋尝，跪对几延进一觞。”甚至在婆婆去世十年之后，还作诗《九月十六姑李太孺人十周年》道：“霜月凄凄黄叶泪，连宵唤梦是姑来。”[2]梦中犹念逝去的婆婆，可见其孝德。延续香火是家族大事。王端淑自觉身体羸弱，无法让丁家人丁兴旺，于是在清顺治元年（1644）春天，端淑主动出资为丈夫纳妾。《名媛诗纬初编》卷十七“陈素霞”条载云：“陈素霞，字轻烟，南京人，甲申春归夫子，予脱簪珥为聘。”没承想丁圣肇不仅没体会到妻子之贤，反而因为过分亲昵小妾而与端淑反目。端淑愤而写下《甲申春，予脱簪珥为睿子纳姬，昵甚，与予反目》以记之：“当时亦望两心同，千里悬丝一线通。二八娇羞还怯怯，百年携爱莫匆匆。茂陵他日吟头白，闺阁今宵掩泪红。捐弃应知难复旧，徘徊寂寞伴凄风。”[3]端淑对自身遭遇捐弃表达了如卓文君《白头吟》中的决绝。但是丁圣肇似乎没有司马相如的人性自觉，端淑从此遭遇一段较长的受冷落时期，从与吴夫人的诗文交流

[1] 王端淑《映然子吟红集》卷五。

[2] 王端淑《映然子吟红集》卷九。

[3] 王端淑《映然子吟红集》卷九。

中明显能看出她的落寞："多才多病亦多愁，蹙损双眉着甚由。解得盘中歌意味，相如应抱茂陵羞。"[1] 这首诗明显带有自叙遭际之意。"多才多病亦多愁"俨然一副自画像，而"蹙损双眉"之因由，则以苏伯玉妻《盘中诗》的典故委婉告诉闺友：自己有如苏伯玉妻之才与对丈夫的一片痴心，如果丈夫能理解《盘中歌》意味的话，应该不会向司马相如一样因为纳茂陵女子而冷落曾弃家而助的卓文君。言外之意是自己的丈夫似乎并没有羞愧之意，诗人的满腔怨忿之情溢于言外，大异于"温柔敦厚"的诗教传统。仔细品读《名媛诗纬初编》时，我们也可以发现，作者对其中遭遇男性负心的女性充满同情，对负心汉的怨恨之情直言不讳，如"费氏"条："费氏，因贤夫好外，伉俪不偕，幽愤夭折。端淑曰：'父官元辅，翁为尚书，人间荣贵莫此为甚，而乃琴瑟不调，以致忧愤而殁。伤哉情也，观其《临终寄父》二绝，怨痛九天，恨不手刃负心汉，以为懦弱女子泄愤耳。'"[2] 这种批评力度已经穿透了女性哀怨的浓雾，直斥男性在家庭情感方面的不平等付出。传统礼教对女性在家庭中的地位限制非常严苛，女性深受三从四德的重压，无论何时都过着低男性一等的生活。特别是出嫁从夫与一夫多妻制，对那些具有朦胧平等意识的知识女性而言会觉得更为不幸。当她们遭遇"庭前夸白雪，天壤怨王郎"[3] 的不对等婚姻时，当遭遇"千金一掷不为家"的丈夫时，她们常会抑郁终身或直接付出生命的代价，如吴藻、贺双卿、熊琏、袁机、汪玉轸、费氏等；阅尽"弃妻如敝屣，安乐事乔笙"[4] 的无情世态，端淑不禁发出感慨："可怜汲之中道枯，始信千载难为妇。"[5] 为千古妇人不幸一叹。

女性的贤德并不一定能给自己带来幸福，有时还会是不幸的来源，这或许是端淑从众多女性包括自身经历中悟出的残酷现实，所以，她的女性才德观发生了变化，开始思考改变才媛在家庭、社会中弱势地位的出路在哪里。幸运的是，随着晚明左派王学思想的传播和人文思潮的兴起，两性之间固有关系会因时而变，加之政局动荡为深闺女性提供了走出去的可能，女性的自立、自信意识开

[1] 王端淑《映然子吟红集》卷十三。

[2] 王端淑《名媛诗纬初编》卷四。

[3] 王端淑《映然子吟红集》卷十五。

[4] 王端淑《映然子吟红集》卷二。

[5] 王端淑《映然子吟红集》卷一。

始张扬。“闺侠设计出重扃”[1]，对那些努力走出重门的先驱者，端淑以“闺侠”称赏之。走出闺门之后的女性能享受自然界的广阔空间，“磊落愁多客，能移山水情”[2]。得江山之助的山水清音激荡起胸中的壮志豪情。当其兴酣落笔处，或倾忧生念乱之慨，或抒高山林泉之趣，或寄登临怀古之情。无论是丽情逸韵，清词俊语，还是意气荦荦，卓然须眉风概。王端淑以知己身份与她们形成广泛的诗学互动。或幽窗契语，或拈毫次韵，或傲雨联诗，或共述襟怀，或读诗品评。在赠诗中，笔下的闺友一个个具有林下襟怀，如“温惠如君子，才华胜谢姬”[3]“林下襟怀应占独，寒毫笑捻为君吟”[4]“抹月含山谷，披云写右军”[5]“闻君负侠气，仗策雪冤痕。愿为大梁客，死报信陵恩”[6]等诗句中，莫不包含女性之间的相互激赏与亲密的姐妹情谊，不仅能温暖孤独的个体，而且还可以集体力量改变社会风习与成见，清代女性文学的繁荣与此密切相关。

王端淑从个体、家庭、性别、社会等多个层面探索了当时女性突破传统所能达到的理想形象，在重视传统女德基础上，更加倾心女性以己之才跨越闺门，成为知识女性的先驱。她不仅为女性文学创作打开了新的视野，也为性别诗学研究提供了最佳个体。

第二，诗史般的复杂生态展示与对英雄的追慕，成为泣血时代的经典。《映然子吟红集》创作于明亡后，端淑曾自作两首《阅〈吟红集〉》以申己志，分别为：

墨泪愁中损，红啼怨已深，孰知嵇叔夜，偏解断肠音。[7]

滴滴红脂怨自深，一宵心事付知音。寒光雨暗灯花寂，墨泪和愁伴苦吟。[8]

---

[1] 王端淑《映然子吟红集》卷五。

[2] 王端淑《映然子吟红集》卷八。

[3] 王端淑《映然子吟红集》卷八。

[4] 王端淑《映然子吟红集》卷十。

[5] 王端淑《映然子吟红集》卷八。

[6] 王端淑《映然子吟红集》卷十一。

[7] 王端淑《映然子吟红集》卷十一。

[8] 王端淑《映然子吟红集》卷十三。

合而观之，两首诗主要阐释自己的创作意图与情感特征：《吟红集》内容以黍离之悲、兴亡之思为核心。作者和墨和泪所吟出的愁怨，足以断肠，唯有嵇康可谓知音。嵇康为竹林七贤的精神领袖，性情旷达，向往隐者达士出世的生活，不愿做官。诗人在此隐晦表达自己的遗民之志。

流离之苦、战乱之悲的痛彻记忆是身历之后诗人心中永远的伤痛。老百姓的平静生活因为“鼎沸乾坤乱，金瓯半已残”[1]的局势而中断，无数人被迫加入漂泊无依、流离失所的逃难生活中。端淑就是难民之一，以亲身经历来揭露战乱带来的民生之苦，《悲愤行》《苦难行》《叙难行代真姊》等诗最具代表性。《苦难行》开篇追忆“甲申以前民庶丰，忆吾犹在花锦丛”的美好岁月，不幸的是，“一自西陵渡兵马，书史飘零千金舍”。逃难生活开始了，强撑病体急速逃命，“鞋跟踏绽肌肤裂”，尽管如此，因为“思亲犹在心似焚，愿餐锋刃冒死回”。经历了船家错路、行资遭劫食不敷，步步心惊回到家乡，竟然遭遇“吾姊出家老父死”的惨裂，骨肉情疏的雪上加霜，让端淑不得已侨寓暂居。国破家亡，凄恻如失单的归鸿哀鸣，称得上“诗史”之作。《叙难行代真姊》代亲姐姐王静淑叙写“国祚忽更移”之际带着姑、子逃难深山，依然无法逃脱兵马劫掠的可能，为保全老姑幼子，被迫“摧容鬓剪无”，剃发出家而全节。这是年轻的寡居女性在战乱年代更多一层的痛苦。女性被逼出家的遭遇在当时不是特例，秦淮名妓卞玉京也为避免受到侵害而换上了道装，并以女道士而终。男性发动的战争，女性却成为最大受害者，身为女性的端淑自然给予了更多的关注与同情，《名媛诗纬初编》所记的汉阳女子、素娇、李氏妇、宋娟、湘江女子、吕林英等都是在战乱中挣扎或遇难的女性，端淑录入后忍不住加入自身的情感见解，如《名媛诗纬初编》卷一荆王宫人“陈素”条中曰：“吾尝览铜驼荒草、故国荆榛，未尝不抚卷长叹。”卷一金陵宫人“宋惠湘”条曰：“首作君国云亡，读之气竭。”卷三十四“李翠微”条曰：“逆贼无天，拭及帝后，竟将三百年无缺金瓯变于顷刻，稍有血性之人恨不食其肉、寝其皮。”均以离乱之际女性的悲惨境遇引发铜驼荆棘之感、故国黍离之叹。

---

[1] 王端淑《映然子吟红集》卷八。

“叹息干戈二十年，烟霞板荡无林泉。”[1]面对二十年干戈不息、山河破碎的社会现状，端淑寝食难安：“迢迢秋夜长，彷徨起叹息。”[2]中宵不寐的原因在于“吴钩何可得”。她想要效仿木兰驰骋疆场，励志报国，现实却是“壮发渐凋残，神京何时克”。复国无望，诗人只能将满腔壮志化入愁肠：“雄志今随烟月冷，芳名何处纸旛招。”[3]“无可奈何花落去”的故国之思与“思之兴废冷泪弹”的兴亡之感成为特定时代诗学的共同话题。作者即便是身居陋地不求安，心系天下，在叶声飒飒水漫漫的背景下，依然“长吟汉史静夜看”，以古鉴今，有感而作《悲愤行》:“何事男儿无肺肝，利名切切在鱼竿。”[4]指斥当世沽名钓誉之辈无视社倾民殚，悲愤于自己虽有如汉大臣张良的报韩之心却身单力弱。《正平挝鼓歌》是典型的遗民诗，借汉代明，以祢衡击鼓骂曹之侠义来指斥明代无所作为的官员:诗句“堂堂皇汉兮汝辈何为,谁而祸随兮视死如归”与“萋萋崖草雨潇潇，战死寒戈恨未销”都蕴涵浓郁的悲愤之情。

清代平定初期，百废待兴，老百姓依然缺衣少食，生活难以为继。《吟红集》中有不少啼饥号寒之作，如《董大素柔过访乏炊》首先描写闺伴来访厨乏炊的窘境，接着由己及人，揭示社会极端的贫富不均。一边是读尽诗书不疗饥，而另一边却是膏粱子弟不识书，却能过着“狐裘良马大厦居”的生活。诗歌最后归咎于天嫉英才，并发誓要焚书瘗笔：“人略聪明天亦嫉，誓必焚书并瘗笔。”生活难以为继，只能寻求改变，端淑被迫离乡以舌耕笔种为生。乐府《出门难》写出了女性跨出闺门的无奈与酸辛：为了改变“上衣不敝身，朝餐不及夕”的窘况，“万分无奈择初三，携书哭别含悲去”。[5]却不料遭到众兄弟诘难：“且父海内名，如何人檐立。”他们认为女性不能抛头露面，不能让本家族蒙羞，但又不愿伸出援手。兄犹如此，何况世人。端淑回敬曰：“阿翁作文苑，遗予惟图籍。汝妹病且慵，无能理刀尺。上衣不敝身，朝餐不及夕。静思今日言，犹忆去年昔。寒风卷幽窗，居市仍如僻。”在兄弟们都借故而去后，端淑叹道：

[1] 王端淑《名媛诗纬初编》卷四十二。
[2] 王端淑《映然子吟红集》卷四。
[3] 王端淑《映然子吟红集》卷七。
[4] 王端淑《映然子吟红集》卷三。
[5] 王端淑《映然子吟红集》卷一。

“慎哉始信毛诗云，兄弟之言不可据。”亲情在生活困境面前也显得无能为力，这是特定时代人们在恪守传统与打破生活困境之间的艰难抉择，是人们在社会变动中挣扎的真实反映。

“才高傲骨薄名利”[1]的王端淑拒绝了皇家的邀请，明显表现出对新朝的有意疏离，这是当时众多遗民的典型选择。“天道变兮枯草木，野民敛迹居寒谷。”[2]她选择在僻远清幽的生活环境中过着普通平常的清贫日子，倒也能自得其乐：“但有牛横笛，而无马控缰”“云飞出岫远，月为小窗留”。传统文人士大夫常有隐逸与归去之愿，有遗民之志的王端淑在新居清寂生活中享受诗意的生活情趣与道德的满足。乡居生活引发她对自然山水的无比亲密之情，无论是晨起还是晚坐，都成为她诗意的源泉：“况际初弦月，宵宵坐至圆。”如《耐贫》所云：“陋巷不堪人共惜，清幽余爱乐箪瓢。”诗人自觉学习颜回的清贫乐道。“宁甘腐朽名犹在，岂为孤寒志可那”[3]“人生贵适志，富贵欲何为”。《隐癖》更典型将遗民生态与心态刻画出来：

（其一）云封曲径草萋萋，人爱偏幽路遇迷。飞落寒萤投败壁，吹凋残叶委新泥。灯分余焰随心照，诗到清空好处题。幸得蓬门无俗驾，癖如鸥鸟愿同栖。

（其二）烟墟寂历一椽低，曲径云封寒士栖。洁癖泉流堪作镜，吹归落叶可书题。素情甘向于陵老，傲骨羞同北海迷。最爱更阑啼鸟静，月明黄卷独相携。

幽居观景，表达了作者热爱自然、偷闲为乐的生活情趣。即便诗人过着“书怀收万卷，云合隐千山”[4]的惬意生活，在看似享受人生清爽姿态、领悟有无间之意趣的同时，作者仍在纠结：“意深藏远恨，泪苦听幽斑。”[5]压抑在心底的亡国之痛不时浮上心头，读书成为抽离浊世的法宝：“世浊无所宜，止有书

[1] 王端淑《映然子吟红集》卷五。

[2] 王端淑《映然子吟红集》卷五。

[3] 王端淑《映然子吟红集》卷九。

[4] 王端淑《映然子吟红集》卷六。

[5] 王端淑《映然子吟红集》卷六。

堪读。偶然烦虑生，对此精神肃。”[1]“骨傲岂随俗，宁攀山鬼邻。舒云聊作帐，集叶戏为茵。凤岭知难效，鹿门且耐贫。残篇任意读，不羡骑辚辚。”均表达作者欲保持民族节操，甘愿清贫以守志的遗民心态。即使流离奔波，端淑依然从前贤诗书中找到精神支柱：“幸得诗书润茅屋”[2]“戎马今方炽，诗书老未闲。”[3]哪怕是被丈夫冷落的日子里，诗人也能做到“寂寥且抱残书睡”[4]，阅读成为疗伤的最佳武器。所以，《吟红集》中有不少读书诗，如《读先君文饭》《读董大素柔诗》《读鸳湖黄媛介诗》《读姜绮季序予吟红集》《读白香山琵琶行》《阅〈吟红集〉》《读司马长卿传》《读良月皆春咏稻花诗》等，广泛的阅读是诗人胸怀天下、畅论古今的基础。

对英雄的追慕是遗民诗人关注的又一话题。“英雄”是动态和发展的历史概念，这就为女性在历史的突变处和敞开处加入到英雄言说的行列留下了思辨的空间。乱世盼英雄，端淑将目光跨越闺门，在历史深处寻找民族之魂。如激赏击鼓骂曹的祢衡“心若秋霜，侠骨犹香”[5]，赞叹“七寸小臣刃，五步大王头”的蔺相如“英标光史册，千古壮春秋”[6]。称赏有高风亮节的严子陵“士怀丘壑志，原岂在封侯”，对有“慨题绝命词，正气宁甘戮”[7]的方孝孺，端淑赞曰：“青简补忠贞，凛凛香魂馥。”[8]端淑以深厚的史学底蕴，在咏史怀古诗中或以古鉴今，或借史讽今，纵论历史得失。如《吊古冢》《读古今舆图次韵（八首）》《秦望怀古》《吊钱唐战场》等。《读古今舆图次韵（八首）》中，怅然空对着“江山尚在旧图中”的舆图，诗人真切感受到复国无望：“金瓯碎尽知难复，一幅图留恨转多。”[9]“人事更移泪亦红”，以泣血之诗追悼明王朝一去不复返之后，诗人认真思考明王朝灭亡的原因：“众象辉辉帝象孤，人心久失事难图。”将亡

[1] 王端淑《映然子吟红集》卷四。

[2] 王端淑《映然子吟红集》卷三。

[3] 王端淑《映然子吟红集》卷三。

[4] 王端淑《映然子吟红集》卷五。

[5] 王端淑《映然子吟红集》卷三。

[6] 王端淑《映然子吟红集》卷四。

[7] 王端淑《映然子吟红集》卷四。

[8] 王端淑《映然子吟红集》卷四。

[9] 王端淑《映然子吟红集》卷十三。

国的责任直接指向帝王的失道导致人心久失，复国无望。同时，诗人也指向男性的护国无能："丈夫马革捐边域，耻作生还定远侯。"如果将士们都能马革裹尸，奋勇战斗，时局可能又会是另一番景象吧。

乱世出英雄，在干戈不息的动荡时局中，也涌现了一些让人敬佩的杰出人士，端淑主动承担了记录这些英雄事迹的重任。除以诗歌吟诵外，《吟红集》卷二十所收前六篇传记亦为此。卷二十一至二十三的"纪事"篇分上、中、下卷，上、中卷记载众多忠义男性之事，下卷专记贞烈、节义女性。特别满怀激情的是为六位忠于明朝的人所写的传记。《管文忠绍宁传》传南直武进籍管诚斋不从清之薙发令而被斩之事；《黄忠节公端伯传》传江西新城黄元公誓死不投李自成，亦不卑膝于清豫王之忠直；《凌侍御公駉传》传南直歙县人凌龙翰死不归清之事；《袁部院公继咸传》传江西宜春袁继咸"此头可斩，此发不可薙"之赤胆忠心；《唐忠愍公自彩传》传四川达州唐自彩不反身事清之节；《金陵乞事传》传留都乞化之不知姓名者，因崇祯自缢而哀痛不已。王端淑自言，此六传乃"丧乱之后，家计萧然，暂寓梅山，无心女工，聊借笔墨以舒郁郁"[1]而作。后来，著名文人张岱没有改削一字，将这六篇传记备录于《石匮书》。男性忠端毅愍，女性贞烈节义，既激荡着时代风云，也显现出巾帼与须眉共照汗青的强烈意识。王端淑以女性少有的坚毅、勇敢、大胆、爱国情怀成功融入男性主流社会。

流离之苦、抗争之悲、亡国之痛、兴亡之思、隐逸之志组成体量庞大的"吟红"史卷，细腻生动、深刻全面地反应时代情绪。端淑所具有的强烈忧国意识、公共意识，博大的胸怀与敢于承担责任的魄力，引起了"家国沦亡不禁哀"的广泛共鸣。数十位男性文士看到《吟红集》后毫不犹豫地慷慨解囊。正如《刻〈吟红集〉小引》所云："余越闺秀王子映然善读父书，为诗空异，落笔飞烟，真不愧古之作者。"端淑的诗作在兴酣笔落间，性情深处的山河壮丽、英雄情怀完全让读者忘记她女性诗人的身份。端淑在女性诗歌题材与诗歌风格方面的突破对清代女性文学的引领非常重要，如同清初遗民文学在明清文学嬗递中所起的作用一样："皆有明三百年文学之后劲，又同时振新朝文学之先声者也。"[2]

---

[1] 王端淑《映然子吟红集》卷二十。

[2] 谢无量. 中国大文学史（卷十）[M]. 北京：中华书局，1918：28.

其关系于后来风气者极大。

第三，与两性诗坛频繁互动，充分发挥诗歌的交际功能与实用价值。在绝大多数女诗人手中，诗赋没有了干谒进仕的功能，只能“独唱独吟还独坐”，孤芳自赏一番，而端淑充分利用代拟、唱和、题赠之作实现最大限度的人际交流与情感联络。阮元在《两浙輶轩录》中记载道：“王端淑与四方名流相唱和，对客挥毫，同堂角尘所不吝也。”[1] 端淑充分发挥诗歌的交际功能，长期活跃在两性诗坛，如鱼得水，丰富了古代女性诗歌功能，以女性独立姿态构成了一个广阔的诗学活动空间。

在《吟红集》中，王端淑代丈夫丁圣肇所作诗三十九首、词七首，共四十六首，加上《名媛诗纬初编》收录的七首和《清画家诗史》所载的《代外赠毛大可》一首，《历代妇女著作考》中收录的《代外送方舆士之官桂林》一首，王端淑为丈夫所作代拟诗歌总数达到五十五首，占其诗歌总量十分之一强，端淑俨然已成为其丈夫的代言人。代答对象多是官员，代拟原因五花八门。有为祝寿，如《宝剑歌为李席玉寿代睿子咏》《拟秦峰溪松为吴震崆先生寿代睿子作》《拟古月临松代睿子寿吴期生先生》《代寿李席玉初度》等；有为庆贺，如《代睿子贺南和白亟三同年按漕报竣》，《喜周公襄盟兄别驾常州（代）》《闻张振公蕃舅父荣任云间（代）》《贺陈勉之新婚代睿子》；有赋送别，如《送闽莆杨衷玄广文之青阳令叔德山先生任（代）》；有赋悼亡，如《代睿子悼酉侄有小引》《代睿子挽裘资深》，《悼姬》；有代社集之作，如《人日社饮代睿子》《席上作（代睿子）》；有代夫怀人，如《代睿子怀友》；有代赠之作，如《代睿子赠邗上周允先公》《赠张子美学宪（代）》……代夫之作必然要以丁圣肇——一个男性的口吻进行创作，端淑自然要有意识避免女性诗歌本色——脂粉气的渗入，这也使得端淑诗歌具有非常明显的文士化倾向。端淑另有《中秋盟集代》与《同社窗序齿录序代》，均为代夫而作的结盟交友之文。特别是后文涉及的社窗诸友，不下百十余人。王端淑通过丈夫这一介体成功与男性诗坛同步互动，不仅为丈夫维护了广泛的交际圈，也给自己带来较高的诗坛声誉，可谓名利双收。

与代拟之作数量旗鼓相当的是唱和诗。端淑唱和对象非常广泛，有丈夫、

[1] 阮元《两浙輶轩录》四十卷，“王端淑”条，清嘉庆六年仁和朱氏钱塘陈氏同刻本。

闺友、社友、兄弟、朋友等。夫妻唱和联吟如《雨中芙蓉同睿子联句》《雨后蛙声次睿子》《晤园同睿子联句》《僻居同睿子联句》等，生动再现夫妻共同雅趣，在隐逸的田园生活中多了一份温馨的诗意。与端淑往来唱和的女性甚多，身份亦复杂多样。有闺友高朴素、郑二明湛，有闺伴王夫人，有盟姊蔡音度，有女弟子高幽真，有诗友黄媛介，有社友陶固生、吴岩子，有亲友丁步孟、王玉隐，还有女尼纯宗、觉济。其中，与胡紫霞、王静淑、黄媛介、高幽贞、吴岩子等联系比较频繁。

端淑与胡紫霞的唱和诗作最多，有"浮翠轩""吴夫人"字样的诗题共二十五首。结合端淑诗作及《名媛诗纬初编》相关记载来看，二人唱和内容几乎无所不包，有闺阁情怀的细细诉说，有对美好自然山水的共赏，有性别苦闷甚至家庭矛盾的倾诉，当然也有知遇之恩的感念。《名媛诗纬初编》在收入胡紫霞诗歌后记曰："故夫人之诗别情别致，一辟时蹊，惜其年之不永，夺予知己，可叹也。"[1] 吴夫人的早逝让端淑感念不已。因为端淑经济境遇的改观很大程度上得益于吴夫人的慷慨与情重，王端淑曾写下诗句："此情愿博芸窗史，故向朱门作女师。"明显为"闺塾师"这一职业加入了情感份量，甚至豪情许下"颠为大梁客，死报信陵恩"的重誓。得益于吴夫人的提携，端淑的社会活动变得丰富起来，才名也远播天下。在端淑参与的唱和中，多次为吴夫人所征和，端淑次韵与和答吴夫人之诗多达十六首，可见吴夫人的积极主动。如诗题《秋雨诸子集浮翠轩得投字吴夫人征和》，又如顺治乙未年的上元之夜，端淑应吴夫人之招，与王静淑、黄皆令、陶固生、赵东玮诸人一起社集于浮翠轩，开宴拈韵赋诗。王端淑才情激昂，赋得二首，丽藻高情，大有遍压群芳之势，"盟主"吴夫人胡紫霞对其才华赞不绝口。胡紫霞有《上元雅集同黄皆令、王玉隐、玉映、陶固生咏》："何当又把袂，一醉醒诗魂。"[2] 诗歌唱酬无疑是维系端淑与吴夫人胡紫霞之间亦闺友亦宾主关系的重要纽带，也是引领端淑走向更广阔闺秀诗坛的重要媒介。

王端淑与黄媛介的唱和更具社会意义。两人既有生活经历上的同病相怜，

[1] 王端淑《名媛诗纬初编》卷十二。

[2] 王端淑《名媛诗纬初编》卷十二。

也有人格追求上的志同道合，还有诗学理念上的同声相应，代表着那一特定时代新女性之间的惺惺相惜，也反映出社会性别文化因她们而转变。

黄媛介（约1620～约1669），字皆令，浙江嘉兴秀水人，文学黄平立之妹。黄家世代诗书相传，皆令幼即颖异，十二能诗，十三能赋，好吟咏，工书画楷书，书法钟王，人以卫夫人目之。幼即因父母之命许字杨世功，杨以鬻畚为业，因家贫而不能娶，后远走他乡，媛介誓不改字，终适杨。乙酉鼎革，家被蹂躏，乃流离转徙于吴越间，其夫乏养家计，媛介以文翰与当世相酬应，乞食于公卿家，以闺塾师终。如此看来，端淑与黄媛介的人生经历非常相似。二人年岁相近，均出身书香世家，从小接受了较好的教育，早年均遭遇家道中落的不幸，中年均经历国破流亡的生活，均已闺塾师以终。二人均接受了父母之命的婚姻，均遭遇了天壤王郎的憾恨，均走出了闺门勇敢地承担起养家糊口的重任，均接受了来自家庭与社会的责难，均以自己的文艺才能征服了四方文士。

诗学方面，四方交游的她们曾经在胡紫霞的寓所相逢，也曾在商景兰的社团活动中出现，与明遗民女诗人吴岩子唱和颇多，与名妓柳如是有文字交，与名士钱谦益、毛奇龄、李渔相交深厚，钱谦益、毛奇龄均为二人诗集作序。两人均为李渔的戏剧写过序，二人均留下了丰厚的著作……最直接的诗学交游是两人留下的唱和诗。王端淑有《上元夕浮翠轩吴夫人招黄皆令、陶固生、赵东玮、家玉隐社集，拈得元字》，黄媛介有《乙未上元，吴夫人紫霞招同玉隐、王玉映、赵东玮、陶固生诸社姊集浮翠轩，祁修嫣、张婉仙不至，拈得元字》，吴夫人亦有《上元雅集同黄皆令、王玉隐、玉映、赵东玮、陶固生咏》，三首诗歌相互印证，因为吴夫人的关系，两位新女性实现了历史性会面。“社集”二字表明她们有过正规意义的结社经历。结社的组织者为浮翠吴夫人，结社的时间为上元之夜，结社的地点在浮翠轩，参加成员有吴夫人、黄媛介、陶固生、赵东玮、王玉映、王玉隐，文社成员应该还包括祁修嫣、张婉仙等。祁修嫣本名祁德琼，字昭华，一字卞客，号修嫣，浙江山阴人，明祁彪佳三女，有《未焚集》存世。张婉仙，字婉仙，一字小青，松江人。胡文楷《历代妇女著作考》中说为江苏云间名妓，后因受汪然明先生之珍重而倍显诗才。尽管二人受邀未至，但为我们考察清初女性的诗文交游情况提供了重要的指迷。第一，女性结社已经走出家庭界限，王端淑与山阴祁氏家族女性文学群体，即商景兰及其女、媳等亦有往来，可以佐证的是黄媛介有诗《丙申予客山阴雨中承丁夫人王玉映过访居停祁夫人许弱云即演鲜云童剧偶赋志感》。丙申年即顺治十三年（1656），黄媛介入山阴梅市客居祁氏家族，王端淑冒雨过访，祁夫人演剧待客。第二，诗社成员已经突破了身份地位之俗见，组成成员社会阶层丰富多样，有贵妇（吴紫霞），有大家闺秀（祁修嫣），有闺塾师（王端淑、黄媛介），也有名妓（张婉仙），还有出家人（王玉隐），不同阶层的女诗人能在诗文交流中平等相处，比稍前的蕉园诗社成员更加多样化，反映了她们已经打破了名妓与闺秀之间的界限，成为跨地域的无血缘联系的社会群体活动，女性唱和集会已经具有了社会性。

除了前述同题社集之作外，王端淑另有《读鸳湖黄媛介诗》《寄皆令梅花楼诗》《为龚汝黄题黄皆令画》等。王端淑《读鸳湖黄媛介诗》曰："竹花吹墨影，片锦贮雄文。抹月含山谷，披云写右军。击音秋水寂，空响远烟闻。脂骨应人外，幽香纸上分。"[1]通过将黄媛介与著名书法家王羲之、著名词人黄庭坚相比较，高度赞赏了其艺术技巧。《寄皆令梅花楼诗》云："买舟急欲探先春，风雪偏羁病裹身。闻有梅花供色笑，客途如尔未全贫。动笔涂残半是雅，剡溪渺渺竟迷槎。相逢只恐梅花笑，怪我春来不忆家。"[2]王端淑不愧为黄媛介的知己，在黄媛介外在的贫困生活之下，挖掘出她内在乐观的生活态度和丰富的艺术心灵，道出了黄媛介精神上的高雅追求和富足。两人同病相怜的苦涩温情在这些诗文唱和中汩汩而出，温暖着彼此。

相同的生活经历与价值追求让两人的诗风非常接近，她们的诗歌均视野开阔，题材多样，都没有寻常闺阁女性的缠绵柔婉，均能在艰辛中悠闲地欣赏生活中的美感，有着简朴淡泊的生活情趣，均身怀深沉的故国之情。黄媛介还为王端淑《名媛诗纬初编》收集女诗人诗作或提出批评意见。《名媛诗纬初编》卷十五"黄德贞"条："黄皆令曾亟称之。""郑庄范（予敬）"条记载："予（端淑）自西湖归，得交予敬。见其丰仪婉丽，深生敬仰，后从黄皆令得所赠西湖

[1] 王端淑《映然子吟红集》卷八。

[2] 王端淑《名媛诗纬初编》卷四十二。

诗，读之为避三舍。”[1] 并选入其诗《乙未仲冬赠黄皆令西归》。可见，王端淑非常重视黄媛介提供的资料与建议。

人格追求上，两人均以“林下风气”作为自己的人格理想。王端淑的人格形成已见前述，是典型的林下风气式人物。“黄皆令诗名噪甚，恒以轻航载笔格诣吴越间。余尝见其僦居西冷断桥头，凭一小阁卖诗画自活，稍给便不肯作。”[2] 吴梅村说黄媛介平日“所携为书卷自随，相见乃铅华不御”[3]“所纪述多流难悲感之辞，而温柔敦厚，怨而不怒，既足观其性情，且可以考事变。此闺秀而有林下风者也”[4]。然而，在当时社会中，她们是女性的异类，因为他们突破了传统“三从”的规定，对当时社会主流女性才德观是一种挑战。朱彝尊《明诗综》的“闺门”卷中有黄媛介之姐黄媛贞小传，但却没有黄媛介小传。在黄媛贞小传中提到黄媛介时写到：“世徒盛传皆令之诗画，然皆令青绫步障，时时载笔朱门，微近风尘之色，不若皆德（即黄媛贞）之冰雪聪明也。”这种批评也代表了当时很多人的看法。她们走出家门时均遭到了家人的反对，此后的羁旅转徙生活中会遭遇多少异样的眼光与冷遇，只有她们自己最清楚。但她们坚持了下来，而且最终赢得了社会的认可。女诗人桑静庵的诗集曾在康熙、雍正年间被进呈皇宫，当时有诗吟道：“辇下新诗传咏絮，闺中细楷羡簪花（自注：有诗册进呈）。牙签空秘图书府，绛帐长悬仕女家。”因而桑静庵也被时人视为“是又一黄皆令、王玉映矣”[5]。世人已经把黄媛介与王端淑相提并论，同等视之。男性社会所作出的退让也说明当时社会人们的道德观念已出现了较大的改变。正如学者所说：通过这样做，以她为代表的具有同样特质的女子为其他女性打开了将家内生活与职业生涯、文学、艺术成就与妇德、良家身份与交际和流动结合在一起，并行不悖的一条路径。[6] 她们是由“家内”转向“家外”的先驱者。直到清朝中后期，她们的行动还具有进步性。她们

[1] 王端淑《名媛诗纬初编》卷十五。

[2] 陈维崧．妇人集 [M]. 上海：上海大东书局，1932.

[3] 吴伟业．吴梅村全集 [M]. 上海：上海古籍出版社，1990：713.

[4] 姜绍书．无声诗史（卷五）[M]. 齐鲁书社影印《四库全书存目丛书》本。

[5] 邓之诚．清诗纪事初编 [M]. 北京：中华书局，1965：450.

[6] 李垚，董双叶．黄媛介——明清之际的诗画才女 [J]. 山东艺术学院学报，2009，(2)：19-24.

创作所带来的独特社会价值与艺术魅力将咏絮才女谢道韫开创的“林下风气”推向历史前沿，既彰显着承前启后的因素，也催发着女性意识的觉醒，而她们迫于生活压力而参与的各类文学活动，使得她们成为男性诗坛与女性诗坛、名妓与闺秀之间融合的桥梁。

除了大量的唱和诗外，端淑另有赠答诗、贺寿诗、悼亡诗多首。如贺寿诗共十八首,其中,自寿诗一首,其余十七首他寿诗根据祝颂对象又可细分为贺亲、贺友、贺官三类。端淑数量众多的用于交际的纪实诗题与诗歌内容的俗化正是清代诗歌功能的一个鲜明特色。吴乔说:“诗坏于明，而明诗又坏于应酬。……唐人赠诗已多,明朝之诗,惟此为事。”[1]明朝诗歌已经失去了诗赋取士的可能，在正统文人眼中，专攻时文才是正道，而作诗则仅仅用来作为应酬的一种工具，女性本就没有进入仕途的可能。以诗抒情与应酬为事，也算是既逢其时又适得其所。

第三节　《名媛诗纬初编》研究

王端淑最大的诗学成就是编纂与出版了《名媛诗纬初编》。编撰始于己卯年（1639）十月，迄于甲辰年（1664）九月，历时二十六年。从收录时间来看，基本涵盖整个明代，并兼及其他时代，以作者身份为分集依据，从后妃到闺秀才女、歌妓、比丘尼、外族女子乃至女仙女鬼等，包含各种社会阶层与身份。端淑结合入编者所处时代与所属社会阶层对所收女诗人诗作进行编辑，第一卷为宫集，收录宫闱女子，后妃、公主甚至宫人皆列其中；第二卷收录由元入明的女遗民，为明清女性文学之前序，题为“前集”;第三至十八卷收录“夫人世妇以及庶民良士之妻”，总为“正集”，为《名媛诗纬初编》之主体；后又有由风尘而入正途者，因身份稍殊于前列众媛而独成二卷附录其尾；第二十一卷选明清易代之际女作家而成“新集”。以上所列宽泛而言皆为“名媛”一类，

[1] 吴乔．围炉诗话（卷四）．郭绍虞，福寿荪编选．清诗话续编 [M]. 上海：上海古籍出版社，1983.

而二十二至三十四卷选录女子因政治、社会身份不一，所作诗歌风格多样而异于前述诸卷，分而言之，第二十二、二十三卷收绥狐桑濮者为“闰集”；第二十四、二十五卷收青楼终不自振者为“艳集”；第二十六、二十七、二十八卷收缁、黄、外裔能谙风雅者为“缁集”“黄集”“外集”；第二十九、三十、三十一、三十四卷又分别从仙鬼志怪小说、齐谐逆谋韫玉中筛选而为“幻集”“备集”“逆集”。卷三十二、三十三为遗集，收录“能诗而湮没者”。卷三十五、三十六为诗余二卷。卷三十七、三十八为雅集，收录“填词杂著有诗之意者”。卷三十九为杂集。卷四十为绘集，收录画媛姓氏一卷。卷四十一为后集上，注明为“嗣刻”。卷四十二为后集下，收录王端淑诗歌六十七首。现有清康熙六年丁未年（1667）精刻本，首题“山阴王端淑玉映选辑”，前有顺治辛丑六年虞山钱谦益序、顺治辛丑夏北平许兆祥序、康熙六年丁未鄢陵韩则愈序、康熙三年甲辰北平衢间散人丁圣肇睿子序、顺治十八年辛丑溽暑山阴吟红主人映然子王端淑玉映氏序，次王猷定、孟称舜所撰王端淑传记，并附高幽贞所撰《陈素霞传》，以及编者凡例十四则，卷末有康熙年癸卯（1663）萧山周之道所撰跋文。本书所据即此版本。据相关研究发现，南京图书馆藏本中只有王端淑自序和许兆祥序。中国台湾“国家图书馆”所藏还有丁启光所作序言。需要说明的是，现存的《名媛诗纬雅集》系从《名媛诗纬初编》节选出来的单行戏曲选本。

无论是遭遇国破家亡的人生惨剧，还是南北萍漂以谋生计的匆匆岁月，她一直没有放弃广泛搜集女性诗作的努力。以一人之精，采众本之选，坚持不懈使得这部蔚为大观之作得以诞生。王端淑充分认识到女性诗作流传之不易，如果没有男性文人的支持很难传播，于顺治辛丑年（1661），借寓居武林之机，王端淑顺利地邀请到当地名宿许兆祥、钱谦益等人为《名媛诗纬初编》作序以广声誉。顺治甲辰年（1664），《名媛诗纬初编》杀青并付梓，在当时的文学界，尤其是女性文学界得到了广泛的重视。学者认为“其用意搜讨，评语精切，为闺阁罕见之作”[1]。《名媛诗纬初编》为女性诗学留下了宝贵的资料，也成就了王端淑著名女诗家之名。

[1] 钟惠玲．清代女诗人研究 [M]．中国台湾：里仁书局，2000：144.

一、编撰雄心：完善诗学经纬

王端淑在《名媛诗纬初编》凡例开首即自言："余素有操选之志，然恐以妇人评骘诸君子篇章，于谊未雅。以闺阁可否闺阁，举其正也。如桐城方仲贤选《宫闺诗史》，刊上季静娱选《闺秀初集》，松陵沈宛君《伊人思》而后不多概见，予故谬操丹黄，以昭甚盛。"王端淑首先谦虚地自退一步，为自己操选政找到无法辩驳的理由。当时女性评骘男性诗肯定会被批评为不雅，但女性评骘女性诗歌已有先例，言下之意，自己为昭示女性诗歌的繁盛、延续女性诗歌选集传统而作女性选集，并非逾矩。于是，她不仅为女性诗歌的结集与品评找到了最正当的方式，还高调消除了传统男性文人的抵触情绪，也为此后在选集中不动声色而又锋锐地评骘明末清初诸君子之诗找到了合适的掩体：女性诗学。

端淑认为诗媛诗作于世教人心的作用是传统诗教的一部分："诗开源于窈窕，而采风于游女。其间贞淫异态圣善兴思，则诗媛之关于世教人心如此其重也。"从儒家经典《诗经》中寻找女性诗歌存在的合理性是明清两性诗学家的共同策略，端淑算是走在了时代的前列。明代之前的诗媛诗作已经有了不错的留存与评骘："闺秀诗上自汉魏、三唐，及于元宋必广收博采，庶尽上下古今之胜，因久有诸选定本俱在，确有定论，故不必更为品骘。"而明清名媛诗"琬琰未集，风雅阙然"，因此，《名媛诗纬初编》所选绝大部分是明清时期女性诗人诗作，有续女性诗史之意。为了打破"弃才于前，忌才于女子"的陋习，改变"自屈于当世，散失湮没于衰草寒烟"的文学传统，端淑决心采用"诗以人存"的采择标准，尽量广收当代女诗人诗作，"王端淑 1667 年的《名媛诗纬初编》则是一部远具野心的女性作品集，它选有 2000 多首诗，录有 1000 多位作者，试图囊括所有知名女作家。直到恽珠时代之前，其搜罗之广无有出其右者"[1]。其中也体现了明清之际有社会责任的知识分子的文化自觉："虽有作者，传之无人，非作者之罪，而不见知者之罪也，是不愿责之后世，而窃以责之当世。"[2]这是男性文人筹资出版《映然子吟红集》的原因，也是端淑编撰《名媛诗纬初

[1] 魏爱莲．十九世纪中国女性的文学关系网络 [J]．清华大学学报，2008，(3)．

[2] 王端淑《映然子吟红集》小引。

编》的初衷。

至于书名为何取名为“诗纬”，自序中有一段精彩对答：

客问于予曰：“诗三百，经也。子何取于纬也？易、书、礼、乐、春秋皆有纬也，子何独于诗纬也？”则应之曰：“日月江河经天纬地，则天地之诗也。静者为经，动者为纬；南北为经，东西为纬，则屋野之诗也。不纬则不经。昔人拟经而经亡，则宁退处于纬之，足以存经也。”（王端淑自序《名媛诗纬初编》）

通过辩难的方式回答了取名为“诗纬”的原因，认为女性诗歌是诗教的重要组成部分，与男性诗学之经共同构成诗学经纬。其对明清诗媛诗作的费心搜罗品藻，正是为完善诗学经纬而作。这是王端淑大视野下的诗歌经纬论，也是她为女性诗学寻找到诗学地位的诗学经纬论。王端淑的这一经纬论得到了诗学泰斗钱谦益的认同：“命名诗纬，嗣音玉台，亦史亦经，又香又艳。”[1] 高度肯定《名媛诗纬》“亦史亦经”，但是诗纬是否“嗣音玉台”，端淑未必认同。如前所述，“玉台”当指《玉台新咏》，一般认为编撰者为南朝徐陵在梁中叶时所编，主要收男女闺情之作，刻画出古代女子丰富的感情世界。而端淑自觉承传的传统，如己所言，是《诗经》与明代女诗人沈宜修与季娴所编撰女性选集。从男性诗人角度来解读“诗纬”命名，多了香艳意味，这是明清男性文人在品评女性诗人诗作时惯用的情趣。我们认为，无论是选集内容还是选集的审美倾向，《名媛诗纬初编》与香艳关系并不大。

二、体系建构：纠偏明代诗学，探讨诗歌本体美学

从表层结构而言，作者在编排上与一般诗选体例不同，打破以史为序的时间序列排列，也不按体裁安排，而以入选者所处时代与所属社会层面为原则，对传统编撰体例是一种创新。从内在理路而言，《名媛诗纬初编》以诗心、气韵、性灵、意趣等核心诗学概念探讨了诗歌本体美学。同时，以明代以来的男性诗坛发展实况为参照系，通过对明代诗坛的反思与批评，为女性诗纬的

[1] 钱谦益序，王端淑《名媛诗纬初编》。

建构树立标准。

（一）诗学本体论

诗心是诗歌的灵魂，由性情、意趣、气韵等组成。诗有心，这是王端淑诗歌本体论的核心。关于诗心之论主要有：

> 诗者，思也，为心之声，声以达情，以门面典故了之，焉以诗为。而浅之者止拾烟云陈迹花鸟字面，又为不读书人借口。句中有意，字中有情，句子之外有趣，斯为得之。(《名媛诗纬初编》卷六，“沈天孙”条)
>
> 诗有心，心之所在，运则如烟，入则如发。以浮词掩映、浮景撮合者，均非心也。有宋君子，离却幽渺，矜才任气，诗之心已不复见。历下声起，变为弘壮整练，诗之声律愈振，诗之心曲愈杳矣。竟陵始寻思理，一抛宿习，而不无矫枉过正。其派一流浅学，以空拳取胜，竟陵独得处，肤浅人共引为捷径，使抱奇怀才之士笑为俭腹、为劣才，俱末学之失。今日起衰救弊之道，在别辟孤异，无蹈历下、竟陵余波可也。海内巨眼，当自有去取耳。(《名媛诗纬初编》卷三，卷首)

第一条指出诗心是诗歌的灵魂，诗言心声，字中有情，句中有意，篇中有趣，形成诗心的灵慧之妙。因此，情、意、趣为诗心之三要。第二条目中，王端淑用严谨犀利的笔触剖析了自宋至明末诗心迷失的过程。宋人矜才使气，以才学为诗，诗心已不复见。明代七子学派标榜“弘壮整练”的声律，一味拟古，诗心尽失。景陵一抛宿习寻求突破，却又“一流浅学，以空拳取胜”，不重学问，皆是末学。虽然并没有指出诗心为何物，但是把它与学问、声律对应起来，在否定宋、明诗学的基础上提出别辟幽渺孤僻之诗心以起衰救弊，故而诗心指向的依然是第一条中的性情与意趣。

端淑的诗学观围绕诗心三要而展开，各自具体内涵丰富。有关“情”之论有：

> 文生于情，情生乎文，相生不已。(《名媛诗纬初编》卷二十四，“叶星”条)
>
> 诗真处，不加粉饰，方是性情。若随风掉弄，一味趋时，大伤风雅。(《名

媛诗纬初编》卷二十五，“沙宛在”条）

二诗俱以用字灵妙，化腐为新，如此女士方可称才情二字。痴重人拾古人陈迹，奚啻霄壤。(《名媛诗纬初编》卷三，“陈茂贞”条）

词生情，情生词，有词无情不可为词，有情无词不可为情，情词兼到，开口媚利。(《名媛诗纬初编》卷四，“鸳湖女郎”条）

首先，端淑认为文必须有情，文与情二者相生不息。同时，诗表“性情”，需要真实感人而又匠心独具、尽脱前人窠臼则为灵妙。王端淑在为李渔戏曲作序时更全面展示了她的情观，表现出不同于一般女性批评者的理性思考：

有万物然后有男女，此天地来第一义也。君臣朋友，从夫妇中以续以似。笠翁以忠臣信友之志，寄之男女夫妇之间。而更以贞夫烈妇之思，寄之优伶杂伎之流。称名也小，事肆而隐。……考诸物化，自无情而之有情，老枫为羽人，朽麦为蝴蝶也；自有情而之无情，贤女为贞石，山蚯为百合也。两人情至，此忽然忘窈窕之仪，而得圉圉之质；彼倏然失儒雅之规，而适悠然之逝。《中孚》豚鱼吉，《易》辞岂欺我哉！笠翁以神道设，归之慕容介，其实皆自道也。说者谓文章至元曲而亡，笠翁独以声音之道与性情通。情之至，即性之至。藐姑生长于伶人，楚玉不羞嵩鄙事，不过男女私情。然情至而性见，造夫妇之端，宅朋友之交，重以国事灭恩，漪兰招隐，事君信友，直当作《典》《谟》训诰观。[1]

这是王端淑应著名戏曲家李渔邀请为他的《比目鱼》作序时所发表的情观，她认为李渔创作剧本时，“以忠臣信友之志，寄之男女夫妇之间”，以男女之私情写人类共有之情，情到极致即见性之真，有利于道德风教，这是其诗教观在戏曲领域的运用，有效提高了戏曲的地位。

“趣”是诗心三要之一，也是其诗心论最重要的内涵，具体论述有：

诗有灵趣，在遣烟运墨之间，浅人以字句为诗，诗之趣尽矣。三百篇皆趣

[1] 蔡毅．中国古典戏曲序跋汇编 [M]．济南：齐鲁书社，1989：1506.

也。趣之外有骨有韵有声有光，皆不离于趣也。今之言诗者变为假气象假格调，而趣亡矣。诸诗清隽犹不失趣之一字。(《名媛诗纬初编》卷五，“黄幼藻”条)

毛诗之妙在意言之外，绘景写情，宛然生动。故以学问、才情为诗，犹诗之次也。今古才人一堕作家气，去风雅自远。(《名媛诗纬初编》卷六)

辋川习静空山，室逝不娶；龟蒙载琴鹤茶灶，浮沉鸥凫藻荇间；逸少孤山笼鹅放鹤，幽人兴趣，非直在小小禽鸟山水中。本有一段牢骚不平之气，消融无地，故以此为寄。(《名媛诗纬初编》卷二十七，“张娴婧”条)

作者对《诗经》评价甚高，认为三百篇的成就在有“趣”。言意之外者为“趣”，驾于才情、学问之上。诗“趣”是风雅的最高境界，具体表现多种多样，有烟霞泉石之灵趣，有佛禅雅士之幽趣……而“趣”究竟为何物，正如袁宏道在叙陈正甫《会心集》时所论：“世人所难者为趣，趣就如山上之色，水中之味，花中之光，女中之态，虽善说者不能下一语，唯会心者知之。”“趣”无定论，会心者得之。袁宏道亦曾云：“山有色，岚是也；水有文，波是也；学道有致，韵是也。”从两段论述中可以看出，袁宏道对“趣”与“韵”论述时所参考的对象是一致的，要求也大致相通，故而“趣”与“韵”在他的笔下是互通的。它们都要求“无心自然”。趣较重于真性情的显现，而韵则更进而讲求境界的烘托。

端淑亦有论“气韵”曰：“诗以气韵为上，才情次之，学问又次之。靖节、摩诘、襄阳、龙标只此气韵便已超绝今古。才如太白，学如工部，未能凌而下之，今人未有才情，妄言学问，不能读书，抄写典故，少观载籍，不知气韵。故随人步趋，鸟言虫响，遍于天下，时去一空。古今以来，负虚名者不乏人，何况簪珥。夫人诗才庸思浅，于学问才情四字，尚未能具，故选不能富。噫！况气韵乎？”[1]端淑认为同样处才情、学问之上的，只有气韵。古之诗人，惟陶渊明、王维、孟浩然、王昌龄等诗人气韵超绝今古，甚至连李白之才、杜甫之学也未能凌驾其上。基于这种对诗歌本体的认识，王端淑在诗歌的鉴赏上也就侧重于“气韵”，与明代性灵派主将袁宏道在诗学本体论方面有诸多相通之处。

[1] 王端淑《名媛诗纬初编》卷三。

（二）对明代诗学的批评——纠偏之用心

《名媛诗纬初编》代表了一种新的批评策略与良苦用心。作者虽以诗媛为关注点，却每每以历代男性文人为参照系，特别是通过对明代男性诗坛的尖锐批评而实现纠偏之用心。有学者将端淑诗学归于公安思潮的余波[1]；有学者认为端淑对整个诗学发展的历史观是“崇古卑今”的[2]。前者赞同王端淑倾向于公安派，后者倾向于王端淑与七子派的复古一致，这两种观点本身是矛盾的。不过，这也正说明端淑诗学倾向的复杂性与深刻性。

终明一代的诗学在师心与师古、格调与性情、复古与反复古之间展开长期的摇摆取舍，其中又以复古思潮为当时诗坛之主调。复古派在文学思想上主张复古，崇尚真情。永乐、成化年间，李东阳起而崇唐抑宋，已颇受严羽重视“体制”“格力”之说的影响，复古倾向初显端倪。迨明代中叶的前后七子巍然崛起，倡言“学不的古，苦心无益”，以学习唐代及其以前的诗文来振兴当时的文学，先后将复古思想推向高潮。其后复古派在文学界一直受到崇奉，至明末，仍有张溥“复社”、陈子龙“几社”接续前后七子余绪，主张“文当规摹两汉，诗必宗趣开元”，可见，复古思潮仍然占据着诗坛的主导地位。《名媛诗纬初编》正是在这样的诗学背景下诞生的，端淑自觉承担起对明代诗学的反思与批评，在正集开卷即将目光对准刚刚成为历史的历下、景陵诗风进行批评，认为近时之诗局促：“虽无三唐格调，其气度尚能高旷，不似近时局促也。”[3]整体而言，端淑深受明代诗学的影响而又能跳出其窠臼，对明代拟古之风进行了较尖锐的批评，其选诗评诗俨然以风雅为宗，力图找到正确的诗学发展方向与适合女性诗学生存的空间。

关于师心与师古，端淑更倾向于师心独创。端淑父王思任是晚明性灵派的支持者，与竟陵派诗学关系密切。王夫之在《明诗评选》中录入王思任《薄雨》诗后曰：“置颔联不论，讵非作者。竟陵狂率，亦不自料遽移风化，而肤俗易亲，

---

[1] 钟慧玲．清代女诗人写作态度及其文学理论［J］．东海中文学报，1982，（3）：153.

[2] 林玫仪．王端淑诗论之评析——兼论其选诗标准［J］．九州学刊，1994，6（2）：45-62.

[3] 王端淑《名媛诗纬初编》卷三。

翕然于天下。谑庵视伯敬为前辈，天姿韶令，亦十倍于伯敬。”[1] 用语尖锐，对竟陵派进行了嘲讽，但是也道出了钟、谭、王之间的诗学渊源关系。端淑禀承庭训，持论确有与公安、竟陵相通处，如王端淑看重情感的真实，“镏氏”条评曰：“夫妇间只宜真率。”[2] 尤其赞赏痴情，如南京张小莲容色倩丽，诗词隽逸，爱朱生，自己正色议婚，后得为夫妇。王端淑评曰：“其痴情一段景况……真足为千古美谈。”[3] 重情正是性灵派的核心理论。同时，王端淑还借徐媛之口道出对诗心独创的赞赏：“（徐媛）论诗独不喜子美而慕长吉，谓子美虽大家，然多鄙俚语，长吉怪怪奇奇俱出自创，不到以鬼才开宋人门户，故所咏悉雄丽奇兀，高视一时。”[4] 又曰：“诗不贵多而贵出语惊人。”[5] 以上观点均与公安派的“独抒性灵，不拘格套”如出一辙。前所述关于“气韵”“趣”之诗心论亦与公安派领袖袁宏道所论相近。

不过，端淑也看到了公安末流与竟陵派在性情抒写方向上不断滑向了肤浅纤靡的弊端，屡屡指责明末肤浅浮躁的时代诗风，而要求诗人性情苍老灵异，认同陈子龙的师古。如以下各条：

宛在诗苍老灵异，识度弘远，洗去近日蹊径。（《名媛诗纬初编》卷十五，“颜宛在”条）

朴老可诵，洗去肤浮，直归沈寔，一扫近人滞累。（《名媛诗纬初编》卷十五，“周礼”条）

诗自启祯以来，饥寒狼狈之态遍于天下，再变而纤靡之音习以成俗，求起一代之衰者而不可得，大樽先生起而振之，为诗家柱石。言声气、言格调，使雅颂各得其所；去纤媚、去轻浮，使郑声不敢乱真，功岂不大哉？（《名媛诗纬初编》卷十三，“章有湘”条）

---

[1] 王夫之．明诗评选（卷五）[M]．保定：河北大学出版社，2008.

[2] 王端淑《名媛诗纬初编》卷二。

[3] 王端淑《名媛诗纬初编》卷十五。

[4] 王端淑《名媛诗纬初编》卷七。

[5] 王端淑《名媛诗纬初编》卷七。

端淑也并不排斥师古。而且在宗唐祧宋之间有鲜明的倾向：宗唐贬宋是王端淑基本取向，这点与明代诗学主流倾向是一致的。端淑反对学宋，认为宋诗冗塌，学习者容易走向浮浅。自宋代开始，真正的诗心就不可复见。如批评三苏的诗歌："三苏功业文章标炳于世，诗则未入室也。大概宋诗冗塌开后人浮浅门路，为诗家所忌。"[1]不过，明代诗学主流主盛唐。从明初高启、袁凯、林鸿，到稍后的李东阳，皆以盛唐为学习目标。到了明中叶的前后七子，更是倡言"文必秦汉，诗必盛唐"。明末张溥、陈子龙主张"文当规摹两汉，诗必宗趣开元"。端淑则对当时盲目学习盛唐的风气非常反感，批评道："今之海内名流，动言盛唐一趋门面填塞古人名字，千篇一律滔滔可笑，宁取此清薄一路，尚可救今日之失耳。"[2]端淑认为唐诗各期皆有特色，不可一概抹杀中晚唐诗学成就："三唐各不相袭，始并行不悖千百年，岂有长盛唐哉？抹杀中晚，一概才子群趋初盛门面，识陋心愚，胆痴才劣，有识者岂蹈此病。"[3]王端淑甚至对诗人诗作的取舍以有无盛唐衣冠为标准，如卷三"田娟娟"条："以其无盛唐衣冠及赠答客套语，故存之。"田娟娟的诗歌因为没有盛唐衣冠及赠答客套语而入选。王端淑与明代复古派的界限在是否以盛唐为尊上非常明显。直接批评七子派的有："湘君艾年慧性而诗独清隽，虚字俱老，无七才子习气，由此而进，木落霜降渐入高老矣。今之才名奕奕者，近体皮毛浣花、叔敖，初盛腐拾旧典，痴藏板句，咏梅花则必牵驿使，赠才女则必引谢庭赋，看月则必借仲宣，可叹也。"[4]端淑赞赏祁德茝诗歌"无七才子习气"，假以时日必然会进入理想的高老境界。而当世那些鼎鼎有名的诗人也只不过是学习到唐人的皮毛而已。显然，作者对一味拟古诗人表示不满。

究竟该如何师古呢？首先，认清自己的诗学取向，选择适合自己的学习对象。"无灵奇之质、傀伟之气、幽窅之思、泣鬼惊人之胆者，俱不许学长吉，静和诸诗有怪石排空奇禽啸树之致，优于徐陆远矣。"[5]适合自己的学习对象才

[1] 王端淑《名媛诗纬初编》卷十二。

[2] 王端淑《名媛诗纬初编》卷三。

[3] 王端淑《名媛诗纬初编》卷十六。

[4] 王端淑《名媛诗纬初编》卷十六。

[5] 王端淑《名媛诗纬初编》卷十二。

是最好的老师。学李贺的诗歌需要有李贺的“灵奇之质、傀伟之气、幽窅之思、泣鬼惊人之胆”才可能得其精髓。显然，这种识见是符合学诗实际的。其次，须学而得其佳，善于吸取长处：“学子美而不得其老，则近于板而俚；学长吉而不得其奇，则近于涩而凿；太白丑处狂语浮蔓，香山丑处学究打油，襄阳单俭、东野酸寒，非古人一无是处，俱学而不得其佳也。古人不轻易学，何况纷纷历下、竟陵乎？一尺之冠，惹地之袖，倏而低就发窄帖肤，何长短之效颦乎？且用古典处，非凑即尖其老句多糟粕耳。”[1] 端淑认为每个诗人创作各有所长，杜甫诗歌佳处在老成，李贺诗歌佳处在奇气横溢，同样地每个诗人也有自己的弱点与不足，李白丑处在于狂语浮蔓，王维、王昌龄、孟郊等均有，所以学古不易，需要特别慎重所得为糟粕，如：“卿子驱使晋魏，挥斥青莲，经史在其胸中，才华应于腕下，自视非大家作手乎？然所得多属糟粕，无乃形似古人也。春秋责备独恕簪珥乎？”[2] 学而不得其佳仅得其形，则无法成大家作手。因此，王端淑反对一味的尚古而无真性情的拟古派末流，希望各取其性情与格调之长，二者的相互完善才能写出好诗，“有格调而又具性情方是作手，若只取格调，徒郛说耳。此作举止雄大，特少性情二字，然亦非庸浅，一流观者其毋忽诸”[3]。端淑认为有识者自会选择合适的学习对象，学会他们的长处，并有所创新才行。这是王端淑调和明代七子派与性灵派诗学观的结果，也是清代诗学倾向的主流。

同时，端淑对复古派的格调走向虚响也给予严厉批评：“时尚声调渐入虚响，取此真致之笔，不犹愈于妆海内名家耶。”[4] 端淑崇尚格调清正：“气格风味尚归清正，至哉斯言也。今人不知清正，徒言气格，似犹不及皮毛。而惜气格也，可不寒心，故曰诗之一道难言也。”[5] 这是直接针对当时诗风空言气格而不知清正的直接批评。

综而观之，端淑对明代诗学有全面细致而又理性的思考，对师心师古、性

[1] 王端淑《名媛诗纬初编》卷七。

[2] 王端淑《名媛诗纬初编》卷七。

[3] 王端淑《名媛诗纬初编》卷五。

[4] 王端淑《名媛诗纬初编》卷六。

[5] 王端淑《名媛诗纬初编》卷五。

情格调、七子派与竟陵派均予以有针对性批评，其诗学观是通达而理性的，而批评策略则是独特的。如“邓太妙”条所论：“秋冬森肃，春气妍丽，朱明则昌大。四时之质，各标其美而不妒，乃成造化。水青山瘦，木殒霜降，人爱其洁，孰知从繁华富贵中来，剥落推迁，所谓绚烂归于平淡也。浅人不察其故，睥睨六朝则奴视徐庾，涂抹四唐则心轻温李。绝代才供时讪诋，家中人笑尔耳食久矣。夫人诗祖述玉台、八叉、义山，余音尤存闺阁。”又如：“弢英以绝色绝才为诗，从无艳态，一归大雅，盛唐气格直接蛾眉，忠敏（编者按：祁彪佳）之家教使之然也。然历下殊非至境，景陵尽入时蹊。今人须眉如戟而止拾糟粕，非北面历下则臣事景陵，甘心奴使，见此自应愧死地下。”[1]无论是前者还是后者，端淑均以两性为比较对象，且以男性诗学的不足衬托女性诗学的成就，显然，端淑是以批评女性诗学为面具而对明代甚至整个男性诗史进行了个性化评价。这种在性别面具下的发言显示了她希望女性像男性那样在写作与阅读上不仅有主动虚构的自由，也有跨越性别的幻想。[2]

三、女性诗纬的理想建构

端淑有自觉的传播意识与独特的传播策略，以史官作手自命，废寝忘食于闺中诸秀诗作的编撰，珍惜她们的情、泪、血之作。于此，丁圣肇为《名媛诗纬初编》作序时加以推衍：“馆阁实录，一代有一代之史官；鼓吹旗纛，一代有一代之作手。传之者有人，失之者无罪。至于闺中诸秀，内言不出，传之者谁耶，失之者谁耶？其传其失，谁之罪耶？余内子则竦焉以此罪自任。……盖一代之情、一代之泪、一代之血，当为一代之女流惜之。”昭示女性诗学之盛，是女诗家的创作意图，端淑有非常清晰的告白：“予故谬操丹黄，以昭甚盛。”因此，从性别角度来探讨此书的诗学价值是许多学者不约而同的选择，如孙康宜、闵定庆等均着眼于选辑的性别视角。女性诗学的理想状态究竟如何？这个问题应是端淑思虑最多的问题。通过检阅分析，本书努力把

[1] 王端淑《名媛诗纬初编》卷十三。

[2] 关于“性别面具”，参见孙康宜《感情与面具——吴梅村诗试说》，严志雄译，收入乐黛云、陈江主编《北美中国古典文学研究名家十年文选》（江苏人民出版社，2011年）。

其中的女性诗学理想还原。

第一，建构当代女性诗学阵营。采用最宽泛的选辑原则是作者昭示女性诗学之盛的策略之一。旨在保留闺秀之作，所以每恨不多见，见者即收，初步统计《名媛诗纬初编》所选，女诗人数量达 786 人，诗歌数量达 1955 首。要搜罗如此多的诗人诗作，对于流离转徙还要身兼养家重任的女性而言，端淑已经达到废寝忘食的地步："（笔者按：映然子）于《吟红》《留箧》之暇，寝食一《诗纬》焉。" 为之付出的艰辛是常人无法想象的。《名媛诗纬初编》因收录诗人、诗歌数量的庞大而当之无愧成为当时甚至整个中国古代女性作品总集中规模庞大的选本之一。

《名媛诗纬初编》所选诗人身份多样，涉及当时女性各种身份与阶层："故自后妃贵嫔夫人华淑节烈幽愁，以及小星名楼缁素黄柔彝环叛髻，莫不骈收。" [1] 即便是那些没有诗歌作品的善画之名姝诸秀及平康而无诗之谱籍录而载之，也存其姓氏。所收诗作风格博杂，无所不包。凡例七云："诗之高绝老绝存之，幽绝艳绝者存之，娇丽而鄙俚者、淫佚而谑诞者亦存之，得无滥乎？曰：不然。孔子删诗而不废郑卫之音，且限于止一诗也，可以着眼。" 作者以孔子删诗而不废郑卫之音为榜样，不以自己的诗学理想限制入选诗歌的风格，包容性极大。即便明知会引起质疑也不愿意改变初衷："与其失之刻，毋宁失之恕；与其失之隘，毋宁失之广；与其失之峻，毋宁失之坦。" 以诗存人成为《名媛诗纬初编》的选诗原则。

虽然收录从广，但并不意味着作者对所录之诗人诗作均持肯定，屡屡可见直面批评，如："落花诗虽多，从未有当予心者，大略不离前人窠臼耳，此诗仍拾残粉，以诗少存之。" [2] 又如："宜人诸诗俱凑插难以入选，必不得已，聊存一绝，备数而已，诗云乎哉。" [3] 端淑曰："诗纤鄙不足录，然在青楼，舍此又无可录耳。" [4] 在坚持自己诗学观的同时，依然顾及存人原则。

在保存女性文献方面，清初王端淑《名媛诗纬初编》与清中期恽珠《国朝

[1] 丁圣肇序，王端淑《名媛诗纬初编》卷首。

[2] 王端淑《名媛诗纬初编》卷六。

[3] 王端淑《名媛诗纬初编》卷四。

[4] 王端淑《名媛诗纬初编》卷二十四。

闺秀正始集》、清后期施淑仪《清代闺阁诗人征略》成为清代女性编辑的三部大型女性诗选集，保存了清代大部分诗人诗作，功绩甚伟。

第二，探讨女性诗学风格：脂粉气与雄豪气并举。“男性文学展现雄强，女性文学昭示柔弱”乃长期的传统诗学审美观，于是，“脂粉气”成为女性诗风柔弱的诗学用语。端淑认同“脂粉气”为女性性别特征，如：“官家有冠冕气，仙家有瓢笠气，僧家有蔬荀气，女士家有脂粉气，俱未脱凡性耳。凡性既脱，始破今古。”[1]她对那些能写出闺阁本色的诗作给以肯定。如：

小蕴诗温婉而静，无伤怨之句，虽不必方之于古，要自成闺阁本色，其落笔幽致，停动寂寥有情，故无浮衬语。(《名媛诗纬初编》卷四)

以女郎诗赠女郎方是当行本色，其诗骨韵清丽，别有才情，不以板人腐句。(《名媛诗纬初编》卷十二)

诗有逸志，不加妆点，是闺帏本色，而又合得天巧，不得不谓之佳。(《名媛诗纬初编》卷十五)

龙辅《山中寄外》有“双眉不忍画，羞对远山青”之句，端淑评曰：“清隽似女子声口。”(《名媛诗纬初编》卷八)

昔人谓梁简文无帝王气而有铅粉气，以帝王作铅粉乌乎可，然诗自不可废耳。静庵以铅粉写铅粉，安得不为之当行本色乎？(《名媛诗纬初编》卷三)

端淑认为诗歌风格的柔、轻、浅，都是女性自身所带来的性别特点。温婉而静、骨韵清丽、清隽等诗风均似女子声口，这些当行本色的女性诗，值得一定程度的肯定。但在女诗人是否需要完全臣服于此性别规定问题上，端淑表现出超性别视野的锐气。她屡屡以女性能否脱除脂粉气来衡量诗歌高下，对有“脂粉气”的作品评价偏低，认为“女子不能脱脂粉气，自是沿习未除耳，此作以秀雅存之”。[2]女性诗因多脂粉气，故诗格难高，如“周洁”条云：“女士诗未易深老，柔则无骨，轻则无意，浅则无学，欲臻浑博难矣。蔡琰不离汉气，文

[1] 王端淑《名媛诗纬初编》卷三。

[2] 王端淑《名媛诗纬初编》卷四十二。

君尚多古音，后之薛涛、清照未易伴也。”[1] 对那些能脱却“脂粉气”、显现英豪气的诗作则大加赞赏，如以下各条：

毫无女郎习气，若动以春花秋月烟云飞鸟字面，措辞尽落时蹊，为可惜也。（《名媛诗纬初编》卷二，“镏氏”条）

七襄诗灵慧，犹喜其无女士累。（《名媛诗纬初编》卷六，“沈天孙”条）

颜诗是有力量文字，读其千载孤忠句，多少感慨雄壮，岂二八女郎口中语？（《名媛诗纬初编》卷七，“颜绣琴”条）

英锋特出，非女子口中语。（《名媛诗纬初编》卷八，“丁如玉”条）

远出三唐，无闺中纤媚诸习。（《名媛诗纬初编》卷九，“孔娴”条）

其诗规划古人处不无拘拟，然浑洁方正，非复香奁中物。（《名媛诗纬初编》卷十，“方孟式”条）

女郎胸中那有此一肚皮，悲愤豪壮，安得以铅粉视之。（《名媛诗纬初编》卷三十八，“许景樊”条）

诗雄健无粉黛气。（《名媛诗纬初编》卷二十四，“赵丽华”条）

合而观之，王端淑对“脂粉气”与英豪气之作均持肯定态度，但对超越性别局限的英豪之作评价更高。这与自身创作偏好有关，也是她审美理想的体现：弃绮媚崇风骨。同时，也是她在获取男权社会对女性诗学认同上的策略，希望女性能够用情词雅正的创作获得男权社会的认同。

第三，塑造女诗人的理想形象。在或评其人、或品其诗的过程中，端淑艰难地在男权话语中塑造理想女诗人形象，为女性诗学定位代言。

女性才德之争历来已久，“女子无才便是德”成为男权社会强加给女性的一条枷锁，许多女性在此约束下焚诗毁稿，甚至根本就没有接受识字读书的教育机会。王端淑有自己的立场与看法：“予品定诸名媛诗文，必先扬贞烈，然后爱惜才华。当于海内共赏此等闺阁。”[2] 可见端淑在批评时会兼顾女性才德。

[1] 王端淑《名媛诗纬初编》卷五。

[2] 王端淑《名媛诗纬初编》卷十二。

《名媛诗纬初编》就是在不断的德、才辨析中，塑造出理想的女诗人形象。

首先，《名媛诗纬初编》具扬德之用心：正教化，勖后人。端淑受到清初士人为明末烈士立传的影响，激扬节烈是明遗民式的节烈，不尽是妇德的贞烈。女遗民以书写姿态怀念故国。本书卷一收录金陵宫人宋惠湘的《郧城题壁》四首，由"将军战死君王系，薄命红颜马上来""谁敢千金弃孟德，殷勤遣使赎文姝"等诗句得知，被掠的女诗人们希望明朝能够早日复国，自己则能像蔡文姬一样回到故土。如下条所言："文恭公云：臣殉君、妻殉夫，道一也，大哉言乎"[1]，站在坚定的女遗民诗人的角度，端淑视臣殉君与妻殉夫为同理，也是可以理解的。

端淑也很注重女诗人的传统闺范母仪，对诸多节烈女子赞赏有加，有父母悔婚而自经者如杨玉英，守贞不字者如金氏，节烈自守、封耳见志的邓铃，有未字而夫卒、守贞几十年、获贞表的孟蕴，有饮冰茹檗、全节而终的未亡人王素娥，有未嫁而未婚夫死、绝食而亡的陈若英……甚至为了彰显女性节烈而置才华高下于不顾，如时人皆重的胡应佳人品德行堪为当时之仪范，至于诗歌一途，却多不经意，且所著寥寥。王端淑并未有惋惜之意，反而豪迈称言："诗一技耳，何足为季贞轻重哉。"[2]又如："郭氏十一首诗俱鄙俚烦冗，难以入选，但其节烈可嘉，故急切中不暇选声律而语意可怜，存此贞烈女郎，可不为诗家增声价乎？"[3]又曰："诗叙事多类香山，然冗滥处亦不少，以其节可传也，故存之。"[4]"妇德如斯，诚足不朽，又何论诗文之末哉。"[5]在显示妇德重要性方面，比起晚明进步思想家李贽等人对女性才能的张扬，王端淑显然要保守得多。不过，在清初这一特定历史时期，王端淑的思想颇具时代典型性。而且，明清易代中众多贞洁烈女的实际存在与清初统治者加强对女性贞烈的提倡、晚明的启蒙思潮在清初出现一定程度的倒退均有关系，王端淑无法超越于时代主流话语，重德也是无法苛求的事实。

---

[1] 王端淑《名媛诗纬初编》卷三。

[2] 王端淑《名媛诗纬初编》卷十五。

[3] 王端淑《名媛诗纬初编》卷十三。

[4] 王端淑《名媛诗纬初编》卷三。

[5] 王端淑《名媛诗纬初编》卷十六。

端淑也收录了一些在她看来品性不端的女诗人，但并非为怜其才，而是为存褒贬之遗意。如对女尼性空笔涉淫秽之作与明因寺尼淫荡至极之篇，王端淑在“郑卫不删，此意也夫”的自问中依然将之刊录在卷，同时明确指出：“吟诗至此，可谓淫荡极矣，以佛门为藏垢之地，其罪尚可容于一时哉？存之以为宣淫之戒。”[1]端淑认为女性作诗须弃绮语怨辞：“凡为女子，幽娴贞静四字毕矣，若绮语怨辞所最忌。”[2]“女子不可作绮语艳辞，予已言之再四矣。”[3]坚决摒弃绮语怨辞，不仅在于它与传统诗教温柔敦厚背道而驰，也因为从论诗知人的角度而言，端淑因为这些诗作的思想倾向而否定诗人人品。

在评点诗作时，端淑常将儒家经典《诗经》的温柔敦厚作为衡量闺秀诗作内涵是否纯正的标准。如卷四评吴氏：“皆《关雎》正始之音，为之击节者终日。”卷十评吴令则云：“七言一律，不特风雅，亦征温淑，如此立念设想，可追国风一脉。”卷十八评谢瑛曰：“无锡邹子称夫人诗忠厚和平，无繁音无靡响，不减《卷耳》《葛覃》诸什，信哉斯论也。至其相夫有孟光之风，抑又难矣。”很显然，端淑推崇风雅之作，注重诗歌的教化功能，这种倾向与钱谦益论诗强调“发皇乎忠孝恻悼之心，陶冶乎温柔敦厚之教”的主张是相通的。端淑在批评时贯彻诗如其人的理念，将诗品与人品均作为考量的因素，不过更为强调人品对诗品的决定意义。

同时，端淑具怜才之苦心：求不朽，传才名。端淑认为女性特别是才华女性均有留名之心：“钟伯敬先生谓仙佛俱有名心，人无名心与草木同腐。古人落眉入甕，语不惊人死不休，名使之也。夫人玉碎珠沉，犹乃心怏怏，惜诗之不传，岂蛾眉凡质乎？”[4]借著名男性文人钟惺之口道出仙佛皆有名心，何况是人，“语不惊人死不休”的驱动力是才名能永传。同样是人的女性，无论高低贵贱均有求名的渴望。而相对男性而言，女性留名更为不易：“女子深处闺阁，惟女红酒食为事，内言不违于外间，有二三歌咏，秘藏笥箧，外人何能窥其元奥。故有失于丧乱者，有焚于祖龙者，有碍于腐板父兄者，有毁于不肖子孙者，种

[1] 王端淑《名媛诗纬初编》卷二十六。

[2] 王端淑《名媛诗纬初编》卷三。

[3] 王端淑《名媛诗纬初编》卷五。

[4] 王端淑《名媛诗纬初编》卷七。

种孽境，不堪枚举，遂使谢庭佳话变为衰草寒烟，可不增人扼腕乎？于是汇遗集姓氏以襄大观。”[1] 女性即便有歌咏之作，也可能因为遭遇丧乱、火灾、父兄腐板、子孙不肖等各种孽境而无法流播。王端淑扼腕于“谢庭佳话变为衰草寒烟”的悲剧发生，因此费心搜集，哪怕是只获其名而不得其诗，也要载入，如遗集中收录均为只有姓名而无诗者。端淑自辩：“余选诗纬而汇遗集，姓氏何耶？盖不忍其能诗名媛无传故也耳。”[2]

为了尽可能多地收录女诗人诗作，端淑对那些诗艺实在不高的作品也没有放弃，屡屡以怜才之苦心为之辩护，如：“金陵妓诗平钝无味，读之如嚼蔗根，愈嚼愈坚。予前有云，录及于此，亦怜才之苦心也。”[3] 又如卷六“邓氏”条：“女子寡识也，存其一首，怜之。”又如，批评对方“全是学究，腐气满纸，何不少读《国风》以佐情思乎”的同时，依然收录其作，自言：“亦怜才之苦心也。虽然，犹愈于作绮语秽词多矣。”[4] 哪怕是只收录一首，也为了证明其能诗，确实如丁圣肇所说，做到了“怜才之心过于自怜”。

无论女诗人才德高下，王端淑均为她们找到入选的理由，因此，有人批评道：王端淑对选辑策略的把握在一定程度上有着“莫衷一是”之倾向。[5] 究竟才德之间孰轻孰重，端淑有自己的答案：“有真正才学方具真正节烈，无才便是德一语亦为不识字人开多少方便。如《关雎》《葛覃》诸篇是大圣人大贤人，团扇咏絮诸咏是大文人大才子，若吕雉武曌是大恶人大狠人，飞燕玉环是大罪人大蠢人，虽有才学不足取也。须知此论，盖为此辈而说不可不一概藉为口吻。”[6] 表达同样意思的还有：“天下真正有才情人方能具真节烈之操，若徒有才无行似犹金玉而粪土也。”[7] 在端淑看来，有才学者才会真正懂得遵守传统道德规范，成为有德之人，也就是说有德之人的前提条件是有才。若能才德兼备，自是女

[1] 王端淑《名媛诗纬初编》卷三十二。

[2] 王端淑《名媛诗纬初编》卷三十二。

[3] 王端淑《名媛诗纬初编》卷二十四。

[4] 王端淑《名媛诗纬初编》卷三。

[5] 郭玲．王端淑研究 [D]. 中南大学，硕士学位论文，2009.

[6] 王端淑《名媛诗纬初编》卷十三。

[7] 王端淑《名媛诗纬初编》卷三。

诗人的理想形象，尤其值得珍视。“桐城方大家仲贤曰：有才者固难，才而节烈者更难，大哉至言也！甄氏一女弱而能坚白其志、松筠其操，非其才有大过人者曷能至此，其《节妇歌》激切悲壮，英气满幅，使读之者击节。”[1] 王端淑赞同方仲贤所说“有才者固难，才而节烈者更难”的说法。端淑还将才德论上升到与当下世风相关的讨论，如记载王琰的贤德之事后，端淑曰：“世风日下，贤能才节，往往不钟于男子而钟于妇人噫。”[2] 在看透了当时不少男性文人，包括诗坛名宿如钱谦益等人身仕二朝的不忠后，端淑认为女性的贤能才节成为世风日下的异数，将挽救世风之重责寄托在女性身上。将女诗人与男诗人进行比类，是端淑常用的比较视野，也是其思想中先进的一面。

第四，强调宏观诗体意识与壁垒分明的诗体特征。端淑对“诗歌”的理解是广义的，《名媛诗纬初编》将诗、词、散曲、有诗意的杂著统统收编在内，进而在韵文学的范畴内，对明清之际女性文学做更全面的品鉴与考察。仅从文献留存功绩而言，王端淑宏观诗歌视野下对本就不多的女性之曲的关注与批评可谓意义重大。

端淑从发生学角度分析了狭义诗歌与词、曲、杂著的联系。凡例曰：“所谓山穷水尽，古人赏心多在不尽之处，其在诗文亦然，正不足而雅续之，故有诗复有诗余也，有诗余复有散曲也，复有里巷歌谣而为杂著也，并及之以备全览。”这是她的宏观诗体观。历代诗人们在追求赏心过程中不断以新的诗体去完善已有诗体之不足，于是由诗到诗余到词余到杂著，不断完善成广义的诗体大家族。这种诗体发展观是符合诗歌发展实际的。

同时，端淑又从文体学角度较严格辨析了各诗体差异，认为它们在相互补充的同时壁垒也是分明的，对于越界的写作往往有严厉批评。“端淑曰：作词与诗不同，诗老词秀。”[3]“诗老词秀”是王端淑对诗、词差异的总体评价，也是她用来衡量诗词艺术价值高低的基本标准。如以下各条：

---

[1] 王端淑《名媛诗纬初编》卷四。

[2] 王端淑《名媛诗纬初编》卷十三。

[3] 王端淑《名媛诗纬初编》卷三十六。

女士诗未易深老，柔则无骨，轻则无意，浅则无学，欲臻浑博难矣。蔡琰不离汉气，文君尚多古音。后之薛涛清照未易侔也。玉如诗深浑而气骨复老，无闺阁气息。……居然名手矣。(《名媛诗纬初编》卷二十，“周洁”条)

端淑曰：苍健朴老，末二句直似古乐府、竹枝词矣。如此运笔方许言诗。今之名士动称汉魏盛唐，视之定当愧服。(《名媛诗纬初编》卷四，“沈清”条)

方夫人诗高老如鸡群之鹤、木群之松，并绝去川云岭月，可谓高自标持。(《名媛诗纬初编》卷十，“吴令仪”条)

高老浑古，直入汉魏之室，且情思黯淡而语婉不露，最是蕴藉。(《名媛诗纬初编》卷十三，“黄荃”条)

“深老”“朴老”“高老”均是对诗歌气骨的嘉许。在这一标准下检阅诗人诗风，端淑认识到女诗人的性别限制使得女性诗风更难达到深老，哪怕是蔡琰、薛涛、李清照也未曾做到，因而，清代周洁、吴令仪等女诗人能做到，自然名手矣。事实上，端淑要求诗歌高老真朴的诗学观在明末清初诗坛具有代表性。以张槎云之诗为例，清初著名女诗人商景兰与王端淑各有评论。商景兰偶然于儿子案头见《琴楼合稿》乃武陵张槎云所作，乃作《示媳书》云：槎云才妇而孝女，故其诗忠厚和平，出自性情，有《三百篇》之遗意，反复把玩，不忍释手，因思槎云之才知，汝辈能之；槎云之孝，汝辈能之；槎云之才之美，槎云之孝之纯，汝辈共勉之。”王端淑《与夫子论槎云遗稿书》云：“律体诸作，高老庄重，不加雕琢，真《大雅》之余音，四始之正格也。”两人都以《诗经》之遗意、四始之正格来肯定张槎云诗歌成就，评价高度一致。

“词秀”是端淑基本的词学观。词称诗余，《名媛诗纬初编》卷三十五及卷三十六之“诗余集”收录了八十三位女性词家的九十首词作并逐次加以评点，体现她严谨的词体创作理论和高明的词学批评观，具有一定的时代意义。王端淑首次提出“诗老词秀”说，成为后世刘熙载等人词秀说的先驱；首次将“尊体说”推向了新的高度，比清代男性学者早了几十年；主张“以情铸词”的创作核心观，推崇“清新”与“朴切”的词学风格。她的词学观可视为李清照《词论》的嗣响，也开了明清女性词坛文学批评之先河，是词学史上第一位有创作、有理论、有选本的女性词学家。对明清两代词学理论的发展有着承上启下的意义。[1]

端淑还将狭义诗歌分为古体与近体、四言与五言、绝句与律诗等，一一辨析它们之间应有的文体规范，如以下各条：

五古贵苍古隽逸，每于琢句练字处愈淡愈深，愈拗愈隽，故唯魏晋诸公擅绝，唐人便难比次也。媚清诗可谓极有体格，若五律其细处阔处惟杜老近之，王克谓弹琴者欲折伯牙之指，恶其专美也，余谓凡作诗者亦欲折其指。(《名媛诗纬初编》卷十一，“黄秀娟”条)

五言诗格取晋，惟彭泽尚焉，以其元淡也。五言古与五言绝同旨而异归。故五言古不可有绝句气，五言绝不可无古诗意，此五绝格法也。(《名媛诗纬初编》卷十一，“倪仁吉”条)

古质似汉魏人，气格若天设二字。(《名媛诗纬初编》卷三，“刘方”条)

高老浑古，直入汉魏之室，且情思黯然，而语婉不露，最为蕴藉。(《名媛诗纬初编》卷十四，“黄荃”条)

二作竟似古谣，汉魏遗音矣。(《名媛诗纬初编》卷十六，“俞桂”条)

质淡而苍朴，绝不描画，纤浓浑然，大雅之作也。姊诗清正妹诗遒劲，皆可并驱中原，识者以为然否？(《名媛诗纬初编》卷五，“徐德英”条)

纤若负志高洁，质莹白，弱不胜衣，素有口辩，以气凌人，诸姬咸为避席，诗涉及词曲，欠大雅。(《名媛诗纬初编》卷二十四，“王冠徽”条)

端淑认为古体诗需苍古隽逸，魏晋五古比唐人高。特别推崇汉魏乐府的开创之祖——“三曹”，“二陆、渊明、沈、鲍以及四唐诸公靡不向往。三谢虽去三曹不远，然皆芜靡，徒负虚名耳”[2]。古诗不仅在“气格”上古质高老，在情感与语言方面含蓄蕴藉。而近体诗藏得不够，所以端淑更欣赏具有古体风韵的诗歌。

关于四言，卷八“武氏”条有云：“四言妙于渊明，坏于二陆、三曹，气空一世，雄骨柔情”等。显然这与当时盛行的“尊谢轻陶”之论迥异。

---

[1] 赵宣竹．论明清之际女词人王端淑的词学观 [J]. 东南大学学报，2013，(2)：119-124.

[2] 王端淑《名媛诗纬初编》卷九。

较早引起重视的是王端淑对女性曲作进行的编撰与批评。《名媛诗纬初编》卷三十七与卷三十八是女性曲作的选辑与批评，名为“雅集”，共收黄氏、徐媛、梁梦昭、沈蕙端、郝湘娥、沈静专、呼祖、蒋琼琼、楚妓、马守真、景翩翩、李翠微十二位女作家所作散曲二十四阙。民国年间，卢冀野特将“雅集”二卷析出，命之《明代妇人散曲集》以行世，并作自序曰：“昨岁，予在坊肆，见《名媛诗纬》一书，为明山阴王端淑所辑。端淑者，王季重思任女也。三十七、八两卷题曰《雅集》，则散曲也。黄氏等五家为一卷，沈静专以次别为一卷。其中如黄氏有专集曰《杨夫人乐府》者，予既刊入《饮虹簃丛书》。徐媛见《太霞新奏》，呼祖见《钢琵金缕》。其他各家，偶或见选本与词话中，然大都一鳞一爪，未尝有此编之富。而作者生平事迹，他书所未能详者，举备于是。校订散曲二卷,改题曰《明代妇人散曲集》以行世。”[1] 卢冀野对王端淑收集、保存女性曲作方面所作努力及取得的成就深有膺服。早在当世，王端淑的曲识就得到著名戏曲家徐渭的认同。徐渭邀请王端淑为《比目鱼》作序，王端淑指出:“吾乡徐文长先哲为《四声猿》，千古绝唱。”[2]“千古绝唱”的评价，可谓慧眼独具，显示出王端淑的远见卓识。端淑还在评价女性曲作时提出了重要的文体辨析观：“诗才易曲学难。苦心吴歈，皓首难精。夷素才敏英慧，女中元白。每拈一剧，必有卓识。”[3] 王端淑认为曲学比诗学更难，虽然苦心探索，也往往皓首难精。

各文类皆有其可取可学之处，不必独举诗词，这是王端淑宏观的诗学观，也是健康的文学史观所应具有的视野。各文类既相通又必须坚守自己特点才能良性发展，自立于文体之林，这是端淑的文体观，也应是诗人创作与诗学家批评时应具备的文体意识。

第五，确认女性诗史地位：斩将擒王，攻城略地，自成一脉。对女性诗作的品定是建构女性诗史的重要工作，也是争取女性话语权的重要手段。《名媛诗纬初编》运用有破有立、两性对比、古今勾连等多重策略来确定女性在诗史

---

[1] 王端淑．明代妇人散曲集 [M]. 北京：中华书局，1937.

[2] 蔡毅．中国古典戏曲序跋汇编 [M]. 济南：齐鲁书社，1989：1506.

[3] 王端淑《名媛诗纬初编雅集》卷上，饮虹簃所刻曲，1979：8.

中不可替代的作用。

其一，反驳世俗对女性才华的轻视。“头发长见识短”是长期以来男性社会对女性的传统认识，“女子无才便是德”的礼教信条更加愚化了女性的整体智商，端淑据理反驳。端淑曰：“淑只松腕秀格，销尽男子钝根，而《祝蚕》一诗更复古质深厚，非六朝以下人所及，谁曰女士中无奇人也？”[1]端淑认为巢麟征的诗中毫无男性诗人的钝根，古质深厚甚至超越魏晋之后人，有力地驳斥了“女士中无奇人”之说。又如：“蓼仙行止奇迈，序称其有英雄道人之气，叹蛾眉中不特堪称才薮，而摩诘孤山亦复履见乎，为之敬礼。作诗英秀不凡，远过卿子、小淑。”[2]端淑认为蓼仙行止奇迈，作诗英秀不凡，无论是行为还是诗歌创作发面，均称得上女中奇人。

其二，采用两性比较方法，以男性诗人为参照系，通过比附来确定女性的诗史地位。这种方法在《名媛诗纬初编》中俯拾可见。如端淑曰：“汉有三曹，六朝有三谢，宋有三苏，皆以诗赋文章功业名世。三曹为汉魏乐府古诗开创祖，即二陆、渊明、沈鲍以及四唐诸公，靡不向往。三谢虽去三曹不远，然皆芜糜，徒负虚名耳。三苏功业文章标炳于世，诗则未入室也。大概宋诗冗塌开后人浮浅门路，为诗家所忌。今于女士中反得三郭云，虽无汉魏古质，然皆朴厚可咏，亦无宋人习气，四之上，二之下也。”[3]在纵论男性诗史中上自三曹、下至三苏的诗歌功绩后，引出女士三郭，把她们与三曹、三谢、三苏比较，认为三郭之作虽然比不上三曹、三苏，但应在三谢之上，排名第三。无论这种评定是否准确，都可以看出让女性进入诗史并占有一席之地的用心。又如以下各条：

卿子驱使曹魏，挥斥青莲，经史在胸，才华应于腕下，自视非大家作手乎。（《名媛诗纬初编》卷七，“陆卿子”条）

禹锡、香山辈输此女郎。（《名媛诗纬初编》卷二，“薛兰英”条）

---

[1] 王端淑《名媛诗纬初编》卷十二。

[2] 王端淑《名媛诗纬初编》卷二十七。

[3] 王端淑《名媛诗纬初编》卷十二。

虽梁伯龙、沈青门辈复出亦当让一头地。(《名媛诗纬初编》卷十二,“梁孟昭”条)

上是别时泪,下是别后思,不想铜琵琶、铁绰板,竟化作渭城柳、阳关叠,使苏学士见红桥此词,亦当掀髯拜倒。(《名媛诗纬初编》卷三十五,“张红桥”条)

端淑出语大胆,锋芒毕露,认为女性诗可直接追步李杜,对女性诗歌的自信不可谓不高。另有论黄幼藻诗有《三百篇》旨趣、倪仁吉诗如陶渊明、吴素诗有中晚唐诗风等,均以男性文人或群体为观照对象。最有趣的莫过于夫妇之间的比较,端淑曰:“升庵先生以淹博独步前代……而夫人乃为之耦,非左鲍诚未易匹也,然升庵诗稍嫌冗,夫人过之远矣,近体开创,直欲与子美‘伯仲之间见伊吕’,为一代五丁手。”[1]明代状元杨慎与夫人黄娥之间的诗词情缘一直为当世与后人津津乐道。杨慎一生著作等身,诗词皆擅,名扬四方,但在王端淑眼中,其诗稍嫌冗,逊色黄娥远甚。端淑认为黄娥在近体方面的开创意义可以与杜甫相伯仲,有一代开山之功。黄娥的《庭榴》与《寄外诗》等在当时就获得很高赞誉:“才情甚富,不让易安、淑贞。”杨慎亦自叹不如。端淑的评价让这位苦情女诗人才名更上一层楼,得以与杜甫相媲美。

端淑还会以彻底否定男性的方式来肯定女性的成绩,如“倪瑞”条选录了诗作《读书》:“妆罢无为展卷看,群书莫比女箴难。穷经博学男儿事,也有昭仪是史官。”端淑评曰:“读书诗有此隽眼绝识,自足抹杀男儿。”[2]就此诗而言,王端淑“隽眼绝识”的评价非常中肯,“抹杀男儿”的论断让女诗人信心倍增。又如:“无瑕举止闲雅,长而淹通文墨,万历己酉会集天下名流,无瑕诗出,人皆自废,时人以方马湘兰云。”[3]天下名流会集之时也是诗艺竞赛最为激烈之时,朱无瑕会集之作竟能让“人皆自废”,众星捧月的光环照映下,朱无瑕的诗歌之优秀也就不言而喻。

其三,通过批评当下诗坛之不足与女性诗作的弥补之功找到女性诗歌的立

[1] 王端淑《名媛诗纬初编》卷四。

[2] 王端淑《名媛诗纬初编》卷二十三。

[3] 王端淑《名媛诗纬初编》卷二十四。

足之地。如前所述，王端淑对明代诗学诸多批评，落笔处常常在女性诗人。如以下各条：

朴老可诵，洗去肤浮，直归沈寔，一扫近人滞累。（《名媛诗纬初编》卷十五，“周礼”条）

宛在诗苍老灵异，识度弘远，洗去近日蹊径。（《名媛诗纬初编》卷十五，“颜宛在”条）

湘君艾年慧性而诗独清隽，虚字俱老，无七才子习气，由此而进，木落霜降渐入高老矣。今之才名奕奕者近体皮毛浣花、叔敖，初盛腐拾旧典，痴藏板句，咏梅花则必牵驿使，赠才女则必引谢庭赋，看月则必借仲宣，可叹也。（《名媛诗纬初编》卷十六，“祁德茝”条）

弢英以绝色绝才为诗，从无艳态，一归大雅，盛唐气格直接蛾眉，忠敏（编者按：祁彪佳）之家教使之然也。然历下殊非至境，景陵尽入时蹊。今人须眉如戟而止拾糟粕，非北面历下则臣事景陵，甘心奴使，见此自应愧死地下。（《名媛诗纬初编》卷十三，“祁德渊”条）

端淑批评当世男性诗坛存在肤浅、声调虚响、模拟等问题，而女诗人的诗歌或朴老、或苍老、或真致、或雅正，均迥异于时俗习气，一定程度上扫除了诗坛滞累，让男性诗人愧死地下。

其四，通过女性诗歌自身纵向发展前后勾连，横向发展相互比较，将零散的女诗人诗作聚合，从宏观与微观两个层面建构自成一脉的女性诗史。端淑在丰富的批评实践中有了建构女性诗史的自信，于是大胆宣称：“寥寥天地，才情本少，今之夸八斗挥千言者皆姓名簿、酒肉账，古人残羹冷炙而已。女人直可斩将擒王，攻城略地，目无全垒矣，何独琼枝天下，大抵如是。”[1]

在横向发展方面，端淑经常在批评某一女诗人时，会联系其交游情况或与其他诗人的联系与比较，从而更广阔展示诗坛状况。如记载明末清初女诗人们紫藤花下分赋，有：“绣阁开尊同北海，金钗雅集胜南皮。……何事金朝称绝胜，

[1] 王端淑《名媛诗纬初编》卷二十二。

筵前道蕴总能诗。”[1]在女诗人辈出的大环境下，女诗人对雅集的认知与对创作诗歌的自信也多了几分。又如：“吴夫人有才色，自诗文书画以及百家技艺无不通晓，即缁黄内典亦皆究心，盖千古聪明绝代佳人也，为吴中女才子第一。”[2]将吴夫人放在吴中女性诗群中，宣称她为吴中女才子第一。当时女性诗人还参与到才子会集中，以毫不逊色的诗歌创作赢得大众认可时，也有了自己的地位，如：“无瑕举止闲雅，长而淹通文墨，万历已酉会集天下名流，无瑕诗出，人皆自废，时人以方马湘兰云。”[3]时人认为朱无瑕的气质与才华足以与稍前名声在外的马湘兰媲美。

小　结

王端淑的闺塾师身份让其获得经济独立的同时，有效打破了传统两性文化的固有模式，在急剧变化的时代潮流中成为开风气之先的女性模范。

王端淑的诗集《映然子吟红集》通过对广阔时代背景的宏观把握、对各阶层人民在易代前后的流离逃亡经历记载、对平定之后遗民心态的精细解读，全方位展示了明末清初的复杂生态，堪称诗史之作。更有作为新女性的她因走出闺门之后境界迥异而形成了对女性境遇的反思、对社会问题的思考，突破闺阁，又不全失其意，直追须眉，大大超出了传统温柔敦厚的诗教传统，成为泣血时代的先锋。其中创作主体的自主性、诗歌题材的开放性与思想内涵的丰富性与先进性，均体现出明末清初新型女性文化的主要特征。

《名媛诗纬初编》有着高远的创作意图，为完善诗学经纬而编撰，是一部记录女性作家生平与作品的女性批评著作。王端淑企图依靠《名媛诗纬初编》“存名存作”以提升女性文学地位，成为清人考订女性作家生平、撰写诗话的重要文献依据。同时，从反思明代诗坛流弊起始，而上溯影响明代诗坛流弊之灶因，扬长去短，然后有破有立，再融合个体之审美意识，建构诗歌本体美学体系，

[1] 王端淑《名媛诗纬初编》卷十六。

[2] 王端淑《名媛诗纬初编》卷十三。

[3] 王端淑《名媛诗纬初编》卷二十四。

以成其一家之言。这是清初诗坛共同的思维理路。特别是书中对女性诗纬的理想建构，无论是广度还是深度均代表了明清之际女性诗学的最高成就，为清代女性诗学自成一脉做好了舆论准备与理论支撑的工作。

生活于明清之际的王端淑出身儒士之家，在世俗、女德与生计的多重挤压下，或鬻书画，或师闺塾，在风云幻化的江南大地上为养家糊口而蓬转萍飘，与名卿士大夫、名媛闺秀、名妓僧尼交往酬唱，用诗、词、赋等文学样式及山水花卉的绘形写神，入木三分地抒写着人生与家国感慨。王端淑集诗人、学者、遗民、诗学家等众多身份于一身，充分展示了特定时代女性诗学与文化的丰富内涵。

第二章

性灵女诗家熊琏与清代中叶的女性诗学

熊琏，字商珍，号澹仙，所居号茹雪斋，故亦号茹雪山人，具体生卒年不详，《如皋县志》有传。祖籍江西南昌，祖父始迁居如皋。父熊大纲早逝，有一弟名熊瑚。熊琏著有《澹仙诗钞》四卷、《澹仙词钞》四卷、《澹仙诗话》四卷。诗词刻本有嘉庆二年（1797）茹雪山房藏版本，首有翁方纲、法式善、罗聘等多名家题词。《澹仙诗话》有嘉庆十一年（1806）金陵杜新孚见南山居刊巾箱本、道光二十五年（1845 年）见南山居重刊本。《小檀栾室汇刻闺秀词》中收录了《澹仙词》四卷，共一百四十一首。她还有“感悼词数十首，曰《长恨曲》，皆为金闺诸彦命薄途并者作。自为题词调《金缕曲》”，但这些“感悼词及题词，并不见于卷中，盖当时别本单行也”。钱泳《履园丛话》、袁枚《随园诗话》、徐世昌《晚晴簃诗汇》及《清代闺阁诗人征略》《清诗记事》《国朝闺秀正始集》《清史稿·艺文志》《贩书偶记》《小檀栾室汇刻百家闺秀词》《小黛轩论诗诗》《闺秀词话》《群雅集》等均有著录。嘉庆二年，星湖曹龙树为《澹仙诗钞》作序时称澹仙“年顷近四十矣”，得知大约出生于乾隆二十二年左右。《如皋西乡陈氏宗谱》中有一幅“旌表贞义澹仙熊氏像”，图中的熊琏已是一位容止渊雅的老妪形象，看上去至少五十开外了，又从沈善宝姨母与其言熊琏晚年事推测可能道光年间尚在世。[1] 因此，熊琏大约逝于 1822 年（道光二年）。[2]

---

[1] 沈善宝《名媛诗话》卷二，清光绪鸿雪楼刻本。

[2] 杜霖《清代女作家熊琏的诗歌创作》认为生于乾隆二十三（1758 年）左右，不知何据。

另有《如皋西乡陈氏宗谱》第13卷中记录了相关信息：熊氏生于乾隆年（不详）七月初一日，卒年（不详）四月初八日，享年65岁。

随着古代女性文学研究的升温，熊琏成为研究界颇受关注的一位。严迪昌《清词史》、邓红梅《女性词史》均把她作为清代女性词人的典型代表而有较高评价。如严迪昌指出："如果说，顾贞立等还主要是遭际离异变迁之痛的话，那么，熊琏、吴藻等则是严重感受着一种不容选择的悲苦。在封建文学史上，这种创作实践的表现是一个进步。"[1] 邓红梅认为："熊琏也是清代中期数得着的优秀女词人。"[2] 另有数篇专题研究。李小满《把卷立苍茫——清代女词人熊琏、吴藻论》（2007年陕西师范大学硕士论文）认为熊琏在清代女性词人中具有代表性和鲜明的特点，能通过她的词作清晰地了解封建社会平居时期普通女性的真实生活状态和思想状态。2012年两篇硕士论文《熊琏研究》与《熊琏词研究》均把熊琏及其词作为研究对象，《雍乾女性词人研究》指出雍乾时期成就最高的词人为熊琏。总之，学界基本认同熊琏是清代女词人中成就颇高而又非常具有个性的一位。遗憾的是，研究熊琏诗歌仅有一篇论文杜霖《清代女作家熊琏的诗歌研究》，至今尚未有专文研究《澹仙诗话》。学者早已有言："她的艺术能力相当全面，仅仅把她作为一个词人来看，远远不够。"[3] 从清诗学史特别是女性诗学史的角度而言，熊琏更重要的身份是女诗家。无论是为了全面评价熊琏的文学成就，还是要了解乾嘉诗风尤其是如皋这一特定地域的诗学演进，均需从薄命"女诗家"这最精彩角色入手。

第一节　"闺中屈子"的薄命生态

熊琏生活于乾嘉二朝，身处如皋这一文化底蕴深厚的地方，接受过很好的诗书教育，但命运多舛，以不懈的诗学追求完善了"闺中屈子"这一多才又多难的历史性形象。

[1] 严迪昌．清词史 [M]. 南京：江苏古籍出版社，2001：600.

[2] 邓红梅．女性词史 [M]. 济南：山东教育出版社，2002：302.

[3] 邓红梅．女性词史 [M]. 济南：山东教育出版社，2002：302.

第一，倚马挥毫的诗媛屈子。熊琏少而颖慧，好读书，也得到了较好的教育。父亲熊大纲为当地颇有名望的读书人，但不幸早亡，澹仙未能以父为师。从《澹仙诗话》所载其母家情况及其晚年生活困窘必须依赖作闺塾师来养活自己可以推测出，熊家最多也只能是中等之家，澹仙母亲没有因为家庭寒素，熊琏又是女儿而放弃其教育活动。澹仙幼时侍外祖读书，能够心领神会，甚至出口成章，所作诗赋间出奇字，语惊长老。此后，熊琏又先后拜"雉水骚坛老主盟"[1]的吴梅原与掘港诗坛宿儒江片石为师，其文艺才能被充分发掘，时人黄沫赞曰："弱龄受书，能文章，胜男子，既长，学益进。"王蕴章《燃脂余韵》中赞其"苦节一生，晚而好学"[2]。澹仙穷其一生追求诗文词赋的更高成就，老而弥勤。不懈的诗词艺术追求，不仅让她在穷困的境遇中找到了生活来源、情感依托，还让她实现了自己的千秋之志，流芳女性文学史。

澹仙是一个多才多艺的诗媛，除文学才能外，她还精于绘画和音乐。其词句"一曲冰弦弹未了，十二屏山，锦帐人空老""瑶琴慢抚""瑶琴一曲无人识"等均写到抚琴。据况周颐考证，澹仙还作有一首《凤凰台上忆吹箫》(病中不寐)，应为自度曲："叶仄韵，万氏《词律》、徐氏《词律拾遗》、杜氏《词律补遗》并无此体。或澹仙以意自度耶！"[3]可见，熊琏是一个琴棋书画样样皆通的闺秀。凌霄《快园诗话》赞曰："澹仙为余撰湔薇词骈体序文一篇，题感旧图七古一章，七截一首，满江红词一阕，闺秀中，余见倚马挥毫者，澹仙之外，通州郑冰蟾而已。"[4]能倚马挥毫者，肯定才思敏捷之至。

澹仙亦是一个富有浪漫情怀、能将生活艺术化，而又多愁善感的敏锐诗人。"予幼侍外祖读书，每得句即口授予。一夕，灯下闻吟曰：'梦逐流光换，愁催白发生。'予应云：'回头多少事，感慨正三更。'时九岁，外祖怃然曰：'斯儿出口凄婉，恐当福薄。'"[5]凄楚之音确实不类纯真少女，可以看出澹仙天赋诗人的敏感。曾自言因见牵牛花迎凉乍放，竹阴篱落间碧蓝一片，望如翡翠屏风，

[1] 翁方纲题词，熊琏《澹仙诗钞》，嘉庆二年（1797）茹雪山房刻本。

[2] 王蕴章《燃脂余韵（卷三）》，商务印书馆，民国9年。

[3] 况周颐《玉栖述雅·澹仙断句》，唐圭璋《词话丛编》第五册，中华书局，1986年。

[4] 凌霄《快园诗话》卷八，清嘉庆二十五年刻本。

[5] 熊琏《澹仙诗话》卷一。

清秋晓起，便觉“别开一诗境也，因赋如梦令一阕”[1]。“夏夜露坐，凉风飒然，秧歌乍起，侧耳远听，悠然有趣，亦知无调无腔，不过齐东土语，但闲中即景，一种清机，俱成天籁，因口占和之”[2]。牵牛花开、秧歌乍起，均是普通农家生活习以为常的场景，但她却能在平淡的生活情境中生发出诗意盎然的美好想象，可见生活空间的逼仄并没能磨灭诗人的天性。无论是她的诗、词还是诗话作品，均是日常生活的诗意化记载，或平淡、或灵动、或喜悦，或悲痛，丰富演绎了她的生命活力。

第二，孤苦终生的薄命遭际。满腹才华给了她不同凡响的眼光、胸怀和对现实更理性的认识，也注定她具有清醒后所能领略到的无限痛苦。

年少父亡的家庭悲剧似乎只是她一生悲剧的序幕，研究者们认同对熊琏生活与文学影响最为深刻的莫过于她的婚姻。众多封建社会的才女才妇薄命之苦最集中的表现为封建婚姻制度逼致的悲苦际遇。乾嘉年间严重感受婚姻不容选择的著名才女除吴藻外，熊琏为其二。澹仙早年由父母作主许配同里陈遵，这一婚姻成为她一生的噩梦。袁枚《随园诗话补遗》中称其“所天非解事者”，县令曹龙树亦曾为之感叹道：“男女之情，人孰无之，当日使贾大夫不武，其妻终憎之，况废疾也！”“伤其茉苢”“非解事者”“废疾”等词均在指向澹仙婚姻的不幸，虽然多用语隐晦，但可以推测其夫陈遵的严重病症，可能不但连最基本的生活自理能力和劳作能力都没有，也无法有正常的夫妻生活。熊琏自号茹雪山人，意出《逍遥游》：“藐姑射之山有神人居焉，肌肤若冰雪，绰约如处子。”其中除了对自己品性高洁的自许外，也许还暗示了她终身的处子身份。据说陈遵之父不欲误琏终身，婚前请废婚约，熊琏受“一女不嫁二夫”思想影响，“坚不可”，仍归陈家。于是“里邻称其贤”。读书识字成就了她的文学才华，也强化了她完整的封建道德意识。

因为丈夫的废疾，不仅不能在经济上提供优裕的生活条件，还需澹仙日夜照顾。生活的重担落在澹仙这一弱女子身上，而封建社会女性社会角色的缺席让她即便有改变生活状况的才能，也无法跨出家门去实现，所以澹仙只能常年

[1] 熊琏《澹仙诗话》卷二。

[2] 熊琏《澹仙诗话》卷二。

生活在“荒垣败屋秋风里”，牵萝补屋。诗句“轻衫典惯不知贫”[1]应是她生活境遇的真实写照。朝不保夕的生活对她而言已变成家常便饭。“不知贫”成为澹仙无可奈何时的自慰之词，其中蕴涵着的深深伤痛让人不忍卒读。

物质上的贫困尚为其次，精神上的孤寂与痛苦恐怕是最难忍受的。法式善为熊琏的题诗里有“宁似伯鸾偕德耀，难同徐淑寄秦嘉”之语，可见他们夫妻之间琴瑟不谐，熊琏的才情在丈夫面前无法得到对等的回应。每日需面对着虽有不如无的丈夫，敏感的澹仙不得不时刻掩藏那即欲涌出的眼泪，以笑脸示人：“眼前俱是伤心事，几度临风泪暗流。”[2]这样的生活比独守空闺的怨妇、丈夫早世的寡妇的生活更黑暗，更让人绝望。怨妇虽有“悔教夫婿觅封侯”的幽怨，却可以时不时表露出来，还能体现出夫妻情深，获得家人更好的理解，重要的是生活还有盼头——说不定哪天丈夫就荣归故里，自己也将夫贵妻荣。对寡妇而言，虽然丈夫离去，但在她们的心中可能已有一段美好的回忆，稍以慰藉受伤的心，守节的妇女或许还能获得朝廷的旌表，至少能在家族中立足、扬名，如果有了儿女，就是有了希望，老有所依，甚至可能母凭子贵。而熊琏面对的是根本就没开始就宣告无望的爱情与婚姻，没有任何希望的、一潭死水的漫漫人生将一直伴随自己到另一个世界，眼前的人事还时时提醒自己的不幸，想逃避都难。所有的痛苦只能由她自己一个人默默承受，“懒将心事话凡夫”之“懒”是心灰意懒，“凡夫”是无法与之对话的废人。敏慧的她无异于度日如年。

但这还不是最残酷的现实。最让她难以接受的是，虽然在婆家恪尽妇道，但婆母死后，澹仙在夫家遭遇“杂沓群嚣”的排挤，孤立无助的她被迫返回母家倚母弟居：“群栖杂沓嫌孤凤，返哺辛勤感暮鸦。”[3]虽然母弟能给予她一定的亲情温暖和情感慰藉，但对于已经出嫁的女子而又顽固坚守封建伦理的澹仙来说，母家永远只能是母家，一种寄人篱下的无家感让本已不幸的人始终无法释怀，这点在同样遭遇的女诗人方维仪姐妹、随园袁氏姐妹笔下咏叹多回，催人泪下。特别是母亲去世后，澹仙更感觉自己的无依无靠与“际此中年尽磨

[1] 熊琏《澹仙诗钞》卷四。

[2] 熊琏《澹仙诗钞》卷一。

[3] 熊琏《澹仙诗钞》卷四。

折，焉知颓老更何如”[1] 的恐慌。她没有儿女，反复在诗词作中流露出“身后事，何暇卜”“身后不知谁吊我”之类的悲感。

穷年贫病煎熬的羁鸿身世深深摧残澹仙的诗人灵性，冯云鹏在诗句“多病多愁负少年”后自注云：“江片石为予述澹仙语云：‘生平万缘俱断，惟看月缘未断。年来多病并月亦不能看矣。’闻之倍觉凄然。”[2] 看月这仅存的诗性行为也因澹仙的多病而无法继续，凄然之况可想而知。澹仙《贺新凉·感怀》曰：“把卷无心读。已拼着、烧琴煮鹤，锄松砍菊。不是才人多挫折，自信生来薄福。更休说、穷途欲哭。”不悲到极致的诗人如何会烧琴煮鹤，锄松砍菊？难怪文人们扼腕叹息：“薄命古来多，谁如此？！”[3]

澹仙为何会如此薄命呢？当时主流话语的答案是：“才能妨命”“才女薄命”。才女就得薄命，这是上天为示公平而采用的做法，她的不幸是她的才华带来的，是天注定，要做才女就得甘于薄命，通达如袁枚者也持此观点，对自己妹妹袁机的“遇人仳离，致孤危托落”的薄命也解释为“虽命之所存，天实为之”。澹仙更是此一命题的典型例证。封建礼教无疑是造成澹仙薄命的罪魁祸首。封建婚姻制度的不自由首先断绝了自由交往的可能，“一女不侍二夫”的贞节思想又深深根植于她的头脑中，于是，明知前面是火坑还要义无反顾地跳下去。澹仙这种飞蛾扑火的行为在当时不是个例。袁枚三妹袁机就与她有着相似的经历。正如袁枚《祭妹文》中所言：“呜呼！使汝不识诗书，或未必艰贞若是。”越是才女坚守得越是顽强。《澹仙诗话》中屡屡表彰贞节孝妇，可见澹仙对自己信念的坚守，同时也反映当时这一社会风气的普遍性，略举一例：“邑中沙氏妇，夫远出，十年不归，音书间隔，妇抚二女，纺织度日。值岁荒，绝薪水，闭户苦守，亲邻无知者遂率二女赴水死。”[4]

澹仙的薄命除却个人际遇的特殊性外，更多的是社会因素，是封建婚姻制度和不合理的性别制度合力下对女性生命的扼杀。有清一代受到朝廷旌表的节

[1] 熊琏《枕上》，徐世昌《清诗汇》卷一百八十六，北京出版社，1995 年。

[2] 冯云鹏．扫红亭吟稿 [M]. 上海：上海古籍出版社，1995：24.

[3] 徐观政题词，熊琏《澹仙诗钞》。

[4] 熊琏《澹仙诗话》卷二，道光二十五年（1845 年）见南山居重刊本。

妇，截至同治十二年止，包括烈妇、贞女，总计达481107人（夫亡殉节4122人、未婚守志5653人），如果加上同治十三年和光绪、宣统共37年时间，总人数当更多。涌现如此众多的节妇足以表明，清朝政府妇女贞洁观确实成了当时道德规范中不可分割的组成部分。因此，表面看来，澹仙的悲剧是自己的选择，因为她已经把封建礼教强加给女性的贞洁观念内化为自觉行为，即使曾经有过改变的机会，她也主动放弃了。其实，在那样的社会，她如果选择退婚，之后又会如何呢？不仅同样没有自由选择的权利，清誉还将受损，加之社会舆论的压力，熊琏无论如何还是封建婚姻制度的牺牲品。袁树在《哭素文三姊》诗中有“少守三从太认真，读书误尽一生春”的感慨，同样的感叹也可用在熊琏身上。读书识字成就了她们的文学才华，也强化了她们完整的封建道德意识。她对自己的选择有过后悔吗？在她的词集中没有明确表现，但作品中始终弥漫的愤慨不平之气让我们看到了她对自己孤苦终生命运的不平感受。

另外，因为她是才女更加深了薄命之苦。翁方纲叹曰：“须眉强半因才累，巾帼何堪与命争。”[1]男性文人尚且因才薄命，何况区区一女流。男性落魄文人至少可能以文字换得成名或打秋风的机会，如郭唐《复萧梅江书》所写：“近世贫且贱，衣食无所资，不得不有求于人。无他伎术如日者伶工，则又不得不以区区文字为贽。”这区区文字就包括诗词、诗话在内。盛大士《竹间诗话》也称近时风气：“作诗话者，类皆以耳为目，随声附和，拉杂牵连，以侈其交游之广；甚者罗列名公巨卿，为异日干求贿赂起见，此亦诗坛之一大劫也。”于是，报恩和打秋风就成为才子在男性社会中以交际的名义发挥实际的功利作用。而才女却没有这样的机会，这是不平等的性别制度带来的。

黄洣《澹仙诗文词赋钞跋》中回顾澹仙一生：“澹仙少失怙，事母至孝，弱龄受书，能文章，胜男子。既长，学益进，归于陈夫子。伤其茉苢，兼以业中落，舅姑既下世，乃常归依其母，晨夕侍养，如未出室。”少年亡父，中年婚姻不幸，晚年以塾师自养，澹仙薄命一生，引起无数文人唏嘘不已，“形连影对凄凉满纸，长吟短咏，阮籍应添歧路泣，江淹合谱千秋恨。愿生生莫作读

[1] 翁方刚题词，熊琏《澹仙诗钞》。

书人，同悲哽！”[1]徐观政题词可作为千秋才人对她不幸的哀叹。

第三，盼有个“千秋青眼”的流传奇志。虽然熊琏也常感叹才与命妨，也常陷入绝望，但她还是不甘心才华就此湮灭。和清代许多以才情自晦的才媛不同，澹仙并没有将自己的诗词随写随烧或是在临终前付之一炬，消除所谓的“绮语障”，而是倾尽一生心力于文字永流传的追求中。

物质与精神的折磨并未摧垮熊琏的意志，甚至成为她集中心力于文学的催发剂。多少难言处借助文字传达自己的孤苦无依。“愁与病，何时已”的悲苦人生对澹仙的文学活动影响很大。如她所云：“诗从愁里得，泪向枕边多。”[2]她的诗词主格调自然是：“一种凄凄楚楚”（冯云鹏题词），“字字鹃啼血”（李懿曾题词），“一编都是泪”（冒国柱题词），与大多闺秀的吟风弄月有明显区别。“忧而不诽，怨而不乱”（曹龙树序）是当世男性文坛尊重她的重要原因。澹仙对文学“且强自，拥被清吟，放怀高寄”的孜孜以求精神与幽愤的情感基调，实现了对苦难生命的救赎，使其文学成就在嘉道乃至整个女性文学史中都是首屈一指的。同时，澹仙还有很强的文学传播意识，不仅为自己的诗词作品努力寻找出版的机会，同时，还以怜才之心将如皋一地乾嘉诗坛生态同步记载，渴望它们能保存下来，千秋万岁后还能有个“千秋青眼”的关照。

澹仙经历了早年父亡家贫、中年丈夫废疾且被排挤回母家，晚年依母弟居而自为塾师的薄命遭际，始终未放弃对文艺的执着追求，在倚马可待的敏慧中挥洒自己的聪明才智，也忍受才女薄命的煎熬，完成了其“命奇、志奇、才奇”的一生，无愧于“闺中屈子”[3]的称号。

第二节 《澹仙诗话》对如皋诗学的集成与性灵诗学的推进

《澹仙诗话》是熊琏的诗论专著，有嘉庆十一年金陵杜新孚见南山居刊巾箱本、道光二十五年见南山居重刊本。从其弟熊瑚嘉庆十一年（1806）序得知，

---

[1] 徐观政题词，熊琏《澹仙诗钞》。

[2] 熊琏《澹仙诗钞》卷三。

[3] 曹龙树序，熊琏《澹仙诗钞》。

《澹仙诗话》系姐弟间谈诗之记录，久而成帙。封内有“续刻嗣出”字样，然续集未见。《澹仙诗话》甫写就即受到诗学界的追捧，熊瑚记载曰：“借观者纷至，不能遍应。同人怂恿，遂付剞劂。”[1]熊瑚还自豪地把《澹仙诗话》放到整个清代诗话史中观照，认为可以与王士禛、沈德潜、袁枚等大家之作相提并论：“本朝诗话自带经堂后有归愚、随园，继之女兄澹仙。”明确表明了进入主流诗学话语圈的强烈渴望，绝非以资闲谈的众多诗话可比。

《澹仙诗话》是中国文学史上第一次以女诗家的眼光来观照两性诗坛特别是男性诗坛的诗学专著。它以多维诗学空间建构、敏锐的时代情感触角、富有性别意味的批评视野，为乾嘉诗学衍进的生动性与丰富性提供了一个独特文本。

一、多维诗学空间建构

江苏如皋虽远处海隅，但上至官宦之家，下至平民百姓，无不以读书明理为荣。《澹仙诗话》同步记载了如皋诗学的区域性崛起与具有地域特色的诗学主题，建构了以如皋为核心，辐射武进、扬州、金陵等附近地域的诗学网络，“差具地域诗话性质”[2]。

（一）乾嘉如皋诗学的地域性崛起

《澹仙诗话》以当地诗学网络的同步记录展示了如皋诗坛走向历史性繁荣的多方因素，为我们提供了诗学发展的典型个案。

其一，诗书世家的风雅传承繁荣了如皋诗学。《澹仙诗话》以冒氏、汪氏、仲氏、徐氏等为重点展开了如皋世家的诗学繁衍状况。冒氏家族从元末迁至如皋至清，一直是缙绅之家。明代时已成为扬州府名门望族、文化世家。“在冒氏家族中非科举出身的成员中，可以称为学者的有冒基、冒嫦、冒愈昌、冒承祥、冒承礼、冒梦龄、冒梦相、冒襄、冒丹书等等。”[3]明清两代，冒氏有著述行世者达46人，著述240种。[4]明清之际的冒襄（1611～1693）尤享盛誉。他以水绘园为中心，延揽天下奇杰，诗酒自娱，盛极一时，享有“淮海维扬一俊人”

[1] 熊瑚序，熊琏《澹仙诗话》。

[2] 张寅彭．新订清人诗学书目[M]．上海：上海古籍出版社，2003：86.

[3] 白宝福．明代如皋冒氏家族研究[D]．西南大学，硕士学位论文，2010.

[4] 顾启．冒氏家族文化初探[J]．南通师范学院学报（哲社版），1999，（2）：106-109.

的美誉。冒襄著述颇富，仅诗集即有11种。今有《香俪园偶村》《寒碧孤吟》《泛雪小草》《朴巢诗文集》《水绘庵诗集》等传世。冒襄《同人集》集六十年师友诗文汇编而成，内容丰富翔实，涉及明清之际文人巨擘400多人，反映了明末清初冒襄的交游以及特定历史时期文人士大夫的人生价值观。如清顺治吏部主事刘体仁于《书水绘园二集后》中说："士之渡江而北、渡河而南者，无不以如皋为归。"各地文人仰慕冒氏家族的风骨情怀，过皋必访水绘园，可见水绘园的神圣地位和冒襄的文心义行在士民中的深厚影响力，流风余韵一直延续到乾嘉之际，如："南城吴退庵孝廉煊曾主石渚讲席，过皋邑，有《过如皋寻冒巢民水绘故址》云……"[1]还有文人效仿当年冒襄《梅花诗》韵事，一夜连赋一百首："东台丁文同名偰能文章工书画，与里中汪谦子一夜赋梅花七律一百首，为当时传诵。"[2]冒氏风雅代有延续。《澹仙诗话》较多记载了冒氏十五世孙冒国柱和冒柏铭兄弟的诗学活动。冒国柱，字帝臣，作缔尘，号芥园（《东皋诗存》作"原"），乾隆五十五年（1790）恩贡生，工楷书，著有《万卷楼诗存》，曾任《冒氏宗谱》续谱总纂，追叙先祖诗书传家传统。冒柏铭为其胞弟，二人均为如皋地域诗社——香山吟社成员。

值得关注的是，数百年的诗书传承，形成冒氏深厚的家学积淀，家族内出现了一群成就不俗的闺秀诗人，除了风流多才的董小宛外，还有博学多才、丹青诗词无不精通的宫婉兰，是冒襄庶弟冒褒的妻子，泰州一代才女，著有《梅花楼集》。后起之秀冒德娟也诗词兼擅，著有《自怡轩诗集》，冒褒女。另有才女邓繁祯，著有《思亲吟》《静漪阁诗草》，冒褒之子冒禹书室。她们形成以母女、姐妹、姑侄为主的家族式文学团体。

汪氏是如皋另一世家大族，主营盐业，财力雄厚，富甲一方，风雅传世，以汪之珩（1717～1766）、汪为霖（1763～1822）、汪承镛祖孙三代最著。"汪璞庄副使家古丰，筑文园，延诸词客辑《东皋诗存》，阐八百年幽光。"[3]汪璞庄副使即汪之珩，字楚白，号璞庄。汪之珩性雅逸，斥巨资广聘名工巧匠扩建

[1] 熊琏《澹仙诗话》卷一。
[2] 熊琏《澹仙诗话》卷二。
[3] 熊琏《澹仙诗话》卷二。

了文园，延聘文朋诗友编撰《东皋诗存》48卷，于乾隆三十一年刻板印行。《东皋诗存》选录自宋至清邑人诗，为如皋诗坛的重要文献，被列入乾隆御订、纪晓岚主编的《四库全书》集部存目，对如皋诗坛影响很大。在当时，编刻诗集或操主选政，既获高誉，广通声气，更能获得诗人才士的拥戴，具有特殊的凝聚力。汪为霖为汪之珩子，字傅三，号春田，为清中期杰出的诗人、书画家兼园林艺术家，诗学成就尤为突出，著有《小山泉阁诗存》八卷，袁枚、赵翼、蒋士铨等大家对其诗歌评价甚高。汪为霖盛年急流勇退后，着力修补文园。《澹仙诗话》选其《补园诗》《春日同顾晓岚游秣陵舟中》等诗，并对诗句"宦味早从鸡肋悟，闲愁须借酒兵消"[1]所抒旷达情怀钦佩之至。

另一诗书世家仲氏，据《道光泰州志》《续泰州志》《泰县著述考》《海陵文征》等文献记载，仲氏家族世代书香，阖族之中，男女老幼皆能诗善赋，风雅于乾嘉时期亦趋极盛，形成父女、兄弟、夫妇一门联吟的盛况。仲氏祖上于明洪武二十二年由苏州阊门迁至如皋西场。乾嘉时期是仲氏家族诗人群最为鼎盛时期，熊琏与仲家渊源颇深，《澹仙诗话》所记为仲氏家族考证与"红学"研究提供了有力参证。如下条：

仲松岚解元（鹤庆），其先故皋人，迁泰州，以辞赋名家。成进士，官县令。《登北固山》云："崇冈常绕北城隈，踏遍云根坐碧苔。吴楚帆樯随树没，金焦山色上衣来。六朝旧恨人何处，二月新晴花自开。凭眺东风漫搔首，倚窗且进紫霞罍。"乾隆甲午（1774年），黄南村辑秋柳诗，松岚方掌吾邑书院，见予"半江残雨夕阳村"之句，叹赏不置。其长女御琴（振宜）亦和云："谁将春信催三起，耐尽秋风又一年。"次女娴懿（振宣）云："任他乱绪萦秋雨，谁理残丝入线箱。"媳赵笺霞（书云）云："苏小风姿空旖旎，谢家帘阁尚依稀。霜中独有芳心在，风里谁知舞力绵。"时予在髫龄，今三十余年，人往风微，知己之感，不胜怅然。"（《澹仙诗话》卷一）

上述记述至少提供了以下信息：学界一般认为仲鹤庆为泰州人，祖上实为

[1] 熊琏《澹仙诗话》卷三。

如皋人，中进士两年后始迁居泰州。仲鹤庆曾掌如皋书院，并与如皋诗人江片石、冒芥原等结香山吟社。乾隆甲午（1774 年），主讲如皋雉水书院时，对时在髫龄的熊琏所作秋柳诗句叹赏不置，并引发一场如皋女性诗人唱和韵事：仲松岚长女仲振宜、次女仲振宣、儿媳赵笺霞均有同题唱和之作，表达她们的知己之感。当熊琏写作《澹仙诗话》时，时间已过去三十多年，天妒红颜，仲氏三位女诗人均已离世，熊琏不禁感慨“人往风微”，不胜怅然。

仲鹤庆，字品崇，号松岚。据《道光泰州志》载：乾隆十七年（1752），因皇太后六十大寿，朝廷特开恩科，仲鹤庆高中江南乡试解元。两年后，仲鹤庆考中甲戌科第二甲七十名，与纪昀、钱大昕为同榜进士。随后，仲鹤庆举家移居泰州城中，西场仅存祖屋“春雨庐”。步入仕途的仲鹤庆先任四川大邑知县，特别重视教育，延请名师授课，颇有政誉。乾隆三十一年（1766），缅匪犯边，仲鹤庆以马政赴云南督修澜沧官道并监牛角官军粮。因为人刚直，不肯苟且敷衍，遭人嫉恨诬陷，罢官后归里。仲鹤庆著有《迨暇集》14 卷、《蜀江日记》1 卷、《迨暇集古文》2 卷、《云香文集》1 卷。《迨暇集・自序》写道：“予生平未有暇日也。少忧病，年已就傅，尚伶仃不能自行。长忧贫，未冠即事舌耕，四座村蒙喧声如沸，意殊烦恶。壮而奔走四方，聊以糊口。”生活维艰可见一斑。仲鹤庆文章诗赋冠绝一时，诗作被誉为有李白、杜甫之神韵。善写竹、兰、菊。喜山水、花鸟，与钱塘胡西坨、丹徒李萝村、兴化郑板桥、泰州陈志枢等友善，常来往于文园、荫深园、雨香庵、平山堂等地。曾主讲镇江宝晋、归德文正、南康白鹿、如皋雉水等书院。

仲鹤庆有三子振奎、振履、振猷。据《道光泰州志》云：“皆能敷华藻，绍其家声。”[1] 父子进士仲鹤庆、仲振履在如皋传为佳话。仲振履（1759～1822），字林侯，号云江，又号拓庵，别署群玉山樵、览岱庵木石老人，仲鹤庆次子。清嘉庆九年（1804）举人，嘉庆十三年（1808）进士。历任广东数县县令，皆有政声。以病告归，卒于故里。仲振履受家风熏陶，政暇之余，勤于著述，一生著作颇丰，有《虎门揽胜》2 卷、《虎门纪游稿》《咬得菜根堂诗文稿》《弃余稿》3 卷，《羊城候补曲》《作史九规》《秀才秘命》《家塾尔言》5 卷等，并在任上

[1] 陈世镕，等，纂．中国地方志集成・道光泰州志 [M]．王友庆，等，修．南京：江苏古籍出版社，1991.

亲修《兴宁县志》12卷。仲振履还热衷于戏曲创作，著有戏曲本《双鸳祠传奇》（嘉庆庚辰咬得菜根堂刻本），据郑振铎《中国文学论集》载，法国巴黎图书馆藏有此刻本，国内仅有抄本传世，现藏于泰州市图书馆。另著有戏曲本《冰绡帕传奇》2卷24出，未刊行，稿本国内有藏。

仲氏家族最著名文人则为仲振奎。仲振奎（1749～1811），字云涧，清中叶著名诗人，著作达二十多种，涉及子、史、集部。汤贻汾在《云涧诗钞·序》中称："云涧所著乐府，概以红豆村樵署名，至今未梓者尚有十五种。吴越纸贵，时无不知有红豆村樵者。"[1] 此外，据其妻赵笺霞《辟尘轩诗钞》提及的《红梨梦传奇》与《红楼梦传奇》，仲氏剧目可考者共十六部。仲振奎声名最著者为"谱曲得风气之先"的《红楼梦传奇》，被认为是第一部改编自《红楼梦》小说文本并真正全本演出过的"红楼戏"。[2] 仲振奎因此被学界认定为将《红楼梦》小说文本改编为戏曲并成功搬上舞台的第一人。日本学者青木正儿在《中国近世戏曲史》中评论道："乾隆间小说《红楼梦》出而盛传于世也，谱之于戏曲者数家，传于今者三种。即仲云涧之《红楼梦传奇》、荆石山民之《红楼梦散套》、陈钟麟之《红楼梦传奇》是也。而三种中，仲云涧之作，最脍炙人口，后日歌场中流行者即此本也。"仲振奎所作《红楼梦传奇》不仅开风气之先，而且在乾嘉时期诸种戏剧中成就最高，成为日后歌场中的通行本。

仲氏家族一门风雅，多得益于家学渊源，仲振奎回忆道："每花辰月夕，先君子命男女辈赋诗，吟咏之声达于外舍。先君子乐之，以为风雅。"[3] 尤其是家族女诗群的出现，与她们互相学习倡和紧密相关。赵笺霞，字书云，仲振奎之妻，扬州人，著有《辟尘轩诗钞》一卷，收录诗作一百零六首。在《留云阁合稿序》中云："予己丑于归，壬辰自晋南旋事翁姑，始得与芗云、芝云聚。明窗净几，煮茗焚香，读曲歌诗，更唱迭和，既相爱又相敬也，遂订兰盟焉。"[4] 赵氏嫁到仲家，与尚未出嫁的两位小姑芗云、芝云情同姐妹，"晚食既过，虚

[1] 陈韬．汤贻汾年谱 [M]．中国台湾：龙岗出版社，1997.

[2] 钱成．论《红楼梦》戏曲首编者仲振奎的戏曲创作 [J]．哈尔滨学院学报，2010，（2）：70–75.

[3] 胡晓明，彭国忠．江南女性别集（四编）[M]．安徽：黄山书社，2014：317.

[4] 胡晓明，彭国忠．江南女性别集（四编）[M]．安徽：黄山书社，2014：285.

房一灯，三人环坐，检牙签抽秘籍，哄然吟啸，不自知漏之将尽也”[1]。这种家族姻亲网络中闺秀联吟使她们在经常性相聚中解除了寂寞，也提高了她们的诗艺才情。代代相传形成浓郁的家学氛围，成为海安西场仲氏一族女诗人成批出现的沃土。据刊行于嘉庆十二年（1807 年）的《泰州仲氏闺秀集合刻》可知，仲氏家族有仲振宜（芗云）、仲振宣（芝云）、仲赵氏（赵笺霞）、仲洪氏（洪湘兰）、仲贻銮、仲贻簪、仲贻笄等近十位女诗人诗作传世。另外，仲振履亡妻杨非卿亦有诗作。道光元年（1821 年），仲振履作《北行日记》记述：杨家生活困顿，杨非卿“佐其母篝火寒针以供薪水，暇则从其兄读唐人《叩弹集》，孜孜不倦”。《北行日记》录杨非卿诗二首，其一为：“棠梨花落墓门寒，寒食才过春又残。燕子自来还自去。更无人倚口阑干。”其二为：“萋萋蔓草没幽居，荒野无人月上初。欲问石榴囊在否，倩谁封寄一丸书？”闺阁生活情景历历在目。

徐氏为如皋又一诗书世家。尝有学者云：“如皋以诗世其家者，前有冒氏，今则徐氏。”[2] 冒氏已见前述，徐氏则以徐观政（1741 ～ 1806）为中心，以徐建杓、徐观政、徐珠祖孙三代为盛。“徐观政，字宪南，号湘浦，少俶傥有奇气，好读书，耻为章句儒。”[3] 著有《湘浦诗稿》。熊琏称徐湘浦为世叔，两人多有诗文唱和。徐湘浦为《澹仙诗钞》三位编选者之一，并亲书一长序置于诗钞前，字迹潇洒飘逸，如行云流水。另有一题词曰：

造化无偏枯，钟灵在巾帼。此事非孟浪，其人才必夙。又与好花样，颠倒及穷促。欲穷则愈工，愈工则愈蹙。所以杜少陵，饱食黄牛肉。雉城有闺秀，佩兰兼蕴玉。落落忽自忘，不知群几幅。清才邈三苏，白眼视二陆。诗成泣鬼神，落笔撼坤轴。隐居在茅茨，芦帘间虚白。君才人不知，自咏还自读。我伧老而颠，十载湖山曲。袖手空归来，锄地还种菊。偶见吟秋诗，惊诧舌频缩。虽云学力深，自是骨不俗。匪独诗格高，词学争玉局。嗟哉生不辰，瘦影逐寒鹜。有道堪胜癯，达观能解恧。形如枯木槎，诗可归元穆。

[1] 胡晓明，彭国忠．江南女性别集（四编）[M]. 安徽：黄山书社，2014：317.

[2] 李懿曾序，徐珠撰《画雨楼稿》，清嘉庆十二年至十五年（1807 ～ 1810）刻本。

[3] 杨受廷等修，马汝舟等纂《嘉庆如皋县志》卷十六，清嘉庆十三年刊本。

在这首较长篇幅的题词中，作者以杜甫、澹仙为个案肯定了“诗穷而后工”的规律后，高度赞扬澹仙在困窘境遇中达到的诗学：“清才邈三苏，白眼视二陆。诗成泣鬼神，落笔撼坤轴。”赞扬澹仙诗格高超，达到藐视三苏与二陆，具有惊天地泣鬼神的艺术效果，忍俊不禁的孟浪中有几许让人信服的力量。随后作者顾影自怜：“我伧老而颠，十载湖山曲。袖手空归来，锄地还种菊。”从自己的阅历中引申出两人之间的诗学交往：“偶见吟秋诗，惊诧舌频缩。”在惊诧不已中由自怜转向怜人：“形如枯木槎，诗可归元穆。”全诗笔触收放自如，感情真切自然。

《澹仙诗话》记载徐家诗事颇多，如：

徐湘浦癖爱林泉，官宁绍十年，清风两袖，归，筑莱圃于雩峰别业之侧，遍植梅菊花，花时吟咏其间，江药船为谱《柴桑乐传奇》，家伶迭奏，自执红牙以按，有“待月常怜三五夜，看花不问短长更”句，其兴会如此。又题黄楚桥壁云：“风扫乱花堆古石，云收斜月贮荒陂。”极清寂之况。（《澹仙诗话》卷一）

（笔者按：徐珠）性冲澹，诗情幽逸，如花开绝塞，雁唳清秋。（《澹仙诗话》卷三）

徐德泉父祖俱有厚德，德泉尤诚笃。其《雪中对酒》云：“家无储蓄期邻富，邑有饥寒望岁丰。”自是仁人之言。……《雩峰园看杜鹃花》结句云：“记得浙西湖上路，满山残照一渔艘。”饶有笔致。（《澹仙诗话》卷四）

这些记载不仅见出徐湘浦清正为官，潇洒为人，而且牵涉到如皋当时文坛大事：有关《柴桑乐传奇》的作者与内容等问题。熊琏明确指出《柴桑乐传奇》作者为江药船，即如皋宿儒江大键，字药川，号药船，一号钩铃子。这记载成为确定《柴桑乐传奇》作者的又一确凿材料。与如皋县令曹龙树（1749～1814）《雩峰园观柴桑乐新剧》诗序相互印证：“乾隆庚戌秋，余来宰如皋，八年于兹矣。嘉庆戊午七月，因疾致仕，冬季将治归装。同寅各绅士饯余于雩峰园，徐湘浦司马以家伶演《柴桑乐》曲，江药船明经新制也（余解任后，皋人以余家柴桑，特制陶靖节《柴桑乐》曲一部演以饯行）。虽优孟衣冠，而其闲澹洒、归田、谱琴、醉菊诸出情致翩翩，有潇潇出尘之慨，几令人神游于西畴、南皋、菊径、柳溪闲焉。”[1] 因为县令曹龙树积劳成疾，担心精神不足而贻误政事，于是以病致仕，曹龙树的文友、如皋名人徐湘浦与江大键特作《柴桑乐》新剧为曹饯行。嘉庆戊午为 1798 年，曹龙树离开如皋之时，此剧上演。而嘉庆丁巳（1797）新秋刊刻的《澹仙诗钞》里面已有《柴桑乐题词》四首，推测澹仙应于之前已经看过剧本并题词，可见戏剧《柴桑乐》非一朝一夕完成的，剧本应该在 1797 年就已完成。

徐湘浦子徐珠（1770～？），字生庵，号德泉。一生历经乾、嘉、道三朝，活跃于江左文坛五十余载，是清中后期江左文坛的重要人物，著有《画雨楼稿》6 卷、《画雨楼词钞》1 卷，清嘉庆十二年至十五年（1807～1810）刻本。徐珠受知于如皋宿儒江大键，常同父徐观政与沈涛、王豫、吴树萱集诸名流于霁峰园中为文酒之会，“士之来淮扬者，亦无不造访”[2]。南来北往的文人墨客成为如皋诗坛与当时广阔诗坛交流融汇的传播源，将如皋与当时整个诗坛发展紧密联系起来。

连绵不绝的诗学传承无疑是诗家大族一门风雅的根基，也是如皋深厚诗学底蕴的重要支柱。仲振奎在《仲氏女史遗草》中记载道：“先君子十五志学，书课不足，继之以夜。一灯盈盈，惟姑母手针茶以伴焉。姑母素工声律，读既毕，或诗或词，必相唱和，始各归寝。不数年，姑母诗裒然成集矣。每花晨月夕，先君子命男女辈赋诗，吟咏之声达于外舍。先君子乐之，以为风雅如此。”在这样的诗学氛围中，连仆人也变得风雅起来，《澹仙诗话》有载：“仲松岚有门人吴，失其名，做豆腐诗：‘灯明野店人初起，香到寒家日已西。’松岚每夸其俗题能雅，枯题能切。史笠亭曰：‘佳则佳矣，次句作麦饭亦可，香到二字易为饭熟，乃始精到。’坐客无不称善。”[3] 可见，诗学探讨成为文人聚会的重要话题，已经精细到一字一句的斟酌。

其二，相对完善的公私教育体系培养了不少风雅之才。如皋诗学优势的

[1] 曹龙树《星湖诗集》卷十七，清嘉庆间刻本。

[2] 王豫序，徐珠《画雨楼稿》，嘉庆十二年刻本。

[3] 熊琏《澹仙诗话》卷三。

形成与书院文化的浸润密不可分。我国书院在传播知识、培养人才、繁荣学术、传承文脉中发挥着重要作用。如皋书院文化自宋代书院文化繁盛时期就已存在。1990年版的《东皋县志》载："清代开始创设的崇正书院、雉水书院、安定书院均在全国书院史上占据一定位置。"《澹仙诗话》关注了雉水书院的诸多动态：1747年，雉水书院建立。1774年，仲松岚"方掌吾邑书院"[1]。1790年8月起8年内，曹龙树任如皋县令。曹龙树，字松龄，号星湖，晚号七松居士，江西星子县八都新屋曹村（今横塘镇）人。乾隆三十六（1771）年举人。平生"性耽吟咏"，有志于诗，一生写了1400余首诗，刻成《星湖诗集》27卷、《星湖联语》一卷传世。另有《养云精舍文集》《星湖如皋攀辕集》等。清代文学家袁枚评价其诗："俊逸清新，和平深厚，无体不备，妙绪纷来，饶有唐人之音，而兼得风人之旨。"[2]非常重视发展教育，曾修雉水书院，修儒学大成殿，不仅与如皋本地文人儒士常相往来，"相逢即论诗"，还聘任外地文人执教，如泰州顾湘灵"授经于皋"[3]，"武进钱竹初诗才豪宕，邑侯聘掌雉水书院"[4]。如此风雅县令自然深受如皋文士爱戴，因病告归时，文士们不仅谱写演唱《柴桑乐传奇》以送行，并画《送别图》表达依恋不舍之情，送行诗多达千余首，被曹龙树编辑为《星湖如皋攀辕集》，成为如皋文坛风雅繁盛的见证。

同时，不少私家书楼兴起，如江片石有萍香书屋，熊琏与江懋德先后出其门下，出身小家碧玉的澹仙也能享受与男性同等的教育资源，可见如皋教育氛围开明。甚至有识之士建义学专为贫寒子弟提供免费教育，"仪征吴苍崖孝廉为人负义气，尝建义学于掘浦，延名儒，使贫不能读者就塾焉"[5]。完善的教育体系是如皋诗人密集出现的社会基础。

其三，园林宴游是诗社、诗群形成与诗风交融的重要媒介。园林宴游始终是中国文学诞生的重要渠道。园林能提供合适的空间，成为文士雅集、饮酒作

[1] 熊琏《澹仙诗话》卷一。

[2] 袁枚序，曹龙树《星湖诗集》，清嘉庆间刻本。

[3] 熊琏《澹仙诗话》卷一。

[4] 熊琏《澹仙诗话》卷一。

[5] 熊琏《澹仙诗话》卷三。

赋、书画遣怀的场所。据《如皋县志》记载，如皋兴建园林始于宋元，盛于明清。如皋私家园林融会唐代写意和宋代宫苑造园手法，借鉴苏派和徽派园林的建筑风格，形成“虽由人作，宛若天开”的艺术境地，素享盛誉。园林是如皋经济和文化繁荣之结晶，《澹仙诗话》记载了水绘园、文园、霁峰园、锄金园等著名私家园林作为文酒会所吸引文人们雅集吟唱盛况，许多诗歌成为诸园荣衰变迁的见证，也渗透了诗、画、园艺相通的审美情趣。

水绘园历史最久。“水绘园为巢民征君别业，久经荒废，今仍归冒氏。楚桥忆其兄瘦石同璞庄、片石诸前辈常禊饮于斯，绘园索题，熊琏有云：‘避喧词客惯寻幽，结伴凭栏俯碧流。指点当年花月地，钟声敲彻水明楼。倩谁澹笔写荒凉，落落亭台水一方。别有沧桑无限恨，依稀旧馆望斜阳。’斜阳馆在县北柴湾，瘦石筑林泉花石，极一时之胜，四方名流，过者无不下榻焉。”[1] 这段记载浓缩了水绘园的前世今生与如皋的文化审美。水绘园是冒襄与董小宛的爱情园，是冒襄坚守民族节操的隐居园，也是并融琴棋书画、博古曲艺于一园的文人园。清初文人刘体仁说：“时，士之渡江而北，渡河而南者，无不以如皋水绘园为归。”[2] 名士钱谦益、吴伟业、孔尚任、王士祯、陈维崧、戴本孝等曾觞吟其间。冒襄为了招待来自四面八方的宾客，甚至“出百余金，赁桃叶河房前后厅堂楼阁凡九，食客日百人”[3]。好客如此，风雅如此，怎不令世人仰慕。不过，乐善好施的冒襄家道中落后，“四方宾至如归，联镳方轨，殆无虚日”的水绘园在热闹了二十多年后，随即“荒芜三径对烟霞”，水绘园风华不再，但其流风余韵依然是诸多知识分子的精神向往，吸引四方文人慕名而来。如皋文人黄振、汪之珩、江干亦常禊饮于此，或追忆风流，或感慨唏嘘。“东皋印派”重要代表黄楚桥有感于斯，用绘画定格了水绘园风流，并向熊琏求索题画诗，澹仙有诗句：“别有沧桑无限恨，依稀旧馆望斜阳。”澹仙在诗中明显表现了物是人非、沧桑巨变的悲凉之意。

当水绘园文风凋零之时，与水绘园东西相望的汪氏文园继而成为如皋文士

[1] 熊琏《澹仙诗话》卷三。

[2] 刘体仁《悲咤一篇书水绘庵集后》，冒襄辑《同人集》卷三，第 60 页。

[3] 冒广生《冒巢民先生（襄）年谱一卷》，清光绪二十三年刊本，第 394 页。

雅集、饮酒作赋、书画遣怀的重要场所。文园为清代三十六座名园之一，园内布局如画，曲池假山、楼阁复廊，处处溪水环绕，极尽池馆花木之胜，在全国私家园林中亦堪称经典之作。乾隆皇帝拓建避暑山庄时，曾采此园为样本。文园初为丰利人张祚（康熙二十六年进士）的一座别业，后售于汪氏，园主依次为汪士栋（1685～1747）、汪之珩（1717～1766）、汪为霖（1763～1822）祖孙三代与汪为霖的养子汪承镛。文园内有文昌殿，文园因此而得名，是一座典型的徽派园林。

汪士栋曾在文园内建课子读书堂。汪之珩于此延请四方词客编辑《东皋诗存（四十八卷）、诗余（四卷）》，也成为四方名士雅集之处，并形成了“文园六子”的吟咏集会。据考，汪之珩与李御、黄振、顾驷、吴合纶、刘文玢号称“文园六子”。“社集之作，编为《文园六子唱和诗》”[1]。“文园六子”的浅斟低吟铺展开了文园近百年诗画风流的序幕，“一时江干车马，络绎不绝”。汪承镛曰：“当曾大父开创是园，其时家有余资，投辖留宾，豪而能给。且吾里当通海之冲，舟车之所萃集，四方士大夫过访者，文宴无虚日，所传《甲戌春吟》《文园六子唱和诗》，至今尤称韵事。”可见汪家财资丰厚，好客风流，访者如云，至汪之珩时达到极盛，也因此诞生了《甲戌春吟》《文园六子唱和诗》等许多风雅诗词。乾隆二十五年七月十五日，郑板桥在文园题赠汪之珩的一阕《满江红》曰：“我住文园，是六月，匆匆赴约。其中有绿蕉窗户、碧梧亭阁。暑雨数番池上晚，夜星一片波中落。更湘帘不动，晓风轻，看鱼乐……”此次郑板桥流连于文园一月左右。

文园的精美在汪为霖为园主时达到极盛。汪为霖生性风雅，善诗、工书，尤擅写兰竹，超妙越绝。“人间本色依然我，天上清风送到家。”汪为霖于年三十余便告养回藉，徜徉林下者十四年，皆以文园为菟裘，饮酒赋诗，殆无虚日。与往来名流交游，并类次唱和诸诗为《文园题襟集》。经学大师洪亮吉为文园撰联曰：“千树桃花万年药，半潭秋水一房山。”文园之美可想而知。为了使文园更具“咫尺山水，城市山林”之妙，汪为霖曾“重葺文园，作《补园诗》：换却花篱补石阑，改园更比改诗难。果能草草（另一版本：字字）吟来稳，小

[1] 钱仲联．中国文学大词典[M]．上海：上海辞书出版社，2007．

律千秋（另一版本：有亭台）亦耐看”[1]。将改园与改诗相比，无论是诗歌还是园林，都需要用心经营，仔细推敲，才会有千秋耐看之美。同时，这首诗也告诉了我们，江南园林的美是如小律般精巧之美。汪为霖煞费苦心地改建文园，所建的“小山泉阁”成为天下一绝。数百年后，同济大学教授陈从周在《园林丛谈》《书带集》中屡有提及：“小山泉阁溪泉作瀑布状，自上而下曲折三叠，洵画本也，直拟文园中，今南北所存诸园无此佳例。”

乾隆末年，汪为霖为奉养母亲以及营造一觞咏之所，于文园之北另建一园林，与文园一溪之隔，南北相望，有一桥可通。园内遍植翠竹，嫩笋丛生，溪水相映，青翠碧绿，幽静宜人，布局曲折有致。嘉庆九年（1804）十月二十日，洪亮吉夜宿北园时，见春水四绕，林阴一碧，殊有霞表之想，遂取韩愈“绿净不可唾”句意，命名为“绿净园”，以铁线篆为之题额，加之郑板桥的隶书刻石“直到门前溪水流”点缀其中，使绿净园更添人文雅趣，分外旖旎。正如金学智先生在《中国古典园林美学》中所言：“在园林中，特别是在名园里，可以说处处蕴蓄着诗意，时时荡漾着诗情，事事体现着诗心，是地道的‘诗世界’。”园林与诗、书、画相互交融，使园林的一山一水、一草一木均能产生悠远的诗意与画境，徜徉其中，可得到心灵的陶冶和美的享受。

以汪氏文园为核心的文化圈，由两大类成员组成：一类是如皋本地文人，如汪之憬、汪之琦、黄振、黄楚桥、仲鹤庆、江干等，另一类成员均乃当时名流，如扬州八怪中的郑燮、黄慎、李鱓、罗聘等，性灵诗派首领袁枚、史学家刘名芳、李御、冒念祖、诗学理论家冒春荣、数学家兼诗人吴烺、学者王国栋、孙奎、崔彬若、先后成状元的秦大士、胡长龄等都曾留迹古丰，于园内弹棋间设、丝竹并奏、流觞兴思，或诗或词，或书或画，留下不少名篇佳什。其中尤以郑燮、袁枚影响深远。道光三年，著名学者钱咏来丰利畅游南北二园后，写下这首留别诗：“问讯如皋县，来游丰利场。两园分鹤径，一水跨虹梁。地僻楼台近，春深草木香。桃花潭上坐，留我醉壶觞。曲阁飞红雨，闲门漾碧流。使君无量福，乐此复何求？……”可见，道光年间，文园与绿净园依然让文人流连忘返。

乾隆时期，江南之行大大刺激了江南歌舞楼台之盛。如皋富绅大贾挥金如

[1] 熊琏《澹仙诗话》卷二。

土，争奇比胜。徐家的霁峰园应时而建。清嘉庆《如皋县志·古迹》有“霁峰园”：“在伏海寺堤西，即水竹居。初为常德通判徐建杓憩游之所。乾隆五十七年（1792年），子宁绍运副观政解组归，更拓地十数亩，叠石巉岩，疏池植木，气象万千。每于既雨新晴，藓痕如洗，螺黛欲流；透夕阳于疏林，飞余霞于绝壁，俨然富春道上。此水竹居之易名为霁峰园也。”霁峰园初名水竹居，因水广竹多，盖水能淡性，竹解心虚，故名。徐观政拓展了水竹居，增建亭台楼阁、山石射圃十余处，更名为霁峰园。霁峰园十八景、霁峰园雅集成为当时文人的专门诗题，徐观政在《澹仙诗钞》序中言及当时盛况：曹星湖邑侯、黄澹人进士、宋夫云溪与同邑诸名流“每与余联咏，得一雅题，则驰笺索澹仙句，往往诗至而群贤之豪犹未卷脱也”[1]。连当时如皋县令曹龙树亦参与联吟，有《春杪游徐湘浦司马霁峰园十首》《题徐湘浦司马霁峰园雅集图》《题徐湘浦种兰图》《为徐湘浦题霁峰园十八景》等众多诗歌。嘉庆《如皋县志·艺文》载有武林朱文藻《霁峰园十八咏》。通州状元胡长龄《徐湘浦招饮霁峰园》赞曰：

最羡陈髯是古狂（谓陈检讨维崧常客水绘庵），华灯屡醉得全堂。风流主客今看似，丁甲文章下取将。五亩早成归老计，一春不负落花香。中年哀乐须陶写，好听清歌对艳阳。

他将霁峰园比拟为水绘园：徐湘浦仿佛冒巢氏般风流好客，回乡后与无锡秦鼎云等结诗社，提倡风雅。[2]徐观政次子徐珠在《丛罕山顾晓澜冒樵山张小颠见过集小停云山馆分韵得云乡二字》诗下有注：“先大人下世之后，吟社久荒，良朋星散，今始一聚。”[3]据此可推测出诗社成员有徐观政、秦鼎云、丛罕山、顾晓澜、冒继元、张小颠等诸人。“士之来淮扬者，亦无不造访。”[4]“由如皋推及泰州、通州、扬州等地，霁峰园文化圈之于江左文化的繁荣做出了极大的贡献。”[5]

[1] 徐观政序，熊琏《澹仙诗钞》。

[2] 李桓《国朝耆献类征初编》卷二五六《僚佐八》，光绪十六年湘阴李氏刻本。

[3] 徐珠《画雨楼稿》卷六，嘉庆十二年刻本。

[4] 王豫序，徐珠《画雨楼稿》。

[5] 李言．徐珠及其《画雨楼稿》考说[J]. 中国典籍与文化，2011，(3)：96-100.

清朝中叶诗人汇聚佳园切磋诗艺之风甚浓，以园林为中心形成的诗人群落雅集酬唱，如："斜阳馆在县北柴湾，瘦石筑林泉花石，极一时之胜，四方名流，过者无不下榻焉。"[1]如皋众多精致园林为文士提供集会场所，借助于园林建构了此际的文化理想并进而诠释了自己的文学使命，从而开启了清代文学的新局面。

（二）诗、书、画、印、园林共构的诗学主题

乾嘉时期的如皋是一个多艺术形式交融异常活跃的场域，澹仙以诗家的敏感嗅到了特殊的诗学氛围形成了如皋诗坛明显的地域特征：诗、书、画、印、园林共构的诗学主题，使如皋诗魂中有了精致的艺术品位。郑板桥、金农、罗聘等"扬州八怪"成员曾多次往返如皋，《澹仙诗话》记载扬州罗聘："善画山水，梅竹……生平喜谈鬼，眼有碧光，能于白日见之，所画《百鬼图》狰狞变幻，悚人毛发。片石先生《听两峰说鬼》诗云：'广陵罗两峰，说鬼穷幽寂。玉尘东西挥，虬髯森如。秋灯不肯青，秋树无聊碧。疏雨上空堂，门外天如墨。恍惚被恶风，吹堕罗刹国。有鬼杂沓来，延缘周四壁。……'"[2]画家们与汪之珩、汪为霖、江片石、黄振等谈诗论画，为如皋诗风带来浓浓画意。如皋诗人大多身兼数艺，如诗赋冠绝一时的仲鹤庆善写竹、兰、菊，因为善画而被收录入《墨香居画识》中。《扬州画舫录·卷二》记载："仲鹤庆，字松岚，泰州进士。画有生气，书卷盎然。"《丰利镇志》插页中的"竹石图"便为其所画。徐观政"诗、画清逸，不减板桥道人"。连足不出皋者也往往寄情图画，意得山林泉石之趣。如："吴石林癖好林泉，家贫，未能远探名胜，每每寄情图画，撰《有是园记》，点缀萧疏，得陶渊明桃源、庾子山小园风味。"[3]

东皋印派在乾嘉时期走向繁荣，篆刻名家黄楚桥兼擅诗画，《澹仙诗话》记其学源："吴思翁初号思堂，舍宅为宗祠，遂浮家于皋，工篆隶，黄楚桥师事之。"[4]黄楚桥即黄学记，字孺子，号楚桥，活动于乾隆至道光年间，是黄经的后代、"如皋印派"后期代表人物。澹仙曾为黄楚桥画作题词数首，除《望

[1] 熊琏《澹仙诗话》卷三。

[2] 熊琏《澹仙诗话》卷一。

[3] 熊琏《澹仙诗话》卷三。

[4] 熊琏《澹仙诗话》卷四。

江南·题黄楚桥先生独立图》《满庭芳·题黄楚桥先生古春园图》外，还有人生哲理意味的《百字令·题黄楚桥先生读书秋树根图》：

凝神独坐，听西风落叶，萧萧簌簌。处士名山期不朽、肯向红尘歌哭。石上开函，林间抱膝，万卷千回读。古人堪质，经纶应自满腹。

曾记馆对斜阳，园留春色，总是藏书塾。冷却骚坛弦管歇，往事依依心目。三径虽荒，遗经自守，一脉书香续。知音何处，一任声出空谷。

词作根据图画描绘了一个满腹经纶、期待名山不朽事业却沉沦下僚、拥有遗世独立、不为名利改变气节操守而孤独自守的文士形象。从词中可知，澹仙算得上是黄楚桥的知音了，两人均在面对人生困惑，对自身身份产生彷徨的时刻，体现出大度、坦然的人格气质。如皋诗学受惠园林颇深，大量诗歌以园中景致、人事为题、为感。“予癖爱幽花，奈数椽外无隙地，柴桑风景，每系情画里。适沙竹屿、范晓园、吴月亭、钱达川同人集钱南湾双峰书屋，赋访菊诗，分韵寄予，一时兴到，率成三十律。”[1]春秋佳日，诗人如潮聚，佳作如泉涌，这是乾嘉时期如皋诗坛一景。如前文已述，精雅园林则是诗人聚会的最佳场所与吟咏取之不尽的诗题库，水绘园、霁峰园、文园、斜阳馆等均风雅一时。

澹仙诗学观深受艺术相通规律的启发，总论“诗画相通”曰：“诗境即画境也。画宜峭，诗亦宜峭。诗宜曲，画亦宜曲。诗宜远，画亦宜远。风神气骨，都从兴列。故昔人谓画中有诗，诗中有画也。”[2]深谙“诗是无声画”的澹仙选诗、评诗均带有画家的眼光。如载录林铁箫诗句为：“昏灯夜雨诗俱瘦，淡墨平林画亦清。”“出山流水远，归鸟夕阳斜。”[3]均为“诗中有画”的典型。又如赞赏雁阿山樵《咏梅》曰：“二联轻描淡染，的是画梅高手。”[4]澹仙会参照园林灵活多样的设计原则来推崇诗风的多样化：“不必崇台广厦，不必万紫千红，一泉一石，一花一木，水槛篱门，茅斋竹几，位置清幽，天然绝俗，诗之所谓

[1] 熊琏《澹仙诗话》卷一。

[2] 熊琏《澹仙诗话》卷四。

[3] 熊琏《澹仙诗话》卷一。

[4] 熊琏《澹仙诗话》卷一。

别致者，当作如斯观。"[1]澹仙会从园林点缀之法的妙用中感悟别致诗歌的绝俗之美："香奁、竹枝皆非正体，然亦不可少，凡一集中如奇山异水、乔林古树，岂无碧草红桥点缀其间？"[2]借鉴各种艺术规律来阐释诗歌理论，这是深谙如皋诗坛精髓的澹仙谈诗论文的特色。

《澹仙诗话》如实记载了乾嘉时期的如皋以诗书世家的风雅传承积淀了深厚的诗学底蕴，以相对完善的公私教育体系培养了大量诗学人才，精致的私家园林成为诗人们理想的文酒会所，而书、画、印、园林多种艺术的共同繁荣丰富了如皋的诗学审美，如皋诗学出现繁荣景象。

二、敏锐于时代的情感触角

澹仙敏锐察觉到乾嘉时期逐步走向疏离孤寂的诗坛生态变迁，也体察到"红粉青衫，千古同悲"的薄命生态已普遍存在。乾嘉间的士人逐渐对朝廷失去信心，无法再出现清代前期那种大僚居庙堂而号召天下诗坛的局面，创作力量普遍下移。"[3]中下级地方官吏及布衣寒士诗群占据诗坛主流，甚至有文人主动归隐或布衣终身，扬州八怪、袁枚、孙原湘等均是执意远离科场的文人。《澹仙诗话》展示了在这种大环境下如皋一地的具体复杂性。

（一）如皋诗群逐步与朝政疏离的孤寂创作心态

《澹仙诗话》忠实记录了如皋诗坛从繁荣走向萧杀孤寂的过程，主要体现在以下几个方面：

其一，文字狱给如皋诗坛带来直接冲击。这是一个人人自危、动则得咎的时代，特别是对江南文士而言。汪氏直接被卷入清朝两大文字狱"《一柱楼》诗案"和"《西斋集》案"。虽然最终有惊无险，但身历君心难测与世态炎凉让才华横溢并受到皇帝青目的汪为霖也不免意兴阑珊。同样具有警示意义的是，与汪为霖有很深交往的著名诗人洪亮吉虽曾贵为督学，但因为稍陈己见，几乎丧命。嘉庆八年（1803），汪为霖因病回籍后，年方四十的他再无意官场，把全部精力放在奉养老母、修建家宅园林与文士唱酬上。特别是在卷入文字狱事

[1] 熊琏《澹仙诗话》卷一。

[2] 熊琏《澹仙诗话》卷一。

[3] 张丽丽．清代科举与诗歌[D]. 上海师范大学，博士学位论文，2011.

件中耗费了巨资疏通，盐政积弊让文园失去了经济支撑。汪为霖去世后，“家难屡作，集竟散佚，惟戊寅岁季君学耘所作文园图十帧，绿净园图四帧在”[1]。汪氏风雅不再。文字狱的高压氛围、“莫须有”的罪名与无辜被牵连使知识分子越来越不敢奋笔直书，创作热情不再。

其二，盐政变化使如皋文化活动趋于沉寂。有史料指出，盐业收入一度占清朝财政收入的四分之一，而皋东四场的收入约占全国盐业收入的七分之一。曾几何时，两淮盐商富可敌国，两淮盐运使被称为“江南第一肥官”。运盐河和盐业使得如皋交通便利、工商云集、集镇繁荣、人丁兴旺。乾隆年间，盐业的兴盛使如皋成为苏北最富的县，享有“金如皋”之美誉。如皋古城的建设资金直接出之于盐，众多园林庙宇的修建资金主要来自于盐。如皋世家大族多与盐政盐商有关。水绘园的主人为盐运司丞之后，雩峰园主人和水明楼的修建者均为盐运副使，而雨香庵、新安会馆则为盐商合建。如皋学宫名甲江淮，明清两朝修葺十二次，盐官、盐商出资过半。曾主持风雅的汪之珩、徐观政均与盐商与盐政有关。但乾嘉年间两淮盐政的弊端也日渐突出，由于受滞销、浮费、走私等因素影响，两淮盐政已穷途末路，才有了道光年间的陶澍改革。如皋大族均不同程度受到盐政影响。徐观政次子徐珠在《丛罕山顾晓澜冒樵山张小颠见过集小停云山馆分韵得云乡二字》诗下有注：“余近填《红楼梦传奇》，而家伶散尽，不可复付小红。”[2] 爱好戏曲的徐珠撰有为舞台演出而创作的传奇《红楼梦》，却因无力继续蓄养徐家班而未及付演，今不见传世。徐珠其余作品多无力付梓，殊可悼也。冒氏后人冒国柱在为《澹仙诗钞》题词时借《满江红》诉说了冒氏家族凋零的现状：“我亦伤心，消受此，暮年光景。空负却，声华少时，文场驰骋。四海交游离散久，一家骨肉凋零甚。最堪哀，有女当佳儿，芳魂冷。秋易老，霜残鬓，谁可诉，形连影。对凄凉，满纸长吟短咏。阮籍应添歧路泣，江淹合谱千秋恨，愿生生，莫作读书人，同悲哽。”冒国柱慨叹澹仙薄命之时，亦伤心于自己的暮年光景，四海交游离散，一家骨肉凋零，诗人最后悲哽：莫作读书人！澹仙在诗话中记载冒氏家族的暮年光景：“冒芥原明

[1] 汪承镛《文园绿净园图记》，道光二十年岁次庚子。

[2] 徐珠《画雨楼稿》卷六。

经侄妇孝事孀姑，伯翁病笃，晨昏汤药废寝食者累月，一时士人作《孝妇行》美之，予亦有句：'孀姑有媳称贤孝，竭力兼能事伯翁。侍寝灯挑残叶雨，添薪药煮晓窗风。扶掖已自忘饥冻，辛苦何曾怨困穷。'"[1]可见冒家已整体走向困穷。总持风雅、编刻诗集或操主选政均需足够财力，盐政积弊让如皋诗学失去了经济支撑，诗学落寞也就成为时代趋势。

其三，寒士诗群报国无门的诗坛生态。"畏寒偏欲冲寒来，我辈谋生不如雁"是寒士诗人黄仲则乞食江湖、人不如雁的真实描绘。而江片石的诗句"题诗报鸿雁，音调尔同衰"（《国清寺同罗两峰、吴苍崖夜坐》）有异曲同工之妙。被学术界称为"寒士群体"的诗人们出身寒门，为生计愁苦奔波。他们又胸怀理想，有着救国救民的抱负，只是政治之黑暗与机遇之不谐，以致怀才不遇，报国无门。小小如皋就生活着一群这样的文士："有句惊人"而"无钱使鬼"的江片石、搜罗苦吟但悲老难禁的黄艮男、风雅萧疏却赏音人少的布衣邵蓉江、亢志青云却才运冷落的黄楚桥、文章绝世但穷途潦倒的吴退菴，"卖卜奉母"[2]的苏雨山、"抑塞而没"[3]的黄胜山、"声华驰远近"却"屡困场屋"[4]至抑郁而卒的吴梅园、"厨烟日断而豪吟之身出户外"[5]的徐弁江、"为念慈亲补被归"而"琴书事业都成梦，王谢林亭半已非"的顾陔吟、"学问掩博、久困诸生"的姜培基、"田园荡尽故交稀"的黄月溪、"破屋正愁连日雨，荒厨已断昨宵烟"的王坦庵、"游京师，名动公卿间，暮年浪迹不归，客死秣陵僧寺"的林铁箫、"嫁衣尽典供甘旨"的仲振奎……澹仙无比尊敬的两位老师江片石与吴梅原名列其中。这些寒士，不为时人所晓，更为今天研究者所忽略。胡文楷评《澹仙诗话》："书中多叙当时名人之诗，妇女之诗甚少，刊印均精。传本极罕。"[6]《澹仙诗话》收录妇女诗确实很少，但"多叙名士之诗"恐怕是个美丽的误会。早出的《澹仙诗抄》题词者确实不乏名士，如肌理派领袖、著名书法家翁方纲、"主盟坛坫三十年"

[1] 熊琏《澹仙诗话》卷三。

[2] 熊琏《澹仙诗话》卷一。

[3] 熊琏《澹仙诗话》卷一。

[4] 熊琏《澹仙诗话》卷一。

[5] 熊琏《澹仙诗话》卷一。

[6] 胡文楷．历代妇女著作考 [M]. 上海：上海古籍出版社，1985：700.

的法式善、金石学家冯云鹏等这些诗坛名宿甚至泰斗式人物，但他们没有进入《澹仙诗话》的视野。《澹仙诗话》所收录者，除了“携新诗满贮囊中，清吟马上”[1]的风雅邑侯曹星湖，不慕荣利、自甘淡泊、息影于霁峰园享受山水清音的徐观政、当时疏离政权的性灵主盟袁枚与“扬州八怪”之一的罗聘外，绝大部分诗人是沉沦于社会底层才高命蹇格洁气濊的寒士或布衣诗人。

“愿生生，莫作读书人，同悲哽”[2]道出了此期文士的无限孤寂情怀。至嘉庆末期，如皋无论是经济还是文化都已落尽繁华，澹仙于此深有感触：“皋虽弹丸，尚称富庶，年来朱门大厦半为废圃，殊觉可慨。予有绝句二首纪感云：‘争春池馆百花香，华屋今成瓦砾场。燕子不来春易老，萧萧枯木隐斜阳。零落颓垣一径斜，路人犹说旧繁华。荼蘼架折红栏倒，蟋蟀声中扁豆花。’”[3]沧桑变化的感慨唏嘘中寄托了女诗家深厚的桑梓情怀与无可奈何的悲凉之意。“青云梦冷，才人薄命”已成为普遍社会现象，文网严密之下的群体惊惧、诗者的个体创痛与积郁、人世沧桑的悲怆与无力，弥漫在普遍存在的布衣、画人以及被世道所弃而遁迹山林草野的迁客骚人群中。冒国柱《题片石先生集》中有句曰：“飘零莫问香山社，剩有人间两白头。”[4]从此诗得知，到嘉庆晚期，香山诗社成员零落无几，诗坛走向冷寂。“这是一个不需要个性的时代，更难容有个性的高材。于是，‘英雄在布衣’，‘文章乃归于匹夫’，真正的诗人多在草野，自是必然的事。”[5]《澹仙诗话》以真实记载证实了如皋诗坛与整个清代诗坛的同步变化趋势。

（二）以生命体认红粉青衫“千古同悲”的薄命生态

澹仙因其“命奇、志奇、才奇”而被称为“闺中屈子”，独自忍受难与外人言的薄命悲剧触发了她的类推思维，当发现“博得才名不疗饥”的命运不公在男性文人身上同样存在后，澹仙开始了对文人才、名、命关系的探寻。古代女诗家大多局限于评论女性作家，《澹仙诗话》则“红粉”“青衫”齐关注，且超越性别限制，主要以更为庞大的男性薄命诗人诗作为主。

---

[1] 熊琏《澹仙词钞》，清嘉庆二年（1797）刻本。

[2] 冒国柱题词，熊琏《澹仙诗钞》。

[3] 熊琏《澹仙诗话》卷四。

[4] 冒国柱《题片石先生集》，熊琏《澹仙诗话》卷二。

[5] 严迪昌．清诗史[M]．北京：人民文学出版社，2011：666.

如前所述，《澹仙诗话》收录诸多“字字穷途滋味”的寒士诗人，选入不少啼饥号寒、艰辛客况之作。如“湿尽青衫泪暗流，断无一语不悲秋”[1]“欲下穷途泪，临风听鹧鸪”[2]“花辰三月尽，客梦五更孤”[3]。“扬州八怪”之一的罗聘卖画为生，澹仙记载了艺术家的生活状况：“罗两峰写墨兰数茎，自题云：苦被春风牵引出，和葱和蒜卖街头。”澹仙感慨道：“寓意可慨。”[4]

澹仙还通过题集、题图、追怀等诗词大胆质疑寒士遭遇才高命蹇的不公。或同情“今古才人都冷落，一腔歌哭付文章”，或感慨“骚坛树帜，把诗文、吐尽山川秀气。直恁才高偏不遇，让与膏粱竖子”，或愤懑于“消磨慧业，从来天意如此”。澹仙还会直接以知音自居，如《凤栖梧·题于秋渚先生听秋楼图》：

百尺楼头烟树渺。独倚危栏，短发秋催老。万里碧空风浩浩，梧桐叶上秋先到。吹散三春花共鸟。不是知音，谁聆凄凉调。天许骚人听不了，一编宋玉消魂稿。

此日披图思旧景。三十年来，多少沧桑境。枫落吴江诗句冷，几人唤不吟魂醒。落落曾楼孤鹤影。听惯秋声，岁岁西风紧。久矣清才推绝顶，萧萧飒飒空千顷。

词从写景入手，然后由景及人，独倚危栏的主人公站在百尺高楼上，面对碧空万里，烟树渺渺，秋风瑟瑟，梧桐叶落，澹仙不禁发出感慨：“不是知音，谁聆凄凉调。天许骚人听不了，一编宋玉销魂稿。”澹仙读懂了画中人于先生的心声，那一种清冷孤寂，不是知音人无法领略到。当她发出“说甚吊古评今，吟风啸月，都是才人泪”“儒生风味只清寒，鬓发将斑”的悲叹时，俨然成为高才寒士的代言人。严迪昌先生赞曰：“文人怀才不遇之悲愤，曾经有多少文字写它、表现它，熊琏以女性手笔竟能为之大挥清泪，这才真正印合着‘青衫红妆’、千古同悲之说了。”[5]从这个意义上来说，《澹仙诗话》是别具意义的《录鬼簿》。

[1] 熊琏《澹仙诗话》卷二。

[2] 熊琏《澹仙诗话》卷三。

[3] 熊琏《澹仙诗话》卷三。

[4] 熊琏《澹仙诗话》卷四。

[5] 严迪昌. 清词史 [M]. 南京：江苏古籍出版社，1999：603.

三、富有性别意味的价值追求

《澹仙诗话》有因诗存人的创作意图，但更多的是对诗歌的审美鉴赏。澹仙对乾嘉诗坛进行观照后，提出清冷瘦劲的性灵书写与“千古才人不死”的人生追求。其诗学观与价值观均带有一定的性别色彩。

（一）丰满性灵诗学内涵

乾嘉时期是清代诗学理论的活跃期，沈德潜、袁枚和翁方纲各自为盟，性灵、格调、肌理诸说粉墨登场，宗唐、宗宋的文学主张纷纷攘攘。《澹仙诗话》开篇就宣称：

“诗本性灵，如松间之风，石上之泉，触之成声，自然天籁。古人用笔，各有妙处，不可别执一见，弃此尚彼。”（《澹仙诗话》卷一）

这段话算是澹仙诗学观的总论，举重若轻中具有非常强烈的指向性，包含多方面的内容：第一，以性灵为主的诗学观。认为性灵为诗之本源，是诗人感情的自然流露。第二，优秀的诗学传统是丰富多样的，需要全面客观看待与继承，不能一叶障目。第三，宗唐法宋之争是一种狭隘的诗学行为，模拟之作永远无法达至上乘。第四，诗歌好坏的衡量标准是诗人性情表达的真实度与深度。从这段简短诗论中可以看出澹仙以通达的性灵诗论为宗旨。

“性灵”一词由来已久，最早源头可追溯到《文心雕龙》，明代的公安派、竟陵派明确主张“独抒性灵，不拘格套”，给明清诗坛吹进一股强劲的清新之风，乾隆三大家之首的袁枚是举起“性灵”大旗的主将，将诗主性灵说推向高潮，对如皋诗坛影响深远。袁枚曾多次造访如皋，游览水绘园、文园、霁峰园等名园古迹，并为汪之珩编纂的《东皋诗存》和江干的《片石诗钞》等作序。据初步统计，袁枚《随园诗话》中收录与如皋相关的内容达十余处。如：“曹星湖（龙树），江西孝廉，宰如皋，政尚宽和，邑多瑞应。”[1] 又如：“《如皋志》：‘淳熙中，东孝里庄园有紫牡丹一本，无种而生。有观察见，欲移分一株，掘土尺许，见

[1] 袁枚．随园诗话（下）[M]．顾学颉，校点．北京：人民文学出版社，1982：798.

一石，题曰：‘此花琼岛飞来种，只许人间老眼看。’遂不敢移。自后乡老诞日，值花开时，必宴于其下。有李嵩者，三月八日生，自八十看花，至一百九岁。”[1]《如皋县志》相关记载亦列入其中。又如：“己卯冬（乾隆二十四年），余在扬州，见门生刘伊有《游平山诗册》，作者十余人，俱押‘卮’韵，余独赏如皋顾秀才‘清响忽传楼外庙，严害争避手中卮’之句。后官湖北归，卜筑于如皋白蒲。余过其居，主人感二十年前知己，欣然款接，宴饮水窗，出新诗相示。”《白蒲镇志》详细记载了袁枚这次白蒲之行：“（袁枚）乾隆中来游蒲上，寓顾沙苑司马北园，一时追陪者甚众。自以能别淄渑夸于顾，顾曰：‘今作馔，使公携来之庖与寒家庖各献其技，试尝之，如果能辨，信易牙复生矣。’袁许可，以食帐陈其前，注某某味袁庖，某某味顾庖。席终呼庖丁问之，则悉不中。袁大笑曰：‘处士盗虚声，窃恐不止于嗜味也，其善下人如此雅爱。’”由上可见，顾为人定是风雅不俗。其兄顾云（北墅）也极负才名。合观《澹仙诗话》与《随园诗话》二书对如皋诗坛记载有诸多交合与互补之处，更能把脉如皋盛极一时的性灵之风。如袁枚与徐湘浦对如皋诗人林铁箫的共同欣赏与保护所成就的一段诗坛佳话，《澹仙诗话》记载为：

（林铁箫）游京师，名动公卿间，暮年浪迹不归，客死秣陵僧寺，随园老人为葬于瑶坊门外。题石碣云：“清故诗人林某之墓。”箫归其友湘浦运副。见《藏箫阁记》。所著《客游草》有《和廖古坛黄叶诗》：“却为临风羞短发，应教寄恨怨繁霜。昏灯夜雨诗俱瘦，淡墨平林画亦清。”又题壁云：“出山流水远，归鸟夕阳斜。”（《澹仙诗话》卷一）

袁枚《随园诗话》记载曰：

如皋布衣林铁箫有“老至识秋心”五字，余颇赏之。《与吴松崖看海棠》云：“万朵仙云轻欲滴，多情红向白头人。”松崖云：“娇来浑欲睡，愁杀倚栏人。”两押“人”

---

[1] 袁枚．随园诗话（下）[M]．顾学颉，校点．北京：人民文学出版社，1982：774.

字，俱妙。林名李，买得古铁箫，能吹变徵之音，因字铁箫，盖取王子渊“愿得谥为洞箫”之意云。（袁枚《随园诗话》卷十五）

著名如皋诗人汪为霖更被认定为袁枚性灵诗说的继承人，二人之间的诗学交往与感情交流非常频繁。袁枚为汪为霖《小山泉阁诗存》作序写道：“读《小山泉阁诗》，或唐皇大作，或小碎篇章，无不标写性灵、自抱风骨。其出守镇安，看山得句，临水歌风，弓衣绣宛陵之诗，蜑女唱香山之曲，大为典郡者生色。想古来者太守无不能诗，或苍苍者念韦、白、欧、苏之外，继者寥寥，故有意将此一事付诸春田耶？春田论及风雅，津津有味乎其言，非好学深思、心知其意者不能道其只字。”此序将汪为霖与韦应物、白居易、欧阳修和苏轼等名宦大诗人相提并论，对汪为霖的人品、诗品与官品给予高度评价。袁枚还在《随园诗话》中收录了汪为霖三首诗作，分别为《登独秀峰》《游栖霞》《厌雨》，亦可谓不惜笔墨。汪为霖有诗《友人有谓随园主人诗似香山而余诗复似先生为吟一律示友并质之先生》：

先生宗白我推袁，万古心香共此源。
为写性情须淡荡，难云工稳更澜翻。
那能韩杜摇山力，融尽烟云落笔痕。
醉里狂吟忙里赋，欲求老妪与重论。

此诗明确阐述了汪为霖对袁枚的高山仰止之情，并认同性情淡荡、雅俗共赏为他们共同的诗学追求。汪为霖另有《和袁简斋先生自挽诗》四首绝句寄往南京随园，内有诗句如：“宗风海内尽皈依，只履前缘定误期。寄语清凉山下月，留光俟我北归时。”明显表达了他对袁枚深沉的关切与景仰之情。

袁枚与澹仙之间的诗学关系也非常紧密。吴宏一在《清代诗学初探》中将熊琏与杨芳灿、孙韶、张问陶并列为性灵说诗人，云：“如皋女史熊琏者，生当乾嘉之世，著有《澹仙诗话》四卷，论诗亦主性灵之说，不知是否亦随园女弟子？”[1]澹仙虽不是随园女弟子，但却受到了袁枚的高度称赞。澹仙名列《随园诗话》中："熊澹仙女史不止通诗，词赋俱佳。以所天非解事者，故咏萤火云：‘水面光初乱，风前影更轻。背灯兼背月，原不向人明。’”成为“头白袁安是赏音”的诗坛佳话。《澹仙诗话》也收录了袁枚妹袁机之诗《闲情》《咏灯》《闻雁》并评曰："神韵飘逸。”[2]袁枚与如皋诗坛声气相通，对如皋的性灵诗人提携有加，澹仙以性灵为主的诗学观带有时代的普遍性。

但澹仙的性灵说颇具个性内涵，体现了澹仙对性灵流弊的理性思考，也看出她试图纠偏性灵弊端的努力，为清代诗坛诗风转变作出了一定贡献。随着性灵诗风的大兴，流弊日显，性灵派的批判者指出性灵末流把诗学带向了浅俗滑易甚至软媚低俗，确实一语中的。如何避免呢？澹仙主张清冷峭劲的性灵书写，以学问养性情而呈现出峭劲之风是澹仙提出的具体办法。性灵与学问之争是清代诗学中的重要话题，澹仙曰："陆念尔云：‘诗主性灵，以人工累之，犹太虚著浮云’，此论极妙，归愚谓开废学之渐，恐其流于薄。予谓有性灵者，可以加人工，有人工愈以养性灵，譬如碧空澄澈，霁日晴云，明霞朗月，点缀更佳。”[3]澹仙赞同陆蓚在主性灵基础上加以人工的修养，而对沈德潜否定性灵说表示不满。澹仙认为以学问养性灵可以让诗作锦上添花，云霞满纸。如皋诗坛诗、书、画、印、园林共构的诗学空间正是学问养性灵的最佳土壤，而此期大量出现的题图、题画、题拓、咏史诗正是学问养性情的具体体现。

相对而言，因为特定的时代氛围与诗人的寒士身份，“青云梦冷”的乾嘉诗人涂抹着遍地皆拾的冷清色调，诗歌格局与气势都偏于瘦小，形成清峭的诗风，批评者有“蜂腰”之讥。澹仙则认为："诗能寒瘦自是高格，但寒要清，不可失之陋，瘦要劲，不可近于弱。”[4]澹仙颇见用心地用了诸如“冷寂”“冷情”“凄清”等词汇来绾合寒士诗人各种才性与风格，突出乾嘉诗人的特色。如："阳春烟景，朱门得之最早，当其鸟啼花笑，赏心行乐，虽四季皆有风光，一

---

[1] 吴宏．清代诗学初探 [M]．牧童出版社，1977：234.

[2] 熊琏《澹仙诗话》卷一。

[3] 熊琏《澹仙诗话》卷二。

[4] 熊琏《澹仙诗话》卷二。

且红紫飘零，未免扫兴。至荜门陋巷，不过一味凄清，转觉习惯。太仓沈受宏台臣《送春诗》:‘一花一草何曾见，却道今朝是送春。’读之慨然。予亦有词云：‘原不识春来，也凭春去。’”[1]当然，同样是清冷之意，各自表现不一，有旷达的冷景逸情，如徐观政的“风扫乱花堆古石，云收斜月贮荒陂”[2];有难与人言的幽情冷绪，如江干的“残梦凄凉无可续，美人零落此生孤”[3];有郁积满怀而特冷语出之，如潘高《秦淮晓渡》云“潮长波平岸，乌啼月满街。一声孤棹响，残梦落清淮”[4];有热中有冷的理性表现，如评价秦卫廷《过秩斯弟西溪草堂诗》云“秋风春酒一联是感叹中悟语，人当极热时要看得冷淡”[5]。

“与水同清”的寂寥清况是真性情的性灵书写，但不等同可以肆口而出。“文似看山不喜平”，需要作者运用“峭”“曲”等表达技巧:“诗境即画境也，画宜峭，诗亦宜峭。诗宜曲，画亦宜曲。诗宜远，画亦宜远。”澹仙用画的直观优势来比拟诗歌需要的峭曲之术，通俗形象。因为欣赏清峭的诗歌，澹仙对含蓄澹远诗风推崇有加：“予读查初白太史诗，爱其每句有几层意。”[6]摘录其诗句后评为“言有尽而意无穷，有味外味”。

（二）坚信“千古才人不死”的人生追求

世俗之人能追逐到利禄之实惠，才士们纸上珠玑却难以维生，这是乾嘉时期的残酷现实。大多寒士坚守人格高标，矢志追求自己的诗学理想，藉此自安。《澹仙诗话》中，“把卷立苍茫”成为诗人的典型形象，“诗成月旦，搜罗不畏吟苦”是他们真实生活写照，“苍茫独咏，瑶笙吹彻鹤背”是他们承受的旷世寂寞，“处士名山期不朽”是他们不懈的精神向往。邵蓉江因作品已附大集付梓而感激道：“白头喜附千秋业，不问囊中负米无。”[7]“好名心事没尤存，片纸留传总是恩。”[8]表达了至死不忘留下只言片语流传于世的志向。“千秋笔底留香”是他们能超

[1] 熊琏《澹仙诗话》卷二。

[2] 熊琏《澹仙诗话》卷一。

[3] 熊琏《澹仙诗话》卷三。

[4] 熊琏《澹仙诗话》卷二。

[5] 熊琏《澹仙诗话》卷一。

[6] 熊琏《澹仙诗话》卷一。

[7] 熊琏《澹仙诗话》卷三。

[8] 熊琏《澹仙诗话》卷三。

越现世苦难的精神支柱。澹仙深感“今人一片纸，古人一腔血”[1]的创作艰辛，尽可能收录最广泛诗人诗作尤其是寒士诗作，希望在著录别人之名的同时能传达自己之心：

才人著作流传海内，每有冒名窃付梨枣，真伪莫辨，然浮生梦幻，物我皆虚，千载而下，安知此为谁彼为谁耶。黄上舍云：“面目虽殊同物化，文章不朽即心传。”传我之心，著人之名，又何妨欤？（《澹仙诗话》卷四）

尽管有愤懑有不平，甚至有时还很绝望，会做出烧琴煮鹤、锄松砍菊的过激举动，但正是这些遭遇磨折的寒士诗人身上折射出来的诗艺之路与人格的高洁让作者不仅坚信了“诗穷而后工”的创作规律，而且找到了传名不朽的信心，这是熊琏在记录他们时刻意强调的两个方面。“凡物不平则鸣，士有感则发，发为诗者，欢可以当笙歌，戚可以代恸哭。”[2]物质的丰富程度能影响诗人诗风，抱穷守志者的诗歌似乎更能触动人类的灵魂深处：“感慨处每有好诗，故诗以穷而益工。”[3]因此她不以诗人身份发达与否作为判断诗歌价值高下的标准：“诗不论遇不遇，但视其佳不佳。朝阳鸣凤，故足惊人，九霄鹤戾，岂非清音。盛菊庐云：‘翰苑自然无俗品，布衣亦许占名山。’”[4]于是，在追问人生价值时，澹仙似乎豁然开朗：“谁有文人身后福，千秋第一布衣尊。”[5]“亭留野史，千秋须让韦布。”[6]唯有寒士诗人能用文才来实现生命的救赎以达成不朽。正如毕莲汀所云：“岂但才高惊一世，由来命薄始千秋。”[7]对才高与命薄的相互合谋方能千秋的规律认识可谓深刻。

“怜才过于自怜”，澹仙超越了红颜薄命的自怜自叹，为广大寒士呐喊“才

[1] 熊琏《澹仙诗话》卷一。

[2] 熊琏《澹仙诗话》卷二。

[3] 熊琏《澹仙诗话》卷二。

[4] 熊琏《澹仙诗话》卷四。

[5] 熊琏《澹仙诗话》卷二。

[6] 熊琏《澹仙词钞》。

[7] 熊琏《澹仙诗话》卷四。

人薄命”的不公，进而坚信“千古才人不朽”，澹仙的思想已经超越了同时代许多男性，为寒士呐喊的高亢之势让许多落魄诗人发出“须眉气藉蛾眉吐”的感慨，把她视为精神上互通的“知音”。

《澹仙诗话》体现的是女性精神的成长，对女性自身关注的同时，更多地将目光投向广阔的天空与大地、社会与人生。对如皋诗学的集成与超越性别局限的视角让《澹仙诗话》成为一部很有特色的女性诗话。它集成式地再现了清代乾嘉时期江苏如皋诗坛的区域性崛起与地域性主题特色，表达了诗坛疏离孤寂的文化心理与“红粉青衫，千古同悲”的薄命生态，提倡清冷瘦劲的性灵书写，并肯定寒士诗群“千古才人不死”的终极价值追求。

第三节 情理兼备的诗学实践

熊琏自幼好诗，苦吟终生。著有诗集《澹仙诗钞》四卷、《澹仙词钞》四卷。笔者所见《澹仙诗钞》藏于湖南图书馆，为茹雪山房藏板，首页有“盱眙宋云溪、扬州黄澹人、同里徐湘浦三先生选”字样。宋云溪、黄澹人、徐湘浦三人均为如皋一地主宰斯文，维持大雅者。接着有“邑侯曹星湖父师鉴定”字样，曹星湖为当时县令。后有两序，分别为徐湘浦序于嘉庆丁巳新秋，星湖曹龙树序于嘉庆二年丁巳仲春。另有翁方纲、法式善、罗聘、宋长溪、黄澹人、徐观政、冒国柱、江干、黄理、乔普、孙翔、于泗、秦鼎云、朱两田、杨景奎、黄钟、姜培基、冯云鹏、陈邦栋、吴煊、李懿曾等共22人题词共43首。《词钞》四卷、《赋钞》一卷、《文钞》一卷附于《澹仙诗钞》后。

大体而言，澹仙“诗词俱妙，出于性灵”[1]，是其诗学思想的完美体现。至今为止，学界对澹仙诗歌关注较少，或许与文本的罕见有关。从诗钞的序言与题词来看，《澹仙诗钞》在当时影响远远大于其词钞。其诗歌题材较为广泛，可分为五类，各有千秋，下面分而述之：

第一，忧生之嗟，伤逝之叹。澹仙虽然出身书香世家，但因父亲早逝，家

[1] 况周颐．蕙风词话 [M]. 上海：上海古籍出版社，2009.

道中落，婆家也类似，因此一生多身处贫苦孤独之境，后半生更因家境清贫不能自给，“无以为家，故半生依母弟居，钗荆裙布，孤影凄然”。晚年为塾师，只能以诗词寄托忧生之嗟，伤逝之叹。

诗中有不少对自己生活的直接描绘，如《题幽居》：“何嫌屋矮与篱疏，但近烟霞便可居。……茶熟香清诗思健，游仙枕上梦回初。”[1] 远离热闹之所的矮屋与疏篱，是诗人的居住环境。“青衫典尽不知贫”“家贫四壁冷如冰”[2] 是生活贫困的真实写照。更为不幸的是，贫与病往往相伴而行：“一夜寒如许，琼瑶不济贫。穷愁延残岁，疾病累慈亲。”[3] 穷愁与疾病让高雅的诗人面对着洁白的雪花也只能发出无法济贫的叹息。愁云惨雾如影随形般纠缠在诗人的生活中，禁不住身心的双重折磨，诗人变得“人比黄花瘦”，乃至不敢看到自己的影子：“病起挑灯频怯影，愁来见月便低头……千古伤心惟我辈，花时谁忍更登楼。”[4] 人才中年，诗人便担心自己的老来无依，又添一份磨折。如《枕上》云：“际此中年尽磨折，焉知颓老更何如。”

伤逝之叹是澹仙诗作的另一重要内容。母亲、婆母、恩师是澹仙贫病交加生活中的一缕阳光，然而他们却先后离她而去，诗人以“字字啼鹃血”的诗歌来缅怀他们。婆母的去世直接导致澹仙在婆家唯一依仗的失去，据《先姑忌日追恸二首》（其一）所言：“茕茕子媳弱难支，杂沓群嚣占一枝。罗网自离缘避恶，螟蛉虽续等无儿。余生枉费辛勤力，旧业深惭黾勉时。若使有情都下泪，猿声幽咽不胜悲。”[5] 从“螟蛉虽续等无儿”句中得知，澹仙自无所出，应该在宗室中找了一个延续香火养老送终之子，但事与愿违，婆母死后再遭“杂沓群嚣占一枝”，应该是鸠占鹊巢，不仅大半生的辛勤枉费，而且为了“避恶”，澹仙被迫自离罗网，归依母家，陈家再也回不去。命奇如此，焉能不悲哽难言。

熊琏早年丧父，由母亲抚养长大，她与母亲的感情非常深厚。熊母本亦是位才女：“先母高孺人性聪慧，幼侍外祖，与论古今事，口授诗书章句辄知大

[1] 熊琏《澹仙诗钞》卷一。

[2] 熊琏《澹仙诗钞》卷四。

[3] 熊琏《澹仙诗钞》卷四。

[4] 熊琏《澹仙诗钞》卷二。

[5] 熊琏《澹仙诗钞》卷四。

义，过耳不忘。尝随外祖历吴楚闽粤，登山临水，极游览之胜。归先君子后，家故儒素，操作勤苦，追感往昔，时辄涕零。记外祖诗：凄清伯道白头孤，有女追随爱读书……”[1] 澹仙出嫁后多忆母之作，如《百字令·书感》："终天抱怨，记床前执手，殷勤数语。频说掌中珠可惜，误使它年失所。生既伤心，死难瞑目，渺渺成今古。深恩未报，何时能返乌哺。　几回哭煞西风，泪残冷月，落魄身无主。泉下长眠呼不醒，谁念儿家辛苦。事有千端，肠应百折，多少难言处。黄昏独立，灯前数尽秋雨。”母亲的去世给孤苦的澹仙以沉重打击，《哭母》凄厉怨楚，让人不忍卒读："脉脉无言对落晖，临风孤影更何依。伤心不及天边鸟，犹得含哺傍母飞。”[2] 母亲去世后，澹仙伤心欲绝，愧疚自己连天边鸟儿都不如，鸟儿尚能反哺，自己却还没能报答，母亲就去世了，从此孤苦无依。"从今独卧惊魂怯，无复高堂唤女声。"出嫁之女被迫回归母家，最大的依靠是母亲，母亲也以自己的怜爱温暖着女儿孤独受伤的心，如今母亲去世，自己再也听不到母亲唤女之声，再也感受不到母爱，内心痛苦不言自明。

澹仙心存感激的还有自己的恩师。他们是自己诗学领路人，也是人格的典范。澹仙在《感旧》中回忆道：

叹我平生不自由，娇痴未惯早知愁。弱龄已醒繁华梦，薄命先分骨肉忧。亲老偏逢多病日，家贫常值不登秋。眼前俱是伤心事，几度临风泪暗流。刺绣馀闲就塾时，也从花里谒名师。贪看夜月憎眠早，倦挽春云上学迟。书案屡吟秋柳句，锦笺频写落花诗。而今回忆皆成梦，怅望当年旧董帷。[3]

此作应是澹仙中年的回忆之作。诗中回顾自己大半生，发现"眼前俱是伤心事"：弱龄时父亲就去世了，早年刺绣馀闲时也曾有过拜师学艺的美好时光，但现在均成了梦境。抚今追昔，见出澹仙的无限伤感。澹仙所谒名师有江干（字片石）与吴梅原。澹仙对两位老师的人品、诗品极为推崇：

---

[1] 熊琏《澹仙诗话》卷二。

[2] 熊琏《澹仙诗钞》卷四。

[3] 熊琏《澹仙诗钞》卷一。

梅园先生十岁能文章，通诗赋，及长，声华驰远近，屡困场屋，试北闱，同考奇其文，荐不售，抑郁致疾，归遂卒。仅梓《枫香阁集》数卷行世，余俱散佚。予有句云："惊人彩笔同花灿，绝世清才借酒狂。万斛遗珠收不得，零编断简问苍茫。"片石先生性孤介，尚气节，为诗音调激越，比之晓角哀笳。好苦吟，一字不肯率易，刊有《片石诗钞》八卷。袁简斋太史序："抉端倪于造化，字字心精，发至性为文章，言言血泪。"（《澹仙诗话》卷一）

澹仙回忆了吴梅园与江片石两位恩师的大致生平与诗学成就。澹仙与两位才高命蹇的恩师结下亦师亦友的深厚情谊，自称"斯文同骨肉""千秋师友"，有多首诗词专为恩师而作，如《沁园春·题片石夫子独立图》《满庭芳·追怀业师江片石先生》《题江片石先生诗集》（四首）等。《满庭芳·追怀业师江片石先生》曰：

海鹤同清，孤松比傲，高怀洗清尘氛。牢骚身世，萧瑟笔花春，难问茫茫天道。西风紧，断送吟魂。今和古，谁能不死，最苦是才人。　斯文同骨肉，千秋师友，不语寒温。但相逢一叹，欲哭声吞。一自玉楼仙去，知音绝，没个评论。从今后，烟霞杖履，无复过柴门。

她以敬仰的心情、洗练的词句，描述老师的清风高节、才华横溢和怀才不遇，并想到知音从此断绝而欲哭无泪。《澹仙诗话》多记载恩师之生平与事迹："庚申春，片石先生《过水明楼感怀》云：'残梦凄凉无可续，美人零落此生孤。'是冬下世，此所谓诗谶也。"[1] 嘉庆庚申为1800年。从"是冬下世"可以推知江干卒年为1800年。相关资料在介绍江干时常用"卒年不详"字样，此可更准之。澹仙评价江干诗如其人："片石先生纯是团清气，发之于诗，故无诗不隽，无句不秀……其他名句极多，风雪灯窗，令人百读不厌。"[2] 江干也毫

[1] 熊琏《澹仙诗话》卷三。

[2] 熊琏《澹仙诗话》卷四。

不掩饰自己对这位女弟子的赏识之意:“身后千秋应有托，班昭曾作女门生。”[1]认为熊琏已青出于蓝,将来自己的声名要靠她来传递,一语成真,颇有先见之明。

熊琏忧时伤逝之作声悲调苦、血泪交溢，字里行间哀怨凄切的内心独白，颇为感人。众人在为《澹仙诗钞》题词时均注意到了此特点：

聪明绝顶是前修，贫病难消万斛愁。今古红颜俱幻梦，好凭诗卷独长留。品似幽兰节似霜，一生心血付词章。他年远播名姝集，纸价应须并洛阳。（杨景奎题词，熊琏《澹仙诗钞》）

力扫浮华，一种凄凄楚楚，抵多少晚月秋笳。烟霄冷清音独奏，雅雀四无譁。（冯云鹏题词，熊琏《澹仙诗钞》）

诗以穷途偏磊落，语由天性自缠绵。（罗聘题词，熊琏《澹仙诗钞》）

造化无偏枯,钟灵在巾帼。……愈穷则愈工,愈工则愈蹙。……偶见吟秋诗,惊诧舌频缩。虽云学力深,自是骨不俗。匪独诗格高,词学争玉局。(徐观政题词,熊琏《澹仙诗钞》)

以上题词对熊琏诗词成就均给予高度肯定,认为她学力深厚而又诗骨高致。一人言之，或为谀词，多人言之，定有几分真实。可见熊琏自身以穷途而偏致磊落，与天性自出的缠绵结合，刚柔相济，自是高超。

第二，谈诗论文，锦绣心传。“诗成重自省，脉脉频怜影。”吟诗作文是澹仙孤寂生活的一种排遣，也是她自我肯定的重要方式。在痛苦无端的生活煎熬里,靠锦绣文章以期不朽之名,成为澹仙的精神支柱。她在《凤凰台上忆吹箫·病中不寐》中写到：

灯昏斗帐，叶响空阶，虚壁风来枕底。正痛苦无端，凄然欲泣。种种旧恨新愁，都并在、五更钟里。怎禁它，梦又难成，起还未起。如此，烁骨销魂，问弱息何堪，浮生有几？想落落乾坤，茫茫青史，多少锦绣心传。幸千古才人不死。且强自、拥被清吟，放怀高寄。

[1] 江干题词，熊琏《澹仙诗钞》。

病中不寐的诗人听着五更钟声，多少旧恨新愁涌上心头，如烁骨销魂般折磨着诗人，让她开始质疑生命的价值与意义，最终还是坚定了“千古才人不死”的信念，于是，强自拥被清吟，放怀高寄，一种旷达豪情立现。同样的情感还见于《金缕曲·抒怀》中：“百首新诗谁击节？付与自吟自叹。定有个、千秋青眼。”虽然诗人大多是自吟自叹，但坚信定有个异代知己对自己诗作青眼有加，击节称赞。

据《澹仙诗话》记载，癸亥仲秋，年在髫龄的澹仙就与仲松岚家族闺阁唱和秋柳诗而介入诗坛，一时之间，熊琏诗名在如皋一地享有盛誉。如皋宿儒江药船、洪修堂辈对熊琏才德了如指掌，新任县令曹龙树认为应该奇文共欣赏，亲自为《澹仙诗钞》作序，广为传播：“慕德者贤之，爱才者惜之。”[1]诗词唱和成为熊琏与诗坛交流对话的媒介。与熊琏有诗词唱和的男性诗人甚多，以江干、吴梅原、徐观政、曹星湖、黄艮男、姜培基、冒国柱、朱砚农、黄学记、牛熊、吴退庵等为代表。与同里顾淑龄、吴铁崖母邹夫人、顾兰崖姊亭等女性也有诗学交游，留下了不少唱和诗、题诗画诗与论诗诗。

凌霄《快园诗话》记载：“东皋送别图，冒籽南耘德作，……僧松原、女史熊澹仙琏皆题图上。”[2]澹仙参加了当时轰动一时、有百余文人共同吟咏的《东皋送别图》的题词。《澹仙诗钞》中有《游仙词和朱砚农先生》4 首、《和荷香茶社惜荷诗》等。《和荷香茶社惜荷诗》曰：“珠沉玉折寻常事，毕竟漂流不染尘。”[3]作者在惜荷之时却能悟出哲理，诗人的旷达之性令人钦佩。《澹仙诗话》有言：“从来以诗鸣者非仅声韵擅长，清风高格，代不乏人，如渊明之节，太白之狂，浣花翁言忠孝，香山、东坡居官多惠政，此辈当为诗坛增色。”澹仙诗歌时时透露出来的清风高格亦为其诗增色不少。

熊琏在诗词曲方面的造诣和学术见解，使得澹仙在如皋一地声誉甚高，当县令曹龙树问起时，如皋宿儒江药船、洪修堂辈同起对曰：“熊琏者，字商珍，号澹仙，亦号茹雪山人，其先世居江右南昌，祖正冠迁如皋，父大纲、叔秉纶

---

[1] 曹龙树序，熊琏《澹仙诗钞》。

[2] 凌霄《快园诗话》，第 15 页。

[3] 熊琏《澹仙诗钞》卷二。

俱能文章。琏幼慧，好读书，作诗赋间出奇句，惊长老，长益耽之……”[1]对澹仙身世与诗学造诣如数家珍。据湖南图书馆藏本，《澹仙诗钞》书前印有“盱眙宋云溪、扬州黄澹人、同里徐湘浦三先生选，邑侯曹星湖父师鉴定”，明确了主编与审稿者。继有徐湘浦与曹龙树序，作于嘉庆丁巳新秋；继有一序，为嘉庆二年丁巳仲春星湖题。后有翁方纲、法式善、罗聘、宋长溪、黄澹人、徐观政、冒国柱、江干、黄理、乔普、孙翔、于泗、秦鼎云、朱两田、杨景奎、黄钟、姜培基、冯云鹏、陈邦栋、吴煊、李懿曾等题词。正如《闺秀诗话》所云：“足见女士才德，负一时望重，为士林所推重也。”[2]澹仙著作得到了诸多男性文人的热情题词与赞扬。风雅县令曹龙树为之作序并赠二律：

从来薄命是蛾眉，况有词华慧业随。病不废婚心独苦，才偏折福数何奇。清鸾镜愧同栖影，乌鸟情犹得展私。此集无心矜藻采，聊屏风月遣幽思。

自是瑶池谪降仙，心经默默解参禅。眼空尘外三千界，聪辨琴中二四弦。芳范应传无朽日，文章足补不全天。人间好合知多少，寂寞身名究可怜。[3]

曹龙树以父师身份赞赏澹仙奇才、奇文、奇志，同情奇命，以传播为己任，熊琏深表感恩之心：“我托门墙培植深，敢献里句颂至仁。”（熊琏《题邑侯曹星湖先生诗集二首》）

不少人在编辑诗词曲集时慕名前来，请熊琏作序题词，集中题画词达三十余首。题画诗相对少些，但成就亦不俗。如《题黄月溪乞食图》云：“田园荡尽故交稀，舞榭歌筵一梦非。未必相逢皆白眼，凭他黄犬吠鹑衣。”被认为是“借题发挥，骂尽世人”[4]。又有《题南湖小泛图》曰：“芦花影里荡扁舟，夹岸松风入耳幽。名士每饶千里兴，远山犹带六朝秋。何能对景饱书卷，且自停桡问酒楼。一片吟怀消不得，炉烟澹袅绿波流。”[5]动静结合巧妙，诗中有画，实践

[1] 曹龙树序，熊琏《澹仙诗钞》。

[2] 雷缙，雷瑊《闺秀诗话》卷八，上海扫叶山房石印本，民国 17 年（1928）。

[3] 曹龙树序，熊琏《澹仙诗钞》。

[4] 钱泳．履园丛话 [M]．北京：中华书局，1979.

[5] 熊琏《澹仙诗钞》卷三。

了澹仙对题画诗的最高审美要求："诗境即画境也。"[1] 曾任广东香山县丞、桐城人陈鼎所辑《同情集词集》（十卷）于乾隆三十九年（1774 年）成书，该书之序即为澹仙所作。清嘉庆十年颜希源所辑《百美新咏图传》（三卷）刻本问世，除请诗坛盟主、性灵派主帅袁枚和进士阮元作序外，还请澹仙于乾隆五十二年（1787 年）作序。戏剧大师李渔请她为戏剧《比目鱼》作序。一个闺阁女子能与当时文坛大家同为一书作序，可见她在文人心中的地位非同一般。

澹仙还有罕见的题曲诗数首。如《柴桑乐题词》四首：

绝代高人借酒狂，飘樽亦带菊花香。梦腾别有闲天地，第一逃名是醉乡。

中流掉首悟迷津，野老山樵许结邻。大抵不骄由不谄，当途愧死折腰人。

云出无心鸟倦飞，高情司马邈前徽。便抛官爵耽林下，携得清风两袖归。

栗里芳踪杳莫寻，移宫换羽索知音。倩将一管生花笔，传出渊明万古心。

如前所述，《柴桑乐》传奇为如皋宿儒江药船专为送别如皋县令曹龙树所作。四首题曲诗中，澹仙反复咏颂着江药船与曹龙树二人如陶渊明般不为五斗米折腰的高洁情怀。通过题曲，表达曲作者江药船、送别者曹龙树与作者三知音惺惺相惜之情。熊琏另有题《乌阑誓》云："水到吴江平望桥，曾听翻曲几吹箫。不堪卒读人间誓，自许重传天上谣。梦逐花飞于我殡，魂随香返阿谁招？从今可告郎无罪，为谢先生笔下超。"[2]《乌阑誓》传奇，潘炤所作，袁枚、张问陶等名人题词。澹仙在戏曲方面的造诣在女诗人中非常罕见。

最直接体现澹仙诗学观的无疑是论诗诗。主要有《书薛晴铺穷感诗后》《喜雨词呈邑侯星湖先生》《题邑侯曹星湖先生诗集》（二首）、《题姜蒲村先生诗集》（五首）、《题江片石先生诗集》（四首）、《题环碧草集》等。在这些论诗诗中，澹仙多能知人论世，对诗人诗作进行理性评价时又饱含对所论对象的深厚感情，不类一般应酬之作。如《书薛晴铺穷感诗后》有云："落魄乾坤许赋诗，天教

[1] 熊琏《澹仙诗话》卷四。

[2] 蔡毅．中国古典戏曲序跋汇编 [M]. 济南：齐鲁书社，1989：1976.

肉食少文辞。炎凉世态酸寒味，不是才人了不知。”[1] 对诗人的落拓给予宽慰的同时，为天下才人的不遇鸣不平，暗含了“诗穷而后工”的诗学观。《题姜蒲村先生诗集》五首重点关注姜蒲村在四海交游之后长年隐居烟霞之间，以种花读书为乐的高雅情怀。第五首曰：“未识丰标识性情，瑶编展处一灯明。高吟顷觉清双耳，仿佛天风鹤背笙。”[2] 从前两句可知，澹仙并未能得识姜蒲村之面，但却读其诗集而知其性情，显然，澹仙认为姜蒲村做到了“诗言情”。后两句是澹仙的读后感，高吟之下，顿觉“仿佛天风鹤背笙”。刘时中《[中吕]山坡羊·与邸明谷孤山游饮》有句：“意悠扬，气轩昂，天风鹤背三千丈。”龚自珍亦有诗句：“鹤背天风堕片言，能苏万古落花魂。”合而观之，澹仙在此赞赏姜蒲村诗歌意蕴悠扬与气宇轩昂，如灵箫般抚慰了澹仙孤独的灵魂。

清代大多女性诗人成长于一门风雅或姐妹联吟的诗学氛围中，而熊琏的精神成长离不开众多家外男性师友的支持，其作品刊刻流传得力于男性文人编辑整理出版。而与师友的唱和在一定程度上缓解了她不幸生活的痛苦，同时也使她与当时诗坛接轨，促进创作进一步成熟，并为编撰《澹仙诗话》提供了前提条件。

第三，谈禅说佛，澄心了悟。明清时期诸多女性诗人不约而同选择了宗教作为心灵栖息之处，个中原因虽然不完全相同，但是“人为伤心才学佛”似乎是一条通律，熊琏就是典型。现世生活的不如意让澹仙无法喘息，于是到宗教中去寻求些许的安慰。《贺新凉·感怀》尖锐地表达着她逃离现实的急切心情：

昨夜梦中身有翼，聆云边、谁唱飞仙曲。却又是、风敲竹。　　人生到处难求足。最留意、炉香茗碗，山青水绿。长愿避人归净业，安得三间茅屋？便逃出、红尘碌碌。

以梦境中的云边飞仙曲与现实中的夜风敲竹相映衬，发出人生难得圆满的感慨。表面是一种摆脱拘束、向往自由的精神，字里行间却无法消除浓重的无

[1] 熊琏《澹仙诗钞》卷三。

[2] 熊琏《澹仙诗钞》卷四。

奈和挫败感。而《澹仙诗话》又似乎暗示着她的佛缘早在："予每倚枕，恍惚中一望，苍茫空碧，绝类浮图，经声磬韵，时近时远。十数年来无复此梦，因成一绝纪之……"[1] 在将"一生心血付词章"的时候，宗教色彩自然渗透入诗。《礼佛》就是一首直接写自己悟透生命，甘愿入佛的诗歌："前因昧却俗情牵，长愿焚香礼众天。入世都无人可语，澄心恐有佛相怜。……回首迷途如不远，好皈清净度余年。"[2] 这是经历了人生不幸的俗情之后的皈依。除了直接写游仙诗外，澹仙有些诗中亦有一种仙气贯注其中，如《渔父词》曰："垂钓本无心，得名亦不喜。随意换村醪，归来月满水。独酌听秋声，小艇芦花里。"前人所论澹仙诗"多了悟语""宛然霞上人语"[3] 多指此类。因此，黄懿曾为《澹仙诗钞》题词有："病里禅机愁中悟，境幽梦钟敲彻大千看破，任他明月圆缺。"[4] 朱砚农题词亦有："参透禅机诗是偈，瓣香端合礼如来。"同里黄钟题词："贫病一身兼，学佛求仙，多才不受俗缘牵。"黄懿曾、朱砚农、黄钟等人题词均指出了诗中有禅，禅以诗言是澹仙诗歌的一个特色。她的思想长期接受禅道熏染，在批评中也会带上宗教色彩："《牡丹亭》，情词也。《离魂》《游魂》二折，水月空灵，镜花摇曳，是汤临川现身说法，读之可以参禅悟道。"[5] 澹仙对汤显祖《牡丹亭》解读中，读出了"情"字，但是却认为这是汤显祖在现身说法，通过梦境、幻境等戏曲冲突的设置让读者感受到情的虚幻性，从而了悟"一切皆空"。澹仙的解读未必准确，不过，宗教思想的渗入使她的作品多了一份空灵意趣，在诗学批评中也会更明显地偏重顿悟、意境等佛道意味浓厚的诗学品评。

第四，咏物寄托，格趣高洁。澹仙是一个有敏锐审美情趣的诗人，善于发现日常生活中的诗意美："牵牛花迎凉乍放，竹阴篱落间搽蓝一片，望如翡翠屏风，清秋晓起，别开一诗境也。因赋如梦令一阕：……"[6] 普通的牵牛花也能引起作者诗兴，于是，远山、残月、竹径、落花、白牡丹、白桃花、玉蝶梅、

---

[1] 熊琏《澹仙诗话》卷四。

[2] 熊琏《澹仙诗钞》卷二。

[3] 恽珠《国朝闺秀正始集》卷十三。

[4] 黄懿曾题词，熊琏《澹仙诗钞》。

[5] 熊琏《澹仙诗话》卷一。

[6] 熊琏《澹仙诗话》卷二。

墨梅、春鸟、庭梧、豆花、曲篱、秋空、菜花、玉簪花、凤仙花、水仙、月季花、竹、湘帘、苔阶、春燕等农家日常生活所见之物均成为笔下诗题，既有对自然之物的传神写照，更多为寄托，或蕴涵身世之悲凉，或成为人格之象征，或隐含理想之向往，展示出作者诗意审美下的生活百态，言约意丰。

数量最多的咏物诗是作者体察到所咏之物与自身所处的境遇相类时，将自身身世之感打并入所咏之物，如“辛苦不知身是客，一春衔尽碧桃花”[1]的春燕是作者人生如寄、春尽苦长的生活感悟。“背灯兼背月，原不向人明”[2]的萤火将作者一生的孤苦无望展露无遗，此诗也作为咏物诗的代表作被袁枚选入《随园诗话》。“东风吹不断，长是系春愁”[3]的柳丝，连绵了作者不断的春愁。“贫家春自少，声在隔邻多”[4]的春鸟直接唱出了作者不同寻常的悲声。雷缙赞澹仙诗“如霜笳晓角，悲壮苍凉于即景咏物之中”[5]当指此类。

也有部分咏物诗是诗人高雅情趣的表征。如《苔阶》曰：“一雨便知春，绿向柴门早。留衬落花红，不遣童儿扫。”[6]因为一场春雨，作者所居柴门外台阶上绿苔满地，诗人在如此寂寥清况下竟然满怀欣喜，不遣童儿扫去湿滑的青苔，为的是留着迎接即将落下的春红，形成一幅绿苔春红的美景。又如《菜花》曰：“尺土依然雨露匀，黄花灿灿蝶飞频。朝来不厌临窗看，也算贫家一段春。”虽为贫家，也能从菜花中享受到春光无限。又如《渔父词》曰：“垂钓本无心，得鱼亦不喜。随意换村醪，归来月满水。独酌听秋声，小艇芦花里。”显然，诗人钓的不是鱼，而是一种避世隐逸之潇洒志趣。

澹仙笔下既有农家日常所见的菜花、萤火、豆花等普通物象，也有蝉、白牡丹、兰花、竹、墨梅等诗学史中意蕴深厚的意象，往往成为作者高洁人格的象征。如“绝似美人无俗韵，不涂脂粉自婵娟”[7]的墨梅就衬托出一个绝无俗韵、

[1] 熊琏《澹仙诗钞》卷一。
[2] 熊琏《澹仙诗钞》卷一。
[3] 熊琏《澹仙诗钞》卷一。
[4] 熊琏《澹仙诗钞》卷一。
[5] 雷瑨、雷瑊《闺秀诗话》，第 8 页。
[6] 熊琏《澹仙诗钞》卷二。
[7] 熊琏《澹仙诗钞》卷二。

少脂粉气的美人。“春葩亦有冰霜骨，五色还应让素丝”[1]的白桃花所具有的冰霜之节、“虽邻芳草独水心，默默幽香傍竹林”的兰花所具有的幽香之品，均与敏感诗人的理想人格相关。《逍遥游》有云：“藐姑射之山有神人居焉，肌肤若冰雪，绰约如处子。”熊琏自号茹雪山人，即是化用了庄子话语之意来自寓品性的高洁。

澹仙曾云：“咏物诗寄托为佳，次则略点正面，余用借映，如画家白描，若专事刻画，虽极精工，便似着色牡丹，非不悦目，求之神味，则索然矣。”[2]以此来观照澹仙的咏物诗，佳者甚多。宋长溶赞曰：“东皋名士擅风流，树帜词坛互唱酬。更有深闺工赋物，春来花鸟不禁愁。”[3]此诗从东皋整个诗坛繁荣状况入手，在名士林立的东皋诗坛中突出了一位深闺之人，“工赋物”是她能树帜其中的原因，她的咏物诗能让春来花鸟也禁不住其中的愁苦，概括出澹仙咏物诗的感情色彩是一个字：“愁。”曹龙树题序则曰：“此集无心矜藻采，聊凭风月遣幽思。”[4]指出澹仙主要是通过吟风弄月之作寄托自己的幽思，感情讲究真挚准确，至于辞藻是其次。

第五，咏史怀古，衡鉴得失。咏史怀古之作最考验作者的才学与识见。澹仙虽无游历名山大川的可能，但却可以神游于书海之中，咏史怀古成为她或寄寓政治理想、或抒发性别愤懑的载体。《澹仙诗钞》中最具特色的咏史怀古之作是咏怀古代女性。澹仙自觉担当起女性的同命人，以贴己体验来感悼女性命运。《和颜鉴塘使君百美新咏并序》共十六首，分咏选取阴后、孙夫人、昭君、吴绛仙、莺莺、管夫人、弄玉、瑶姬、班姬、梅妃、乐昌公主、羊后、盼盼、随清娱、桃叶、徐月英等历史上十六位著名女性。前有诗序明确自己的创作意图：

尝思蕙心纨质，艳著当时，玉貌绛唇，名标绝代。惊彩云于天际，应从瑶岛飞来；现仙蕊于人间，恐被狂风吹去。珠无匿采，岂遗世之为高；璧不轻联，

[1] 熊琏《澹仙诗钞》卷三。

[2] 熊琏《澹仙诗话》卷三。

[3] 宋长溶题词，熊琏《澹仙诗钞》。

[4] 曹龙树题序，熊琏《澹仙诗钞》。

亦乘时而间出。独是造化偏钟，红颜薄命。倾城一笑，有限年华。落魄三生，无边怫郁。或怀芳履洁，凛若冰霜，或适远伤离，飘同飞絮；或以姿容见嫉，或因文采罹殃；或歌舞擅长，红豆度相思之曲；或才情流露，绿窗传绝妙之词；或向月殿而遥奔，或傍星桥而独往；或巫山入梦，或洛水留踪。斯皆佳话争传，靡不瑶编共载。兹者蕙草香消，蓝田日冷。花飞古冢，知埋多少胭脂；风咽黄昏，谁见往来环佩。爰有多情才子、慧业名流，绘冉冉之仙姿，招魂纸上，赋翩翩之丽句，集艳毫端。恍登群玉之林，如阅众芳之谱。于是仆本恨人，抗怀往昔，溯兴亡于六代；凭吊无端，缅佳丽于千秋，留连不尽。岂若阳春迭奏，聊成下里之吟。亦同邻女效颦，难免东施之诮。

不同于古代男性文人惯用的“香草美人”写法，澹仙关注的是这些女性个个“蕙心纨质，艳着当时，玉貌绛唇，名标绝代”，可谓才华与美貌并存，然而却“红颜薄命”“落魄三生”，于是，澹仙以“仆本恨人”之心曲去抗怀往昔，溯兴亡、缅佳丽。如《孙夫人》云：“恨切苍梧别死生，长江终古怒涛声。啼残杜宇归无路，月冷风凄白帝城。”《梅妃》曰：“佳人不买长门赋，自问楼东写断肠。酷爱梅花应有意，一生心事付寒香。”对着或花逐流水或失宠幽闭或离愁别恨的命运，澹仙追问女性为何薄命之时，把视野扩大到古今女史中，发现结论竟是“聪明磨折，无分今古”。这已不再是对具体某个红颜薄命的同情，而是对女性整体命运的关注。绝大多数人认为婚姻不幸是女性薄命的典型表征，但澹仙更为关注的是女性的才华无用武之地的薄命。这是一种人生价值取向和对生命的关怀，对女性群体扮演的社会角色的反思和突破。“我为红颜聊吐气，拂醉豪、几按凄凉谱。”[1] 为女性代言的自觉与豪气喷涌而出，理性思考中显示出沉郁、激愤、峭拔的刚性抒情色彩。

《澹仙诗钞》是澹仙四十岁之前的作品，因为曹星湖在《澹仙诗钞序》中写到：“（琏）年顷近四十矣，慕德者贤之，爱才者惜之，拟以集付梓乞一序，以并册端。”该序作于嘉庆二年，即1797年。对于“苦节一生，老而好学”[2] 的澹仙而言，

[1] 熊琏《澹仙词钞》卷一。

[2] 王蕴章．燃脂余韵（卷三）[M]. 北京：商务印书馆，民国9年：22.

并非是她最佳诗歌成就的体现。然而，如通州陈邦栋题词所云："底须怨命，既生为才女，自应落魄。寥寥几卷，胜他名下千百。"[1] 才女落魄是注定的命运，却能因寥寥数卷中所展示出来的内涵丰富，个性鲜明的诗歌而流芳百世。

第四节 澹仙的典型意义

嘉道年间与澹仙诗歌水平不相上下的闺秀诗人不少，但是她们有些在当时就没有产生什么影响，后世更是湮没无闻，而熊琏何以不仅在当时产生一定社会影响，而且著作均能流传下来呢？仅以熊琏符合薄命才女的流行书写而流传恐怕失之偏颇。其实，"赏其奇，自哀其奇，恶得不传其奇"道出熊琏及其著作所具有的典型性是她的著作得以流传的重要原因。

第一，个体不幸的苦吟与红粉青衫集体薄命的呐喊相结合。在澹仙心中，只有诗歌才是最佳的精神慰藉物，读诗、作诗、评诗成为她生活中最重要、最幸福的事。在诗词创作中她不避讳自己生活的痛苦，特别是对其他女性诗人而言非常隐秘的婚姻痛苦，她也大胆书写，情感也不再遮遮掩掩，而是真实地认命或悲愤地痛斥，大大超出了女性怨而不怒的诗歌传统。差不多同时期的吴藻亦婚姻不幸，没有子嗣，但是吴藻很少在作品中谈及自身婚姻，即便是天壤王郎之叹，也是借性别错位的方式来实现。煎熬到最后，吴藻选择扫除文字，从宗教中去获得精神慰藉。澹仙则通过文字几乎将自己的不幸全部血淋淋地展示在读者面前，让我们完整看到了一个终身不幸的才女顽强的生命力与泣血的文字记录。同时，澹仙还以"仆本恨人"式感同身受历代红粉青衫薄命的千般苦楚，为他们遭遇的不平呐喊。澹仙能超越个体生命的苦难而为千古才人鸣不平，境界超拔是她不同于一般女性诗人的地方。

第二，女性视野与两性诗坛的互动：澹仙身处闺门之内，但通过亲友传递、诗友讲学、诗社唱和、文人题赠等多种方式实现与诗坛同步发展，并以女性视野审视诗坛发展状况，以编撰诗话的方式实现女性话语权的胜利。

[1] 陈邦栋题词，熊琏《澹仙诗钞》卷首。

澹仙一生未出如皋，却有很多翰墨闺友慕名而来或诗笺往来，如闺中知音顾希昭、黄心石、蒲塘女史部怀洁、蕙窗女史陈纯如等人。《澹仙诗话》记载:吴铁崖(骐)母邹夫人“辛酉冬携画过访,并示秋窗课子图”[1]。另有载:“丹徒爱兰女史王琼,诗人柳村妹,闻著作甚富,惜未之见。曾以所辑《名媛同音集》寄示,类皆清超澹远,不落脂粉艳习,殆闺中复古士也。”[2]王琼（1769～1848）也是清代一位名声颇盛的女诗人兼诗学家，与同时女诗人汪玉轸、金逸、马素贞合称“闺中四子”[3],著述颇丰,有《爱兰轩诗钞二集》一卷,附于《吴中女士诗钞》,还有《爱兰名媛诗话》与《名媛同音集》。澹仙赞赏《名媛同音集》所录女诗人“类皆清超澹远,不落脂粉艳习”,澹仙诗学观与王琼比较接近。《名媛同音集》卷三也收录了澹仙，所写诗人小传曰:“澹仙才奇命薄，苦吟终身。读其《澹仙集》，令人太息弥襟。朱兰《蕉窗杂记》云：‘清婉工山水花卉，墨香画识极重之。尤工诗，词旨清隽，希风唐人，与爱兰商榷酬和，时拟之林亚清、徐淑则云。’”王琼认为澹仙绘画技艺高超，两人诗笺往来频繁，时人比拟为蕉园五子中的林亚清与徐淑则，对她们的推崇可见一斑。这些乾嘉之际女诗人诗书往还的真实记载，对地域文学与女性文学生态的探究有一定参考价值。

澹仙诗学网络中的男性远远多于女性，多没有直接血缘关系。在澹仙的诗学生命中，他们或亦师亦友，如江干、吴梅园、宋云溪；或亦父亦师，如徐湘浦、曹星湖等；或是提携者，如翁方纲、法式善、罗聘、宋云溪等；或是激赏者，如冒国柱、袁枚，杨景奎等。“慕德者贤之，爱才者惜之”的态度说明如皋一地对澹仙诗才的重视与保护。正因如此，澹仙得以与如皋一地上至县令、如皋书院院长，下至普通儒生寒士进行频繁的诗学交往。爱才县令曹龙树捐俸为梓《澹仙诗钞》，同人亦各有资助，《澹仙诗钞》才能公开出版。与他们的交往大大提高澹仙的知名度，也刺激了澹仙对诗学的坚守。

澹仙与两性的互动几乎全来自家外，不少慕名而来或顺道拜访者还超出了

[1] 熊琏《澹仙诗话》卷四。

[2] 熊琏《澹仙诗话》卷三。

[3] 王昶语，王琼《爱兰轩诗选》卷首，选自张允滋《吴中女士诗钞》，乾隆五十六年林屋吟榭刊本。

地域局限，澹仙是以一个颇有知名度的女性与社会文人进行交往。两性频繁互动的诗学交游既是当时男性诗人重视女性诗学的一种体现，也是女性文学走向成熟自信的表现。作为诗坛亲历者与见证人身份写作的《澹仙诗话》是女性话语权的胜利，必然对当时诗坛产生一定影响力。

第三，桑梓之情与阐幽发隐之功。澹仙对家乡如皋有很深厚的感情，著作中对家乡风物、春花秋月、园馆楼台、作家作品如数家珍般的言说，体现一种强烈的桑梓之情与文化自豪感。

阐幽发隐的文化自觉是《澹仙诗话》的重要写作动机。正如《随园诗话》所云："凡骚人之片纸只字，录而存之，如掩骼埋胔，泽及枯骨。予谓片金碎玉，无非至宝，安得不珍而藏之哉？此余作诗话之意也。"熊琏对诗稿的流传特别在意，在诗话中屡屡提及诗人们的稿件散佚，惋惜之情溢于言表，同时表明她自觉保存文献的意识。身为诗人，澹仙深知文学作品生产的不易，如其《破书歌》所云："今人一片纸，古人一腔血。"[1] 诗文乃作者呕心沥血之作，哪怕是零章断句，澹仙亦屡屡记下，并尽力搜罗散佚稿件。如记载通州徐卧云曰："著作散失殆尽，仅存《香竹堂剩稿》。"[2]"偶得沙灿之夕阳一首。"[3] 外祖高云庐"生平著作散失四方，断简零编，仅存手泽"[4]。"秋舫山人，失其姓"[5]。众多诗文集未传者则留存集名，如收录史欣之诗时记述："闻有南北宫词各百首，棣桦堂集俱未传。"[6] 澹仙认为："大忠大孝自足表扬青史，至于荒隅隐德无人得知，善善者形诸咏叹，流芳海内，即是笔头功绩。"[7] 澹仙认为青史所传的是那些大忠大孝之人，诗话则可记载那些荒隅隐德而经吟咏流传之人。至于其真伪，澹仙表现出非常的大度："才人著作流传海内，每有冒名窃付梨枣，真伪莫辨，然浮生梦幻，物我皆虚，千载而下，安知此为谁彼为谁耶。黄上舍云：'面目

[1] 熊琏《澹仙诗钞》卷一。
[2] 熊琏《澹仙诗话》卷一。
[3] 熊琏《澹仙诗话》卷三。
[4] 熊琏《澹仙诗话》卷一。
[5] 熊琏《澹仙诗话》卷四。
[6] 熊琏《澹仙诗话》卷二。
[7] 熊琏《澹仙诗话》卷三。

虽殊同物化，文章不朽即心传。’传我之心，著人之名，又何妨欤？”[1]澹仙认为只要能让好文章永传不朽，至于真伪不必太在乎，能传我之心，传人之名足矣，这也是《澹仙诗话》收录标准甚宽的原因。

当诗歌的史学价值与艺术价值相冲突之时，熊琏首先关注史学价值，如："看诗宜宽，校诗宜严。宽则循循善诱，助人兴会；严则珠圆玉洁，令无指摘。然奖忠褒孝，体关风化，抑或孤寒无遇，残编仅存，不得不姑留余地，非传其诗，特表其事与名也。"[2]这种倾向可能与当时经史实学影响到诗学领域有关。《蔡宽夫诗话》曾说："古今沿革不同，事之琐末者，皆史氏所不记，惟时时于名辈诗话见之。"澹仙的努力也得到了后世文人的认同，如钱仲联《清诗纪事》转载《澹仙诗话》的一则记录："吴苍崖孝廉与片石先生为至友，先生没，孝廉哭以诗：'岂有黄金留贾岛，终教白屋老方千。一编诗了生前事，四海人传死后名。……'足见生死交情，不徒音节凄婉。"[3]

第四，女诗家的当代自信与通达的性灵之趣。在品评当代诗学时，澹仙站到历史制高点确定其诗史地位："宋诗别开生面，着笔过重，少风致；元诗极鲜丽，未免流于纤；明诗清隽，近唐音，其味稍薄；国朝诗清醇健朗，佳处当在宋元以上。"[4]澹仙在此以高屋建瓴的理论气势开始构架自己的诗学体系。她对历朝诗歌的优劣了然于胸，简明扼要地分析了宋、元、明三朝诗风，既赞赏它们各自的成就又指出它们的不足，可谓识见不凡。特别是在此基础上对国朝诗"清醇健朗"的赞赏充分反映出女诗人对当世诗风的自信，论断深中恳切。澹仙站在了然清代诗坛的高度，进而对如皋男性诗坛大胆言说。正如吴仲娴《读熊澹仙女史诗话》所说："茗碗香炉伴昼吟，清词丽句独研寻。名花过眼须珍惜，费尽闺中镇日心。"[5]为了完成诗话著作，澹仙镇日潜心研寻，"力挽颓风归正始"[6]，成为文学史上最早以男性诗坛为主要批判对象的女诗家。《澹仙诗

[1] 熊琏《澹仙诗话》卷四。

[2] 熊琏《澹仙诗话》卷二。

[3] 熊琏《澹仙诗话》卷四。

[4] 熊琏《澹仙诗话》卷四。

[5] 恽珠《国朝闺秀正始集·补遗》。

[6] 乔普题词，熊琏《澹仙诗钞》卷首。

话》真实记录了嘉道年间如皋一地的诗坛网络生态，为诗学研究提供真实样本。

澹仙诗学观既有其自足性，也有其开放性。诗学观以标举性灵为核心，但并非执于一端，具有较大包容性："古人用笔，各有妙处，不可别执一见，弃此尚彼。"[1] 又如："东坡诗'若把西湖比西子，淡妆浓墨总相宜'，予谓为诗亦然。或淡或浓，各极其妙，总在乎用笔耳。"[2] 认为性情因人而异，所写诗歌也应不同，即创作要有自己的个性风格，为自得之言。《澹仙诗话》卷四中选入席佩兰、沈持玉、毕莲汀、金纤纤、廖云锦、黄心石等"意调俱别"[3] 之诗。"就思想的境界而言，熊琏是封建时代可以与眼界较宽、思力较深的男子一比高下的少数女性之一。"[4]

对于一个家族而言，才女是名门望族必不可少的文化资本，对于一个地域而言，才女的意义与价值在于彰显一个地方的文化实力。冒鹤亭在《龙游河棹歌》中高度评价澹仙的文学成就："妇人诗话古来无，琏也文章比大家（曹大家）。女是澹仙男冠柳（王观），东皋词学不为孤。"熊琏把自己的全部智慧用于作诗与论诗。通过家族、师承与联吟介入当地诗坛，又以闺塾师的身份与诗话撰写者实现诗学实践与理论的双向传承。《澹仙诗话》开女性重点评价男性诗坛之先河，其文章能与曹大家班昭媲美，澹仙与王观代表了东皋词坛最高成就。澹仙的著作记录了以如皋为中心的乾嘉诗坛由兴盛走向衰落的变化过程，完成了对两性薄命人生的感性表达与真实记录，客观上为诗歌史展示了另一侧面的景观，在士大夫占统治地盘的诗界空间更多地保留了非贵族化的诗人群体。澹仙既是如皋文坛的骄傲，也是清代女性诗学的重要人物。

---

[1] 熊琏《澹仙诗话》卷一。

[2] 熊琏《澹仙诗话》卷四。

[3] 熊琏《澹仙诗话》卷四。

[4] 邓红梅．女性词史 [M]. 济南：山东教育出版社，2000：305.

第三章

湖湘女诗人的创作特色与文化品格

——以毛国姬《湖南女士诗钞所见初集》为考察核心

中国是一个地域文化非常发达的国家。在众多各具特色的区域文化中，湖湘文化因在中国历史尤其是近现代史上产生过重大影响，在中华文化多元化的格局中独树一帜。它所具有的多重文化意蕴浸润着湖湘诗人的灵魂，无论是精神气质还是艺术表现，多能体现出湖湘文化独特的个性和品格。在这独具特色的文化孕育下，湖湘女诗人终于在清代中期走向繁荣，同时也深深烙上了湖湘文化的印记。

清代以前，湖湘女诗人的成长过程是漫长而缓慢的。严可均所辑《全上古三代秦汉三国六朝文》、彭定求等编《全唐诗》与《宋诗纪事》三书均对当时女性作家有记载，但无一湖湘女性。明代张思岩辑《词林纪事》载有女词人 45 人，湖南仅岳州徐君宝妻 1 人，词 1 首。单士厘《清闺秀艺文略》中记载湖南闺秀 71 人，在全国各地域中排名第 8 位。施淑仪《清代闺阁诗人征略》共收录女诗人 1262 人，湖南 13 人，与直隶共居第 8 位。胡文楷《历代妇女著作考》是目前著录湖南妇女作家最多的一部著作，湖南妇女作家约 180 人，居第 4 位。据花宏艳《晚清女诗人地域分布的近代化》统计，在胡文楷《历代妇女著作考》的近代女诗人空间分布中，湖南近代女诗人排名第 5，有 10 人。[1] 南社女诗人中湖南籍有 10 人，排名第 4 名。据寻霖《湖南历代妇女著作考》

[1] 花宏艳．晚清女诗人地域分布的近代化 [J]．海南大学学报，2010，(2)：78-83.

考证，综合《清闺秀艺文略》《撷芳集》《柳絮集》《国朝闺阁诗钞》《清诗纪事》《全清词钞》等艺文总集、《沅湘耆旧集》《湖南女士诗钞所见初集》《湘雅摭残》等地方艺文集及长沙、衡阳、浏阳、益阳等县县志共 40 余种书籍，今尚有作品传世的湖南妇女作家唐代 1 人，宋代 4 人，明代 8 人，清代有 287 人，[1] 可见清代湖南女诗人相较前代可谓突飞猛进，在全国各地域女性文学发展中排名靠前，且与湖湘文化在清代的崛起几乎同步。

道光十四年（1834），毛国姬有感于前人“于湘兰沅芷，采撷寥寥”，“欲使湖湘近时吾属之颂椒咏絮者，不至湮没”[2]，乃用心辑录《湖南女士诗钞所见初集》12 卷，共收录湖南籍女诗人 131 家，诗作近 2000 首，成为收录湖南女诗人诗作最多的诗歌总集。本书即以此本为中心，考察清代湖湘女诗人的创作特色与文化品格，展开对女诗人在湖湘文化形成中的地位，与其他地域女性文学的共性与个性等问题的思考。

第一节　湖湘女诗人的创作特色

在特殊湖湘山水给予女性丰富的诗学空间中，湖湘女诗人的创作本身就是湖湘文化的一部分，她们的创作特色是个人气质、时代精神与湖湘文化综合作用的产物，所呈现的优质与不足，也与湖湘文化的特质有着密切的关系。

第一，江山之助与湖湘风情。正如陆游所说：“挥毫当得江山助，不到潇湘岂有诗。”处在中原文化与南域文化交汇之地、有着悠久历史渊源的湖湘大地，历来就是文人墨客寻找创作灵感的源泉，是迁客骚人吟咏不衰的载体，是儒生方士魂萦梦绕的净土。这里有清幽神秘的山川形胜，如清代黄之隽在《泛舟潇湘记》所描绘：“大抵潇湘之间，水纹石皴，岸容树态，真化工之为画工。”湖湘以其清绝灵动而又神秘莫测的自然风光吸引着历代喜爱寻幽探险的文人墨客。源于湖南最南端南岭北麓的潇湘，蜿蜒北向，水清见底，两岸青山秀

[1] 寻霖．湖南历代妇女著作考 [J]．图书馆，1998，（2）：73-75.

[2] 贝京．湖南女士诗钞 [M]．长沙：湖南人民出版社，2010：5.

丽而雄奇，沿途衡岳耸峙，橘洲分流，赤岸若朝霞，白沙似霜雪，还有烟波浩淼的洞庭、清碧如螺的君山。即使是僻远的九嶷，也是“峰秀数郡之间”（郦道元《水经注》）。生于斯长于斯的湖湘女诗人深得湖湘神韵，在三湘四水的云影波心中绘就一幅幅诗情画卷，名山大川、时序更替、田园物华纷沓而至，荡起了湖湘文化特殊的自然神韵：既有春花秋月的喜怒哀乐，也有夏耕冬吟的辛劳惬意；既有田园生活的浅斟低唱，也有客行天涯的离愁别恨。

“潇湘八景”自宋代起就为湖湘美景的精致概括。潇湘夜雨的心灵荡涤、雁落平沙的壮阔雄奇、烟寺晚钟的醍醐灌顶、山市晴岚的云蒸霞蔚、江天暮雪的浑然清绝、洞庭秋月的碧水银蟾、渔村夕照的欸乃情趣，无不成为历代文人雅士的视觉与心灵盛宴，行迹所至之处，诗文吟咏自然而生。古代女性虽大多幽闭深闺，足不出户，但吟诗赏画的机会要大得多。潇湘诗画的熏陶引起了女诗人们的兴趣，“潇湘八景”也就成为女诗人们笔下的同题诗咏。郭氏女诗人郭漱玉、郭润玉、王继藻均有分咏《潇湘夜雨》《洞庭秋月》《渔村夕照》《烟寺晚钟》《远浦帆归》《平沙落雁》《山市晴岚》《江天暮雪》的“潇湘八景”组诗。虽然她们未必都亲眼见过潇湘八景，但是，“帆开岳麓云，衣带潇湘雨”“人与月俱圆，天随秋一色”“今夜宿平沙，万顷芦花白”“谁家一叶舟，归帆渺天际”这些诗句使八景历历在目，仿佛作者一一亲临过。特别有意思的是罗彦珩《和外游山见寄》[1]：

登临佳节值新秋，选胜相期最上头。云海境宽知远瞩，烟萝路险漫轻投。胸罗牛斗三霄界，诗咏潇湘百尺楼。莫道兰闺输阅历，山经海市已神游。（来诗有“寄语兰闺嗜吟客，名山输我几番游”之句，故云。）

罗彦珩的丈夫自在畅游名山时，深知嗜好吟咏的妻子如能有江山之助定会如虎添翼，怀着调笑的心情寄诗向自己的妻子炫耀：“寄语兰闺嗜吟客，名山输我几番游。”没想到的是罗彦珩的和诗中不仅没有懊恼之情，反而自豪宣称：“胸罗牛斗三霄界，诗咏潇湘百尺楼。”即便不能亲身阅历，但神游也毫不逊色。

[1] 贝京．湖南女士诗钞 [M]. 长沙：湖南人民出版社，2010：311.

神游天地外，尽入诗囊中，这是女诗人在当时背景下的无奈之举，竟也能笔底生花。更有部分幸运的女诗人有机会迈出闺门，能亲历湖湘山水。古代女诗人能走出户外，主要有几种情况：外嫁、归宁、随宦等。哪怕是短暂地亲近大自然，聪颖的女诗人自得江山之助，笔底风云自变："有情天地诗中拓，无象风云笔底生。"[1] 她们或随父翁、夫子宦游，或外嫁归宁途中，潇湘山水尽收诗囊。如澧州人雷玉映嫁与湘潭何官麦为妻。何官麦为幕客，尝挈妻雷玉映偕行，故雷玉映诗多得江山之助，发为游子行乐之趣。如《自澧州还，舟中有感》有："河广频吟一苇杭，白鸥也自笑人忙。多情最是天边月，来往江头送客航。"[2] 又有《归省澧州江中杂咏》云："帆影见云过，波声带月流。近家心更迫，翻憾路悠悠。"[3] 云影波声流动的画面与归家真切的情感糅合在一起，亲切自然。道光戊戌年（1838），郭润玉奉姑命随宦入都，途中山川尽入诗囊。既有"万顷落霞秋一色，扁舟安稳渡重湖"的故乡秋月，还在经过岳阳楼、嘉鱼峡、襄河、襄阳、岳家口等地诗兴大发，其中不乏"霜华早映车前路，胜迹都从月里看"[4]"迢遥南北路三千，且喜轻车到日边"[5] 的豪情逸兴，也有"闺人未惯长途苦，今夕方知行路难"[6] 的真实感悟。郭润玉从岭南回湖南途中也有系列记行诗，如《舟发珠江》曰："青山笑我长为客，绿树依人欲上船。"[7] 千里帆飞，一江波月，境界之阔大，诗人亲临其景，才情跃然纸上。又如《过泷河有作》曰："半山飞霹雳，万石走车轮。河仄风偏逆，滩高水不驯。"[8] 这些诗作大都境界阔大、气势恢宏，很有些丈夫气息，描绘形象生动，亲切感人。长沙女诗人吴家楣、湘潭女诗人周诒挈、新化女诗人邹缃等均有随宦经历。正如王继藻《送郭云溪舅氏之蜀》所写："阅历诗逾健，关山气自雄。"[9] 因为视野的开阔、阅历的丰富，

[1] 贝京．湖南女士诗钞 [M]. 长沙：湖南人民出版社，2010：117.
[2] 贝京．湖南女士诗钞 [M]. 长沙：湖南人民出版社，2010：141.
[3] 贝京．湖南女士诗钞 [M]. 长沙：湖南人民出版社，2010：142.
[4] 贝京．湖南女士诗钞 [M]. 长沙：湖南人民出版社，2010：450.
[5] 贝京．湖南女士诗钞 [M]. 长沙：湖南人民出版社，2010：450.
[6] 贝京．湖南女士诗钞 [M]. 长沙：湖南人民出版社，2010：450.
[7] 贝京．湖南女士诗钞 [M]. 长沙：湖南人民出版社，2010：459.
[8] 贝京．湖南女士诗钞 [M]. 长沙：湖南人民出版社，2010：461.
[9] 贝京．湖南女士诗钞 [M]. 长沙：湖南人民出版社，2010：224.

所以有了思想的深度、艺术的高度，突破了传统闺阁之作。

无论身居何处，女诗人都会比男性对时序更替更为敏感些，这是女性性别上的优势。无论春花秋月，还是夏雨冬雪，总能激起女诗人们心内情波，再化成一首首咏物诗、抒怀诗，或隐或现地寄托她们的各样情怀。湘潭郭步韫被选入毛国姬《湖南女士诗钞所见初集》的66首诗中，有以落花、虞美人花、虫声、菊、人柳、夜雨、梅、秋风、萍、冰、蝉、萱花、雁等自然物象为题者，有以春月、冬夜、初冬、秋晚、新晴、早春、春到、立秋、秋林、夕阳、癸丑元旦、丙辰元旦等时序为题者，有以春日即事、元日感怀、惜花等以时序加入感情词汇为题者，这些与时序相关的诗题占全部诗歌半数以上，可以想象这位艰难度日的寡妇诗人对物换星移的关注程度。在众多的咏时赋物诗中不仅体现出作者对物华体察入微的观察力，而且多托物言志，如《萍》："谁道根苗寄未深，春来仍自泛波心。凭他无限风涛恶，只可高低不可沉。"[1]既是对浮萍生命力的赞颂也是写自身遭际的不平，特别是"凭他无限风涛恶，只可高低不可沉"，紧密状写浮萍的随波浮动，真切传神。同时，也是作者面对命运波荡时的人生宣告，令人肃然起敬。

湖湘乃鱼米之乡，大部分闺秀诗人结庐依山泽，熟悉农耕生活，笔下一片田园风光。不同于诸多诗人借田园诗表达隐逸情怀，湖湘女诗人笔下的田园是闲适而真实的农家生活。一个传说生活在清代康熙、雍正或乾隆年间的江苏金坛农妇诗人贺双卿让当地文人惊喜不已，酝酿出流传甚广的《西京散记》以传播双卿的才名。而在湖湘乡野间生活着诸多贺双卿式才女。她们不仅亲身农作，才华超群，还颇为享受自己的农家生活，这一点与贺双卿的悲叹命运而引发出的文人们怜才慕色的社会效果不同。武陵刘松涛《江村》《村居》《家居》《幽居》无不洋溢着浓浓的田家风致而又"寓情闲逸，发音温雅"[2]。如其《江村》云："芳草绿铺茵，槐阴接四邻。柴扉临苇岸，鱼鸟自亲人。"[3]芳草与槐荫铺就了满村的绿意，临苇而建的柴扉前，飞鸟与游鱼成为亲密的伙伴，

[1] 贝京．湖南女士诗钞 [M]. 长沙：湖南人民出版社，2010：49.

[2] 贝京．湖南女士诗钞 [M]. 长沙：湖南人民出版社，2010：269.

[3] 贝京．湖南女士诗钞 [M]. 长沙：湖南人民出版社，2010：269.

一幅水乡渔村恬淡自然景象呈现出来。又如《家居》云："三旬无九食，终日剪蒿藜。地僻少人到，秋深惟鸟啼。门阑常寂寂，庭竹自萋萋。不暇忧瓶罄，携锄向菊畦。"[1] 这是农村清苦生活的真实再现，也是诗人清贫却雅致的生活情趣的诗意表现。

除了自然山水的滋润外，那些丰富而奇特的民间文学也成为诗人灵感的源泉。湖湘地理环境特殊，"五里不同音、十里不同俗"是普遍存在的文化现象，民俗文化种类繁多、内涵各异，仅民歌就有湘西的山歌、对酒歌，湘南的哭嫁歌、哭丧歌，各地竹枝词以及各行各业的号子、口诀等。它们以其情真语真的特点与鲜活灵动的艺术形式征服着无数文人雅士之心。战国时期，屈原流放于沅湘一带，创作了至今神秘新奇的《九歌》。唐代刘禹锡创作的《潇湘神》等民歌体诗，曲调系民间祭祀湘妃之神曲，经他创新与整合后定格。女诗人很好地传承了这种从民间文学吸收营养的诗歌创作方法，武陵覃树英的诗多地域风光与民族风情，如《凤滩忆家》曰："百丈牵舟向铜柱，凤滩滩声似铜鼓。一府之隔习俗殊，村女半学蛮巫舞。"[2]"百丈牵舟向铜柱"点明了沿途水路艰险，需要纤夫牵舟而行向溪州铜柱。溪州铜柱于五代十国时期始立于湖南省永顺县野鸡坨下的酉水河岸，是中原政权与少数民族和平共处的历史见证，也是汉民族文化与少数民族文化的分野与融合最明显的地方，"一府之隔习俗殊"的特殊文化现象是民族杂居的产物。湖湘文化拥有与中原文化泾渭分明的特色就是在广袤的湖湘地域盛行着色彩迷离变幻万千的苗蛮巫文化，这里的村女多半都会苗族巫舞，这首诗带有极强南蛮魔幻色彩的独特文化记忆。覃树英的《永顺竹枝词》更是民歌的生动演绎，其三曰："岩头赤脚走如飞，新刺蛮花短布衣。三五苗姑经午市，纺篮在臂采茶归。"这是一幅苗家风俗画：小伙子们赤脚穿梭在悬崖绝壁间，健步如飞，身上穿着的蛮花短布衣格外显眼。姑娘们成群结队从午市迤逦而过，人人手臂挽着一个纺篮，里面盛着新摘下来的绿油油的茶叶。另如诗句"肉林酒海迎神会，一半官军一半苗"[3]。一场独具地域风情的狂

[1] 贝京．湖南女士诗钞 [M]. 长沙：湖南人民出版社，2010：270.

[2] 贝京．湖南女士诗钞 [M]. 长沙：湖南人民出版社，2010：164.

[3] 贝京．湖南女士诗钞 [M]. 长沙：湖南人民出版社，2010：166.

欢化迎神会在一半外来官军一半土著苗人的火热酒肉中上演，土司王朝的特殊体制酝酿出这一独特文化现象。“更把干鱼夸外客，有人新自洞庭来。”面对来自洞庭的客人，他们也敢夸耀自己的干鱼更加鲜美。又如郭友兰《题毛姑蜃中楼便面》有诗句：“柳毅传书遂夙因，张生煮海术尤神。丹青不画团圆日，辜负楼头两玉人。”[1]以湖南著名神话故事柳毅传书与张生煮海为情感依托，对画作进行点评，内蕴丰富而贴切。湖湘山水与历史人文滋养着她们，她们也以不朽的经典回报，人与自然互相生成，成就了彼此的永恒。

第二，性别之识与觉醒之路。女性一旦获得知识，自审意识就被唤醒，女诗人成为女性意识觉醒的先驱者。面对着男权文化建构起来的性别体系，她们有了自己的认知、怀疑，甚至否定。敢为天下先的湖湘女诗人在这方面表现出勇往直前的胆识。

首先，面对身体被困于幽闺之中表示不满。王继藻在《述怀酬笙愉姊》中对女性因困于闺阕而见闻不广表示无奈，曰：“足未逾闺阈，见闻安得广。……虽抱焦桐志，绝无知音赏。”[2]感慨于即便女性有焦桐之志，高山流水之音，却无知音赏析。女性出嫁必须从夫，行动无法自由时自然对女性的弱势地位有深刻感受。李佩琼《归会同留别贺秋筠秋芍云麓娟诸妹》中有诗句：“敢违夫子意，生怨女儿身。”[3]远嫁的女诗人在留别娘家姐妹时虽有不舍，但夫命难违，只得抱怨给自己带来不自由的女儿身，对男尊女卑的社会秩序颇有微词。湘潭张氏《灯下独感》曰：“观书空折角，谁是质疑师？”[4]女性在学习之路上连一个解惑的人都找不到，只能在书本中与古人跨越时间进行精神对话：“许多感慨事，赋予古人知。”[5]在古书中去找到精神寄托实属无奈之举。

其二，对女性才华的不被承认心有不甘。毛国姬《湖南女士诗钞所见初集》弁言首句为：“《诗》三百篇，大抵多妇人之作。”试图从历史追溯中寻找女性诗歌的经典地位。然长期以来，女性依然逃脱不了“蕙心兰质，概与草木同腐”

[1] 贝京．湖南女士诗钞 [M]. 长沙：湖南人民出版社，2010：181.
[2] 贝京．湖南女士诗钞 [M]. 长沙：湖南人民出版社，2010：402.
[3] 贝京．湖南女士诗钞 [M]. 长沙：湖南人民出版社，2010：168.
[4] 贝京．湖南女士诗钞 [M]. 长沙：湖南人民出版社，2010：18.
[5] 贝京．湖南女士诗钞 [M]. 长沙：湖南人民出版社，2010：18.

之悲剧命运，所以就有张氏《归庭省亲》的“笔墨纵能齐柳絮，功名终不到钗裙”[1]的悲愤，石氏“显扬憾非巾帼事，无瑕誓守摆臂躯”[2]的无奈选择。文廷凤在《寄王小梅》中更是绝望地表示：“无人赏新句，有泪如长河。识字忧患始，当秋离憾多。近来忏绮语，痴愿学优婆。”因为无人赏析的寂寞，识字忧患始的薄命认知，诗人竟然忏悔自己的才女身份，决心舍身学佛。推己及人，女诗人在为闺友题诗论画时往往浸透着深深的性别憾恨，如湘潭王佩在《题印月楼诗賸》中，将人生之不幸归结于女子“才高福薄”说：

鸣呼造物何不仁，福慧不及女子身。不必聪明果绝世，读书便当终贱贫。我生初识之无字，米盐凌杂乱胸次。安命早忘三岁劳，灰心已废千秋事。季妹嗜古由性成，穷年乾乾如书生。……早知身世同泡影，何苦披吟费心血。……才命相妨遽若此，鸣呼造物何不仁！幸有才名死不死，鸣呼造物岂真终不仁？（贝京校点《湖南女士诗钞》，185 页）

作者在感慨造物对女子不仁、才命相妨等传统命题时非常矛盾，福慧不及女子身是其对造物不仁的控诉，但是她认为幸有才名而身死名不死，故而造物主似乎又是仁慈的。朱秀荣《题兄诗集》云：“兄才如海思如花，好句披残日每斜。度得金针成底事？空将刀尺负年华。”“潇湘江上送兄行，异地相看倍惨情。此去大雷须有寄，莫因新恨赋芜城。”[3]即便是兄妹之间诗书交流，也依然不忘探讨才华之有用与否，可见它已成为女性内心深处永远的痛。

女诗人在慨叹同时代女性不幸命运的性别困惑时，还试图拨开历史浓雾去重新品味历史，或希望在前辈身上吸取前行的力量，或寻找解决女性困境的办法，或感慨两性情感的不对等地位。正因为此，女诗人对历史的关注点更多放在女性身上，尽管历史给予女性的空间是那样狭小，她们总能找到自己的关注点，如郭漱玉《题闺中画册八首》与《咏古十绝》均以女性为吟咏对象，《题

[1] 贝京．湖南女士诗钞 [M]. 长沙：湖南人民出版社，2010：17.

[2] 贝京．湖南女士诗钞 [M]. 长沙：湖南人民出版社，2010：31.

[3] 广铁夫．安徽名媛诗词征略 [M]. 安徽：黄山书社，1986：18.

闺中画册八首》选取宣后脱簪、莱妻投畚、孟光投案、桓君挽车、乐妻捐金、唐氏乳姑、陶母留宾、漂母饭韩等八个闺贤画册，主要赞赏夫妻地位、贫富变化而依然不改初衷的贤德女性。“咏古十绝”是湘潭郭氏诗群共同诗题，分咏明妃、杨妃、息妫、飞燕、虞姬、西施、红拂、绿珠、寿阳公主、花蕊夫人等十位知名历史女性，郭漱玉诗作中有不少不同寻常的性别认识，如认为明妃和亲“差胜防边十万兵”，认为虞姬自刎“犹有千秋烈士风”，认为西施结局是“誓报君恩赴碧流”，而非《吴越春秋》所记的泛舟五湖，认为红拂“天生慧眼识英雄，智略还过李卫公”等等。郭智珠《杨妃》认为是帝王的无情导致杨贵妃的马嵬坡之死：“凄凉罗袜千秋恨，悔煞长生殿里盟。”女诗人大胆发表见解，对历史女性的赞誉明显带有性别自豪。又如陈昌凤《拟题古名媛画卷》中对管道升墨竹题诗为：“几竿浓欲雨，百尺劲生春。”高度评价管道升画作生动传神。“何待通儿志，千秋识老银。”反历史典故之意而赞管道升不因子扬名而自居才情可流芳。王璊专为曹大家、上官昭容、昭君、孙夫人、梅妃、琴操、苏蕙、蔡文姬、杨贵妃、卓文君等历史女性题诗。罗金淑也是一位有强烈女性意识的诗人，《杂咏》第一首写道：

昔有木兰女，军中据雕鞍。东征班大姑，览古尘沙寒。儿女多英雄，史册永不刊。我生长闺阁，足未出庭端。海阔一指测，天高井中观。江山未经历，那识乾坤宽。何当易钗笄，博带与峨冠。（贝京校点《湖南女士诗钞》，239 页）

首先从历史女性入手，举木兰、班昭为例，慨叹女儿即便作出再大贡献，也无法青史留名。接着描述自己的生活状态，对身为女性只能足不出户，坐井观天的生活表示强烈不满，希望通过换男装而实现经历乾坤的愿望。第三首以自身婚嫁前后生活对比，对女性出嫁后无法报答父母养育深恩痛苦不已，只能“抚此裙钗身，相对呼负负”，依然为自己的女性身份懊恼不已。

戴珊对历史女性格外关注，《读史》组诗纵论历史，上自荆轲刺秦王的战国时期，下至南京城破的南明王朝时期，其中论及虞姬、卓文君、潘妃、张丽华、杨玉环、李师师、宋徽钦二帝后、娄妃、秦良玉、秦淮八艳等历史著名女性。

不少在正统史书中被视为因红颜祸水而导致的历史事件，戴珊有自己的看法。如：“无愁天子事豪华，艳绝新声尽意夸。谁料六桥金粉地，龙舟仍唱后庭花。”“后庭花”是指南朝陈后主所做《玉树后庭花》，贵妃张丽华擅唱而得宠，后多称之为亡国之音。张丽华也因唱《后庭花》而成为千古罪人，此诗则把主要责任归咎于男性君王的贪图享受。戴珊善于用对比手法来突出男女两性的差异，彰显女性风采。如诗曰：“养士恩深三百年，国殇曾得几人贤。红颜力弱能诛贼，长向思陵泣杜鹃。”指出在明朝三百年基业动摇之际，国家所养之士竟然找不到几个贤能之辈，反倒是抗清女将秦良玉鸳鸯袖时握兵符，叱咤风云，令敌闻风丧胆。又如诗句“南朝脂粉足风流，一例降旗出石头”，指出南明时期，秦淮名妓个个心忧国事，坚守民族气节，而南京文人如钱谦益之流主动迎降，两性之间高下自见。同样地，覃树英《题秦良玉像》曰：“英雄更胜男儿胆，绝塞能驱十万兵。”“当时将相知何意，不许凌烟画美人。”控诉统治者对女英雄的偏见，“绝塞能驱十万兵”的秦良玉画像竟然无法进入凌烟阁，不知当时将相（当然是男性）究竟出于一种什么心理与目的。同时，诗人还无情嘲讽男性的无能：“岂有兵符到女流，宁南亦是枉封侯。”[1]在危难时刻，兵符竟然掌握在一女流手中，这对于一向禁止忌讳女性染指政治、军事的国家文化而言绝对是一个讽刺，更具讽刺意味的是，这一临危受命的女流竟然干得轰轰烈烈，宁南侯也相形见绌了。对那些轻视女性的人与文化而言无疑是一记反击。

第三，古今之思与兴亡之感。咏史怀古诗一直是考验诗人学识的重要诗题。湖湘女诗人们也从广泛阅读的史书中开始了她们的史学探索之路。左宗棠妻子周诒端诗集中最引人瞩目的是怀古和咏史诗，其中50首分咏自秦始皇到南宋的50位著名历史人物，规模庞大，表明诗人精通古今，见闻广博。《湖南女士诗钞》收入23首陈若梅的诗，其中有11首是咏古诗，诗题分别为《淮阴侯》《渔丈人》《苏子卿》《严子陵》《苏季子》《宁戚》《庄姜》《吕后》《西施》《杨妃》《曹令女》。从戴珊《读史》得知，她从战国时期的荆轲传记一直读到南明王朝的秦淮八艳相关记载，每一段历史均用诗歌来抒写自己所得。如对侯景之

[1] 贝京．湖南女士诗钞 [M]．长沙：湖南人民出版社，2010：168.

乱后萧衍于台城索蜜之事了然于胸，对南北朝时期宗教的影响有自己的判断：“南北浮屠皆酿乱，台城索蜜悔应迟。何人更说伽蓝记，不醒千年佞佛痴。”认为南北朝时期宗教带来不少祸乱。

江峰青的咏史诗则选择在国家离乱之际欲力挽狂澜而不幸遇难的历史人物作为歌咏对象，如《张中丞巡许侍御远》《李忠节公芾》《史阁部可法》《刘巡按熙祚》等均是，赞颂他们机智勇敢的斗争与勇于献身的精神。《张中丞巡许侍御远》合颂唐代张巡与许远两位将领。至德二年（公元757年），张巡移守睢阳与太守许远共同作战抵抗安禄山叛军，坚守数月，外无援兵，内无粮草，睢阳最终失守，二人不屈遭害。《唐书》本传云：“巡神气慷慨，每与贼战，大呼誓师，眦裂血流，齿牙皆碎。城将陷，西向再拜，曰：‘臣智勇俱竭，不能式遏强寇，保守孤城。臣虽为鬼，誓与贼为厉，以达明恩。’”《刘巡按熙祚》有诗句：“题诗一字千行泪，长得丹心映楚天。”针对刘熙祚在崇祯十六年九月张献忠部队攻陷永州时被俘后不降而绝食、题绝命诗于永阳驿壁的事迹，江峰青以其丹心碧血必长映楚天赞之。

随着史识的不断增强，女诗人史胆越壮，开始指点江山，纵论古今，风云变幻的历史兴衰变迁在她们的笔下鲜活起来。如吴家楣《赤壁怀古》：“江涛浩浩乱风秋，吊古来从野鹤游。……豚二自合嗤刘表，虎子还应笑仲谋。烽火未消降表出，只今巉壁使人愁。”[1]面对赤壁浩浩江涛，诗人眼前浮现出曾在此发生的翻云覆雨的历史事件与风云人物，对三国风云人物刘表与孙权尽情嘲笑。戴珊《读史》指出隋炀帝的奢靡导致了国亡民怨：“百万通渠复筑城，岂关国计与民生。至今呜咽隋堤水，不为当年洗怨声。”[2]罗金淑《杨妃》（其一）为：“异志胡儿久酿成，江山岂必美人倾。六军尽乞红颜死，敢向君王怨薄情。”[3]批驳世人常说的红颜祸国论，认为安史之乱主因胡儿久已有异志而酿成。“六军尽乞红颜死，敢向君王怨薄情。”[4]对六军与君王将这一责任完全归咎于杨妃表示

[1] 贝京．湖南女士诗钞[M]．长沙：湖南人民出版社，2010：71.

[2] 贝京．湖南女士诗钞[M]．长沙：湖南人民出版社，2010：71.

[3] 贝京．湖南女士诗钞[M]．长沙：湖南人民出版社，2010：244.

[4] 贝京．湖南女士诗钞[M]．长沙：湖南人民出版社，2010：244.

不满，指出正是君王的薄情与六军的误识造成了杨妃的薄命。

尚武是湖湘文化的重要内涵。湖湘民风强悍，勇敢好战。据说炎帝与舜帝均曾南下寻找兵力资源，可见勇敢善战自古就是湖湘文化的特色。湖湘女诗人借用咏史怀古诗寄托她们的英雄梦。于是，曾影响历史的女性首先成为她们崇拜的对象，如秦良玉、花木兰、虞姬、王昭君等。江峰青《和吴梅村十美图》之《虞兮》："天将烈女匹英雄，义气相从见始终。子弟八千同日死，香魂肯复过江东。"[1] 虞姬被赞誉为烈女，义气干云。昭君出塞一直是文学领域颇受后世关注的话题，产生了许多优秀的诗文、戏剧作品。湖湘女诗人也对王昭君这个历史人物非常感兴趣，纷纷以自己的史识与性别经验来发表意见。江峰青、覃光瑶、王璊、黄琬璚、吴家榍、郭友兰、郭佩兰、郭漱玉、郭润玉、罗金淑、郭秉慧均有咏昭君之诗。江峰青《昭君怨》透着女性感同身受的红颜薄命之痛："解识红颜多薄命，莫教含泪怨丹青。"[2] 罗金淑《昭君》中有"生成命是红颜薄，莫为黄金恼画工"[3] 之句，也是对女性生来薄命的无奈叹息。覃光瑶《昭君怨》对女性命运的卑微与远嫁异乡的思乡之苦含有深深的怨念："天子重和亲，妾身诚细微。不惜妾身远，但伤君心违。谁为生羽翼，高逐秋鸿飞。"[4] 如果说这三人的吟咏还没有超出古代传统柔弱女性自怜自悲的话，那么罗金淑的《昭君》则另有一番意境："和戎谁策美人勋，匹马飞驰塞上云。千古月明青冢在，画师原未误昭君。"[5] 对和亲之价值高度评价，对昭君的千古留名表达了羡慕之意，并有为画师翻案之胆识。郭漱玉《明妃》与《再咏明妃》则又是一番境界，作者对汉朝充满嘲讽之意："寄语君王休念妾，而今觉似画图中。"[6] 分明是在控诉昭君去匈奴后容颜尽毁，已如当年画工笔下丑化了的形象，"寄语"中包含昭君无限的心酸与对君王的愤恨。诗句"汉家议就和戎策，已胜防边十万兵"与郭润玉咏明妃的"琵琶一曲干戈靖，论到功成是

[1] 贝京．湖南女士诗钞 [M]. 长沙：湖南人民出版社，2010：42.

[2] 贝京．湖南女士诗钞 [M]. 长沙：湖南人民出版社，2010：40.

[3] 贝京．湖南女士诗钞 [M]. 长沙：湖南人民出版社，2010：237.

[4] 贝京．湖南女士诗钞 [M]. 长沙：湖南人民出版社，2010：73.

[5] 贝京．湖南女士诗钞 [M]. 长沙：湖南人民出版社，2010：238.

[6] 贝京．湖南女士诗钞 [M]. 长沙：湖南人民出版社，2010：207.

美人”观点相同，均赞赏明妃和亲之功，将一介弱女子与十万边防兵作对比，突出她的武力值，大大提升了昭君的历史功绩。她们笔下的昭君出塞已经没有了哀婉的怨念，有的是“巾帼不让须眉”的英雄气概与为国立功的远大抱负。湖湘女诗人之所以关注昭君，除了她身上集合的女性命与名之间复杂的矛盾纠葛外，还与湖湘女性的雄心壮志有关。她们对女性命运与和亲政绩进行评价，或怨或颂，均包含女性的性别意识与史识，并与宏大民族历史主题联系起来，极大提升了昭君主题的审美空间。湖湘女诗人对历史的干预意识表明她们对历史的理性思考与社会责任的担当。

第四，性灵之情与湘女之慧。湘女多情乃世所公认。如郭步韫《送莲儿往岳州》中云：“多情最是江头水，也替离人作恨声。”[1]湖湘女诗人笔下流淌着如湘水般旖旎荡漾的情韵。有诗意山居的宁静祥和，如罗淑芳《春日山居》所云：“自爱山居好，春来气更清。春深藏屋角，柳暗杂莺声。辞赋销年岁，诗书养性情。久拼茅舍里，荆布老吾生。”[2]有月白风清的自得其乐，如王寿春《斜阳》曰：“诗情清似无声乐，云气浓于没骨山。”[3]又如郭佩兰《夏日》曰：“闲坐北窗临晋帖，不知人世有炎凉。”[4]有伤春悲秋的多愁善感，如王璘《秋夜》曰：“微风吹落叶，细雨送秋声。”[5]罗彦珩《落叶》曰：“是处离披卷朔飚，几回离乱认花飘。带来岚气迷归鸟，封尽溪声误采樵。”[6]有农家丰收的喜悦，如文先谧《稻花》云：“万亩稻花白，午风清有香。农妇喜相语，颖粟占仓箱。名园草木华，空对美人妆。”[7]有时光荏苒的唏嘘感慨，如郭步韫《除夕》云：“年华荏苒成今古，人事迁流多盛衰。尘甑常无余宿粒，空囊惟有苦心诗。”[8]有聚散无常的离愁别恨，如戴珊《草》云：“却嫌离别苦，直欲掩长亭。”[9]

[1] 贝京．湖南女士诗钞 [M]．长沙：湖南人民出版社，2010：54.

[2] 贝京．湖南女士诗钞 [M]．长沙：湖南人民出版社，2010：131.

[3] 贝京．湖南女士诗钞 [M]．长沙：湖南人民出版社，2010：253.

[4] 贝京．湖南女士诗钞 [M]．长沙：湖南人民出版社，2010：187.

[5] 贝京．湖南女士诗钞 [M]．长沙：湖南人民出版社，2010：139.

[6] 贝京．湖南女士诗钞 [M]．长沙：湖南人民出版社，2010：309.

[7] 贝京．湖南女士诗钞 [M]．长沙：湖南人民出版社，2010：86.

[8] 贝京．湖南女士诗钞 [M]．长沙：湖南人民出版社，2010：57.

[9] 贝京．湖南女士诗钞 [M]．长沙：湖南人民出版社，2010：62.

即便是寻常的咏物诗，诗人也能从自然风物中感悟生活理念和超越苦难的方式。如邹緗《咏菊，和五弟香圃韵》："全家都在黄花里，吐出珠玑也傲霜。"[1]与著名诗人黄仲则诗句"全家都在秋风里，九月衣裳未剪裁"非常相似，但后者啼饥号寒，令人怆然涕下，前者却字吐珠玑，让人肃然起敬，二者诗格迥异。

湘女多情而睿智，诗文中巧思慧想，多有超群识见。如郭佩兰《雪美人》："莫怪冰肌寒彻骨，生平原不解温存。"[2]用拟人手法塑造了雪美人的高冷形象，在众多咏雪诗中独具特色。丁玉蟾《咏雪》则曰："六出花飞夜举觞，来春麦饭喜生香。笑他柳絮东风里，无补苍生只解狂。"[3]面对六出飞花，作者欣喜于"瑞雪兆丰年"的来春丰收，不禁举杯庆祝。至于咏雪名句"未若柳絮因风起"，诗人哂笑它不管苍生，这是典型的实用主义视角。周寿龄《偶笔》云："埋头岂是为功名，一度吟哦气自清。爱煞廊前小鹦鹉，隔帘偷学读书声。"[4]自言女性不为功名的埋头读书，使得她们的吟哦是胸中自然清气的抒发，与男性诗人的诗风截然不同。后两句非常灵动可爱，受到主人日久天长的读书声的熏陶，廊下鹦鹉也学会了吟诗，就如《红楼梦》里潇湘馆中那只能吟《葬花吟》的鹦鹉，确实让主人爱煞，让读者羡煞。又如丁玉蟾《姜女庙》云："考古何须辨假真，传来节义岂无因。惟期举世须眉辈，共把心肝学此人。"历来只表彰妇女守节义，此诗要男子拿出心肝来，学姜女的节义，这是对封建礼教的有力反击与嘲讽，识见大胆锐利。七夕是古代女性朝思暮想的传统节日，又称"女儿节"。节日活动的内容以祭拜织女乞巧为主，她们相信牛郎织女的传说，祈求自己能够心灵手巧、获得美满姻缘，因而女诗人留下的七夕诗非常丰富，大多感慨牛郎织女的相聚日短与对自己婚姻的美好期盼。罗金淑《七夕》却另出机杼，羡慕仙家永远只有生离而无死别："生别曾无死别愁，仙家缘分独千秋。若教人世能如此，情愿深深拜女牛。"

[1] 贝京．湖南女士诗钞 [M]. 长沙：湖南人民出版社，2010：79.

[2] 贝京．湖南女士诗钞 [M]. 长沙：湖南人民出版社，2010：187.

[3] 贝京．湖南女士诗钞 [M]. 长沙：湖南人民出版社，2010：83.

[4] 贝京．湖南女士诗钞 [M]. 长沙：湖南人民出版社，2010：285.

湖湘女诗人不仅在诗歌创作中具有灵心慧智，而且在诗学批评方面也识见不凡。王寿春《书〈渔洋山人集〉后》:“虞山嗣响数新城，当代骚坛正此声。十二楼台弹指见，三千甲马踏空行。才华自合齐朱宋，风格何曾掩性情。不解谈龙老宫赞，偏师攻击苦争名。”[1]这是一首纵论清初诗坛的论诗诗，作者首先指出王士禛的诗学渊源，他是清初诗坛宗主钱谦益指定的继承人，成为康熙诗坛主盟，才华比肩朱彝尊、宋琬等优秀诗人，风格与性情齐现，因此是当时骚坛正声，然却遭到赵执信公然批评，王寿春认为这是赵执信为争名而进行的有意攻击。显然，作者对当时诗坛发展了然于胸，对男性诗坛的名气之争一针见血，明确表达自己的诗学倾向。

湖南闺秀诗人的步伐紧随整个清代诗学发展。清代中期的她们均认同具有性别特征的性灵诗说。其中郭漱玉《论诗》(八首)是最具代表性的论诗诗。其一云：“不用琴筝唱丽词，不须风雨骋才思。诗家一著高人处，初写黄庭恰好诗。”认为作诗不必追求词语的华丽、音韵的优美，只要依照事物的本来面目将它表现出来就是好诗。其二曰：“玉溪獭祭非偏论，长吉鬼才亦妙评。依爱湘江江水好，有波澜处十分清。”其三曰：“若果美人颜色好，乱头粗服也无妨。”她不反对多种风格，但她自己喜欢的是清雅而有波澜。对于诗歌的境界，她还主张诗中有我，但又不要过于鲜明。其六曰：“鸿才印雪便留痕，絮不能飞为染尘。偶对菱花悟诗境，分明是我却无人。”在有我之境和无我之境之间，写来要不露痕迹。“至竟裁缝让仙女，天衣灭尽剪刀痕。”(第七)诗歌如同裁衣，要天衣无缝。这组论诗诗将女性性灵诗学内涵以女性特有的生活生动形象地表现出来，受到沈善宝的高度赞誉。性灵说不仅是湘潭郭氏闺秀诗群的共同追求，也是湖湘女诗人诗学观的代表，这组诗论也是清代女性性灵诗学观的精彩论述。

[1] 贝京．湖南女士诗钞 [M]. 长沙：湖南人民出版社，2010：253.

第二节　湖湘女诗人的文化品格

湖湘女诗人在特定环境中培育出独具地域特征的文化品格。所谓文化品格，指的是一类人或一个亚文化群体的某些总的特征和倾向性。没有哪一个地域的女性具有湖湘女诗人这么鲜明的地域之音与文化品格。湖湘女诗人在一个以地域、家族、诗社为核心的诗学文化圈中迅速发展起来，不仅承传了深厚的屈骚传统，而且在湖湘理学的浸润下，形成了经世致用的价值取向与异乎寻常的坚贞之德，成为独具特点的湖湘文化的一部分。

第一，贞烈之德与凄婉之音。湖湘多贞烈女，与远古时期湖湘就积淀下来的文化遗韵紧密相关。据晋张华《博物志》卷八记载："尧之二女，舜之二妃，曰湘夫人，帝崩，二妃啼，以涕挥竹，竹尽斑。"舜帝二妃娥皇、女英闻帝崩而痛绝于君山的传说使得君山这个面积不足一平方公里的小岛成为历代人们心中的爱情岛，凄美而神圣。斑竹、湘妃、湘灵更是成为坚贞爱情的文化符号，为湖湘文化的底色涂抹上"贞烈"这一浓烈色彩。"君妃二魄芳千古，山竹诸斑泪一人。"在如此独特文化源头中丰润起来的湖湘女性多情而贞烈无比，生守死殉比比皆是。或未字而守节，如益阳郭氏，明亡前已为黔国公沐天波子某聘室。鼎革后，沐子亡命不返，郭誓不他适；或为乱兵所掠，誓死不从，如王素音，为乱兵所掠，题诗誓死，幽愤贞厉；或因丈夫远戍而独守空房，如胡安因丈夫被仇猾所中，谪戍塞外，写《述怀》以表坚贞："不为时俗艳，誓死共鸳帏。但得清名在，红颜何足悲。"李源的丈夫也以事戍边，从此，"小楼长作望夫台"，坚守着女性的贞节。更多的女性因丈夫不幸早逝，从此过上守寡生涯，如邵阳车梦余、长沙荣氏均年仅三十而寡，吴竹邻十六而寡，武陵覃树英嫁一载而寡，郭步韫、郭友兰、王慈云、周诒蘩、周翼杶、李星池、杨书兰、杨书蕙、郭筠、黄婉璚等均早寡，其中周诒蘩中年丧夫又丧子。"冷雨酸风了一生"是她们漫长守节生涯的精准概括。活着对她们来说是一种严峻考验，或为无子拜扫丈夫，或为孝养父母，或为抚育儿女，她们只好煎熬着。王绮曾说："此身未许轻相殉，总为无儿拜扫难。"[1]严氏则曰："坚贞静守三从义，辛苦拼

[1] 贝京．湖南女士诗钞[M]．长沙：湖南人民出版社，2010：23.

成两鬓丝。”[1]相当多的诗人都是青年丧夫而矢志守节，在艰难困苦中度过自己的下半生，诗歌成为支持她们坚守贞烈的精神力量。众多贞洁烈女的普遍存在就成为清代湖湘的时风世俗。

更加令人震撼的是，不少女性在丈夫去世后选择了殉情，如益阳陈氏，嫁一岁，夫卒，乳遗腹子周岁，从容赋诗，自经而殉，年二十五。李玉容在丈夫去世五年后自缢而亡。自言夫死就心已成灰，却因为“三年夫服系，两载慰亲意”而艰难过了五年。长沙黄氏在夫死后意欲殉情，因为有姑舅需要奉养而强食，五年后，微闻舅姑有她志，乃诡言祭扫而自刎于夫墓前。文廷凤嫁逾月而寡，父欲夺其志，不可，寻疾，不食，数日卒。左宗棠的女儿左孝瑸（1837～1870）在丧夫之后便回娘家，在《病亟口占奉寄翁姑大人》云：“兢兢一念随夫婿，自是纲常大义存。”早就萌生殉夫之心，并认为这是纲常伦理合理的要求。

能诗的女性将各自的清操劲节见于咏言，于是就有了许多绝命诗、孀居诗、闺训诗等，多悲婉之音。如杜湘娥、益阳陈氏、李玉容、江峰青、成达娥、邵阳尹氏、长沙黄氏、丁玉蟾、何慧生等均以非常手段结束自己年轻的生命并赋诗表明坚贞心志。其中杜湘娥之诗事在《明诗综》《武冈州志》《辰州府志》《长沙府志》等书籍中均有记载，其《绝命诗》表白自己是湘妃的同道之人：“远涉风涛谁是伴，深深遥祝两灵妃。”[2]李玉容《哭外》曰：“挑灯和泪写哀辞，泉路遥遥那得知。斑竹有痕俱是泪，令人千载仰灵妃。”[3]也以斑竹与灵妃为自己的信念支持者。其《悼别十二首》道尽自经之前对身边物事的依依惜别之情。毛国姬评曰：“其悼别诸作，哀激回飙，如闻呜咽，则九歌之遗响也。”[4]又如王绮哀其夫端午食粽而死，作《端午泣》与《哭夫》，毛国姬评曰：“才而能贞，激楚之音，如闻幽咽，惜未睹其全集，而余音萦听，亦骚怨之遗也。”[5]她们均以湘妃的殉情为榜样，“但得清名在，红颜何足悲”[6]。追求节烈清名而不惜生命，

[1] 贝京．湖南女士诗钞 [M]. 长沙：湖南人民出版社，2010：22.
[2] 贝京．湖南女士诗钞 [M]. 长沙：湖南人民出版社，2010：8.
[3] 贝京．湖南女士诗钞 [M]. 长沙：湖南人民出版社，2010：15.
[4] 贝京．湖南女士诗钞 [M]. 长沙：湖南人民出版社，2010：14.
[5] 贝京．湖南女士诗钞 [M]. 长沙：湖南人民出版社，2010：23.
[6] 贝京．湖南女士诗钞 [M]. 长沙：湖南人民出版社，2010：11.

壮烈而悲婉。刘照《题〈清湘楼诗钞〉》有“伤心诉灵瑟，余韵咽湘波”[1]之句，自觉将闺友的伤心与灵瑟联系起来，凄婉悲咽。

寡居的女性面临感情生活的空白，体会到深深的寂寞孤独。如钱衡龄在《孀居感赋》所云：“凄凉冷月荒山冢，寂寞残灯独坐人。”[2]她们不仅忍受情感的折磨，还面临着生活难以为继的窘况。郭友兰《张母黄节妇》写出了寡妇艰难择生死的矛盾与唯有十指谋稻粱的艰辛。面对着“白发堂上亲，黄口膝前子”的困境，寡妇们只能忍受着欲死不敢死的痛苦，因为“一生则俱生，一死则俱死”[3]，自己还必须承担赡养堂上亲与抚养黄口儿的重任，连死的自由也没有。朱家玉年二十六而寡，如咽如诉的《七夕》云：“莫憾别离期太促，别离只隔一年遥。”[4]羡慕夫妻生离还有团聚的希望，而死别将永无再见的可能。周翼杶《冷香斋诗草》中十余首悼念丈夫的七绝也是满纸泪痕，令人不忍卒读。稍微有点亮色的是武陵覃树英在《自永顺寄示弟楷》中所写：“自从镜破青丝乱，不信耽吟易白头。”[5]虽然自己遭遇了夫妻破镜的悲剧，但还是不愿意相信因为自己的耽吟诗文而华发早生，不屈服于才女薄命的习见。正如周寿龄《冬夜》所云：“三更漏冻人声静，惟有诗书慰寂寥。”[6]寡妇诗人重新寻找感情的重心时，诗文反而成为慰藉诗人的唯一。

当然，女性的坚持节操与男性社会的推波助澜紧密相关，如宋盛慎《归宁日题〈姜烈女传〉后》写作原因是家人“示我奇文传烈妇”。在这样的文化熏陶下，作者自言：“君不见程婴不死公孙死，生守死殉理一耳。成仁取义孰难易，心非如玉谁能比。”[7]将男性的忠义与女性的节烈、生守与死殉等同起来，认为这些是千秋大节，不需要华表来旌表，而是以己之心来坚守。石承楣《读吕新吾先生闺范题词》组诗规模尤其庞大，首论 9 首后分嘉言、善行两类，《嘉言》9 首、《善行（女道）》24 首，《善行（妇道）》39 首、《善行（母道）》57 首，共 138 首，洋

[1] 贝京．湖南女士诗钞 [M]. 长沙：湖南人民出版社，2010：233.
[2] 贝京．湖南女士诗钞 [M]. 长沙：湖南人民出版社，2010：280.
[3] 贝京．湖南女士诗钞 [M]. 长沙：湖南人民出版社，2010：184.
[4] 贝京．湖南女士诗钞 [M]. 长沙：湖南人民出版社，2010：268.
[5] 贝京．湖南女士诗钞 [M]. 长沙：湖南人民出版社，2010：165.
[6] 贝京．湖南女士诗钞 [M]. 长沙：湖南人民出版社，2010：284.
[7] 贝京．湖南女士诗钞 [M]. 长沙：湖南人民出版社，2010：38.

洋大观彰表女性德行，细致入微地宣传，社会风气可见一斑。直到清末，女诗家毛国姬选辑《湖南女士诗钞所见初集》时，“意在激扬表著，有关节义者必收入，期有合女史之箴，无失性情之正。其道冠缁尼及青楼失行之妇，虽有雕镂风月之作概不收录。”[1]依然强调诗人之品性，激扬节义，足见节义传统扎根湖湘本土之深。

第二，屈贾之风与悲慨之气。潇湘不仅有清绝的自然山水，还有浪漫感伤的湘楚文化底蕴。“自来香草偏因地，闻讯湘沅说美人。”[2]湖湘文化孕育了中国文化史上第一位伟大诗人屈原，他树立起来的屈骚精神一直为中国文化的重要组成部分，更是湖湘文化的精髓。“词坛曾侍读离骚，弟妹联吟各染毫。”[3]女性们受宠若惊于《离骚》中屈原对香草、美人的关注与爱护，近水楼台也自然让湖湘女诗人最具屈骚情结。如黄侃为民国时期湖湘女诗人陈家庆《碧湘阁集题词》所写：“兰芷芬芳自古今，湘流渺渺洞庭深。”[4]从古至今，兰芷芬芳的屈骚传统一直延续下来，如湘水渺渺、洞庭茫茫。无论是诗歌意象的传承、语体特征的绵延、还是人格精神的砥砺，湖湘女性诗学均融入了深深的屈骚精神。

意向选择上，香草、湘灵、湘妃、兰花、斑竹、楚辞等成为诗人频繁借用的情感寄托物，体现湖湘文化的传统特色，如：

自来香草偏因地，闻讯湘沅说美人。（尹作芳《兰》，贝京校点《湖南女士诗钞》116页）

斑竹有痕俱是泪，令人千载仰湘妃。（李玉容《哭外》，邓显鹤《沅湘耆旧集（六）》，350页）

斑竹有痕多是泪，布帆无恙一开颜。（左寿贞《舟过君山大风》，贝京校点《湖南女士诗钞》，127页）

掘得春山短短芽，和烟和雨几枝斜。似经蘅若洲前路，又见《离骚》第一花。（陈梅仙《画兰》，贝京校点《湖南女士诗钞》，147页）

---

[1] 毛国姬．湖南女士诗钞所见初集（例言）．贝京校点．湖南女士诗钞[M]．长沙：湖南人民出版社，2010：3.

[2] 贝京．湖南女士诗钞[M]．长沙：湖南人民出版社，2010：116.

[3] 贝京．湖南女士诗钞[M]．长沙：湖南人民出版社，2010：315.

[4] 贝京．湖南女士诗钞[M]．长沙：湖南人民出版社，2010：493.

伤心诉灵瑟，余韵咽湘波。（刘照《题〈清湘楼诗钞〉》，贝京校点《湖南女士诗钞》，233 页）

远涉风涛谁是伴，深深遥祝两灵妃。…… 涛声夜夜悲何极，犹记挑灯读楚辞。（杜湘娥《绝命诗》，贝京校点《湖南女士诗钞》，8 页）

丛竹斑斑江上村，频倾玉女洗头盆。欲将娘子忘忧帚，扫尽潇湘古泪痕。（陈梅仙《连日苦雨，戏剪纸人双鬟拥篲，悬当风处，俗名扫晴娘，盖厌胜法也，虎痴作一绝，更韵和之》，贝京校点《湖南女士诗钞》，147 页）

沧湾九转水沄沄，泼墨江天万叠云。丛绿萧骚斑竹暗，雨声多处吊湘君。（黄琬璚《湘江夜雨》，贝京校点《湖南女士诗钞》，155 页）

天际帆归一叶舟，萧萧木落洞庭秋。（黄琬璚《归舟》，贝京校点《湖南女士诗钞》，155 页）

骚体诗在语言方面的显著特征是标志性的“兮”字句与楚地的方言声韵，具有浓厚的地方色彩。湖湘女诗人也纷纷学习使用这一特殊体式。如李湘鸾《闺怨杂拟》四首均为骚体诗，诗句如：“悲别离兮水阔山长，嗟美人兮忧思难忘。秋风瑟瑟兮秋色苍凉，长笛一声兮独夜神伤。”[1]“落叶萧萧兮梦难成，托柔翰兮宿离情。”作者不仅用秋风、秋水、落叶、美人等与楚骚体诗歌相同意象来表达悲秋情绪外，四首均用了“兮”字句。又如罗金淑《霜叶黄》：“西风飒飒兮秋气深，万木萧萧兮霜露清。浮云亘天兮黄叶满林，羁人怀土兮闻暮砧。”[2]以“兮”字八言诗诉说悲秋之情。

最让后世感慨唏嘘的是屈骚精神中忧时爱国的慷慨之气与壮志未酬的悲怨之情。从屈原的反问“宁赴湘流，葬于江鱼之腹中。安能以皓皓之白，而蒙世俗之尘埃乎？”开始，忧时爱国的湖湘文化基石由此奠定。客居湖湘的迁谪文人吸取了屈骚精神中的忧国忧民、介入时政、精诚爱国、以文救世的强烈改革精神、忧患意识，以其生命价值最大化的人格魅力强化了湖湘文化特性，也自然融入了清代女性文化的血脉中。当西方列强骚扰沿海，烽烟四起，李星池

[1] 贝京．湖南女士诗钞 [M]. 长沙：湖南人民出版社，2010：123.

[2] 贝京．湖南女士诗钞 [M]. 长沙：湖南人民出版社，2010：235.

长女周书兰经历了咸丰之乱，其《贼退喜次商农表弟》曰："烽火销尽楚江东，却后仓皇感慨同。近郭田庐余落日，高楼鼓角尚秋风。也知兔走邻疆急，且乐乌啼野幕空。喜与阿连同酌酒，新诗犹带杀声雄。"诗人欣喜于烽烟已尽，田园恢复宁静，为了庆祝胜利，与兄弟举杯同庆胜利时犹带有杀敌雄风。郭筠大部分时间僻居荷叶塘，但却十分关注国家政局，她的诗歌对当时国家所发生的一些大事几乎都有反映。如《阅申报有感》："汉使乘槎解组归，忧国忧民壮心违。烽烟未烬徒申约，划界难清已失几。杜老酸吟聊志慨，贾生垂涕事应非。和戎稍喜边防弛，海宇何时泯祸机。"诗人以杜甫、贾谊的忧国忧民为榜样，仅从"忧国忧民壮心违"一句来看，诗人显然有壮志未酬之憾。

第三，湖湘之学与经世之用。南宋时期，湖湘学者开创了具有独立的地域性学派湖湘学派。湖湘学派的主要特征是以性为本体的理学思想和重践履的经世务实学风。在文学上也提出了一些有价值的观点：如重视诗文的教化世用；主张以心性修养提升诗文品格，不废吟风弄月的诗情，提倡平淡闲远的诗歌审美理想。[1]这种文化特色一直延续到清代后期，也影响了闺秀诗人。

深厚的学养是湖湘学者的共性，闺秀诗人也有很强的文士化倾向。体现在诗歌总体创作方面就是：少脂粉气，多咏史诗与农事诗、时事诗。虽然诗性轻灵是湖南闺秀诗歌的总体特征，但是学问化趋向也比较明显。如郭佩兰"图史纵横""萧然如老师宿儒"；王继藻"受读《六经》，旁涉子史，靡不过目成诵"[2]。慈云老人、周诒端、周诒蘩等的咏史怀古，史识卓特，显示深厚的学养；陈梅仙工书法篆刻，其所书篆书册及所刻百寿图印谱今仍藏湖南图书馆。特别是湘乡曾氏自曾国藩举进士为官后，家族内读书风气十分浓厚，族内女性多能读书吟诗，郭筠诗风独特，刘鉴更是文章大家，诗词歌赋，诸体皆工。与同时期的江浙闺阁诗人比较，湘媛较少闺阁气，郭佩兰、周诒端、周翼杶、李星池、李楣、杨书蕙、刘鉴等人的诗歌都意境阔大，气势雄浑，很有须眉气象。而周诒蘩、李楣、郭筠、何慧生、唐群英、张默群等人则多叙写社会现实、反映战乱，抒发爱国忧国情怀之诗，作品多慷慨悲壮，意气昂扬。

---

[1] 石明庆．略论湖湘学派的文学观[J]．廊坊师范学院学报，2006，(1)：13-17.

[2] 贝京．湖南女士诗钞[M]．长沙：湖南人民出版社，2010：387.

“结庐依山泽”的湖湘女诗人笔下对农事的艰辛与田家穷苦的描绘较多。湖南多山地丘陵，大部分人生活来源于农事，湖南不良地理环境引发的洪涝灾害对农事影响很大。李楣《望岁行》直接抒写当时的社会景况：“年年春浪泻江渎，漫入农田漂嘉谷。哀鸿嗷嗷靡所依，悬耜嗟叹空仰屋。四方谋食苦流离，异国何时复邦族？皇天爱民沛恩膏，春阳迅发和风燠。好雨频符十日期，晴久得阴更滋育。休征已兆岁丰穰，灾黎元气今可复。太平有象寰海清，兕觥献寿朋酒熟。”诗歌写到每年春天洪水漫漫，农田被淹，哀鸿遍野，百姓无所依靠，所以期盼太平盛世，风调雨顺，百姓安居乐业。宋盛慎《闵旱》对旱魃为虐给农村带来的残酷景象做了详细描述：“嘉禾方苞槁将死，瓜圃蔬畦焦欲然。”[1]就连蜴蜥、蚰蜒等动物也改变了习性：“蜴蜥入瓮久遭絷，蚰蜒粘壁无余涎。”诗人与望雨欲穿的农民一样焦心，于是，“朝朝披发拜木偶，夜夜布席占金钱”。用农家特有的方式如拜木偶、占卜等祈祷上天普降甘霖。周挈《田家杂诗》六首，开篇也描述了农家遭遇的夏旱之苦：“赤霞烧地来，草木皆焦黄。”[2]乃至“高田无颗粒，低田亦半伤”。农夫一何苦，只得“匍匐求上苍”。女诗人关注自然灾害对农民收成的毁灭性打击，时过一年，顾念之间犹惶惶不已。第五首直接刻画了一个农妇的形象：“东家有健妇，衣食寸心营。日夕饷馌还，缫丝终夜声。虚坐响蟋蟀，达曙明寒灯。但求四体蔽，宁复求余赢。不见朱楼女，罗绮随时更。”作者对健妇夜以继日辛勤劳作依然衣不蔽体的境遇充满深深同情，特别是诗尾在与朱楼女做强烈对比后，作者的情感倾向明显转向愤激，对社会贫富悬殊的不公有深深谴责之意。这六首诗中，有“鸡犬嬉道傍，牛羊杂川谷”的田家物华，有“日夕饷馌还，缫车终夜声”的农事辛苦，还有“但求四体蔽，宁复求余赢”“溪流濯足归，一饱愿已足”的平和心态，可谓田家知音，表现出诗人重农、以农耕为本的民本思想，因而受到诗学名家好评：“《田家》诸作，尤不似闺阁中语。”[3]凌兴凤《从夫耕田魏家町》写诗人参与农家生活：“郎种桑麻妾种花，种花未吐早收麻。沤麻渐了花才吐，花与桑麻是一家。”[4]爱美是女性的天性，即便是

[1]　贝京．湖南女士诗钞 [M]. 长沙：湖南人民出版社，2010：37.

[2]　贝京．湖南女士诗钞 [M]. 长沙：湖南人民出版社，2010：275.

[3]　邓显鹤．沅湘耆旧集 [M]. 长沙：岳麓书院，2008：478.

[4]　贝京．湖南女士诗钞 [M]. 长沙：湖南人民出版社，2010：149.

耕种首先考虑的也是种花，还振振有词地说："花与桑麻是一家。"审美与实用二者兼顾的生活才是美好的吧。宋盛慎的《春耕》则记载自己的学农经历："近市仍乡习，门旁十亩田。筑堤增旧址，凿涧导新泉。种浸金钗糯，犁催铁角健。幸无尘事累，学稼北城边。"[1] 即便自己无需靠种田维持生活，但还是兴致勃勃地去学习耕种技术，亲农态度非常认真，算是未雨绸缪的实用主义者。

湖湘理学秉着探究有用之学的宗旨，倡导学以致用的学风，湖南女诗人与同时期其他地域女诗人明显不同的一个特征是她们很少有自贬、自毁、自匿的写作行为。正如戴珊所云："德以身为基，学以固为本。妇职司中馈，读书亦何损。……君莫泣牛衣，书中有华衮。"[2] 她们认为才德兼备的女性才是实用生活哲学，对待写作的态度是积极的，诸多绝命诗不仅是他们忠贞的告白，也是她们希望能流传于世的渴望表达。而同时期的女性因无子、病重、难产、临终前自焚诗文稿的失意、绝望才女不乏其例，在胡文楷《历代妇女著作考》中，清代女作家使用最多的集名为"绣闲"和"绣余"，达一百四十部，以"红余""织余""纺余""爨余"等名集者，又有数十部。而湖南闺秀诗人非常珍惜自己得之不易的诗句："平生几得惊人句，一代谁传后世名。"[3] 因此，几乎没有诸如"焚余"之类的诗作与诗集出现。

如前所言，很多湖湘女诗人不幸早寡，生活与感情均遭遇了重创，坚忍的她们要么决绝，要么坚强，很少自怜自叹。选择活下去，就必须依靠自己的勤劳与智慧解决生存问题。据《晚晴簃诗话》云，郭步韫早寡后，舅姑曾令她改嫁，郭步韫"以死自矢，操井臼，勤侍奉，夜则纺织以供菽水"。以纺织之能维持生计是大多农家女性的选择，更好一点的出路是做闺塾师，从陈若梅《与女弟子莲姑、菊姑、玉秀、凤儿话别》诗题得知，她以闺塾师谋生，诗中热情邀请女弟子："不嫌小室披风雨，来岁仍停问字车。"[4] 周寿龄年二十八而寡，贫无所依，教授女弟子，人呼为蒋先生，得资迎其夫丧归葬，仍以授徒养其姑，

[1] 贝京．湖南女士诗钞 [M]. 长沙：湖南人民出版社，2010：35.

[2] 贝京．湖南女士诗钞 [M]. 长沙：湖南人民出版社，2010：65.

[3] 贝京．湖南女士诗钞 [M]. 长沙：湖南人民出版社，2010：393.

[4] 贝京．湖南女士诗钞 [M]. 长沙：湖南人民出版社，2010：256.

日手一编，吟哦不倦，于古列女淑德，无不精究，其可法者，以训闺中。[1] 从郭润玉《冬夜怀六芳姊》诗句："月上玉窗清未睡，学诗添得女门生。"后有自注曰："谓存姑。"[2] 可见，郭漱玉也曾做过闺塾师。郭友兰还曾代子课徒授经。她们都以自己的学识在现实生活中实现了一定的经济价值。

作为家庭教育的重要传承者，湖湘女诗人在相夫教子中也体现了不同寻常的务实精神。她们敢于面对生活现实，敦促夫婿或儿孙积极用世，自己甘当贤内助。劳文桂在《夜纺听外子读书》诗中云："诗书君自勉，盐米妾能愁。"[3] 自觉分担家庭经济责任，鼓励丈夫努力诗书，至于家庭所需的柴米油盐之愁留给自己去应付。秦邦淑《随宦十载，追忆平昔，甘苦备经，悲欢异辙，感遇言怀，成七律十章》中曰："文章已许徐刘敌，政事应争着鲁雄。"[4] 称赞自己丈夫文章已经写得很好，但还要努力加强处理政事的能力。王继藻《送外游学湘中》劝勉丈夫云："好学君如苏季子，断机吾愧乐羊妻。可知努力寒窗夜，应有光分太乙藜。"[5] 以苏秦作比，赞赏丈夫的好学，自谦不如乐羊子妻断机劝学，鼓励丈夫只要寒窗苦读，一定会得到高人指点。周氏姐妹的助夫进学更被传为一时佳话。晚清名臣左宗棠妻周诒端《秋夜偶书寄外》云："远听飞鸟绕树鸣，银河耿耿夜三更。半窗明月吟虫急，一院西风落叶清。身世苍茫秋欲尽，烟尘澒洞岁多惊。书生报国心长在，未应渔樵了此生。"力劝丈夫左宗棠不要放弃功名之念，不能以渔樵身份了此一生。有异曲同工之妙的是张声玠妻周诒蘩《赠外》曰："不须泪落穷途辙，何必门多长者车。偕隐纵无三亩地，谋生幸有一囊书。檐喧燕雀春初老，径掩蓬蒿意自如。惟念白头慈母德，雄心未敢付樵渔。"前四句是在显示诗人的淡泊名利及归隐之心，后四句则在尽孝的名义下，周诒蘩极力劝阻丈夫张声玠不要轻言归隐而放弃雄心壮志。三举会试不第的左宗棠和七次会试落第的张声玠，都是家境清贫而且困顿场屋之人，饱尝既贫且穷的苦涩，如果没有妻子的一再支持和劝慰，很难想像他们能否坚持到功成名就的

[1] 贝京．湖南女士诗钞 [M]. 长沙：湖南人民出版社，2010：284.
[2] 贝京．湖南女士诗钞 [M]. 长沙：湖南人民出版社，2010：442.
[3] 贝京．湖南女士诗钞 [M]. 长沙：湖南人民出版社，2010：151.
[4] 贝京．湖南女士诗钞 [M]. 长沙：湖南人民出版社，2010：33.
[5] 贝京．湖南女士诗钞 [M]. 长沙：湖南人民出版社，2010：399.

那一天。而周氏姊妹二人能够常年坚守孤独和操劳，从不动摇对丈夫求取功名的支持，这种动力恐怕来自于她们对功名的热念。而且这种家风是可以世代相传的。左宗棠之女左孝瑜颇有才干，其夫陶桄“夙有远志，不屑治家人生产事”，故“家中巨细悉委夫人。每有疑难，当几立断，内外整肃条理秩然”[1]。左孝瑜的精明强干解决了丈夫的后顾之忧。贤内助在生活方面的分忧与精神上的鼓励与督促，成就了不少湖湘名人。

教子成立也是当时知识女性的头等大事，湖湘女诗人有不少教子诗，体现她们务实的教育理念。张氏《示儿》：“大块光阴须爱惜，休将事业让前贤。”[2]以不让前贤的训诫敦促儿子爱惜光阴，努力学习。朱瑞妍《偶成，示持谦持谨两儿》：“会得穷通理，悠然闭草庐。人凭工狡狯，天已定乘除。雪后梅无恙，风前柳自如。绡囊萤火在，莫遣夜光虚。”[3]诗人既相信尽人事听天命的穷通之理，表现通达人生观，也坚持要脚踏实地，学习车胤囊萤的刻苦精神，莫辜负大好光阴。王继藻《励志诗》重复使用“少壮不努力，老大徒伤悲”作为组诗中各诗结尾，警醒之意非常明显。从诗句“丈夫贵自立，七尺负昂藏”推测，此诗应该不是自励而是励人，诗人鼓励对方“天地既生我，当思以自强。父母既育我，当思令名扬”[4]。劝勉对方自强不息，只要学有所成就能光耀门楣。因为左宗棠长年在外，周诒端把教育儿子们的启蒙教育全部承担起来。“儿甫三岁，即削方寸版书千文，日令识数字，检前人《养正图》为其讲释，坐立倾敧，衣履不整，必呵之。”[5]左宗棠给儿子左孝威的书信中言及：“家下事我无心问及，一切有尔母在，谨听教诫。”[6]可见周诒端治家有方，取得了左宗棠的全部信任。

无论是作诗还是务农，或者教育子女，湖湘女诗人都体现出明显的实用主义倾向，这是湖湘文化的优良传统。

[1] 湖南图书馆《资江陶氏七续族谱提本》，全国图书馆文献微缩复印中心影印湖南图书馆藏1939年活字本，2002年，卷七之二，第874页。

[2] 贝京．湖南女士诗钞[M]．长沙：湖南人民出版社，2010：18.

[3] 贝京．湖南女士诗钞[M]．长沙：湖南人民出版社，2010：20.

[4] 贝京．湖南女士诗钞[M]．长沙：湖南人民出版社，2010：402.

[5] 左宗棠．左宗棠全集·诗文家书[M]．长沙：岳麓书院，1987：356.

[6] 左宗棠．左宗棠全集·诗文家书[M]．长沙：岳麓书院，1987：16.

第四，“三缘”之兴与诗学之传。清代女性诗学发展的共性之一是家族性与地域性特征，湖湘女学也不例外。湖湘女性诗学以血缘、姻缘、地缘关系为基础形成数个人文群体，为湖湘女性文学奠定了发展的基础与延续的力量，创造了湖湘文化史上具有独特意味的文化生态。

与发达的江浙闺秀诗学发展条件不同的是，清代湖南经济文化发展相对落后，因而湖湘女性诗学对家族文化的依赖性更大。周际华在《麦香山房诗集序》中指出：“所谓一人善射，百夫决拾，其观摩者近也。况家传诗教，风雅宜人，有不目染耳濡，相率而起兴者耶？”[1]一人导于前，数代继于后，一个家族诗群必须在浓厚的诗学氛围历经数代努力发展而成。湘潭郭氏、湘阴李氏、宁乡黄氏、湘潭周氏、湘乡曾氏、长沙李氏与黄氏、杨氏等均风雅满门，形成了数个后先相继或相互交织的家族闺秀诗群，撑起了湖湘女性诗国的大部分天空。

湘潭郭氏乃“名冠湖南的第一大女诗人家族”[2]。在嘉庆、咸丰年间，湘潭郭氏闺秀诗人四代相继，诗歌创作成就卓然，郭润玉将她们的诗歌编辑而成《湘潭郭氏闺秀集》，曾经“震惊京城”。据郭润玉回忆：“吾家诗事以姑祖母为先导，一传而至两姑母，再传而至诸姐妹，皆嗜诗共性成焉者。先是，姑祖母抚孤矢节，茹苦含辛，其时命之艰苦，境遇之蹙迫，郁无所告，胥发于诗。如秋天别鹤，长空哀鸣；如雪山老梅，寒香激烈。读者即其诗可以悲其志矣。”[3]郭氏闺秀诗群首开风气者是郭步韫。郭步韫自幼熟读经史，号为女博士，善作诗，早寡后回母家依弟，毕生倾力以诗教侄女和侄孙女，相与讲习唱和，为郭氏闺秀诗群的发展做出了重大贡献。第二代郭氏闺秀诗人有郭友兰、郭佩兰，是郭步韫的侄女；第三代有郭漱玉、郭润玉、王继藻等。第四代闺秀诗人有郭秉慧。正如郭漱玉所记：“自幼兰闺学吟咏，一家机杼度金针。”[4]郭氏闺秀诗群延续四代而不衰，与她们幼年就受到女性长辈诗人的启蒙和熏陶密切相关。

---

[1] 胡文楷. 历代妇女著作考 [M]. 上海：上海古籍出版社，1985：945.

[2] 赵志超序，郭力宜. 清代湘潭郭氏诗人作品选编 [M]. 长沙：岳麓书社，2013.

[3] 贝京. 湖南女士诗钞 [M]. 长沙：湖南人民出版社，2010：350.

[4] 贝京. 湖南女士诗钞 [M]. 长沙：湖南人民出版社，2010：414.

湘潭周氏为名冠湖湘的第二大女诗人群体。由左宗棠出资、其子左孝威刊刻的《慈云阁诗钞》收录有九位周氏女诗人，以王慈云（1790～1864）为开端，以周诒端（1812～1870）为核心，以周诒蘩成就最高，也是一部以女性血缘关系为中心的文学作品集。“慈云阁”是左宗棠岳母王慈云老人书斋名。《慈云阁诗钞》收录的诗词共十二卷，分别是：慈云老人《慈云阁遗稿》一卷、周诒端《饰性斋遗稿》一卷、赵诒蘩《静一斋诗草》二卷及《静一斋诗余》一卷、周翼杓《潇香斋诗草》一卷、周翼杬《冷香斋诗草》一卷及《冷香斋诗余》一卷，还有左宗棠四个女儿左孝瑜、左孝琪、左孝琳、左孝瑸诗集各一卷。周氏闺秀诗群除了以上九位成员外，还有周挚、周雅宜等，祖孙三代女诗人多达十三人，于郭氏、曾氏、李氏之间，崛起于湖湘诗坛。慈云老人出身书香门第，幼时便工诗，有识鉴，不幸的是丈夫28岁便去世，留下两儿两女。如左宗棠所言：“自先外舅撒手后，惟课女及诸孙读书史及女工杂作而已。”[1]她利用绝大部分闲暇时间来教导子女。女儿周诒端、周诒蘩、孙女周翼杬、周翼杓，外孙女左孝瑜、左孝琪、左孝琳、左孝瑸均在她的教育下各有成就。另有侄女周诒挚、周雅宜也就学于她。她们大多红颜薄命，有一段不幸的婚姻，或遭遇丈夫早逝，或彩凤随鸦，诗歌内容大部分是闺阁唱和与自怜自叹，与狭窄的生活空间紧密相关。

湘阴李氏诗群自李星沅仕宦至总督后，声名遂起。李星沅妻即湘潭郭氏诗群的核心人物郭润玉，郭润玉子女并具文才，诗名最著者李楣，为道州何绍基之子何庆涵之妻，有《浣月楼遗稿》。李星沅妹李星池适长沙杨氏，生二女杨书兰、杨书蕙，授以诗书，与杨书霖、周传镜、刘德仪祖孙三代遂成长沙杨氏闺秀诗群。闺秀们均有诗文传世。杨书兰《红蕖吟馆诗钞》、杨书蕙《幽篁吟馆诗钞》均附于其母李星池《澹香阁诗草》后。另有湘乡曾氏闺秀诗群，由晚清“中兴四大名臣”之一的曾国藩家族女性组成，有女儿纪静、纪曜、纪琛、纪纯、纪芬，孙女曾宝荪、曾昭燏、曾宪琪等均能诗，而郭筠、刘鉴诗艺较著。

湖湘女性诗群的发展壮大与家族男性诗人的鼓励、支持紧密相关。如郭云麓与李星沅先后对湘潭郭氏闺秀不遗余力的支持。郭云麓即郭汪璨（1767～1832），据光绪《湘潭县志》记载：郭云麓因故人外祖父家养育，外

[1] 左孝威辑《慈云阁诗钞·叙目》，同治十二年（1873）刻本。

祖父家姓汪，故名汪璨，后复姓郭，著有《云麓诗钞》等。郭汪璨为人“诚朴，无俗好，独癖于文”，曾创建名噪一时的雨湖诗社。清代的雨湖，位于湘潭县城瞻岳门外，巍然湖滨，风景十分秀丽。郭润玉有诗《雨湖晚眺》云：“高楼遥望暮烟生，几处渔舟泊岸横。湖水接天天接水，星光灯影不分明。”诗人登楼远眺，看到一幅渔舟泊岸、暮霭升起，远处水天相接、星光灯影交汇的黄昏美景。郭汪璨特别关注家里女性的教育与婚姻，当时郭氏闺秀常常云集于此，“雨湖楼上排吟卷，写韵轩中劈彩笺”。[1] 唱和联吟，“盛事传于京国，词林文士多赋诗夸美”。郭汪璨还亲自为四个女儿阅文择婿。因为他的慧眼还真择了一个名垂青史的女婿，就是次女郭润玉的丈夫李星沅。李星沅（1797 ～ 1851），字子湘，号石梧，湖南湘阴人。郭汪燦听闻李星沅有异才，“造门访之”，因请为婚姻，但李星沅“不能具红帖”，郭汪燦“自买与之”，其后李星沅富贵有重名，先后任兵部尚书、陕西巡抚、陕西总督、江苏巡抚、云贵总督、云南巡抚、两江总督等职，参与禁烟与鸦片战争抗英，并有文才，时号湖南“以经济而兼文章”三君子之一。李星沅后来帮助妻子完成选辑出版《湘潭郭氏闺秀集》。类似地，左宗棠也为妻族湘潭周氏闺秀诗群刊刻诗集。他们此举为湖南女诗人的文献保存居功至伟。

女性诗群的成就与家庭成员相互唱和甚至竞技高下密不可分。据郭润玉回忆：“时阿父家居，督吾辈为诗课，糊名易字，第甲乙甚严。”[2] 长辈督促她们学诗，并非只当作一种消遣，而是以非常严格的竞赛式训练来看待。她们自己也严肃认真对待作诗，郭润玉曾描述郭漱玉作诗过程：“读书数行而下，尤工为诗，偶得句，必吟哦再四，诸弟妹听之，都能成诵，犹推敲不肯脱稿，其矜慎如此。”从现存诗题得知，“咏古十绝句”“梅花十绝”“潇湘八景”均是郭氏诗群的共同诗题。家庭成员互相学习，共同提高。在这样的诗学环境中成长起来的郭氏闺秀诗人成就自是不凡。毛国姬评价曰：“郭氏一门风雅，湘南闺秀，盛莫与京者，而其熏袭，亦各有畦畛焉。”认为她们在湖湘文学中的地位非常之高，而且各有千秋。她们或凄婉幽咽，或才思清婉，或风骨自超。相较而言，“郭家闺秀

[1] 贝京．湖南女士诗钞 [M]. 长沙：湖南人民出版社，2010：425.

[2] 郭润玉《簪花阁诗》自序，贝京校点《湖南女士诗钞》，第 427 页。

都有好诗，而以郭漱玉的水平最高”[1]。李星沅、郭润玉的女儿李楣，幼承母训，富于文才，适道州何绍基之子何庆涵。随侍其家公辗转秦、蜀、南粤等地，常与其夫作诗唱和。何庆涵《元配李恭人墓表》云：“壬寅春，侨寓金陵钓鱼台钱氏寓园。夜，吾父命题，命恭人与予及从弟远甫作诗，共几索句，写呈吾父评改。每诵恭人语出灵性，笔意超隽，得天分，非关学力。”[2]母家与夫家均有良好的诗学氛围，李楣在同辈中的诗歌成就也最高。

宁乡丁氏也一门风雅，丁梅娥与翁碧梧为姑嫂，丁佩瑜、丁佩珩、丁佩珊为女侄，皆能诗。丁梅娥《南归留别诸女侄》就是这一家庭闺秀诗群日常生活诗意化的再现：

点检行装后，相看意各痴。那堪分手日，一忆比肩时。结社邀同伴，联吟洽故知。有缘皆入会，无语不相师。学楷分麟角，摊书拥鹿皮。晓窗闲刺绣，夜月戏敲棋。红剪谈心烛，清临照影池。花开擒凤子，柳密听莺儿。每恋歌声曼，全忘刻漏迟。坐霜依菊枕，踏雪纪梅诗。小别犹添憾，长驱忽系思。何堪羁旅寂，斗觉梦魂驰。远思随流水，新愁比乱丝。沾巾惟有泪，把袂竟无词。古道秋风急，疏林夕照移。登车回首处，咫尺隔天涯。（贝京校点《湖南女士诗钞》，307 页）

在即将离别之际，诗人回忆了往昔闺中生活的美好：姐妹、嫂侄结社联吟，一起敲棋问字、刺绣谈心、扑蝶听鸟、斗霜赏菊、踏雪寻梅，从早到晚，从春到秋，年复一年的诗意生活随着诗人的离去而漫上心头，牵动了众人的离思。

“文学世家孕育了女性作家，而文学世家间的联姻更进一步成就了女性文学。”[3]闺秀诗群的发展还与姻亲家族之间的诗学交流紧密相关。据《湖南历代妇女著作考》记述：“湘潭郭氏、周氏、湘阴左氏、李氏、长沙杨氏之间互相联姻。”[4]首先，文学家族联姻造就了不少诗侣，她们的联吟使得家族诗学氛围

[1] 杜珣．中国历代妇女文学作品精选 [M]. 北京：中国和平出版社，2000：398.

[2] 陈书良．湖南文学史 [M]. 长沙：湖南教育出版社，2008：649.

[3] 李真瑜．文学世家与女性文学——以明清吴江沈、叶两大文学世家为中心 [J]. 湖南文理学院学报（社科版），2008,（4）.

[4] 寻霖．湖南历代妇女著作考 [J]. 图书馆，1998,（2）：73-75.

浓厚，直接奠定了文学世家的基础。湖湘诗侣以郭润玉和李星沅、李楣与何庆涵、黄琬琳与李粲华、金应祯与凌玉垣、罗彦珩与张延珂等为代表。尤以李星沅与郭润玉夫妻唱和最为丰富。郭润玉记曰：“自归石梧，觞咏无虚日，得诗倍多。”[1]“记取蛾眉新月上，曲栏同检旧诗评。”[2]李星沅为夫妇诗著作序云：二人“合卺同心，连环如意，并为佳偶，宛似吟朋，楼下催妆，万花飞腕，台前伴读，双玉骈头”[3]。郭润玉《簪花阁遗稿》收录郭润玉诗歌共 43 首，附录李星沅诗 22 首，均为夫妻唱和之作，另合作 1 首，闺房清课，唱酬之乐占据半数以上。“长日幽闺无个事，一春诗课是生涯”的夫妻唱和与孙原湘夫妇“赖有闺房如学舍，一编横放两人看”的闺房之乐有异曲同工之妙。表妹王继藻《寄笙愉姊》也有“承欢春戏彩，琢句婿为师”[4]之句，郭漱玉《和笙愉妹冬夜寄怀原韵》“羡尔闺房多韵事，红灯绿酒唱双声”[5]也记载了她们夫妻诗词唱和的美妙。“《梧笙馆联吟》者，即伉俪唱和之什，琴瑟之笃可继秦徐。”[6]善化金应祯，字元韫，诸生凌玉垣室。凌玉垣“少有才名，好古能诗，与元韫有闺中唱和之乐”[7]。善化刘淑，号寒河渔侣，夫谭泽恺，字醒渔，有才名，能诗，刘淑有组诗《题醒渔寒河渔隐图》，夫妻俩诗画辉映，惬意的渔隐生活跃然入诗：“剪石台前秋草多，此身只合侣烟波。沙棠艇子木兰楫，午夜同归露满蓑。”[8]

另外，有姻亲关系的或娣姒竞爽，或妇姑济美，或姑嫂（堂、表）姐妹联吟，进一步扩大了闺秀诗群。《湘潭郭氏闺秀集》所收诗人并非全姓郭，如王继藻《敏求斋诗》被收入。王继藻为郭润玉三姑母郭佩兰之女，自垂髫，秉承母训，年少时就与郭氏表姐妹们一样“雨湖楼上排吟卷，写韵轩中劈彩笺”。婚后又与表姐郭漱玉同在长沙生活，“从此居游共一方，春花秋月待评量”。甚至与表

[1] 郭润玉《簪花阁诗自序》，《湘潭郭氏闺秀集》，清道光十七年（1837）刻本。

[2] 贝京．湖南女士诗钞 [M]. 长沙：湖南人民出版社，2010：212.

[3] 李星沅序，李星沅《梧笙馆联吟初集》，芋香山馆，清道光十七年刻本。

[4] 贝京．湖南女士诗钞 [M]. 长沙：湖南人民出版社，2010：401.

[5] 贝京．湖南女士诗钞 [M]. 长沙：湖南人民出版社，2010：425.

[6] 沈善宝《名媛诗话》卷七，第 629 页。

[7] 贝京．湖南女士诗钞 [M]. 长沙：湖南人民出版社，2010：303.

[8] 贝京．湖南女士诗钞 [M]. 长沙：湖南人民出版社，2010：288.

姐夫李星沅的姐姐李星池亦有颇多诗学交流。王继藻有《题李淑仪〈澹香阁诗草〉》，共6首，其一为："华堂一见便心倾，再读新诗字字清。久我心香留一瓣，十年前已奉诗名。"李淑仪即李星池，可见两人之前不仅见过，而且王继藻对李星池有仰慕之情。其一为："扫眉才子擅文词，儒雅风流是我师。盥露几番吟不倦，爱他都是性灵诗。"又有"平生颇自矜诗骨，今日甘心拜下风"[1]之句。两人因诗学建立的感情绝非客套之语。郭氏闺秀与湘阴李氏闺秀之间的诗学交流也非常频繁。李星沅姐姐李星沂、妹妹李星池与郭氏闺秀之间的诗歌唱和不少。李星沂有《消寒词次弟妇笙愉韵》，李星池有《寄怀笙愉嫂》，郭润玉有《和淑仪寄怀原韵》《留别诸小姑》《和淑仪寄韵》《答淑仪妹》等，诗句"惆怅西风若相忆，金闺应为敛双眉""聚散浑无定，将离泪暗弹"[2]，足见姑嫂情深。严迪昌先生在《"市隐"心态与吴中明清文化世族》一文中指出："文化世族间所构成的姻亲等网络相联，甚至以一家族为母体不断衍展出新的文化望族，正是地域特定的一种文化景观。"[3]湘潭郭氏闺秀诗群催生湘阴李氏、长沙杨氏闺秀诗群功不可没，湘潭周氏对湘阴左氏诗群的形成有直接影响。

郭氏闺秀诗群能成为湖湘第一闺秀诗群，还与她们将吟咏由家内扩展到家外，与家外闺秀结社联吟，将影响力从湖湘扩展到京师有很大关系。诗人王璘（？～1829），字湘梅，工吟咏，父亲最疼爱，为择偶岳麓书院，得攸县夏恒。夏恒贫士，王璘殊不以家景为意，极尽闺中唱和之乐。每还攸县过湘潭，辄住于姊王珮家，与"女博士"郭步蕴家郭友兰、郭佩兰及郭润玉诸女唱和，数日即成一集。郭笙愉有《题湘梅夫人遗草》。郭氏还曾建立诗社，郭智珠《留别杨畹香纫仙、张仙蕖诸同社》曰："于归何幸见芳姿，握手依依坐绣帷。已见才华惊绝代，更兼风雅亦吾师。梅花共结消寒社，柳絮还吟送别词。酬唱无多又分袂，江天云树系相思。"[4]佐证的有郭智珠《寄诸同社》："湘南有女士，潇洒莫与俦。……况结梅花社，消寒快赓酬。"[5]郭智珠又有《梅花社分咏》诗题

[1] 贝京．湖南女士诗钞[M]．长沙：湖南人民出版社，2010：400.

[2] 贝京．湖南女士诗钞[M]．长沙：湖南人民出版社，2010：446.

[3] 严迪昌．"市隐"心态与吴中明清文化世族[J]．苏州大学学报，1991，(01)．

[4] 贝京．湖南女士诗钞[M]．长沙：湖南人民出版社，2010：480.

[5] 贝京．湖南女士诗钞[M]．长沙：湖南人民出版社，2010：486.

下有“访梅”“种梅”等诗，均明显指出她们所结诗社名为梅花社。另有《冬日与杨畹香纫仙、张仙蕖诸女史分咏》诗题有咏“炙砚”“扫雪”等诗，可见她们联吟或分咏之作甚多。湖南女诗人以集体形象扬名于湖湘之外是郭润玉随夫宦游京师后将家族女性的诗名传播开来的。郭润玉《再题湘佩梅林觅句图》曰:“廿年闺阁久知名,佳什传来别样清。难得相逢似相识,骚坛好共结诗盟。”[1]诗盟即秋红吟社，清代嘉道年间影响最大的闺秀诗社。郭润玉与秋红吟社发起人之一、《名媛诗话》的作者沈善宝一见如故，义结金兰，在京半年时间里，郭润玉与沈善宝诗书往来频繁，分别后依然保持联系，直到郭润玉去世。郭润玉《簪花阁遗稿》中共有 10 首诗题直写湘佩，如《题沈湘佩女史画杏花扇面》2 首、《再题湘佩梅林觅句图》3 首、《和湘佩见赠原韵》4 首、《怀湘佩即用送别原韵》1 首。沈善宝将湘潭郭氏闺秀诗人载入《名媛诗话》,评价非常高，如“(郭)笙愉诗皆性灵结撰,无堆砌斧凿之痕,为可贵也”[2]。“读湘潭郭六芳《论诗》云：‘玉溪獭祭非偏论，长吉鬼才亦妙评。依爱湘江江水好，有波澜处十分清。厨下调羹已六年，酸盐性情笑人偏。近来领略诗中味，百八珍馐总要鲜。今古才人一例看，端庄流丽并兼难。桃花轻薄梅花冷，占尽春分是牡丹。’可谓实获我心矣！”[3]明确指出郭氏姐妹自觉以性灵为核心的诗歌创作实践与理论指导,与沈善宝的诗歌主张完全一致。有了秋红吟社各成员与《名媛诗话》的传播，郭氏闺秀诗群曾震惊京师。

湖湘女性文学的家族性特征表现得非常明显且有特色。诗文集的出版不再以男性血缘关系为中心，或者将女性诗文集附于男性诗文集之后，而是以女性血缘关系为中心形成文学作品集刊刻，代表了一种新的家族观念的兴起，也折射出清代中后期封建伦理思想出现松动，女性社会地位提高，女性自主文学意识加强。沈善宝就曾指出湘潭郭润玉辑刻《湘潭郭氏闺秀集》的目的是“以志家学”[4]。

---

[1] 贝京 . 湖南女士诗钞 [M]. 长沙：湖南人民出版社，2010：463.

[2] 沈善宝《名媛诗话》卷七。

[3] 沈善宝《名媛诗话》卷七。

[4] 沈善宝《名媛诗话》卷七。

湖湘女诗人的分布还具有很强的地域特征。清代女诗人多分布在江苏、浙江、湖南、福建、江西、广东、安徽七省，形成以“首府中心型”和“名府中心型”为特征的诗人分布特点。湖南女性诗学相类似。据学者统计，清代至民国时期妇女作家分布如下：长沙 60 人，湘潭 46 人，宁乡 24 人，善化 19 人，湘阴 17 人，衡阳、湘乡 11 人，衡山 10 人，醴陵、新化、常德各 9 人，益阳、浏阳 7 人，澧州、龙阳 6 人，平江、沅陵、祁阳各 5 人，武冈、岳阳、茶陵 3 人，永明、华容、邵阳、攸县各 2 人，慈利、酃县、桃源、保靖、永定、郴县、江华、桂阳、宁远、安化、龙山、黔阳、零陵各 1 人，不知具体籍贯者 7 人，此外本籍外省而嫁湖南者 6 人。[1] 由此可见，湖南妇女作家多集中于长沙、湘潭、宁乡、善化、湘阴、湘乡、衡阳等政治、经济、文化相对发达且交通便利区域，而湘西、湘南等相对落后偏僻地区就很少甚至没有妇女作家。

湖湘女性作家群的出现既有家庭形成的偶然，更有时代召唤的必然。以家族为支点，以血缘为纽带，以婚姻缔结为凝结点，湖湘文化家族得以编织成网状的棋盘，成为一种牢固的结盟并生生不息。更有师承、社团等多维度的联系，家族才女文化作为一种特定形式是对文学多样化发展的有效补充。

小　结

就整体发展水平而言，清代湖湘女性文学达到古代湖湘女性文学的高峰，而且在全国各地域文化中排名靠前。据沈善宝《名媛诗话》所录，湖南女诗人多达 29 人，仅次于江、浙、皖三省，在各省中排名第四。[2] 清代湖湘女性诗学的繁荣既有相对独立的发展脉络，也与整个清代女性文学的繁荣相互呼应与促进。

与整个清代女性文学发展特征相似，湖湘女诗人或得江山之助，或仗性别之慧，或依千古之鉴，或仰性灵之情，创造了前所未有的辉煌成就。她们在诗

[1] 寻霖．湖南历代妇女著作考 [J]. 图书馆，1998，(2)：73–75.

[2] 顾敏耀．清代女诗人的空间分布探析——以沈善宝《名媛诗话》为论述场域 [J]. 中国台湾“中央大学”中国文学研究所论文集刊，2006，(11)：138.

文中所传达的贞德之音与慷慨之气，诗学传承中所依赖的家族、姻亲、地域因素也是清代女性文学发展的共性，湖湘女性文学发展与清代整体诗歌发展基本同步。

同时，湖湘女性文学地域特征非常明显，浓郁的湖湘风情、悲慨的屈骚情怀、多情而贞烈的女性形象、经世致用的价值取向等诗学内涵，均与湖湘特定地域文化底蕴密切相关，为湖湘文化平添了多彩的女性诗卷。

总之，清代湖湘女诗人的创作成就与文化品格，不仅是湖湘文化的重要内容，也因其鲜明的地域文化个性与清代女性诗学共生性，成为清代女性文学乃至清代文学史中的特殊组成部分。

第四章

女诗人的英雌话语与“林下风气”的双性同体理想

英雌话语是古代文学中客观存在却又有些特异的性别诗学话题。“英雌”概念是个现代性词汇，最早成为诗学话语是20世纪初，启蒙者们把培养“女国民”作为启蒙运动和女权运动的重要一维，他们以反男权的姿态，怒斥以“大丈夫”“英雄”论世的男权主义传统：“世世儒者赞颂历史人物曰大丈夫，而不曰大女子；曰英雄，而不曰英雌，鼠目寸光，成败论人，实我历史之污点也。”[1]因自然性别使然，女性擅长柔情书写，因而秀丽婉转的风格是闺秀诗学的主要审美特征。“大凡闺秀，清丽者多，雄壮者少；藻思芊绵者多，襟怀阔达者少。”[2]尽管如此，还是有一部分女诗人超越传统女性性别界限的诗文来展现特殊情感、志意、怀抱，本书将这类“闺秀而发壮言”的话语称为英雌话语。作为一种特殊的文化现象，自中国文学史上第一位留名的女诗人许穆夫人所作《载驰》开始，创作英雌话语者代有其人，并不断壮大，发展到清代时，已成为女性诗学风格中的一个重要组成部分，与绝大部分女性诗作的脂粉气合成女性诗歌的双重诗学风格。同时，英雌话语与“男子作闺音”形成了中国文学中两性声音互补的特殊文化现象，给人类的双性和谐理想提供了文学的真实存在。

女性如何表达自己的英雌话语，为何要以英雌话语的方式来发声，我们应

---

[1] 楚北英雌．支那女权愤言 [J]. 湖北学生界，1903：2.

[2] 施淑仪．清代闺阁诗人征略（卷六），载王英志．清代闺秀诗话丛刊（第 3 册）[M]. 南京：凤凰出版社，2010：2284 .

该如何对待英雌话语均是值得深入的话题，本章即由此而展开。

第一节 英雌话语的诗学表达

在中国传统社会里，传统文化赋予女性的羞耻感和卑贱性不仅仅表现在男人对女人的歧视和践踏中，更严重地内化为女性自身的自卑，这种卑弱已经深入女性的骨髓，成为女性的集体无意识，以致女性始终生活在男权文化的笼罩中，无论是身体还是心灵。清代是一个才女辈出的时代，当她们的诗世界扩大到“阁中风雨皆成韵，帘外湖山尽入诗”[1]时，英雌话语范围逐渐扩大，从对历史风云变幻的反思到对当下时政得失的考量，从自然风物的壮丽抒写到社会性别困惑的探索，视野所及，激扬文字、慷慨悲歌，形成了巾帼不逊须眉的诗学风采。

一、诗书浸润的咏史诗

咏史怀古是中国古典诗歌的重要题材，作为“诗学”与“史学”结合的产物，需要诗人把握好史才与诗才之间的平衡点，巧妙地将二者融为一炉。清人法式善在《春雪初霁谢苏潭方伯过访归寄新诗次韵》中说：“自古诗推咏史难，茶陵乐府播骚坛。如公能更开生面，此调何尝肯不弹。秦汉文章延坠绪，东南财赋挽狂澜。他年赐第西涯上，虾菜香清忍独餐。”法式善借评价友人之诗时表明了自己重要的诗学观：咏史诗自古以来是最难写好的。潘德舆《养一斋诗话》卷十也说：“予尝谓常读诗者，既长识力亦养性情；常作诗者，既妨正业亦蹈浮滑，古来诗之脱口而成者当无逾靖节先生，然观其田舍诗题纪年，一年只一首，合之他作，一生不过一百十余首耳。今人好作诗，一年可抵渊明一生，自以为求益，不知不苟作乃有益，常作转有损也。世之好作者多，必不得已，余请进一策焉，只取咏古迹及咏史两种题目为之，此非读书而有识力者不敢操管，即成亦不敢轻易示人，如此虽日作一诗，亦能为学识助。舍此而常为之，必为气体累也。”潘德舆认为，读诗作诗既需要养性情，也需要长识力，而咏古迹及咏史两种题

[1] 胡晓明，彭国忠．江南女性别集（二编）[M]. 安徽：黄山书社，2010：748.

材是最佳选择。纵横捭阖的咏史诗是一种典型的士大夫文学，要求作者的史识与诗情完美结合，非学养深厚者莫能为。因此，清代不少男性诗人将史胆、史识、史才作为诗人的必备要素，将咏史怀古诗作为衡鉴诗才高下的重要标杆。

历史书写的权力一向掌握在男性手中，阐释历史、评骘古今为男性所专擅。明清时期，随着女性获取阅读的机会与走出闺门的可能性不断增加，不少女诗人也能将历史、古迹纳入思维视野，创作出有恢弘宇宙意识、复杂历史情怀、变幻个人感遇等内涵的咏史怀古诗。吴佳永辑录了明清女性的咏史怀古诗630首左右[1]。据张海燕统计，清代创作咏史诗的女作家约有211人。[2]方维仪、王端淑、吴绡、葛宜、徐昭华、柴静仪、倪瑞璇、毛秀惠、吴永和、徐德音、李含章、钱孟钿、方芳佩、季兰韵、王采薇、鲍之兰、鲍之蕙、鲍之芬、沈惠孙、席佩兰、潘素心、陈长生、归懋仪、汪端、骆绮兰、严永华、包兰瑛、徐熙珍、万梦丹、秋瑾便是其中的佼佼者。越来越多女诗人们意识到当不能突破现世的空间限制时，可以选择历史作为突破口，以丰富的史识自信地站在与男性相等甚至更高的角度来评价、论断历史纷纭，得出自己独特的论断。她们在咏史诗中展示出的卓越才华，对传统文化无疑是一种巨大冲击，对女性诗人来说则是一种极大的鼓舞，是女性文学创作走向独立自主的重要表现。

第一，表现出非凡的史识史胆。优秀的咏史诗需要史识与史胆兼具。特别是在清代文字狱的高压之下，许多男性诗人不敢染指咏史诗。著名诗人翁方纲从来不作史题史论之诗，就为规避文字之祸，这也是当时安全的为官之道。而女性无法染指时政，统治者对女性这方面的防范自然松动许多，女性咏史反而可以少些政治层面的顾虑，更能在咏史诗中表现自己的史识与史胆。

以诗作史、诗史互证成为众多咏史怀古诗的主调。“清代第一才妇”[3]汪端作有多系列组诗，对从晋到明代的历史一一评论，抚古思今，见解不凡，气势宏大，主要有《读晋书杂咏（并序）》40首、《读史杂咏》12首、《张吴纪事诗》25首、《元遗臣诗》《明三十家诗选成，各题一律》《咏古四首和琴河归佩珊夫

[1] 吴佳永．中国古代女性咏史怀古诗歌研究[D]．南京师范大学，硕士学位论文，2010.

[2] 张海燕，赵望秦．清代女作家咏史诗创作考论[J]．云南社会科学，2013，(3)．

[3] 梁乙真．清代妇女文学史[M]．北京：中华书局，1927：204．

人懋仪》等。张云璈评曰：“他如咏古之什，皆能综其大要，而《晋书杂咏》，于典午一朝人物，臧否尤当。”[1] 梁乙真也对汪端的史识赞曰：“盖妇女有才非难，有识为难也。”[2] 汪端所著《明三十家诗选》最主要的创作意图就是为高启翻案。一个被腰斩、前代文人对其诗学成就评价不高的文人，汪端断言他是明代诗人第一。“《明三十家诗选》出而诸选失色，论定高启为明诗第一而世无异议，高启的地位由此而定。”光绪年间的《明诗纪事》映证了此说。陈田给予高启的评价为：“季迪诸体并工，天才绝物，允为明三百年诗人称首，不止冠绝一时也。”如今，“高启为明代诗人第一”已经成为大家的共识，可见汪端的胆魄与识力。另外，对蜀失荆州、唐玄武门之变、唐明皇长恨蜀中、元明争战、朱棣夺权、明臣撼门伏哭等历史事件均有自己独特见解。[3] 薛绍徽众多的咏史吊古、怀旧伤时之作不仅有鲜明的历史批判意识，还洋溢着“兴思青史”所特有的丹心热血。她的《文宗》《哀伊藤》《闻道》《丰台老媪歌》《海天阔处·闻绎如话台湾事》等诗词展示了19世纪20世纪之交许多重大的历史时事，是一篇篇弥足珍贵的“诗史”。透过这些女性视角，我们可以清晰地看到“诗史”背后起伏脉动着的时代情怀和难能可贵的阳刚英雄气。

对英雄的追慕自是英雌话语的重要内容。“英雄”是动态和发展的历史概念，这就为女性在历史的突变处和敞开处，加入到英雄言说的行列留下了思辨的空间。乱世盼英雄，女诗人将目光跨越闺门，在历史深处寻找民族之魂。如王端淑激赏击鼓骂曹的祢衡“心若秋霜，侠骨犹香”，赞叹“七寸小臣刃，五步大王头”的蔺相如“英标光史册，千古壮春秋”[4]，“慨题绝命词，正气宁甘戮”[5] 的方孝孺为“青简补忠贞，凛凛香魂馥”[6]。在表达对历史英雄敬慕的同时，她也在呼唤挽救国家危亡的志士出现。最难能可贵的是，女诗人们不以成败论英雄。汪端以传统的伦理道德“忠孝”二字为准绳来衡量英雄与否，并论道：“天

[1] 张云璈序，汪端《自然好学斋诗钞》，清同治十三年（1874）刻本。

[2] 梁乙真．清代妇女文学史 [M]. 北京：中华书局，1927：193.

[3] 聂欣晗．清嘉道年间女性的诗学研究 [M]. 广州：世界图书出版公司，2012：211.

[4] 王端淑《映然子吟红集》卷四。

[5] 王端淑《映然子吟红集》卷四。

[6] 王端淑《映然子吟红集》卷四。

上所谓忠孝，论其心，不论其迹也。忠臣孝子必世之端人正士。”[1] 汪端并不以服从统治者的忠孝标准为标准，认为只要为人正直、坚持一身正气者即为英雄，即使郁郁不得志者也不排除，所谓“文人落拓亦英雄”[2]。对落魄甚至失败的英雄不吝惺惺相惜之情，如归懋仪《淮阴侯》曰：“弓藏鸟尽寻常事，死后还蒙帝子怜。”[3]《贾生》曰：“黄泉若是逢知己，应问三闾蹭蹬初。”[4]《武侯》曰：“曹马论才岂匹俦，直须长剑截蚩尤。功高未算酬三顾，岁假还思定九州。铜釜木牛精制度，纶巾羽扇尽优游。伤心二表留天地，中夜挑灯为涕流。”[5] 韩信、贾谊、屈原、诸葛亮均为壮志未酬的英雄，诗人们在回顾他们的历史功绩后，对他们的悲剧结局表示痛惜。怀有同样悲壮情怀的还有冒俊，在《朝台怀古》中道：“富国强兵能治少，推心置腹感人多。……越秀山青浑不改，英雄难得奈愁何。”[6] 沈善宝《拜于忠肃公墓》直接为民族英雄于谦鸣冤：“冤狱无烦口舌争，鹭鸶谣起祸机萌。竟忘北狩留沙漠，谁向中原厉甲兵？社稷安危凭至计，忠良荼毒果何名？墓门松柏号风雨，应为英魂诉不平！”于谦一生清廉刚正，在明朝被瓦剌侵略时，临危受命，指挥了名垂千古的京师保卫战，并成功击败瓦剌，保住了明朝社稷，一颗忠心犹如诗句所言：“粉身碎骨浑不怕，要留清白在人间。”然而，如此忠臣却被诬陷谋反而处死，作者对明英宗荼毒忠良的不仁不义之举愤慨不已。

英雌们敢对历史书写的取舍提出质疑甚至大胆翻案。钱孟钿《读史偶成》直接表达对历史的不信任感：“青史不足凭，挂一乃漏万。”为证明自己所言不虚，接着证曰：“嗟无两舟米，不得纪蜀后。”后又自注曰：“《三国志·后妃传》缺蜾矶夫人；陈寿尝索丁仪米两船，仪靳之，遂不为其父立传，故及之。”[7] 以蜾矶夫人与丁冲为例，指出连陈寿这样严谨的历史学家也会因为主观利益或个人

[1] 汪端《自然好学斋诗钞》卷九。
[2] 汪端《自然好学斋诗钞》卷五。
[3] 胡晓明，彭国忠. 江南女性别集（初编）[M]. 安徽：黄山书社，2008：679.
[4] 胡晓明，彭国忠. 江南女性别集（初编）[M]. 安徽：黄山书社，2008：680.
[5] 胡晓明，彭国忠. 江南女性别集（初编）[M]. 安徽：黄山书社，2008：680.
[6] 胡晓明，彭国忠. 江南女性别集（三编）[M]. 安徽：黄山书社，2012：886.
[7] 胡晓明，彭国忠. 江南女性别集（初编）[M]. 安徽：黄山书社，2008：344.

好恶来取舍传主，历史书写的主观性与取舍标准的任性可想而知。她们还会在咏史诗中陈述自己的一得之见，推翻已有的历史定论。战国四公子之一的平原君历来颇多赞誉，但女诗人吴绡、钱惠尊、刘萌却不约而同地对平原君颇有微词，目光集中在许多人士津津乐道的平原君好客而杀美人之事，吴绡《咏古》曰：“公子翩翩信绝伦，拟将豪举欲狂秦。不知宾客成何事，枉向楼头斩美人。”钱惠尊《平原君传书后》曰：“美人一笑何大罪，特借卿头为士贿。矫情待士士不取，有客飘然向东海。”[1]刘萌《读史有感：平原君为门下客杀美人事漫成》曰：“美人度曲士援琴，同向人间觅赏音。闻道花残缘一笑，倘真国士定寒心。”[2]女诗人们从对生命的尊重角度怜惜被杀的美人，这是一种建立在两性平等与对生命尊重基础上的价值判断。她们认为无论是美人度曲还是雅士援琴，追求的目标均为寻觅知音。而平原君为了取信于国士，竟然把美人给杀了，这样草菅人命的做法一定会让国士也寒心的，从而否定了平原君的德行与好士。诗句“千古红颜甘伏剑，围城杀妾有睢阳”勾连起另一相似惨剧：安史之乱中，主帅为了坚定守睢阳城的决心，竟然杀妾犒赏将士。作者将两件惨剧结合起来思考，发现了历史的残酷：千古红颜被伏剑的不幸与男性主宰女性命运的不平等并非个案，不同历史时期均可能发生。烈妇吴定生读书有卓识，其《读高唐赋》云：“文人弄笔太轻狂，神女何来梦楚王。误杀风流轻薄子，纷纷借口说高唐。”[3]对所有男性猎艳而又嫁祸、役使女性心理进行辛辣讽刺。席佩兰称她“目炬千秋驳史公”，并赞叹道：“男儿尽有输君处，争艳高唐赋手工。”[4]认为吴定生的史识比宋玉等男性高明得多。

女性咏史诗未停留在对历史事件或历史人物的吟咏上，也并未将之视为寄托个人纯粹伤怨悲怀的载体，而是在赞颂、追慕英雄的同时，对落魄英雄的不幸表示惋惜与愤慨，甚至为历史翻案，以己之见判定谁是英雄，全面体现了英雌们对历史的深度思考及重新评判、对社会责任的自觉担当以及对建功立业的渴望。

[1] 胡晓明，彭国忠．江南女性别集（二编）[M]．安徽：黄山书社，2010：290.
[2] 胡晓明，彭国忠．江南女性别集（初编）[M]．安徽：黄山书社，2008：841.
[3] 胡晓明，彭国忠．江南女性别集（初编）[M]．安徽：黄山书社，2008：460.
[4] 胡晓明，彭国忠．江南女性别集（初编）[M]．安徽：黄山书社，2008：460.

第二，具有性别意味的历史视界与女性史建构。封建社会的漫长岁月里，女性始终处于弱势地位，历史是强者记载的历史，因而，男性中心主义的幽灵无处不在，女性往往处于被忽略、漠视甚至仇视的地位。先进女性需要去挖掘被尘封的女性历史功绩，发现被隐藏在男性背后的女性身影，纠正被历史误导的“才女薄命”“红颜祸水”等观念，为被无辜冤屈的女性正名。

英雌们努力在历史的深处发现女性的身影，女性题材占据女性咏史怀古诗的重要部分。历代才媛、巾帼女杰、孝女节妇均进入她们的考察视野，不仅吟咏历代才女如班昭、卓文君、蔡文姬、左棻、谢道韫、卫夫人、苏若兰、薛涛、朱淑真、李清照、柳如是、黄皆令、卞玉京等，还称赏女将如花木兰、梁红玉、秦良玉、沈云英等，对贞洁烈妇的表彰更是不遗余力，甚至包括神话传说中的女性。这些女性均是当时社会中女性的佼佼者，是她们构建成一部古代杰出女性的发展史。英雌们的吟咏既是建构女性历史也是证明自我存在的过程。如曹贞秀《题画杂诗十六首》分别为“织女渡河”“王母瑶池”“天女散花”“麻姑卖酒”“宣文授经”“班昭修史”“罗敷采桑”“孟光提瓮”“二乔观书”“卫铄临池”“红拂梳头”“昭容评诗”“玉真入道”“彩鸾写韵”“仲姬内宴”“石砫请缨”，题咏对象有神女王母、百花仙女、织女、麻姑、采鸾等，有才女班昭、卫铄、上官婉儿、管道升，有民女罗敷、孟光，还有女杰二乔、女侠红拂、女道杨玉环、女将秦良玉，全是历史上著名的女性，行文中充满了崇拜之情与效仿之意。包兰瑛《怀古十首》分咏班昭、木兰、吴绛仙、卫夫人、飞鸾轻凤、大小乔、梅妃、西施、蔡文姬、黄崇嘏等，诗歌内容主要从两方面展开，一方面彰显女性历史功绩，如“簪花妙阁开唐宋，顷刻挥毫结构成”（卫夫人）、“一自红笺新献句，六宫知有女相如”（吴绛仙）、“史才芳范传千古，不特璇闺四德全”（班昭）等，另一方面是从性别角度来感慨：“岂肯英雄让夫婿，扫眉馀事亦谈兵。”[1]认为女性也有英雄梦，而且不会输于丈夫。虞友兰《咏古三十首同女琬作》书写对象全是历史女性，篇幅宏大。特别是组诗《咏明逸史》分咏长公主、卞玉京、李香君、柳如是、陈圆圆，选择遭遇易代变迁的女性为视点来思考历史变迁，具体品评时均用两性对比映衬方

[1] 胡晓明，彭国忠．江南女性别集（初编）[M]．安徽：黄山书社，2008：1499.

式，体现出在传统社会性别秩序中更为低等的女性却在精神品格上高于当时的男性，这是女性以性别眼光来思考历史时的独特之处。如《卞玉京》中的“琴声弹出南中曲，愁杀沧桑老许衡”之句，让人联想到吴梅村的《听玉京道人弹琴歌》，琴声中的沧桑之感是如许衡与吴梅村者也无法承受的，特定历史时期女性的诸多不幸似乎比男性更沉重。通过著名男性的衬托，让读者认识到女性的杰出并不比男性差是这类诗作的写作策略。

将女性的苦难艰辛充分展示在读者面前是女诗人更为关注的题材。张慧《读史有感》云：“蛾眉自古招天妒，更有才为造物憎。阅遍宫闱金粉册，双兼福慧几人能。”[1]诗人阅遍历朝历代宫闱史，发现了一个亘古不变的历史规律：女性特别是才女似乎受到天地造物主的魔咒，福薄成为她们的历史宿命。王端淑《次宫妃蕙香四韵二十八首》通过二十八首诗歌，以一位女性的切身体会去解读乱离社会中女性的遭遇和心理，用哀婉的笔调写出了女性的痛苦与悲伤：“铁骑纷纷破国初，片时尘已蔽宫庐。健儿马上凌红粉，叹谓同群得美姝。顾影空庭过雁初，问伊可识妾荆庐。离云声度潇湘外，古驿谁怜漂泊姝。浓霜旭日照临初，肠断江声忆故庐。风卷芦花寒玉骨，伤心千古惜名姝。”和平时代的女性是社会的囚徒，战乱年代的女性又成为兵匪的玩物。上自宫妃，下至平民女子，流离失所、担惊受怕成为她们的生活重负，这组诗是战乱时代女性心中伤痛的再一次撕裂。

在正史的夹缝中挖掘出男性光环掩盖下的女性功绩，为她们所遭遇的不公鸣不平，这是只有女性才会关注的问题。方维仪两首咏史诗《读苏武传》与《读史》事实上探讨的是同一话题：当大家均把赞赏投向男性英雄的时候，生活在他们光环之下的女性是怎样的？《读苏武传》曰：“从军老大还，白发生已久。但有汉忠臣，谁怜苏氏妇。”[2]《读史》曰：“李陵怅已矣，苏武堪称奇。颜色忽已衰，陵谷亦已夷。止为典属国，节旄谁能持。丈夫能如此，女子安所之。”[3]苏武因为出使匈奴并坚守其爱国思想和民族气节而被正史与历代文史学家高度称赞。然而，方维仪却将目光转向一直藏在苏武身后的苏氏妇，感慨大家在赞

[1] 胡晓明，彭国忠．江南女性别集（初编）[M]．安徽：黄山书社，2008：1065.

[2] 王端淑《名媛诗纬初编》卷十二。

[3] 王端淑《名媛诗纬初编》卷十二。

赏苏武这一汉代忠臣的同时，可曾有谁以哪怕怜惜的眼光想想自从苏武离开后苏氏妇的生活是怎样过来的，丈夫可以大义凛然地在前线精忠报国并因此登上了麒麟阁享受朝野荣宠，而历史将这一丈夫的女子安于何处？在古代，为了支持成全男性的大节而成为现实苦难的承担者，这样的女性不在少数，一直默默无闻。终于有了一些大胆的女诗人把压抑了数千年的这口气吐露了出来，让世人突然惊讶于原来在男性的背后站着的这些女性同样高大。于是，女性遭遇的不公也成为英雌们关注的焦点。如吴县许蘅《题伏生授经图》："红颜白发课灯前，口授琅琅廿九篇。博士竟逃坑后劫，祖龙难爇腹中编。经留一脉凭娇女，天为斯文假大年。试问从来巾帼事，儒林传有几人传？"[1]伏生为秦代博士，秦始皇焚书时私藏《尚书》等经籍，汉文帝时年逾九十。文帝派晁错向他请教有关《尚书》的学问，伏生传授今文《尚书》二十九篇。后来有河内女子得《泰誓》一篇献上，与伏生所诵合三十篇，行之于世。《伏生授经图》描绘的正是晁错向伏生请教的情景。可是诗人并不仅限于此，而是生发开去。天下儒生们推崇伏生，但对河内女子却很少提及，甚至连她姓甚名谁都不知道。因为从来女子之事都没有受到过重视。诗人在字里行间充满着对女性社会价值的思考，最后一个反问句点出了封建社会几千年来的积习，发人深省。

明末清初的商景兰在丈夫祁彪佳殉国后写下《悼亡》诗："公自成千古，吾犹恋一生。君臣原大节，儿女亦人情。折槛生前事，遗碑死后名。存亡虽异路，贞白本相成。"丈夫的慷慨赴死自然被时人赞颂为高洁，而女性本就无君臣之义的要求，而且家中老幼需要照顾，于是被迫选择生存下来承担全部的生活艰辛，这是易代之际摆在许多忠臣妻子面前的艰难。正如《赵氏孤儿》里程婴、杵臼所讨论的"立孤与死孰难"的话题一样，有时候选择活下去比选择去死更不容易。因此如顾炎武养母王贞女般殉国固然为世称道，但女遗民选择养老抚孤亦无玷节操，没有士大夫那种以"生"为"偷生"，"几欲捐躯励微节，亦以亲故遂苟存"的焦虑和自我剖白，因此商景兰敢于声称"吾犹恋一生"，并将"儿女人情"提升到与"君臣大节"同等高度。同样，"毁尽钗环纾国难"的女诗人刘淑在《送某公从军》中写道："公有北堂余有萱，公有幼儿我有稚。公

[1] 恽珠《国朝闺秀正始续集·补遗》。

既为国不有家，余拟为亲酬世契。在家在国总宜忠，忠义决不将亲弃。”对男子勉以从军尽忠之责，女子以抚儿养老为辅佐，“在国”“在家”皆可行忠义之事。然而，贤妇“在家”践行忠义之责，真实感受到底如何？方以智之妻、方子耀之嫂潘翟有六首《哭夫子》，真实呈现了贤妇成全夫婿节操背后的斑斑血泪：

岁岁望君归故里，哪知跨鹤向云天。
伤心抢地惟求死，何日追随到佛前。
回忆分离出世外，吾携稚子返家园。
全君名节甘贫苦，无限伤心不敢言。
一别天南逾廿年，思君容貌亦端然。
余心实望能挥日，此去光阴再弗还。
展转思思肠寸断，寒帏寂寂泪如泉。
望君点醒南柯梦，只恐凡魂命可怜。
伤心一别竟成真，万里还家只苦辛。
追忆当年心已碎，还期速度未亡人。
一生大节已完全，两地伤心只问天。
无限风波悲不禁，可能相见在重泉。

方以智历经坎坷，“为劳人、穷子，为刀环上人，为羁囚，为孤旅，为逋客，为僧，为老病，以至于死”，可谓士人志节之表率。在他身后站着一位贤妻潘翟，遗民潘江盛赞她“上事贞述公，下抚子女，死丧婚嫁之累，一身任之，以纾文忠公内顾之忧，成其大节”。而在潘翟的悼亡中，我们更多地读出的是弱女子独支门户的艰辛和骤失所天的苦痛。“全君名节甘贫苦，无限伤心不敢言”“一生大节已完全，两地伤心只问天”等语，纵非恚怼，字里行间仍能窥见“成其大节”背后隐忍的哀怨。同样地，归懋仪《读陈桂堂太守景忠祠碑文感夏节愍遗事》曰：“家国茫茫恨无穷，大哀一赋起悲风。生全大气馀奇气，死尚种年作鬼雄。四海文章推独步，一门父子得双中。遗孤未产身先陨，寄母书成血泪红。”[1]在感慨夏完淳慷慨赴死之时，也同情遗孤未产、继母痛泪的孀妇之悲。历史是两性共同创造的，然正史与男性诗人关注的是男性的历史，对男性英雄事迹津津乐道，而女诗人在诗歌史上填补了女性的缺席，这是勇敢的女诗人独特的诗史贡献。

即便赞赏历史上的英雄人物，女诗人们也不忘以站在他们身边的女性为视点来获得不同于传统正史的人文立场与历史观。如张淑《读项羽传》曰：“斗智斗谋如鼠窃，襟怀坦易始英雄。相看只有虞姬婿，杯酒鸿门释沛公。”[2]且不论对项羽与刘邦之争的评判如何，且看“虞姬婿”三字，不直用“项羽”之名而以“虞姬婿”，明显是把英雄的光环投射在虞姬身上。

发现女性的历史存在还只是性别视角的第一步，而为女性寻找该有的历史地位或者拨乱反正历史对女性的偏见，无疑将咏史怀古推向历史深处，甚至还会影响到当时社会的历史观与性别观。西施、昭君、杨妃等曾在历史边缘与最高政治有过接触的女性还是进入了诗人们的视野，而男女两性在吟咏中却出现了较为明显的差异。以王昭君题材为例。历代咏王昭君的诗歌主题主要有二：或借事论史，如清代著名诗人袁枚《昭君》曰：“岁选良家玉一支，六宫深处有谁知？椒房绝少堂帘隔，何必重重用画师。”作者关注的是君王的政治举措是否英明，而将王昭君的事一带而过。或借事抒怀，以王安石《明妃曲》为代表：“意态由来画不成，当时枉杀毛延寿。君不见咫尺长门闭阿娇，人生失意无南北。”王昭君作为一种文化符号，起到了激发男性创作情感并赋予自我身世之叹的作用。

与男性话语形成鲜明对照的是，明代以前王昭君题材的女性创作作品很少，而到了明清时期此类创作数目明显增多，不像传统“男性那样无视女性自身的情感和命运”，而是“将自身的人生体验和女性共同的命运融入到这一题材的创作之中”。女诗人分别从“出塞乡愁”“女性悲剧”“政治忧虑”“青史留名”“娥眉立功”多角度入手[3]，其中“女性悲剧”与“娥眉立功”是不满于传统角色的女英雌们的史识，充满了巾帼不让须眉的豪气，王昭君的形象就有了更丰富

[1] 胡晓明，彭国忠.江南女性别集（初编）[M].安徽：黄山书社，2008：680.

[2] 胡晓明，彭国忠.江南女性别集（三编）[M].安徽：黄山书社，2012：774.

[3] 张海燕，赵望秦.清代女作家咏史诗创作考论[J].云南社会科学，2013，(3).

的性别意蕴。仅举数例：

妾未承恩愿报恩，琵琶一曲靖边尘。寄言汉代麒麟阁，莫画将军画美人。（陈蕴莲《昭君》）

紫塞长门一样悲，何须终老向宫帷。不如绝域和亲去，还得君王斩画师。（陈长生《王昭君》）

六奇妄说汉谋臣，从此合戎是妇人。若使边廷无牧马，蛾眉也合画麒麟。（徐德音《出塞》）

绝塞扬兵赋大风，旌旗依旧过云中。他年重画麒麟阁，应让蛾眉第一功。（葛季英《题明妃出塞图》）

龙沙万里日色晡，大阴山色青模糊。云霾雾掩壮士且悲死，况此绝世佳人乎！……大抵美人如杰士，见识迥与常人殊。春花不枯秋不落，要使青史夸名姝。一日不画画千载，安有黄金百镒烦鸦涂？雁门古冢生青芜，香溪碧水流珊瑚。吁嗟此意难描摹，区区延寿安足诛，酹酒三拜明妃图。（李含章《明妃出塞图》）

天外边风扑面沙，举头何处是中华。早知身破丹青误，但嫁巫山百姓家。（黄幼藻《题明妃出塞图》）

竟抱琵琶塞外行，非关图画误倾城。汉家议就和戎策，差胜防边十万兵。（郭漱玉《明妃》）

问谁倡此和议亲，满面胡沙卷朔风。寄语君王休念妾，而今觉似画图中。（郭漱玉《再咏明妃》）

漫道黄金误此身，朔风吹散马头尘。琵琶一曲干戈靖，论到边功是美人。（郭润玉《再咏明妃》）

大造英华泄，春从塞地生。琵琶弹马上，千载壮君名。岂是金能赂，魂消举笔时。汉宫多重爱，枉自画蛾眉。（周秀眉《昭君》）

一个多姿多彩而又意蕴丰富的昭君形象通过英雌的生花妙笔和众口相传凸显出来。陈蕴莲认为王昭君虽然没有承受汉帝恩宠却愿意以自己的幸福安靖边塞作为回报，所以汉代记录功臣的麒麟阁上将军应该被昭君所代替。而更多的是从女性悲剧命运的角度歌咏昭君愁怨，如无论是留在汉庭还是远去匈奴，昭君的悲剧性命运都是无法改变的，美人惨遭凌辱与生不如死的悲怆表现出来。这是想有尊严活着的女性的普遍悲剧。徐德音《出塞》更是被“王琼《名媛诗话》称为绝唱”[1]。“女性诗人笔下的昭君有本能的性别色彩，抒写昭君愁怨更为真实动人，而少有男性文人寄托悲愤、惆怅不遇的情感。”[2]一扫昭君传统哀怨形象而为之翻案的佳作主要见于清代后期，如李含章《明妃出塞图》认为王昭君是一个见识卓绝的巾帼英雄，她的见识与胆略赋予了她自己选择命运、决定自己命运的权利，昭君形象已经从不发声的客体变为有独立人格的主体，传统文化所赋予该形象的重重悲哀被一扫而空，为国家奉献就是了不起的功业，王昭君的人生价值得以实现，昭君本人得以名垂青史。与李氏作品异曲同工的佳作还有郭漱玉、郭润玉姐妹二人的作品。正是基于女性主体的创作立场，女性作家传达了对女性生存价值的高度自信与对女性建功立业的高度期许。

与昭君形象变化相类似的是，女性笔下的西施形象也不同于以往的文化定势。在男性文人笔下，或是艳羡其美色，或是抨击其“红颜祸水”，或是作为泛舟于五湖之间的理想生活方式的陪衬性红粉。女诗人则更多从女性命运的不公来为其鸣不平，如刘荫《西施》前有长序记曰：“《吴越春秋》逸篇云：吴亡后，越浮西施于江，令随鸱夷以终。鸱夷指子胥，言越沉西施以报忠魂也。自杜牧误以范蠡之鸱夷皮当之,遂有五湖之舸之讹。是未见墨子之‘西施沉其美’云尔。因才子无稽，遂使美人抱屈矣。若夫子胥，忠于吴，西施果亡吴霸越，亦越之忠也。曷为沉此以慰彼耶？诗为苧萝解秽并鸣不平。”[3]序言说明作诗意图:因为才子无稽而致使美人抱屈，作者要为西施正名并鸣不平。于是以五首七言绝句对吴越争霸那段众说纷纭的历史进行了个性化解读。开篇即论断：“夫差铸错在荒城，不尽城因一笑倾。”作者认为导致夫差亡国的最大错误是荒城而非宠爱西施。诗句“合把黄金铸红粉，缘何鸟尽竟藏弓”直接质问勾践的无耻行为，越王勾践在成功灭吴后肯定要论功行赏，西施居功至伟，应黄金铸像，但勾践却

[1] 法式善．梧门诗话合校 [M]．南京：凤凰出版社，2005：428.

[2] 陈娇华．性别视域中的昭君形象 [J]．中华女子学院学报，2015，(1)：70-75.

[3] 胡晓明，彭国忠．江南女性别集（初编）[M]．安徽：黄山书社，2008：840.

采取“飞鸟尽良弓藏”的政治手腕，致使“绝代佳人葬浪花”。而后世文人如杜牧者相信西施与范蠡泛舟于五湖之间的传闻，刘萌驳斥这是让西施与范蠡均受到玷污的无稽之谈：“绝代佳人葬浪花，几曾含垢抱琵琶。范蠡亦是奇男子，肯学监军爱丽华。”[1] 王端淑《西施》则写出了生命的不可自主：“倩水焕颜色，漂流逐片纱。固知随国灭，应悔误夫差。”浣纱的村姑西施本可能享受恬静幸福的生活，但混乱的时局让她用柔弱的肩膀扛起复国的重任。她做到了，换来的却是随敌国而灭的结局。对于西施来说，她没有选择的权利，只能接受命运的拨弄。正如陈长生《杨太真》所云：“一死能教国难平，马前值得早捐生。红颜若向升平老，未必君王不负盟。”生亦悲，死亦悲，这似乎就是女性的共同命运。

“红颜祸水”论一味将亡国的责任归咎于女色，不符合历史发展的本质，史胆非常的女诗人大胆为这些女性如西施、张丽华、杨玉环、绿珠等翻案，如陈蕊珠《咏古》：“堕井捐躯亦可嗟，倾城尽道后庭花。长城公自非明主，枉使千秋怨丽华。”公元589年，隋灭陈，陈后主与张丽华藏身景阳宫井内，拽出后张丽华被杀。此诗为张丽华洗去祸国之罪，如其泉下有知，自当感激。“女祸”论只是掩盖亡国丧志者无能的障眼法而已。

在千秋论史时，因为共同的性别困境，女诗人更能体会出女性做出历史贡献的不易。二乔、绿珠、秦良玉、梁红玉等成为受人关注的对象。王琼《秦良玉》曰：“指挥石柱阵云横，环佩能传大将名。未必丈夫皆报国，最难女子善谈兵。帐中舞剑龙蛇走，天下如君盗贼平。愧杀当年诸大帅，妒功二字误苍生。”[2] 又如陈静英《绿珠》写道：“萧墙祸起欲何之，正是蛾眉报主时。一死莫言容易事，误他多少弱男儿。”骂尽天下贪生怕死的男子，与花蕊夫人的“四十万人齐解甲，更无一个是男儿”有异曲同工之妙。凌祉媛《梁红玉战袍小像歌》从画像写到当面的战场，“不写妍妆写忠勇”。诗歌回顾当年的战局：“方图娘子军声振，岂意中原志已摇。浙脸惟知偿故地，秦头甘事成和议。金牌十二召颁师，朱仙镇里全功弃。”[3] 叙写梁红玉当年在前线奋勇杀敌，而后方已经议和一片，最后十二道

[1] 胡晓明，彭国忠．江南女性别集（初编）[M]. 安徽：黄山书社，2008：841.

[2] 杜珣．中国历代妇女文学作品精选 [M]. 北京：中国和平出版社，2000：572.

[3] 胡晓明，彭国忠．江南女性别集（初编）[M]. 安徽：黄山书社，2008：900.

金牌将梁红玉此前的赫赫战绩全部抹杀，惋惜之情流注笔端。吴藻在序言中指出："怀古诸作，沉郁顿挫，虽须眉何多让焉。"[1] 又如长洲人沈纕《题〈二乔观兵书图〉》云："轴舻焚尽仗东风，应借奇谋闺阁中。曾把韬钤问夫婿，谁言儿女不英雄？"作者从图画中想象出周瑜当年可能借奇谋于闺阁之中，二乔是胸藏奇谋、敢想敢为的英雄女子，有别于一般人所咏的薄命红颜或历史工具形象。最具丈夫气的女科学家王贞仪在《题女中丈夫图》中大胆呼喊："当时女杰徒闻名，每恨古人不见我。""始信须眉等巾帼，谁言儿女不英雄？"这些呐喊在将历史英雌置于肯定地位的同时，更勇敢地将自己纳入关照范围，无论是面对古代英雌还是男性，均有毫不逊色的自信，算是为千古压抑的女性扬眉吐气了一回。

"历史是男女两性共同创造的"这一对现代人而言常识性的命题在古人眼中恐怕是不可思议的。在审视历史时，不仅仅停留在对历史事件或历史人物的吟咏上，也并非将之视为寄托个人纯粹伤怨悲怀的载体，而是体现了诗人对历史的深度思考及重新评判、对社会责任的自觉担当以及对建功立业的渴望。特别是以自身的性别视角关注那些尘封在历史的角落里而曾经却对历史产生了一定影响的女性身上，同样的史书、同样的历史遗迹，在她们眼中就有不一样的意味。透过历史烟雾，女诗人看到了她们的沧桑与无奈，读出了历史对她们的不公。于是，历史上的女性就不断作为主题或背景出现在她们的笔下。人的自觉与女性的自觉在彼此消长、冲突、融合中愈加开阔、深邃。这是清代诗学与其他朝代相区别的突出特征。

二、江山有助的行役诗

刘士圣《中国古代妇女史》指出，清代妇女不仅在法律面前与男性绝无平等，而且"清律"对妇女贞操、节烈的要求更是前所未有的酷烈，加之清代极度崇尚缠足陋习。因此，"更多的才女，却空有才华，枉为遗弃，只能禁锢在深闺之中，老死在蓬门之内。在封建社会文化的重压之下，才女们只能听凭无情的岁月渐渐消磨自身禀赋的天姿"[2]。绝大部分妇女只能幽居深闺，如钱希《有

[1] 胡晓明，彭国忠．江南女性别集（初编）[M]. 安徽：黄山书社，2008：866.

[2] 郭英德．至情人性的崇拜——明清文学佳人形象诠释 [J]. 求是学刊，2001,（2）.

恨》所云：“屋内闲居气不舒，终年困死恨何如。西湖明月潇湘雨，未卜今生见得无。”[1] 女性终年困居屋内而呼吸不到新鲜空气，更别说欣赏西湖明月与潇湘夜雨等这些著名美景，女诗人面对这终身困死的境遇颇有恨意。面对着身边男性的自由出入，诗人自怜道：“怜予岁岁思远游，好水名山终未睹。”[2] 诗人每年都在想着能远游，好水名山始终无法亲自前往，只能心向往之：“心送轻舟路几千，随君也向湘江渡。”[3] 神游是女性的被迫选择。

能走出闺门的当然是极少部分幸运女性，其中更少部分会把得之于山水之间的感悟形之于诗，便有了羁旅行役之作。在喜乐参半的羁旅漂泊中，敏感的女诗人视野与胸襟在壮阔的山水滋润下丰满起来。“放开眼界山川小，付与文章笔墨狂”[4]，她们在萍飘蓬转中将对自然界的敬畏、异地风土人情、壮志豪情融入羁思旅绪中，自然不同寻常的闺阁情怀。严永华生长于滇黔，少年时随父兄宦辙所至，于滇之三池、黔之上下游，跋涉几遍，搜奇抉险，悉发于诗。“迨于归后，随轺四处，东则曾经沧海，北则亲睹皇居，西则远及炎荒，南则溯洄天堑。出处廿四年，往还数万里。到处双旌揽胜，双管留题，以巾帼而获江山之助。”[5] 女科学家王贞仪曾经写下“足行万里书万卷，尝拟雄心胜丈夫”的豪情，她的诗作也确实得益于南北纵横万里增长了见闻。江苏武进人钱孟钿（1739 ～ 1806）曾赴秦、蜀等地，多处游历后，所作不再拘狭于闺阁，袁枚称其“也因气得江山之助，簪遍秦关蜀岭花”，诗风因而豪迈。大致而言，徐灿、王端淑、梁德绳、沈善宝、孙云凤、席佩兰、蔡琬、王贞仪、严永华、钱孟钿等均创作了一些豪迈英阔的行役诗。其中，王贞仪 365 首诗中，记游诗约占 115 首，成为其中的佼佼者。

“纸上得来终觉浅，绝知此事要躬行。”凌祉媛《灯窗展诵方芷斋夫人在璞堂诗集即题简末》豪迈宣称：“读书万卷行万里，巾帼远胜奇男子。”[6] 假如女

[1] 胡晓明，彭国忠 . 江南女性别集（初编）[M]. 安徽：黄山书社，2008：1375.
[2] 胡晓明，彭国忠 . 江南女性别集（初编）[M]. 安徽：黄山书社，2008：1383.
[3] 胡晓明，彭国忠 . 江南女性别集（初编）[M]. 安徽：黄山书社，2008：1383.
[4] 沈善宝《鸿雪楼诗选初集》卷一，道光十六年刻本。
[5] 胡晓明，彭国忠 . 江南女性别集（三编）[M]. 安徽：黄山书社，2012：787.
[6] 胡晓明，彭国忠 . 江南女性别集（初编）[M]. 安徽：黄山书社，2008：888.

性能与男性一样读万卷书行万里路，巾帼定会远胜须眉。沈善宝为张缃英《澹菊轩初稿》作序时特别关注到诗人阅历对其诗风的影响："若乃随亲历下，侍宦陶山，访汉主之妆台，觅苏康之故垒。济河浩浩，如倒词源；岱岳苍苍，另开诗境。迁衣父惜别之篇，清猿咽雨；陡屺多望云芝作，画角哀秋。既而金台远至，览烟树于蓟门；玉栋频过，玩露渠于太液。连云雉堞，凤阙崔巍；映水鳌峰，龙楼缥渺。借皇都之壮丽，抒雅抱之宏深。是以一编冰雪之词，又得江山之助。"[1] 大自然的雄伟瑰丽为女诗人打开了"另开诗境"之窗，她们用如画笔般的诗句描绘了大江南北的无限风光。劳蓉君《登隆山书院西楼》曰："半空云雾拥层楼，中有仙人驻远眸。千古图书藏石室，万家烟树绕谿流。新诗取压吴山会，健笔能扛浙海秋。此地清高远尘世，好从他日证瀛洲。"一次登楼就让诗人在极目远眺中产生了"新诗取压吴山会，健笔能扛浙海秋"的豪情壮志，难怪其兄劳沅恩为妹妹所请替其诗集作序时称："余不能辞，乃忍泪卒览，益怆然于镜香（编者按：指劳蓉君）之性情以阅历而著，镜香之阅历以景物而传，其诗即自序其人也，固无俟乎人之序之也。"[2] 由此可见女性的诗歌创作内容与风格与能否跨出闺门之间的紧密关系。沈善宝少时曾"看花两度赴燕台"[3]，此后南北萍飘时期，南至江浙两淮、北至大漠关外，她曾自豪宣称："胸中虽无万卷书，足下已行万里路。"[4] 在"五两轻风助壮游"的前行中，她将沿途自然风光、各地地域风情、各种历史遗迹，均打并入诗囊，其成就远非一般闺阁诗人所及，甚至一般男性诗人也望尘莫及。席佩兰因为随宦得以"深闺曾未见，放眼胆俱雄"[5]。于是，宏阔的江山壮丽之景堆上眉梢、流注笔端。如诗句"渡口沉云白，波心浴日红"所写非身临其境者无法表述。梁德绳《甲午仲春赴邵武舆中口占》诗句"万叠青山围竹径，千条雪涧作潮声"，实写所见，境界开阔。

大自然物华虽美，但只有人类情感才会赋予它灵气，形成情景交融的上佳

[1] 胡晓明，彭国忠．江南女性别集（四编）[M]．安徽：黄山书社，2014：628.

[2] 胡晓明，彭国忠．江南女性别集（四编）[M]．安徽：黄山书社，2014：1218.

[3] 沈善宝《鸿雪楼诗选初集》卷十四，1821 年，国家图书馆藏（按：笔者认为此出版时间有误，因为 1821 年湘佩才十三岁，其《鸿雪楼诗选初集（四卷）》尚未出版）。

[4] 沈善宝《鸿雪楼诗选初集》卷十四。

[5] 胡晓明，彭国忠．江南女性别集（初编）[M]．安徽：黄山书社，2008：442.

之作。英雌们性情深处的壮丽河山于是变得灵动多姿。如曹贞秀有“星光堕水云初散，山色临江月渐明。沙雁伴人同不寐，残灯篷底数归程”[1]“半江碧水流残风，一寺青松吟晓风。荒驿草衰霜信里，他乡秋尽雁声中”。将羁旅之人独特感受融于景物之中，真切有味。而王贞仪笔下的山水则更为波澜壮阔、潇洒不拘，如其《登泰岱作》云：“巨镇标齐鲁，崇魏俯大东。谷云蒸万帕，海日浴三宫。灵气干维宰，神根地轴通。高平天下小，身世等空蒙。”王贞仪自己对“谷云蒸万帕，海日浴三宫”两句颇为得意，曾在散文游记《岱岳游记》中自豪宣称“非亲历者难为也”。这两句写景确实境界开阔，气势飞动。然而，结句“高平天下小，身世等空蒙”才最终深化了此诗意蕴。这是作者从山水中悟出的关乎自然、人生的情思哲理。袁枚在《随园诗话》中称其“《潼关》《登泰岱》诸作有奇杰之气，不类女流”。

宏阔的山水陶冶了女诗人们的胸襟，特别是面对着已历沧海桑田的历史胜迹时，思古之幽情油然而生。孙云凤有《巫峡道中》组诗，其一曰：“秋江木叶下，客子独徘徊。瘴起浓云合，滩鸣骤雨来。凄凉庾信赋，寂寞楚王台。俯仰乾坤里，悲歌亦壮哉。”起句用屈原《湘夫人》典故，描写叶落秋江之衰飒景象。仿佛是为了使秋色更添一份凄凉，骤雨突来、浓云四起。诗人在此情此景中游历巫峡，心头浮现着无数文人过客的凄凉寂寞情怀，也敬仰着自然开阖变幻的壮美。结句“悲歌亦壮哉”中透出浓重的历史意味与忧国忧民的文人情怀。蔡琬《关锁岭》：“山从绝域势遥分，天限西南自昔闻。烽静戍楼狐上屋，风喧古木鹤惊群。横盘石凳危通马，深锁雄关冷护云。叱驭生平犹觉险，挥戈谁忆旧将军。”蔡琬是将军蔡毓荣之女，蔡毓荣当年南下征战吴三桂，立下大功。她在途径当年父亲征战的故地关锁岭时，不由发出感叹。当年父亲施展英姿之处如今只留烽台静默，戍楼孤单，风声、鹤淚、狐叫、古木、石凳、雄关等凸显着环境的苍凉与地势的险要。诗境也因这些物象的渲染而雄浑壮阔，平添几许悲凉意味。

英雌们在游历中或“借古人往事，抒自己怀抱”，或“隐括其事，而以咏叹出之”，今昔对比中往往裹挟风云之气。如常熟吴兰畹《家书忽至眷属以中途梗塞暂居越城次夫子韵》写道：“惆怅莺花梦里过，沧桑不改旧山河。乾坤满眼风

[1] 胡晓明，彭国忠．江南女性别集（初编）[M]. 安徽：黄山书社，2008：382.

一样愁思寄咏歌。”满眼风涛与千里白云等壮阔的自然物象组成一幅山河依旧在的壮丽图画，而在这幅画面的最深处，站着一个愁绪满怀思念故国的悲怆诗人。

“卧游空望白云高”的困境渐渐被冲开，清代女诗人对山水清音与林泉高致的深衷不仅开拓了女性诗歌题材，而且丰富了女性诗歌风格。女诗家们也以特有的诗学敏感从众多女性迥异的诗风与独特生活经历联系中发现山川供吟眺、烟月资挥洒的漫游生活的神奇之处。汪端赞赏归懋仪道：“怪来笔底无金粉，嵩岱曾为万里游。”[1] 归懋仪曾频繁往来于嵩岱之间，湖山清气一编收。她曾在《游平山堂》诗中感慨道：“江山资点缀，文采助风流。”[2] 金安清为姐姐金兰贞《绣佛楼诗钞》所作跋语中也写道：“姊随宦括苍，得江山之助，明章绣句，不下前言。特以兵燹遗佚，钞存于此，亦足见一斑也。”[3] 女诗人们已认识到空间流动会给她们的诗歌带来不一样的风采。

从空间角度而言，女性文人流动性的人生状态，不仅带来了创作上多样的审美价值，而且对于女性文学传播的意义更加明显。不管是随夫赴任的“从宦游”，还是以休闲娱乐为主的“赏心游”，亦或是以补贴家用为目的的“谋生游”，这三种“游”的方式都是以女性生活的具体环境和心理状态为基础，展现了女性文人借由文学吟咏而超越家庭空间限制的多种途径。[4]

三、性别探求的感怀诗

走在大多数女性觉醒前列的英雌们在性别意识方面自有不俗的表现。已与宽广社会生活接轨的她们发现女性性别成为前行之路上的最大障碍。为了突围，她们进行了多向的性别探求。

第一，性别压抑之长恨。人生识字忧患始，女诗人一旦获得教育权，便会在阅读中感知到两性的不平等与女性的特殊不幸。如梁兰漪所言：“心境是须眉，生身恨巾帼。形骸不敢放，名节颇自惜。”[5] 虽有男儿壮志，却因身为女性

[1] 胡晓明，彭国忠．江南女性别集（二编）[M]. 安徽：黄山书社，2010：369.
[2] 胡晓明，彭国忠．江南女性别集（初编）[M]. 安徽：黄山书社，2008：652.
[3] 胡晓明，彭国忠．江南女性别集（初编）[M]. 安徽：黄山书社，2008：1168.
[4] 娄欣星．从明清江南家族女性看女性文学创作的价值 [J]. 常州大学学报，2016，(3)：97-104.
[5] 胡晓明，彭国忠．江南女性别集（二编）[M]. 安徽：黄山书社，2010：133.

而不敢肆意行动以损被世人包括自己所看重的名节。“平生心性多豪侠，辜负雄才是女身”[1]的英雌们因才高志远却无法如男性般施展而有了恨意，特别是对自己的性别产生了恨意。如梁兰漪《抛书歌》所言，尽管苏秦与王章当年未遇前也曾“落魄回家妻嫂耻”“夜泣牛衣悲欲死”，然而一旦机遇来了，“丈夫有志终须吐，一朝得志气如虎”，才子们的处境立马天翻地覆：“肘悬金印食千钟，光辉顿觉生门户。”接着，作者转入对自己遭遇的观照：“金章紫绶非吾有，空抱奇书不离手。”虽然同样爱好诗书，但是个人命运却并未因此而改变：“博综今古待如何，一室萧然大如斗。”想到性别差异之大，诗人只好感慨：“废书三叹不复看，慷慨悲歌独倚栏。”最终，诗人悲愤喷薄而出：“掣出人间不平剑，泠泠光射斗牛寒。”[2]性别憾恨之深重已经无法用言语而需要借助宝剑来宣泄。这种恨自己身不为男的情绪在英雌们的诗歌中俯拾皆是，略举数例：

忆昔爱词翰，恨不生为男。[方芳佩《题闺秀萝轩小草》，胡晓明，彭国忠《江南女性别集》(二编)，185 页]

我生非不辰，所误皆蛾眉。(黄秩模《国朝闺秀诗柳絮集校补》，1072 页)

宁甘堕地化为石，不合生年为女子。(黄秩模《国朝闺秀诗柳絮集校补》，2221 页)

此身恨不为男子，甘奉慈亲过一生。(胡相端《题申江女士沈吉云昙影楼遗稿》)

妇人无能为，所望夫与子。抚子得成立，私心窃自喜。(王继藻《勖恒儿》)

女居穿线阁，男入读书堂。篝灯与荆布，淡饭安家常。弟弱身未立，母愁鬓加霜。悔非奇男子，腾达与飞扬。余生一巾帼，安能志四方。勉起理衩钿，强笑奉母炼。作诗苏病骨，愿附莱衣行。(郑嗣音《病中侍母话旧》)

英雌们看到了两性在教育、政治、家庭乃至个人尊严等各方面的不平等，大学士纪晓岚之妾沈明轩有《花影》诗云：“三处婆娑花一样，只怜两处是空花。”

---

[1] 顾太清，奕绘．顾太清奕绘诗词合集 [M]. 张璋，编校．上海：上海古籍出版社，1998：169.

[2] 胡晓明，彭国忠．江南女性别集（二编）[M]. 安徽：黄山书社，2010：106.

以两处空花喻两个美人独守空房,形象生动地表达了一夫多妻制下女性的可怜。于是英雌们宁愿生为石头也不愿为女子身，甚至质问起生存的必要性：

滚滚银涛，泻不尽，心头热血。想当年，山头擂鼓，是何事业！肘后难悬苏李印，囊中剩有文通笔。数古来、巾帼几英雄？愁难说。

望北固，秋烟碧；指浮玉，秋阳赤。把篷窗倚遍，唾壶敲缺。游子征衫搀泪雨,高堂短鬓飞霜雪。问苍苍,生我欲何为？空磨折？！（沈善宝《满江红·渡扬子江感成》）

这是沈善宝为生计北上时，在京口所见所感。开篇用“热血”二字而更以“不尽”衬托，可知其心中激愤之气压抑已久。“想当年”句用梁红玉当年在金山上擂鼓助阵，激励将士们大战金兵的豪侠快事，对比自己不得不为生计而北上的局促，使同样向往建功立业的女词人为自己的现实遭遇鸣不平，并且穷极问天：“问苍苍，生我欲何为？空磨折？！”一个被剥夺了自我实现机会又不甘心于此的失意壮士在呼号，一个觉醒后无路可走的先行者在呐喊！作者还把这一现象追溯到历史深处：“数古来，巾帼几英雄？愁难说。”她已不局限于个人命运而把目光投向整个女性这一弱势群体长期遭遇的不公，思想深度远非常人能及。才华与命运之间的关系不协调使得她们更感受到因为性别而造成的薄命，于是起而呐喊，熊琏“尝作《感悼词》数十首，集曰《长恨编》，类皆为闺中薄命作也”。在《金缕曲》中，熊琏道出写作意图：“同声一哭三生误，恁无端、聪明磨折，无分今古。怜色怜才凭吊里，望断天风海雾。未全入，江郎《恨赋》。我为红颜频吐气，拂霜毫填尽凄凉谱。闺中愁，从谁诉？”这已不再是对个体红颜薄命的同情，而扩大到对女性整体命运的关注，性别抗争意识非常强烈。

第二，性别易位的逃离与不甘。一直以来，班昭在《女诫》中所说的“阴阳殊性，男女异行。阳以刚为德，阴以柔为用。男以强为贵，女以弱为气”就是中国封建社会乃至今日人们对男女两性气质界定的权威观念，这无疑给女性气质以特定的规范，不仅男性甚至绝大部分女性都已经认同这一规范。然而，有现代研究表明：对性别气质的传统看法已经成为一种对女性的压制力量，它甚至会影响到人们对精神健康的评价标准，使女性承受更多的精神压力。因此，明清女作家们想要反抗这一不平等的社会秩序时，觉得很难以一己之力去改变，大多会选择女扮男装的“性别易位”来逃离现实性别角色，通过女主人公在一段时期内利用性别面具走出闺门，像男性一样实现社会理想。不过，最终她们会摘下性别面具，重回深闺，过上与传统闺秀别无二致的封闭生活。

“女孩可能完全从自己的女性角色中逃离出来，为了寻求安全而躲藏在幻想的男性角色中。”[1] 女性安全感的严重缺失是换装诗歌中透露出来的重要信息。当女性能以才能自重代替以色事人的时候，意味着她们反叛了男权世界强加于她们的形象标准和价值期待，试图摆脱在男性视野中物化存在的被动地位，要求在精神领域内与男性精英们平等。她们有着与男性一样实现自我的精神需求。无论是大家闺秀王端淑、徐淑则、吴藻抑或革命志士秋瑾，还是名妓柳如是均喜欢女扮男装，被压抑的女性话语也通过性别面具宣泄出内心深处最隐秘最强烈的感情。

史上曾有黄崇嘏、花木兰女扮男装做出过一番事业，她们给后世英雌们换装梦想以历史依据，钱塘徐淑则“幼敏慧，为清献所爱，作男子装见宾客，赋诗”。[2] 吴藻精通音律，能弹琴善画，曾自绘“饮酒读骚图”，画中的她身着男子服饰，边读《离骚》边饮酒浇愁。这些行为带有浓厚的文化隐喻，通过对男性行为的模仿，表现了她对男性角色的向往和对自身女性角色的舍弃。她还写过杂剧《乔影》，化身为东晋才女谢道韫，借谢道韫之口发出“天壤王郎之叹”。吴藻不愿意做传统意义上的闺阁女性，“愿掬银河三千丈，一洗女儿故态”。（吴藻《金缕曲》）发誓要打破已经固定的男女乾坤大界，而要“拔长剑，倚天外”，这分明是一位剑气英英的男性，内心充满澎湃的豪情。更有意味的是，吴藻还写了一首《洞仙歌》，赠给一位妓女：“珊珊锁骨，似碧城仙侣，一笑相逢淡忘语。镇拈花倚竹，翠袖生寒空谷里，想见个侬幽绪。兰釭低照影，赌酒评诗。便唱江南断肠句。一样扫眉才，偏我清狂，要消受、玉人心许。正漠漠、烟波五湖

[1] 卡伦·霍妮．女性心理学 [M]．徐科，王怀勇，译．上海：上海锦绣文章出版社，2009：35.

[2] 胡晓明，彭国忠．江南女性别集（三编）[M]．安徽：黄山书社，2012：1414.

春，待买个红船，载卿同去。”（吴藻《洞仙歌·赠吴门青林校书》）吴藻不仅沉浸在“兰釭低照影，赌酒评诗”的文士生活中，还幻想着“买个红船载卿同去”，归隐于烟波浩渺中，完全是一幅潇洒风流的男性文士做派。

秋瑾善饮酒，习骑马，好《剑侠传》，并公然以男装示人，有《自题小照》（男装）：

伊然在望此何人？侠骨前生悔寄身。
过世形骸原是幻，未来景界却疑真。
相逢恨晚情应集，仰屋嗟时气益振。
他日见余旧时友，为言今已扫浮尘！

秋瑾的男装照明媚倜傥，表示她告别闺房生活，像花木兰、秦良玉等一样走向广阔的天地，从此为民族的复兴大展宏图。徐自华《赠秋璿卿女士二章》其二云：“崇嘏奇才原易服，木兰壮志可从军。”黄崇嘏是状元，花木兰是将军，两人一文一武，千古传为佳话。徐自华这两句诗，称赞秋瑾一身二任，是文武全才的女中豪杰！

在现实世界中，还真有女性因为换装成男性参加了应试，并因为才华出众而获得褒奖。据秦飞卿《明秋馆集跋》所载：“十二岁就能出口成章，益授以经史，过目成诵，遂博览群书、耽心吟咏，旁及策论辞赋。曾借名应书院试，与学海诂经诸高才，以词章相角逐，所得膏奖，籍佐饘粥。……意之所郁，必发于诗，所作尤沉郁顿挫，不作闺阁软媚之态。而亦无忧伤憔悴之音，足见先妣所养深矣。”[1] 这是秦飞卿为母亲裘夫人遗稿所作跋文，叙及其母生平经历时提到她曾“借名应书院试”，并在与各学海诂经高才角逐中得到嘉奖，为家庭赢得了生活来源。

在中国古代文学中，早就有男子而作闺音的传统，但男性文人是借美人酒杯，浇自己心中之块垒，对女性有一种居高临下的怜悯甚至是一种猎艳心理，或者寄寓了美人以政治寓意。而女性的换装表现的则是对异性的羡慕与效仿。

[1] 叶玉麟．历代闺秀文选 [M]．上海：广益书局，1936：165.

她们的易装和拟男是女性在自己无力左右社会现实时的一种精神寄托与情感补偿。因此，两性换装的发生学基础是不同的，所体现的性别意识内涵有天壤之别，不可同日而语。

第三，“休言女子非英物”的性别自信。“腹有诗书气自华”，大胆的英雌们面对传统观念与行为发出挑战。她们从反驳女性“头发长见识短”的社会习见开始，以万物作为考察对象，对两性智力问题进行了多方探究。或直接反驳轻视女性智慧的习气，如徐德音《祝云仪夫人》曰：“灵秀岂必钟男子，闺闱彤管多菁英。”[1]“岂料柔荑同袒裼，谁言巾帼逊须眉？”（许还珠《费宫人》）认为女性也多有菁英灵秀之人。或从自己身边熟悉的两性人物比较入手，比较出女性的智力高下，如陆令和《挽仲姐静宜》曰：“吾家嫁女胜于男，男读诗书女更谙。一自棠梨寒食后，杜鹃啼血满江南。”[2]从接受同等教育的家中男女来看，自家出嫁女的智慧更胜男性一筹。或从历史英雌身上找到反驳的证据，力证“巾帼胜须眉”的真实存在：

能使中郎传绝学，可知弱女胜男儿。（王韵梅《题文姬归汉图》）

具此浩然气，巾帼胜须眉。假令得永年，岂数女中师。（何玉瑛《咏史》）

英雄何必皆男儿，须眉纷纷徒尔为。君不见，孝烈双兼古莫比，乃在区区一女子。（孙荪意《孝烈将军歌》）

“巾帼胜须眉”的浩然之气自李清照发出“生当作人杰，死亦为鬼雄”的呼声起就已开始酝酿，到了清代，女性诗词中更多了些反叛的声音。清代中叶出现的碧城仙馆女弟子诗群继随园女弟子之后，在性别自信方面走得更远，既有不甘于现状而作的“闺阁雄音”，也有效仿男子建功立业的雄心伟志。其中张襄与吴归臣尤可称脂粉英雄。吴归臣精通剑术，兼及医理，屡随父游名山大川；张襄是丽坡将军之女，受家风熏陶，于骑射之事精通，性情豪爽，诗词中亦有不同于一般闺秀伤春怨秋的幽咽之气。如《奉和颐道夫子重修西湖三女士

[1] 胡晓明，彭国忠．江南女性别集（初编）[M]. 安徽：黄山书社，2008：37.

[2] 黄秩模．国朝闺秀诗柳絮集校补（四）[M]. 付琼，补校．北京：人民文学出版社，2011：2186.

墓诗》云："但经小谪到尘寰，几处红心吊玉颜。词客定能参慧业，美人才合葬名山。前因已了埋香去，旧恨都空破梦还。一笑蓬莱诸女伴，惯留惆怅在人间。"相比于其他吊古之作，张襄并没有困于悲叹红颜薄命的窠臼中，而是以赞许的口吻言出"美人才合葬名山"之句，言下之意，即是所有之悲欢离合已成过往，无须再斤斤计较于前缘旧恨中，而湖山有幸，美人葬于此处也是佳事。在诗之末尾还以谑笑之语劝告诸女伴，何须"惯留惆怅"之"惯"字，不仅道出了吊古伤今诗中难免哀怨之音的老传统，还表现了自身不落窠臼的大胆与不俗。

在不断寻求性别自信的过程中，女诗人也是在寻找最和谐的两性性别关系，陈钲得出最公正的结论："男儿中亦有巾帼，女儿中亦有须眉。"[1]

物兮物兮各有类，惟天生材方挺异。我今有感欲放歌，恐无人兮会斯意。君不见鸟有凤兮鱼有鲲，超其群兮乃足珍。又不见虫有龙兮介有龟，贵其灵兮每交推。男儿襟期原落落，志气凌云难测度。上怀古人思寄托，下惧此身填沟壑。不学金刚不坏身，不饮蓬莱不死药。惟念千秋不朽名，惟求一代匡时略。非徒宠荣縻好爵，且使姓名耀麟阁。非徒经纶令人愕，即论艺事亦奇博。上而立朝如一鹗，谠论忠言看谔谔。下而在野如伏蠖，闭户亦能饶著作。仰既无愧俯无怍，伟哉丈夫毋相薄。妇道无知世所谑，相轻相笑毋乃虐。莫道女儿颜色夸，只知刺绣傍窗纱。绝无识见高一世，未尝涉猎及百家。我曾上下观千古，试将女儿为君数。不徒蚕织夸绣黼，不尽新妆斗眉妩。忠孝节烈垂芳矩，卓卓惊人不数睹。笑彼娇羞藏绣户，笑彼痴憨饲鹦鹉，笑彼龌龊守钱虏，笑彼迂拘小儒腐。婴母知废陵母兴，一时卓识曾无伍。乐羊有妇孟有母，不惜抽刀断机杼。忧国曾闻漆室女，妇道从来德是许。明眸皓齿色休论，截耳断臂节良苦。巧思迴文织锦组，不栉进士洵足诩。美哉女诫大家著，妙笔亦霏五色雨。锦车持节还和戎，助阵军中击桴鼓。近今何人能步武，良玉亦提勤王旅。或代从军或救父，玉手纤纤能搤虎。仰怀高躅动人思，令予解嘲洵有辞。男儿中亦有巾帼，女儿中亦有须眉。

[1] 胡晓明，彭国忠．江南女性别集（初编）[M]. 安徽：黄山书社，2008：1199.

诗人从宏观视野入手，从万物发展中总结出一个普遍规律：每一种事物均有天生特异之类，如鸟中有凤、鱼中有鲲，人类也是如此，男儿中不乏襟期落落、志气凌云之士。但女儿一直被世俗认为无知者，作者从此规律入手进行驳斥，认为历史上女儿也有不让须眉的巾帼英豪，诸如乐羊子妻、孟母、漆室女、班昭、左良玉等，从而推翻传统轻视女性的观点。该诗逻辑清晰，有理有据，实为一篇驳论诗，为女性扬眉吐气。

在性别自信的觉醒之路上走得最远的应是秋瑾。她的《满江红・肮脏尘寰》曰：“肮脏尘寰，问几个、男儿英哲？算只有、蛾眉队里，时闻杰出。良玉勋名襟上泪，云英事业心头血。醉摩挲、长剑作龙吟，声悲咽。自由香，常思爇。家国恨，何时雪？劝吾侪今日，各宜努力。振拔须思安种类，繁华莫但夸衣玦。算弓鞋、三寸太无为，宜改革。”开篇“肮脏尘寰”即喻指男性至尊至贵、女性至低至贱的封建文化，作者在以男女作一历史比照之后，矫枉过正地得出“只有”“蛾眉”“杰出”的结论；接着热情赞美明代压倒须眉、为巾帼吐气的女英雄——秦良玉与沈云英，激励女性争取自身的解放。下阕紧扣救亡图存的时代要求，把民族的解放与女性的解放紧密结合，对女性自身也提出了改革的要求。

四、指点家国的时政诗

在古代，女性与政治之间有一条难以逾越的鸿沟，绝大部分女性没有实现社会价值的可能，走在时代前列的女诗人试图缩短女性与时政之间的距离，大胆承担起思想先锋的责任，以激扬的文字抛洒满腔的家国慷慨。清代江南不乏英气勃发的女作家及风云气浓、壮言豪阔的女性诗作。它们视角宽广、意象壮美、笔触宏阔、风格刚健，与男儿英豪的笔触无二。

战争洗礼下的乱世生态成为女诗人直面的残酷现实。她们以诗史般的笔调如实记录下一幅幅惨不忍睹的画面、一个个苦不堪言的离乱生命、一声声渴望和平安宁的呐喊。明清易代之际，面临山河破碎、人们流离失所的现实，方维仪、王端淑等英雌们走出了个人生活不幸的自怨自叹。方维仪在《旅夜闻寇》中写道：“蟋蟀吟秋户，凉风起暮山。衰年逢世乱，故国几时还。盗贼侵南甸，军书下北关。生民涂炭尽，积血染刀环。”一幅惨不忍睹的衰年乱世中生灵涂炭的画面。记述北方战事的诗篇《从军行》则洋溢着一股壮士豪情，如诗句：“玉门关外风雪寒，万里辞家马上看。哪得沙场还醉卧，前军已报破楼兰。”反映明末东北边境战事，诗风豪迈，大有巾帼英雄气概。另如《陇头水》道:“陇坂带长流，关山古木秋。征人悲绝漠，胡马识边州。戈戟元霜冷，旌旗白日浮。君恩无可报，誓取郅支头。”刻画了边关将士杀敌卫国英勇无畏的英雄形象。为报君恩，誓取郅支头的激昂斗志使诗篇感情浑厚激越，表达了自己和百姓对官军的深切希望。其侄方以智赞曰：“女子能著书若吾姑母者，岂非大丈夫哉！”[1] 清中叶沈德潜赞方维仪诗作曰:“如读杜老伤时之作，闺阁中乃有此人！”[2] 清后期施淑仪评方维仪诗曰:“其诗一洗铅华,归于质直,以文史当织。”[3] 被誉为女中孟郊的方维仪忧时伤世，境界确实不同凡响。

清代是一个边患迭出、内乱不断、外敌如狼似虎的朝代，英雌们笔下多有真实写照。湖南湘西严永华身历苗民叛乱，最终死里逃生，诗题《乙丑五月十四日判苗陷石阡，叔兄巷战死节，余亟负母逾垣出，馀人从之，既闻贼将至，全家投署后荷池中，贼相谓曰：严太守清官眷属不可犯也，遂得免。贼退后，奉母旋里，途中纪事，得诗四首》详细记载“全家赴清池，誓不为瓦全”[4] 的来龙去脉与惊心动魄，诗曰：“边城从古叹孤悬，忽见军烽照义泉。狭巷短兵相接战,亲闻永诀敢图全。衔须温序忠魂在,食肉班超壮志捐。恨乏兰台修史笔，国殇犹待杀青编。”[5] 诗人俨然以史笔自命,想要记载自古以来边城凤凰的官兵为国而殇的历史。陈蕴莲《津门剿贼纪事(起癸丑九月迄甲寅二月)》:“贼势鸱张逼郡城，自怜闺阁枉谈兵。蚩尤妖雾如延及，便拟怀沙效屈平。”“病躯久已轻生死，咫尺烽烟转不惊。”后有自注：“贼踞独流，距津仅五十里。”显示出诗人在大难面前波澜不惊的胸襟。如钱孟钿《点营兵》以时序的节奏从“羽书下军府，纷纷点营兵”的征兵开始写起，接着是急急准备行装，匆匆与家人告别的场景描绘，然后是走上战场的昂扬风姿：“据鞍逐惊飚，顾盼神飞扬。”最

[1] 方以智跋，方维仪《清芬阁集》，见张廷玉，等. 明史·艺文志 [M]. 北京：商务印书馆，1959.

[2] 沈德潜. 明诗别裁集 [M]. 李索，王苹，点校. 石家庄：河北人民出版社，1997：176.

[3] 施淑仪《清代闺阁诗人征略》卷一。

[4] 胡晓明，彭国忠. 江南女性别集（三编）[M]. 安徽：黄山书社，2012：839.

[5] 胡晓明，彭国忠. 江南女性别集（三编）[M]. 安徽：黄山书社，2012：821.

后自信宣告：“堂堂王者师，一鼓靖四疆。”[1]百姓对和平生活的渴望：“买犊卖刀春酒熟，万方击壤颂尧年。”归懋仪《顺昌捷》云：“将军义勇气通天，……妇女砺刀剑，城上埋轮辕。”[2]袁枚女孙袁绶《得又村仲弟上海殉难讣音诗以哭之》（三首）：“半载家书滞锦鳞，惨闻凶耗走惊魂。竟殉职守完臣节，敢弃城亡负国恩。皓首慈亲逃白刃，青年少妇哭黄昏。天涯有姊空肠断，北望停云积泪痕。”“干戈满地家何在，化鹤还山定益悲。”“故园惨被黄巾陷，何日招魂葬墓田。”写出了战争给老百姓带来的灾难。顾太清有诗《咸丰庚申重九有感（湘佩书来借居避乱数日未到又传闻健锐营被夷匪烧毁家霞仙不知下落，命人寻访数日未得消息是以廿八字记之）》，仅从诗题中得知，这首诗写到战争给好友带来的流离失所与家破人亡。尤其是外敌入侵时，民族感情与战斗豪情更是高涨。在鸦片战争和英法联军侵略前后，顾太清诗词直面殖民主义的侵略给动荡社会中百姓们的生活带来的痛苦，1842年英军侵犯浙东时，她慨然写道：“盍效昆阳助战争，一为吾皇击群丑。”[3]愿意效仿昆阳助战，为皇帝分忧。

承平时期，英雌们则将一腔慷慨洒向家国治理的献计献策。有对时政的建言与期许：清代汉军正红旗人高景芳识见非凡，其乐府古诗《输租行》述官吏之贪刻、劳农之痛苦，十分真实，得元、白新乐府遗风。因其诗歌笔力雄健，被称为“巾帼中巨擘”。有对现实的辛辣嘲讽，如王端淑用《贪吏》和《秽吏》批判了当时的官吏污浊。“目今有污官，悍质多鄙浊。县令即飞蝗，村野遍荼毒。境无土木存，滥刑嗜己欲。”欧秀松《鼠盗肉》也是一篇辛辣的政治讽刺诗。诗句“鼠盗肉，猫能御”[4]以猫与鼠比喻官吏与盗贼的相互依存和勾结，尖锐形象。有对百姓疾苦的现实关注，在长期农耕社会里，老百姓的收成很大程度上依赖气候条件，女诗人众多诗歌关注极端天气给人们生活造成的困恼，王贞仪《富春道中时值荒旱》《甲寅初秋苦雨》、左锡嘉《苦乐行》等是这类诗的代表作。如朱庚《苦旱叹》曰：

---

[1] 胡晓明，彭国忠．江南女性别集（初编）[M]．安徽：黄山书社，2008：361.

[2] 胡晓明，彭国忠．江南女性别集（初编）[M]．安徽：黄山书社，2008：667.

[3] 顾春《过访少如坐中忽值雷电交作……四月廿二也》，徐世昌《清诗汇》卷一八八。

[4] 杜珣．中国历代妇女文学作品精选[M]．北京：中国和平出版社，2000：501.

黄梅苦雨叹往年，千塍碧水浮远天。黄梅苦旱叹今岁，一轮赤日照天地。旱非其时患更深，盛阳烈烈铄少阴。任教魃鬼恣为虐，安得潜龙起作霖。斯时农务村村急，昼夜橘槔声不息。东乡车水及女工，西乡车水竭牛力。无如水涸厍徒劳，禾棉欲槁心煎熬。一车不济一车接，日望江头朝暮潮。潮痕一长车齐起，塘外厍转向塘里。交淋血汗运双趺，相和劳歌闻百里。潮来略见湿苗根，潮落依然坼田底。吁嗟乎！皇天无雨后土干，欲保稼穑良艰难。乐岁未能安饱暖，凶年宁免叹饥寒。饥寒甘受忧秋粮，三尺火符飞下乡。寸丝粒米欠不得，心头无肉难医疮。[1]

诗歌对家乡极端灾害性天气进行描述，往年农夫苦于梅雨造成的“千塍碧水浮远天”的水灾，今年天旱给老百姓带来更深的忧患，农家不得不“昼夜橘槔声不息”，用尽女工、牛力，依然是“禾棉欲槁心煎熬”，天不佑人，老百姓想要保护收成实在太艰辛，然而这还不是最可怕的，最可怕的是老百姓忍受了收成欠丰而导致的饥寒交迫，但却无法应付官家的秋后收粮。官家对天灾给老百姓造成的损失不管不顾，依然会“寸丝粒米欠不得”，步步紧逼。巧妇难为无米之炊，老百姓连温饱都无法做到，怎还有粮食上交呢，这才是他们对未来的最大恐惧。诗歌真实反应了老百姓生活的艰辛，揭露与批判政府罔顾民生的罪行。朱庚另有《官兵行》《感时歌七章》分别针对苦旱、饥鸿流民、豪户高堂笙歌、官仓粜米等民间疾苦呜呼而歌。[2] 如皋冒俊随夫宦于岭南三十五年，历经宦海风波，诗歌记载时事与农事颇多，如：“甲寅，粤匪滋事，城围日警，恭人将诸儿付健仆，先期携出，阖户积薪，约城破即举室自焚。”[3] 又如《题子厚夫子岭南杂事诗钞》：“捧檄南来卅五秋，风尘蒿目具先忧。频教手撚吟髭断，倚遍阑干望海楼。”[4] 表达对岭南民生疾苦的关注与为民辛劳的决心。从《诗经》中最早女性篇章《载驰》到朱淑真《苦热闻田夫语有感》，再到朱庚《苦旱行》、秋瑾的《普告同胞檄稿》等，无不充满了爱国忧民的厚重情感。

---

[1] 胡晓明，彭国忠．江南女性别集（四编）[M]. 安徽：黄山书社，2014：754.

[2] 胡晓明，彭国忠．江南女性别集（四编）[M]. 安徽：黄山书社，2014：756.

[3] 胡晓明，彭国忠．江南女性别集（三编）[M]. 安徽：黄山书社，2012：891.

[4] 胡晓明，彭国忠．江南女性别集（三编）[M]. 安徽：黄山书社，2012：887.

杰出英雌们甚至有巾帼封侯、建不世功业的报国之志。钱守璞随宦粤西时，值粤西战乱，钱守璞倾尽家产犒劳军队，在《壬子二月纪事诗时贼围粤西省城》中说：“漫言女子敢谈兵，倾家欲雪同仇耻。”《闻金陵警》《自粤西避乱至吴途中怀述四首》两篇皆是为此而作。当他们身经家国革命洗礼、变法图强思潮引导，自觉以拯时济世为己任，怀抱“身不得，男儿列;心却比，男儿烈”的报国之志。如秋瑾的“膝室空怀忧国恨，谁将巾帼易兜鍪”“拚将十万头颅血，须把乾坤力挽回”[1],徐自华的“何妨儿女做英雄,破浪看乘万里风”[2],徐蕴华的“隐娘侠气原仙客,良玉英风岂女儿。为愤时艰喷热血,长歌击剑抑何悲”[3],吕碧城的“流俗待看除旧弊，深闺有愿作新民”[4]“安得手提三尺剑，亲为同类斩重关”[5]，语词激越铿锵、情感荡气回肠、气概英勇壮烈，字里行间都有击打“黑屋子”的有力声响，其救国壮志、报国雄心洋溢而出，是唤醒世人的嘹亮号角。国家命运与个人命运休戚相关，即便是弱势的女性，也不愿坐视国家的灭亡。正如近代张佩纶在《论闺秀诗二十四首》中评道:“一醉隐然开霸业,谁言儿女不风云？”

英雌话语中丰富的时政题旨无论是在广度还是深度上都把女性文学向前推进了一大步。其中既有大气磅礴的时代歌哭、深沉的历史浩叹，又有对性别传统的理性思考、社会角色的抗争与性别自信的期许。诗史观照下壮怀激烈的叙事之作洗涤了明代以来闺秀诗歌过于柔媚的诗风。

第二节 英雌的理想追求：“林下风气”

方东树《昭昧詹言》云：“凡诗、文、书画，以精神为主。精神者，气之华也。”按照诗歌一般规律而言，诗人主体精神境界超拔，其诗词气韵自然也就高洁。英雌话语的本质是进行理想人格的探寻。历经明末的崩解与清初的重

[1] 秋瑾．秋瑾全集笺注 [M]. 郭长海，辑注．长春：吉林文史出版社，2003：171.

[2] 徐自华．徐自华诗文集 [M]. 郭延礼，编校．北京：中华书局，1990：110.

[3] 徐蕴华，等．徐蕴华、林寒碧诗文合集 [M]. 周永珍，编．北京:社会科学文献出版社，1999:6.

[4] 吕碧城．吕碧城诗文笺注 [M]. 李保民，笺注．上海：上海古籍出版社，2007：1.

[5] 吕碧城．吕碧城诗文笺注 [M]. 李保民，笺注．上海：上海古籍出版社，2007：6.

整之后，满洲入关导致的文化裂变不仅改变了原来铁板一样的性别关系，同时也造成了迥异的才女风致。曼素恩《闺塾师》指出，清代朴学由经典出发，展开对理想女性典范的争论，并试图重建才女传统，于是出现了两种理想女性形象：一是严肃的女师，一是优雅的咏絮才女。严肃的女师以班昭为典范，主要以道德典范让世人肃然起敬；咏絮才女以谢道韫为榜样，以优雅的人格魅力赢得世人的喜爱，二者合璧更是人们心目中最理想的才德兼备的女性形象。如严永华《次韵绚霞嫂行次泾南见怀》所言："既言怀才如谢女，又言佩德同班姬。"世人同时会关注女性的才、德，代言人分别是谢道韫与班昭。又如归懋仪《题梅卿夫人诗集》中所言："班谢同时成合璧，闺中佳话足千秋。"[1]班昭和谢道韫的影响力已经超越了文学的范畴，而成为后世知识女性的两种理想范型。

与众多闺秀诗人力图树立符合封建礼教需要的温柔敦厚的德妇形象不同，英雌们树立的理想人格是以才华气格取胜的才媛形象，标志性人物就是谢道韫。她使英雌相信女性存在获得社会和历史认可的可能性，她敢于以诗文表达自己思想、展现自我才华的举动显示了在礼教纲常规约下的知识女性仍可具备的独立精神，她所具备的"林下风气"通过一代代男性文人的传诵和记述已经成为鲜有争议的定论。明清才女以她为榜样不会招致太多的非议，易于获得社会的认同。这些都给明清英雌带来了希望和激励，也让她们增添了对社会性别的自信。

"林下风气"一词，出自于南朝·宋·刘义庆《世说新语·贤媛》："谢遏绝重其姊，张玄常称其妹，欲以敌之。有济尼者，并游张、谢二家，人问其优劣，答曰：'王夫人神情散朗，故有林下风气；顾家妇清心玉映，自是闺房之秀。'"晋代崇尚品评之风，多玄言虚语。济尼不敢得罪张、谢二家。于是回答得玄妙无比，二家皆不得罪。"林下风气"与"闺房之秀"自此成为品鉴女性才德的经典术语。至于孰优孰劣，说者没有明言，听者自辨。不过在后世传承中，人们似乎更倾慕于林下之风。余嘉锡曾有一条长长的笺疏道："林下，谓竹林名士也。……此言王夫人虽巾帼，而有名士之风，言顾不如王。"又云："道蕴以一女子而有林下风气，足见其为女中名士。"[2]在余嘉锡看来，当世就已经

[1] 胡晓明，彭国忠.江南女性别集（初编）[M].安徽：黄山书社，2008：764.

[2] 余嘉锡.世说新语笺疏[M].上海：上海古籍出版社，1993：698.

认为谢道韫具有类似于名士的学养与风范，比大家闺秀顾家妇要更优秀。后世把谢道韫作为林下之风的开创者顶礼膜拜，成为先进女性追求的理想人物。笔者试图从谢道韫的生活时代与人生经历中去寻找这一理想范式的文化内涵。

第一，超拔脱俗的才华。谢道韫最被世人看好的自然是她超拔脱俗的才情。《世说新语·言语》载：“谢太傅寒雪日内集，与儿女讲论文义。俄而雪骤，公欣然曰：‘白雪纷纷何所似？’兄子胡儿曰：‘撒盐空中差可拟。’兄女（谢道韫）曰：‘未若柳絮因风起。’公大笑乐。”后世遂以“咏絮才”赞美高才女性，如《红楼梦》第三回钗黛判词有“可叹停机德，堪怜咏絮才”之句，此处“咏絮才”便是借谢道韫咏絮的典故来表明林黛玉非凡的咏诗才华。周登望在《咏雪》中明确表示要以谢道韫为师：“诗人多爱雪，谢女是吾师。来作梅花伴，如吟明月词。”[1]又如沈彩《论妇人诗绝句四十九首》中云：“咏絮才高发自然，研词秀极欲冲天。千秋艳说回文锦，何似登山道韫篇。”将谢道韫的作品视作无法超越的经典，即便是回文诗也无法相比。席佩兰也在《与侄妇谢翠霞论诗》中赞叹道：“吾家有道韫，明慧世无匹。”言语中透露着对女子才华超群的骄傲与期待。她们以谢道韫为评判自己才华的标准，如祁德琼《登庆兄藏书楼》曰：“寂寞追往事，空负谢家名。”[2]对于自己没能做到如谢道韫般才名显扬而遗憾。

能与男性争锋自是超拔脱俗才华的体现。“学邃真堪作师友，才多何必定男儿。”很多女诗人参与竞赛性质的联吟时，也能出口成章、倚马可待，与男性诗人竞争也不一定会落入下风。熊澹仙与男性争锋的诗才得到了当地男性文人的广泛认同。同里湘浦徐观政序《澹仙诗钞》曰：“余家有霁峰园及水东村舍，曹星湖邑侯、黄澹人进士、宋夫云溪与同邑诸名流每与余联咏，得一雅题，则驰笺索澹仙句，往往诗至而群贤之毫犹未卷脱也。”袁枚女弟子席佩兰曾用自己的超人才华洗脱代笔之嫌，事见袁枚《随园诗话》：“女弟子席佩兰，诗才清妙，余尝疑是郎君孙子潇代作。今春到虞山访之，佩兰有君姑之戚，缟衣出见，容貌婀娜，克称其才。以小照属题，余置袖中，即拉其郎君同往吴竹桥太史家

[1] 黄秩模．国朝闺秀诗柳絮集校补（三）[M]．付琼，补校．北京：人民文学出版社，2011：1486.

[2] 黄秩模．国朝闺秀诗柳絮集校补（三）[M]．付琼，补校．北京：人民文学出版社，2011：57.

小饮。日未暮，而见赠三律来。读之，细腻风光。方知徐淑之果胜秦嘉也。”[1]袁枚经过亲身验证后终于心悦诚服，“方知徐淑之果胜秦嘉”。王端淑代夫之诗作多达几十首，也获得当世男性文人的充分肯定。

英雌们不仅文学才华了得，还有不少博学多才之人。宋以后，随着文人的社会地位提升，“琴棋诗画”也成为闺秀的基本教养，明代中叶以后，闺秀各种才艺的培养甚至成为一种流行时尚。清代以学问为诗的诗坛风气也影响着女性诗坛。吴规臣工诗词，善书画，精医理，通剑术。王照圆兼为女诗人和训诂学家，蒙城张云裳善骑射，善鼓琴者众多，如许云林、项屏山等。英雌们的博学多才打破了“女子无才便是德”的男性社会要求。综合考察王端淑《名媛诗纬初编》、沈善宝《名媛诗话》、恽珠《国朝闺秀正始集》与厉鹗《玉台书史》和汤漱玉《玉台画史》等记载清代女性文艺典籍，我们可以发现，“琴棋诗画”是闺秀基本才华的概括，不少女性从经史、辞赋、文章到书画、琴艺、音律皆通，而又因个人才能和偏好，某一项或某两项尤为突出。如沈善宝“博通书史，旁及岐黄、丹青、星卜之学，无所不精，而尤深于诗”[2]。王贞仪能文能武，曾偕白鹤仙、陈宛玉、吴小莲诸女士读书于卜太夫人之门，又习骑射于蒙古阿将军之夫人，发必中的，每角射，跨马横戟，往来若飞。其人豪迈自傲，率性旷达。诗歌负气敢言，不让须眉。

其二，超群的识见。超出女性见识短浅的社会习见是谢道韫成为女性理想人格的重要因素。据《晋书》本传记载：“凝之弟献之尝与宾客谈议，词理将屈，道韫遣婢白献之曰：‘欲为小郎解围。’乃施青绫步鄣自蔽，申献之前议，客不能屈。”《世说·排调》二十六条，刘孝标注引《妇人集》：“桓玄问王凝之妻谢氏曰：‘太傅（谢安）东山二十余年，遂复不终，其理云何？’谢答曰：‘亡叔太傅先正，以无用为心，显隐为优劣，始末正当动静之异耳。’”丈夫去世后，会稽太守刘柳曾专程拜访谢道韫。谢道韫对答流利，言谈条理清晰，道理分明，两人相谈甚欢。后来刘柳逢人便说：“内史夫人风致高远，词理无滞，诚挚感人，一席谈论，受惠无穷。”以上事例均证明谢道韫熟谙玄理，常以“理”“辩”来

[1] 袁枚《随园诗话》卷八。

[2] 武友怡跋，沈善宝《名媛诗话》续集（下）。

作为立身辩答之工具。在知识权被严控的封建社会，谢道韫的超凡识见成了渴求知识的女性心中神一般的存在。自从李贽大胆反驳女性“头发长见识短”的文化传统后，女性智慧之门被越来越多的女性开启，她们理直气壮地把谢道韫作为偶像来膜拜，尤其是谢道韫为小叔王献之解围而智压宾客的事迹传播最广。常以直观图画与诗歌相结合的形式出现，如杨琼华在《题谢道韫青绫解围图》中赞颂道：“兰心蕙质原难状，亭亭玉貌天人上。佳句曾传咏絮词，解围早设青绫幛。谢娘才思冠江南，挥扇风前妙义含。多少乌衣佳子弟，却教闺阁擅清谈。”[1]在众多乌衣子弟们中脱颖而出的谢道韫成为女性的榜样。

识见超群确有所成者也不乏其人，如顾若璞、沈善宝、汪端、张云裳、王贞仪、骆绮兰、冒俊、秋瑾等。清初顾若璞广收博览，识见非凡，据《神释堂脞语》称：“读顾夫人古文、学问、节义、经术、世故，皆粲然于胸中，洒然于笔底，词气浑灏，有西京之遗风。”[2]沈善宝亦称顾若璞“文多经济大篇，有西京气格，常与闺友宴坐，则讲究河漕、屯田、马政、边备诸大计。每夜分执卷吟讽曰：‘使吾得一意读书，即不能补班昭十志，或可咏雪谢庭’”[3]。时人李世治评价沈善宝云：“吐属风雅，学问淹博，与之谈天下事，衡量古今人物，议论悉中窾要。”[4]陆准为汪端所作《张吴纪事诗后序》曰：“古来名媛，均擅史才；今代清闺，新成诗史。此自然好学斋所为作《张吴纪事诗》也。”张云裳为汪端《自然好学斋诗钞》题词有：“后堂曾许见风姿，林下风标卷上诗。”[5]骆绮兰读书明大义，具卓识，无世俗女子态，亦不沾沾为资生计。亲族间有大事，群谋不决，骆绮兰一言而众辄伏。家虽贫，常能以财賙缓急人，扶危济困，有烈士风。所为诗伉爽高迈，丈夫之雄杰者不能过也。[6]1980年，当著名画家范曾了解王贞仪的身世、学识和成就后，深深为这位扫眉才子所倾倒，立即挥笔作了《王贞仪读史图》，画面上的王贞仪白衣素裳倚石读史，眉宇间流露出英丽之气。并挥

[1] 黄秩模．国朝闺秀诗柳絮集校补（二）[M]．付琼，补校．北京：人民文学出版社，2011：801.

[2] 王秀琴，胡文楷．历代名媛文苑简编 [M]．北京：商务印书馆，1947：8．

[3] 沈善宝《名媛诗话》卷一。

[4] 沈善宝．鸿雪楼诗词集校注 [M]．珊丹，校注．中国社会科学出版社，2012：6.

[5] 胡晓明，彭国忠．江南女性别集（二编）[M]．安徽：黄山书社，2010：327.

[6] 胡晓明，彭国忠．江南女性别集（二编）[M]．安徽：黄山书社，2010：580.

笔于画卷题写词章，以寄凭吊之情。汪端被著名学问家许宗彦戏称为“端老虎”，因为许宗彦与之论史，往往辞屈不能胜。

超群的识见让这些英雌们最先领悟到历史风云的同时，也最先感受到男权社会给女性规定的附属性地位，追求人格独立成为她们的奋斗目标。像男子一样生活，取得一定的社会地位成了许多清代女诗人的向往，从清初的顾贞立到清末的吕碧城，无不发出要与男子等肩的呐喊。她们走出闺门，以自己的才华获得经济独立的同时也赢得了社会的尊重，事实上就是以自己的行动否定了两性的传统分工。近代风云变幻中，英雌们也是最先觉醒的一群，秋瑾的“漫云女子不英雄，万里乘风独向东”[1]“女子平权当自强，岂能守株在闺房”，徐自华的“大同此日崇文教，希望才名属扫眉”，吕碧城“待看廿纪争存日，便是蛾眉独立时”[2]等诗句大声呐喊，直言心事，体现了女性解放自立、渴望如男性一般建功立业的胆识。

其三，不拘礼法的率真个性。在礼教教条与“三从四德”的深重压抑下，女性没有人身自由，不允许有个性发展，无法自主自己的婚姻。幸运的是，谢道韫生活在礼教相对宽松的魏晋时期，出现了不少追求自然、反抗名教的名士，在他们的带动下，社会对女性的礼教束缚也相对少些。谢道韫出身名门望族，其叔父为东晋名士、宰相谢安，父亲为安西将军谢奕之。谢道韫成年后，在叔父谢安的安排下嫁给了大书法家王羲之的二儿子王凝之。尽管王凝之禀性忠厚，行止端方，但其才华平平，声名暗淡，并且还有些迂腐，毫无乃父的名士风范。据《世说新语·贤媛》第26条载：王凝之谢夫人既往王氏，大薄凝之。既还谢家，意大不说。太傅慰释之曰：“王郎，逸少之子，人材亦不恶，汝何以恨乃尔！”答曰：“一门叔父，则有阿大、中郎。群从兄弟，则有封、胡、遏末。不意天壤之中，乃有王郎？”这是谢道韫率真自然个性的真实流露，她并没有恪守班昭《女诫》中“择辞而说，不道恶语”的训条，而是大胆表露自己对婚姻的极端不满，对美满婚姻的向往，体现了追求自我、追求自由的独立个性。从此，“天壤王郎之叹”成为女性真实表达自己婚姻追求的代表。后代礼教禁锢加重，无

[1] 秋瑾．秋瑾全集笺注 [M]. 郭长海，辑注．长春：吉林文史出版社，2003：173.

[2] 吕碧城．吕碧城诗文笺注 [M]. 李保民，笺注．上海：上海古籍出版社，2007：6.

数女性只能借此抒发潜压在心底的真实感情。清代女性诸如熊琏、吴藻、贺双卿、孙云凤、孙云鹤、袁机、汪玉珍、仲振宜、仲振宣等均遭遇彩凤随鸦式不幸婚姻，诗文中多“天壤王郎”之叹。如前文所述，吴藻自填南北调乐府，极感慨淋漓之致，托名谢絮才，不无天壤王郎之感。仲振宜、仲振宣两姐妹所嫁非人，均以诗歌抒写终风阴雨、憾更无穷的婚姻。仲振宜《述怀》曰：“底事身为巾帼身，了然远寄海之滨。黄金羞买《长门赋》，皑雪空嗟薄命人。百岁年华今若此，一生心事向谁陈。断肠冷泪知多少，诉与遥天月半轮。”[1]回顾了自己远嫁后婚姻不谐、遭遇丈夫冷落，心事无处倾诉的生平经历。仲振宣《长歌行》更以长篇幅回顾自己的不幸婚姻，丈夫败尽家产，弃产卖屋仍不足以偿债。被迫送丈夫去父亲处避祸，丈夫两年后回来，依然旧习未改，诗人愁魔病骨无时舒，自恨作巾帼，半世困苦虚华年，“歌成一曲长歌行，留与人间作遗稿”[2]。更为悲惨的是随园女弟子孙云凤，被骗成婚后，丈夫程懋庭憎恶女子弄文，夫妻最后反目，孙云凤被休回母家，遭遇当时女性最羞辱的事情。还有些女性虽然也有天壤王郎之遇，但幸运的是她们以职业女性身份走出家门后，以出售自己的字画和教书维持家庭生计，如黄媛介、王端淑、汪玉珍等均是。虽然她们也遭遇了不同的声音，但“男主外、女主内”的传统文化总算有了一定改变，女性亦可以在一定社会场域释放她们的林下之风，争取到一定的社会价值实现。

其四，雅人深致，大家风范。《晋书·列女传》载：（道韫）聪识有才辩。叔父安尝问:“《毛诗》何句最佳 !”道韫称:“吉甫作颂,穆如清风。仲山甫永怀,以慰其心。”谢安大为赞赏,称她有雅人深致。谢道韫所引诗句,出自《诗经·大雅·烝民》篇,是篇末的几句。《烝民》全诗赞美了周王的贤臣仲山甫德才兼备、忠于职守，周王命令他前去督修齐城，诗歌的最后以热烈的送别场面作结：贤臣尹吉甫作歌相赠，乐声和美如同清风；仲山甫临行长思，歌声宽慰着他的建功之心。从谢道韫的回答可看出她有男子气概和博大胸怀,谢安以“雅人深致”赞赏的正是她的高雅意兴。后来,“雅人深致”用来形容人的言谈举止高尚文雅,

[1] 胡晓明，彭国忠．江南女性别集（四编）[M]. 安徽：黄山书社，2014：297.

[2] 胡晓明，彭国忠．江南女性别集（四编）[M]. 安徽：黄山书社，2014：314.

不同流俗。显然，谢道韫做到了。寡居会稽后，虽然历经了丧夫失子之痛，但她并没有因此而消沉，她依然那样优雅、从容，终日以诗书为伴，诲人不倦地为远道而来的莘莘学子传道、授业、解惑，受益之人不计其数，大家都尊称她为老师。谢道韫不为外事外物所役坚守自己精神高洁的人格追求也自然成为英雌们的追求。主要体现在以下方面：

虽然大部分女性忙于中馈等妇职而无暇顾及生活风致，但赋性高雅的英雌们不仅能娴熟处理好家务俗事，也能适时脱身而出，自然烟霞之气、风云月露之美使她们心灵超脱俗世的纷扰，陶冶成高怀雅趣的生活情致，文学书写亦呈现出疏朗超逸的风格。吴山《送黄媛介闺媛》云："一肩书画一诗囊，水色幽谷到处装。君自莫愁湖上去，秣陵烟雨剩凄凉。"[1] 作者羡慕黄媛介过着"一肩书画一诗囊，水色幽谷到处装"的潇洒游历生活。

物质追求上，英雌们不太在意物质生活的好坏，既能享受大家闺秀的优雅生活，也能自食其力，或者食贫自守。出身书香门第、生活于明清鼎革之际的英雌们，在世俗、女德与生计的多重挤压下，或鬻书画，或师闺塾，为养家糊口而羁旅转徙。黄媛介曾僦居杭州西泠桥头，卖诗画自活，稍给便不多作。类似的还有："佩香博通经籍，早寡无子。课螟蛉女以自遣，旧居广陵，厌其喧杂，徙于丹徒之西郭，食贫自守。作画亦饶有天趣。"[2] 钱守璞人淡如菊，诗如其名，如其咏梅名句"素心千点雪，太古一枝春"、述怀之句"好古性情荆布惯，与时装束不相宜"（钱守璞《三十初度述怀》）、"信天不觉襟怀澹，守道还须学力坚"等均在表明诗人之高洁与清雅简淡性情。梁琬"潇洒工诗，有林下风致，闲居一室，日以啸歌自娱"[3]。在经历了人生的风波后，诗人们亦能安贫乐道，如清初毕著有《纪事》诗记叙她的英雄事迹：年仅20岁的毕著听闻其父出战身亡后，尸体被清军掠去，当夜率精锐将士杀人敌营，斩敌军主将阿巴泰，夺回父尸，葬之金陵。另有《村居》记载此后生活："席门间傍水之涯，夫婿安贫不作家。明日断炊何暇问，且携鸦嘴种梅花。"昔日叱咤风云的英雄隐于林下，豁达人

[1] 陈以刚，等．国朝诗品·闺门卷 [M]. 迪化书屋，1734：2.

[2] 恽珠《国朝闺秀正始集》卷十四。

[3] 王端淑《名媛诗纬初编》卷九。

生观与恬淡心境真实表现出林下风骨。

家庭生活中，英雌们也有不一样的追求。明末至清中叶，英雌主动追求她们的理想婚姻，并以团体的力量形成特定时代的文化现象。敢领风气之先的践行者部分实现了理想化追求的目标，婚姻质量大大提高，给了更多女性婚姻的希望与憧憬，不过，她们也饱尝了时代局限下先知者的痛苦与无奈。明末清初的秦淮河畔传唱着“慧福几生修得到，家家夫婿是东林”的诗句，以“秦淮八艳”为主的英雌与复社文人的风流韵事成为社会时尚，嫁与东林夫婿成为当时女性的婚恋理想。至清中期，“修得人间才子妇，不辞清瘦似梅花”成为众多英雌的真情告白。如能嫁得如意才子，英雌们甘愿清瘦如梅而为夫“拔钗沽酒”。仅以《国朝闺秀正始集》为例，顾蕙纕曰：“夫婿长贫老岁华，乖憎名字满天涯。席门却有闲车马，自拔金钗付酒家。”[1] 华筠卿曰：“失意人难作遣怀……便须沽酒拔金钗。”[2] 二人均在夫婿不如意时“拔钗沽酒”以慰夫。流传最广、影响最大的是林佩环：“爱君笔底有烟霞，自拔金钗付酒家。修得人间才子妇，不辞清瘦似梅花。”[3] 她们不在乎男性的功名富贵，甚至愿意过上隐居的生活。“偕隐何辞挽鹿车，云水遨游胜朝市。”[4] 贵为侧福晋的顾太清如是说。孙原湘在《叠韵示内》描写妻子席佩兰忙着卖钗典衣购书沽酒，并以“诗穷而后工”激励丈夫的情形：“图书渐富钗环减，针黹偏疏笔砚亲。还恐不穷工未绝，开樽劝我典衣频。”吴咏和在《语夫子》道出安贫乐道的生活理想：“风外乌啼移晚竹，雨中客至剪春蔬。低窗茗碗随棋局，小榻炉香读道书。安觉此心贫亦好，眼前漂泊欲何如。”[5] 甘泉女史张因归嫁后家境贫寒，丈夫又不善生计，张因常靠典质或以画易米度日，但她却不以为苦，常与丈夫诗词唱和，或赌记书籍册数典故以为乐。“流水青山一草庐”的偕隐幽居成为许多英雌诗侣的选择，如席佩兰与孙原湘、屈秉筠与赵同钰、金纤纤、王倩与陈基、吴琼仙与徐达源、陈芸与沈复、林佩环与张问陶、张允滋与任兆麟、袁淑芳与陈燮、金礼嬴与王昙、

[1] 顾蕙纕《琐窗杂事》，恽珠《国朝闺秀正始集》卷五。

[2] 华筠卿《九日寄外》，恽珠《国朝闺秀正始集》卷七。

[3] 林佩环《夫子为余写照戏题》，恽珠《国朝闺秀正始集》卷十五。

[4] 顾太清《游孔水用吴郡卢襄石刻诗韵》，徐世昌《清诗汇》卷一八八。

[5] 恽珠《国朝闺秀正始集》卷三。

金顺与汪曾格、孙茝玉与高颖楼、李畹与冯云伯等现实中存在的才子佳妇成为人人艳羡的神仙眷侣。英雌认为平等的精神交流与情感共鸣、艺术化的生活情趣、患难与共中的惺惺相惜，是婚姻幸福的共同保证。在物质与精神的二元对立中，英雌们更倾向选择精神上的和谐，夫妻之间由于才智的相近和情趣的投合而充满深情和默契。最为完备的理想婚姻表述是程琼在《才子牡丹亭》批语中所提出的婚恋观："智不盖世，貌不入格，材不善押，心不解情，皆非良缘。"对男性的智慧、相貌、才华、情商均提出了较高要求，但没有提物质方面的条件。这一择偶观远远突破了传统婚姻观。

总之，英雌的崛起使传统社会性别文化发生多方面变化，难怪乾嘉学者章学诚在《妇学》中惊呼："夫佻达出于子衿，古人所有；矜标流于巾帼，前代所无。"曼素恩也说："盛清时期是一个社会性别关系被讨论和受到新的详细审视的时代。"[1]性别文化的松动对女性才智的发挥、社会价值实现、社会地位的提高均有了更多可能。

其五，临危不乱的丈夫气概。谢道韫生逢乱世，隆安三年（399）十月，浙江暴发了大规模的农民起义，以海盗起家的孙恩迅速攻破了上虞、山阴，直逼会稽。作为会稽内史的王凝之本应设防布控，严阵以待，但他却笃信道教，不顾谢道韫的多次劝说，整日踏星步斗，祈求道祖派天兵天将前来剿灭叛军，直至兵临城下，依然毫无有效防备，孙恩大军长驱直入，势如破竹，很快就拿下了会稽，并把王凝之和他的几个儿子杀了。谢道韫在悲痛之余却能临危不乱。她带领家人和家丁奋力突围，因寡不敌众，被叛军抓住，带去见孙恩。谢道韫和刚满三岁的小外孙被一起带到了孙恩的帐前，孙恩为了斩草除根，决定当即处死那孩子。谢道韫闻言厉声喝道："事在王门，何关他族？此小儿是外孙刘涛，如必欲加诛，宁先杀我！"孙恩听她言语刚直，又见她正气凛然，心中敬服，这个被后人称为海盗祖师的孙恩竟出乎意料恭敬地送她带着外孙安归故里。谢道韫这种"泰山崩于前而色不变"的风范气度，让无数自称大丈夫的人汗颜，也成为林下风气的重要内涵。

[1] 曼素恩．缀珍录——十八世纪及其前后的中国妇女[M]．定宜庄，颜宜葳，译．南京：江苏人民出版社，2005：281.

明末，东林遗忠、复社名流集聚秦淮旧院，于酒酣耳热之际，曲中佳丽在耳濡目染中也开始关心天下大事。如柳如是在与复社文人的讨论国事中，常常能语惊四座。李香君痛斥阮党也是痛快淋漓。乙酉（1645 年）五月之变，柳如是曾劝夫婿钱谦益就义赴死，然“宗伯（钱谦益）谢不能”[1]而柳如是欲奋身一跃独殉国难，后世赞其果敢行为：“凛凛有丈夫风。”（罗振玉《负松老人外集》）清初毕著有男儿义勇之气，《纪事》实记其为父报仇之事，特别是诗歌末尾曰：“相期智勇士，慨焉赋同仇。蚁贼一扫尽，国家固金瓯。”[2]诗人愿将国仇家恨一力承担，令无数男儿汗颜。钱孟钿随夫崔龙见驻定顺庆、荆州时，分别有义和团、白莲教军攻袭郡城，恰其夫公务外出，情况紧急，钱氏指挥若定，智却来犯，足见其胆识。[3]

综上，谢道韫开启的林下风气从多方面引导了清代英雌们的思想与人格建构。她们或安贫乐道、或典钗沽酒、或闲隐云水、或诗酒风流，或畅谈阔论，在深衷于咏史怀古与山水清音的情趣中表现出迥异俗流的风采，使“林下风气”成为一种高贵的人生境界。英雌们进能自谋生路甚至报国立功，退能闲适自隐、穷愁守志，志在流水高山，心共山闲水闲，一派名士风范。

第三节　“林下风气”的双性同体之美

谢道韫生活在中国文化具有非常独特内涵的魏晋时期。以儒道兼综为特征的玄学新思潮成为思想界的主流，出现了一批蔑视礼法、崇尚自然、追求自由与个性的魏晋名士。他们蔑视礼法、崇尚自然、追求精神自由、玄远旷达的独特群体人格精神凝成受人追慕的名士风度，表现出的那一派“烟云水气”而又“风流自赏”的气度，几追仙姿，对上层女性影响颇深。谢道韫生活在名士风度甚为浓厚的时代与家庭氛围中。她的叔父谢安与公公王羲之均是当时清峻洒脱而又“风流自赏”的名士，谢道韫深得两家家风真传。所以说，“林下之风”

[1] 范景中．柳如是事辑（上编）[M]．北京：中国美术出版社，2002.

[2] 沈善宝《名媛诗话》卷一。

[3] 赵怀玉《崔恭人钱氏权厝志》，施淑仪《清代闺阁诗人征略》卷五。

自诞生之日起就包含着名士风度的文化内涵，拥有两性共同的人格质素。

《诗·大雅·既醉》有句:“其仆维何,厘尔女士。”据孔颖达的解释,其中的“女士”，谓“女而有士行者”，即身为女性却有男性般的作为与才华，是对这类女性的尊称。因此,古人早就发现女性中有具备男性特征的人物在。通过谢道韫“林下风气”的进一步传扬，中国文化中出现了一个支脉，她们的人格追求与审美理想与大部分女性不一样，成为柔美与清劲并存的双性同体的先锋人物。

第一，人格追求名士气。在长期儒家思想统治下，大部分人认同女性应该是温柔婉约的，而“林下之风”显然不符合儒家认可的“模范女性”范式，然长期以来怎么能获得容忍甚至赞赏、推崇呢？魏晋时期，儒家思想松动，道家追求自由的思想上升，开启了儒道互补的士大夫精神。世家大族中的奇女子的个性、人格和感情得到了充分尊重与圆融表达。她们的奇才、奇志、奇行、奇遇、奇情既能在现实生活中帮助父兄夫婿等男性脱离困境，也能在文学审美中铸造阳刚化的生命气度，于是，具备“林下之风”的才媛之才胆识力达到了当时社会男性文人的水准，具备了名士之态。男性文人也惊喜于这种刚柔相济的和谐之美。如谢道韫《拟嵇中散诗》曰：“遥望山上松，隆冬不能凋。愿想游下憩，瞻彼万仞条。腾跃不能升，顿足俟王乔。时哉不我与，大运所飘飖。”余嘉锡笺注曰：“居然有论养生服石髓之意，此亦林下风气之一端也。道韫以一女子而有林下风气,足见其为女中名士。”[1]显然,“女中名士”与“林下风气”具有互通性，尤其在诗酒风流、崇尚自然、鄙薄功名利禄等方面。王恭曾言：“名士不必须奇才，但使常得无事，痛饮酒，熟读《离骚》，便可称名士。”[2]与名士一样的诗酒风流也是许多英雌追求的理想。“微我无酒，以敖以游。”（《诗经·柏舟》）这是最早出现在女性文学中的酒意象，说明先秦时期女性已经懂得以酒解忧的功能。无论借酒浇愁还是畅情，清代英雌常常参与宴饮、雅集、吟诗作赋等类名士活动，敲诗把酒成就她们的潇洒风神。吴藻、顾太清、沈善宝、秋瑾等无不在诗酒中挥洒自己的英特豪迈。如顾太清词《贺新凉（夏日余季瑛招饮绿净山房作）》：

---

[1] 余嘉锡.世说新语笺疏[M].上海：上海古籍出版社，1993：698.

[2] 刘义庆.世说新语[M].济南：齐鲁书社，2007：196.

小宴神仙宅。坐苍茫、回廊曲折，高槐如幄。海上荔支枝头杏，玉斗香斟云液。爱雪藕、冰盘清洁。卜筑山房成大隐，羡主人、潇洒能留客。尽一日，花间酌。

地偏心远无尘迹。倒清罇、群贤咸集，骋怀游目。西下夕阳云乍起，一霎电雷交作。风过处、新凉如沐。雨后沿阶芳草色，映冰绡、雾縠衣裳碧。归未晚，不须烛。

女诗人们效仿男性文士集会，花间酌酒，敲诗把琴，饶有清气，扑人眉宇。甚至有诗人找到女酒神，为女性酒文化正名。明代周淑禧《杜康庙》写道：“醱有新糟醑有醨，杜康桥上客题诗。最怜苦相身为女，千载曾无仪狄祠。”关于酒的起源，至今依然莫衷一是，其中有一个特殊的却被后世遗忘的造酒神是仪狄。特殊的是其身为女性，余者均为男性。被遗忘的原因是性别，“最怜苦相身为女，千载曾无仪狄祠”。虽然她创造酒的事迹被载入史册，却在后世被杜康这位男性后来居上占有了全部功绩，这是性别歧视在人类历史中留下的遗憾与悲哀，也是女性在酒的历史中所书写的辉煌而又不平等的历史。吴藻《北雁儿落带得胜令》也在酒文化中开拓了女性诗歌风格：

我待趁烟波泛画桡，我待御天风游蓬岛，我待拨铜琵向江上歌，我待看青萍在灯前啸。呀，我待拂长虹入海钓金鳌，我待吸长鲸买酒解金貂，我待理朱弦作幽兰操，我待着宫袍把水月捞，我待吹箫比子晋更年少，我待题糕笑刘郎空自豪，笑刘郎空自豪。

十个“我待”一气呵成描画出作者意欲完成的理想：趁烟波泛画桡、御天风游蓬岛、拨铜琵向江上歌、看青萍在灯前啸、拂长虹入海钓金鳌、吸长鲸买酒解金貂、理朱弦作幽兰操、着宫袍把水月捞、吹箫比子晋更年少、题糕笑刘郎。每一幅均是名士们曾造就的典范，作者誓要与名士一较高下，无论是比年少还是比文才，抑或比豪情，作者均傲笑须眉，改变了传统性别文化对女性气质的限定。而秋瑾的《黄海舟中日人索句并见日俄战争地图》更是将爱国豪情、满腔热血打并进酒杯："浊酒不销忧国泪，救时应仗出群才。拼将十万头颅血，须把乾坤力挽回。"浊酒不再是消愁之物，而是壮英雄胆魄的妙物，力挽乾坤的壮志豪情在酒的激荡下破空而出，不可抑制，这种豪情壮志恐怕是诸多男性名士也望尘莫及的了。

在英雌理想心中，能兼具"林下风气"与"名士风流"的人具备最理想的人格特征，二者也自然成为对女诗人的最高称赏。如归懋仪《次圭斋妹见赠原韵》曰："家住钱塘东复东，伊人诗骨最玲珑。画眉笔用生花笔，林下风兼国士风。"[1]这是归懋仪次韵女弟子兼诗友的龚自璋所写诗，直接以"林下风兼国士风"赞誉闺友。"国士"乃一国中才能最优秀者，一般用指男性，林下风自然是"林下风气"，女性中最优秀者，以二者的结合来称赞自是极端推崇。归懋仪另有《和唐陶山明府重修桃花庵诗》云："红粉也知怜国士，青衫偏是困才人。"[2]诗歌从女性视角关注落魄国士，不以仰视之态来看待名士而带有怜惜之意，发出红粉与国士惺惺相惜之叹。

通过换装来实现林下风与名士态的合一是当时许多英雌的选择，也得到了当时先进男性文人的认同。东晋王恭说，想成为名士需要有三个条件：常无事，痛饮酒，熟读《离骚》。有很深名士情节的吴藻不仅作有戏剧《饮酒读骚图曲》在广场上公演，引起一时轰动。剧中的谢道韫不爱红妆，自画一幅男装打扮、饮酒读骚的小影。现实生活中的吴藻也扮为男子，面对所绘画像而豪饮痛哭。当时名士葛庆曾为《乔影》题诗云："美人幽恨才人泪，莫作寻常咏絮看""吾侪亦有沉沦感，何止红闺黯断肠。"男性文人在女性这里找到了知音，林下之风与名士再一次相遇，而女性占主动地位，男性则成为被慰藉者。陈文述精准地赞赏吴藻为"前生名士，今生美人"，指出吴藻笔意双性，一为美人彩笔，一为名士青毫，形成流丽清圆与舒宕豪放兼备的审美风格。

双性和谐的审美理想在当时方兴未艾的弹词、小说领域也崭露头角。王筠的《繁华梦》、陈端生的《再生缘》、邱心如的《笔生花》、程惠英的《凤双飞》等弹词中皆可找到女性性别置换的母题。无论其中换装女子的出路有何差别，

[1] 胡晓明，彭国忠．江南女性别集（初编）[M]．安徽：黄山书社，2008：685.

[2] 胡晓明，彭国忠．江南女性别集（初编）[M]．安徽：黄山书社，2008：681.

但基于性别意识觉醒而持的“白日梦”心理依然相互遥遥呼应。小说《红楼梦》塑造的理想人物均带有双性和谐意味。被誉为“群芳之冠”的黛玉“心较比干多一窍”，曹雪芹称其“堪怜咏絮才”，均着眼于其“林下风气”。黛玉诗才之超绝不言自明，而其机敏谈锋也超人一等，从“林黛玉俏语谑娇音”“潇湘子雅谑补余香”的回目中就可知黛玉的名士性格与作者的喜爱之情。除了黛玉之机锋外，湘云之风流、凤姐之才辩、探春之识鉴均是林下风气的翻版。《红楼梦》中理想的男性形象也有明显的女性化特征，贾宝玉、秦钟、北静王水溶、蒋玉菡、柳湘莲等形容俊美秀丽，举止温柔体贴，情性谦和脱俗。合而观之，《红楼梦》中非常明显地表现出男女双性和谐的审美理想。

第二，审美追求“非脂粉气”。伴随着女性诗歌发展的历程，讨论女性诗歌应该具有怎样的美学特征自是个重要的诗学话题。严明、樊琪《中国女性文学的传统》将女性作品分为“正统”与“非正统”两种风格，认为“正统”指的是女性文学中表现出的主要风格与传统的礼教、诗教相吻合，在传统观念所允许的范畴内表现出细腻、哀婉、惆怅、温婉等风格。“非正统”则是指女性诗风以豪放、豁达、悲怆等偏向男儿气概的风格为主要特征。在正统文人眼中，非正统诗风是向传统观念挑战，是向男权社会的挑衅，因此这类诗作不为大多数男性文人所认同。在实际诗学话语中，诗学批评者常用带有性别色彩的“脂粉气”与“非脂粉气”来评价女性两种不同的诗风。如以下各例：

各拈彩笔斗清思，填出红闺绝妙词。……芬芳不染粉脂气，绰约生成兰蕙姿。[袁希谢《读杨蕊渊李纫兰诸女士词稿》，胡晓明，彭国忠《江南女性别集》（初编），1005 页]

扫除脂粉归风雅，洗尽铅华见性情。[胡晓明，彭国忠《江南女性别集》（四编），728 页]

定缘夙世盟心在，已恨今生识面迟。高论尽除闺阁气，名家不作女郎诗。[席佩兰《寒夜喜佩珊至》，胡晓明，彭国忠《江南女性别集》（初编），557 页]

其诗风格遒上，气韵沈雄，推陈出新，总以立意为先，脂粉之气刬除始尽，寻常流连光景、应酬牵率诸结习概不染毫端，骎骎乎少陵所谓语必惊人者也。

[张慕骞序，朱庚《养浩楼诗钞》，胡晓明，彭国忠《江南女性别集》(四编)，721页]

女史赏佩芬评朱素贞《倚翠楼吟草》云："古香冷艳，卓有盛唐风，或以沉雄入妙，或以洒落见长，绝无一点脂粉气。"(胡文楷《历代妇女著作考》，279页)

"脂粉"二字，从诞生之时就与女性联系甚密，后进入文学批评，也是指如女性般艳美、浮华的文学风格。"脂粉气"一词最早出现于唐代宋之问的五言绝句《伤曹娘二首》中："凤飞楼伎绝，鸾死镜台空。独怜脂粉气，犹着舞衣中。"当然，"脂粉气"在古代文学批评中，并不特指女性创作的文学作品，亦可指风格萎靡、偏向女性化的男性作品或文学风气。如刘克庄《后村集》卷二十四有一首论诗诗说："南朝有脂粉气，季唐夸锦绣堆。接休文声响去，梦太白脚板来。"诗中以"脂粉气"一词描述以柔弱艳媚的宫体诗为主的南朝文风。当"脂粉气"用于评价男性诗风时，明显有诗风低人一等的意味。这一观点直到清代依然没有太大变化。

作为中国古代的大部分女性作家，始终处于男权中心文化的控制下，正统儒家的礼法教条限制了她们的生活范围、束缚了她们的情感表达，使其文学创作不可避免沾染"脂粉气"。同时，清代大部分女诗人仍尊奉"风人之旨""温柔敦厚"等传统儒家诗教，并体现出比男性更为严格的道德自律性，所作诗歌自然以脂粉气居多。沈德潜《绿净轩续集序》云："女子之诗惟取嘲风雪、弄花草，若此外无馀事也。"陈衍《石遗室诗话》总结道："闺秀能诗者，多未深造，以真肆力者少，脱不了女儿口气也。"他们均认为"脂粉气"是女性性情体现，符合"诗言情"的传统，是女性诗歌本色，应给予肯定，如劳沅恩为妹妹劳蓉君《绿云山房诗草》作序曰："道性情一语，为千古言诗之则，厥后曰格律，曰宗派，曰风气，言诗者愈精且备，去诗也愈远且失。甚则若禁体然，谓闺秀诗不可有脂粉气，方外诗不可有蔬笋气。夫必不脂粉而后为闺秀，不蔬笋而后为方外，诗或佳矣，能得其性情之故邪？"[1] 力争脂粉气为女性性情，蔬笋气

[1] 胡晓明，彭国忠.江南女性别集(四编)[M].安徽：黄山书社，2014：1217.

为方外性情，符合千古言诗之则，所以充分肯定女性诗歌的脂粉气。

很显然，英雌们所作诗歌审美超出了“脂粉气”的传统，如袁希谢《读许蕊仙萓臣吟稿诗以赠之》所云：“曲谱松风理素琴，尤娴咏絮寄情深。彩毫拈出诗千首，脂粉从无一点侵。”因此，关于女性诗歌的“脂粉气”与“非脂粉气”二者孰优孰劣，成为清代女性诗学一个重要话题，两性诗坛均展开过论述甚至激烈争论，孰优孰劣的争议持续到清代中期还没有一致结论。清初女诗家王端淑曰：“官家有冠冕气，仙家有飘笠气，僧家有蔬笋气，女士家有脂粉气，俱未脱凡性耳。”[1]王端淑的观点颇具诗学家的理性分析，在认同脂粉气是女性诗歌本色的同时，认为突破“凡性”之作更加难得，因此她更称赏“非脂粉气”的诗作。也有女诗人认为失去闺阁本来面目——脂粉气不是女诗人应有诗风，如胡慎容的妹妹曾批评王贞仪诗歌“太劲洁，不免失闺阁本来面目”。王贞仪在《答胡慎容夫人》的书信里则自我辩驳道：

至失闺阁本来面目，此又仪避之出于有心者。迨乎时下，言诗者更多，漫无所志，唯专用攻苦之心于酬酢往来中，或有吾辈巾帼能工翰墨者，又喜斗竞于香奁浮艳。求其有先辈识见，涤尽柔媚之态，而相题成章，则百难获一。又何足尚论于魏晋以前之言乎？噫！有赋而无比，有颂而失《风》《雅》，四始、六义，阙如矣。仪方深以为病，正自愧不能尽去闺阁之面目，而不意令妹夫人之教余者反在是也。

面对闺友质问，王贞仪承认乃自己有意为之，意在纠正“斗竞于香奁浮艳”的时俗，让女性诗风呈现多样化，这既是对诗坛的清醒分析，也是女诗人自觉以诗歌健康发展为己任，更坚定地将“尽去闺阁之面目”作为自己的奋斗目标，许燕珍作诗能“扫去脂粉习气”，得到王贞仪的褒扬。随着清代中期女性文学的繁荣，这一问题引起了更多诗学批评者的关注。袁枚曾品王贞仪之诗曰：“俱有奇杰之气，不类女流。”[2]随园女弟子席佩兰也更赞赏无脂粉气的

[1] 王端淑《名媛诗纬初编》卷三。

[2] 袁枚《随园诗话》补遗。

女性诗歌。如其《题宛仙诗稿》曰："镂雪裁云绝妙章，明珠穿就字行行。扫眉笔上无脂粉，脱口吟时有佛香。智慧果然兼水月，才情只合住潇湘。寒窗乞取乌丝本，好当梅花细细尝。"[1]肯定屈宛仙诗歌风格无脂粉气的难能可贵。在《题归佩珊绣余诗稿》中更直接赞赏非女郎诗的高情："脱口定兼仙佛气，高情不作女郎诗。"[2]显然，以袁枚为领军的性灵诗学圈中，在欣赏表达女性性灵的女郎诗的同时，并不排斥甚至更为欣赏除掉闺阁气的非女郎诗。洪亮吉评丹徒才女鲍之蕙诗："沉郁真挚，岂特无脂粉习气，恐经生为之，亦无此独到耳。"[3]显然也是对"无脂粉习气"表示赞赏。张克俭为朱庚《养浩楼诗钞》题词曰："最难巾帼须眉气，不作熏香傅粉词。"[4]指出女性诗歌拥有须眉气比脂粉气更难亦更可贵。

有当代学者指出，清代才女的名士化达到以之排斥女性自身特性的地步。他认为清代女性词的闺词雄音并非表明女性的觉醒，更非是追求女性的解放，只不过是才女不满其自身的女性社会定位，而以"僭越"的方式，争取以男性的身份为标识的名士声誉。这一性别错位转移（男性化）使女性词始终处于一个尴尬的两难境地——在实现目的（男性化）的同时，也就失去了其女性文学的特质。[5]这一观点依然使用男女二元对立的观点来衡量女性诗风，有失偏颇。首先，生理学和心理学的研究表明，双性同体可以存在。英国小说家弗吉尼亚·伍尔夫（1882～1941）在《自己的一间屋》中指出：卓越的作家应该是两性融合的，也就是同时具备男女双性的素质。其次，一个作家的风格完全可以多样化。女性作家能够拥有豪情壮采的作品并不代表没有阴柔性风格的存在。"纤丽雄浑兼而有之"[6]者大有人在。以目前保存下来的资料看，女性词更多的依然是"女性特质"诗风。也有学者认为："就像五代北宋词多'男子而作闺音'的现象一样，清代女性诗歌也多'闺秀而发壮言'，在风格上自掩身份，而认同、靠拢男性

[1] 胡晓明，彭国忠．江南女性别集（初编）[M]．安徽：黄山书社，2008：486.

[2] 胡晓明，彭国忠．江南女性别集（初编）[M]．安徽：黄山书社，2008：525.

[3] 胡晓明，彭国忠．江南女性别集（三编）[M]．安徽：黄山书社，2012：336.

[4] 胡晓明，彭国忠．江南女性别集（四编）[M]．安徽：黄山书社，2014：727.

[5] 王力坚《清代"闺词雄音"的二难处境》，《中华词学》第三辑，东南大学出版社，2002.

[6] 沈善宝《名媛诗话》卷四。

诗歌风格。”[1] 事实上，女诗人并不一定是自掩身份，刻意向男性风格靠拢，而是女性一种潜在异性特征的强势爆发。加之，中华民族深层文化心理底蕴中阳刚传统的优越性更强化有识女性羡慕异性的深层心理意识，希望在文学建构中获得超越性别界限的幻想性满足。与男子而作闺音不一样的是，英雌话语不是代言体，她们并不代男性立言，也很少赞美男性美好品质，而是将男性的阳刚之气与壮志豪情赋予在出色的女性身上，这是女性对自身柔弱性别特征的有意扩充，对社会性别角色的建构甚至颠覆。简单地认为中国古代女性是全无意识、任人摆布的，将她们被解放全都归功于男性革命者的拯救，进而抹杀女性不屈的人性光辉和思想火花，抹杀她们永不停歇的挣扎和对拓宽自我生存空间的努力，将她们从受害者、探索者、反抗者的复杂角色单一化为被拯救者，这恐怕是再次剥夺了女性群体的话语权，也不利于我们客观地研究古代女性文学，更容易误解中国文化。

正如邱绍英所云：“人生大抵寄邮亭，巾帼须眉岂径庭？脂粉习消诗有力，烟霞病痼药难灵。春慵只费香供睡，露冷方知鹤伴醒。自笑深闺风景易，横陈书卷对疏棂。”[2] 无论是人格特征还是美学风格，巾帼须眉均无需截然分明，双性和谐才是人格与美学追求的共同理想。

小　结

中国文学批评史对女性诗歌的评价历来不高。究其原因，许多评论忽视了女性诗歌在突破私人视角、记录社会变化、书写公共事件、进入公共生活方面所作的诸多努力。英雌话语的出现不仅打破了男性诗人对诗坛的垄断，而且也打破了男性文人想像中的女性文学世界。女诗人们得深厚文化之养、得江山之助，得时代巨变之力，得文化场域之扬，英雌话语的内涵丰富多样。关注历史、关注家国艰难、关注国计民生、关注女性自身的地位是她们的共同选择。

[1] 周兴陆．女性批评与批评女性——清代闺秀的诗论 [J]．学术月刊，2011：114.

[2] 黄秩模．国朝闺秀诗柳絮集校补（三）[M]．付琼，补校．北京：人民文学出版社，2011：1513.

清代闺秀的英雌主题与话语内涵均是一个渐进变化的过程，由吉光片羽到满纸呼喊，由个体的特立独行到群体性的相互呼应，由参与传统话语的蒙昧状态到针对传统刻板印象的质疑、反叛与突破，从女性话语的初步建立，到对社会性别与诗学风格的影响，这是一条复杂曲折却影响深远的过程。幸运的是，英雌前赴后继传递历史的接力棒，代代叠加着英雌话语的内涵与份量。清初乱世的遗民情怀、清中叶盛世的咏史怀古与自然风云、清末颓世的国难救世与女性自立自强的呼喊。英雌话语的声音越来越雄壮多样也证明着女性在觉醒之路上越走越自信，越走越宽广。虽然在封建文化的影响下，女诗人的性别探索之路注定无法完全突破封建礼教的束缚，“无论妇女的发声多么殊异，它与一个时代的发展是分不开的”，故在看待社会性别关系问题，需要“在对抗中看到和谐，在压抑中看到坚强”。[1] 性别意识发展的最高指向是人性的全面丰富与完善，是人的价值的全面实现。这点是与人类发展的最高指向一致。英雌们对性别文化的思考与努力，不仅丰富了中国文化的内涵，也为人类双性和谐的未来提供了诸多有益的启示。

[1] 罗久蓉，吕妙芬，等．无声之声——近代中国的妇女与文化 [J]. 台北：中央研究院近代史研究所，2003：11.

第五章

女诗人的屈骚情结与文化意蕴

在中国悠远文化长河的源头，屹立着一位衣袂飘飘、风度超群的诗人——屈原。屈原的爱故土、求美政、哀民生、修美德等人格高标，与楚辞的“书楚语、作楚声、纪楚地、名楚物”等独具楚地风神的审美特征给后世留下了丰富内涵的楚骚精神，对历代文士人格塑造与文学创作实践的深远影响，形成了源流相对完整的体系，引无数骚人竞折腰。如刘勰《文心雕龙·辨骚》所云：“才高者菀其鸿裁，中巧者猎其艳辞，吟讽者衔其山川，童蒙者拾其香草。”后代文人对屈骚精神所取各异，男、女两性诗人在接受屈骚精神时也自有不同。本书即以女诗人的屈骚情结为视点探讨她们对屈骚精神的承传，以及她们对这一传统文学母题的开拓与嬗变。

第一节 屈骚情结的养成

《离骚》与《诗经》是中国传统文化的精髓与灵魂，常常诗骚并称。正因《离骚》在中国传统文化中的重要地位，所以它几乎成为能接受教育的女诗人们的必读书目甚至是母教范本，据乾隆名儒重臣毕沅回忆，他六岁即从母学《诗经》《离骚》。季兰韵《三十自叹》亦云：“我有一卷书，祖传之离骚。无以发孤愤，高吟度昏朝。”[1] 祖传离骚成为诗人高吟度昏晓的至宝。逆流女子杜湘娥《绝命诗》

[1] 胡晓明，彭国忠. 江南女性别集（三编）[M]. 安徽：黄山书社，2012：993.

曰："少小丁宁画阁时，诗书曾托母兄师。涛声夜夜悲何极，犹记挑灯读楚辞。"[1]到了绝命之时，诗人依然记得少小挑灯读楚辞之事，可见，楚骚影响的根深蒂固。

在以后漫漫人生中，女诗人们受惠于《离骚》带给她们的诗学启蒙与人格熏陶。如南海梁霭（1861～1887年）为时贤冒广生所赏，徐世昌《晚晴簃诗汇》录梁诗多达十七首，其中以《读离骚》二绝最为人传诵。诗云："陈辞敷衽太忉忉，《天问》翻怜《九辨》劳。千古蛾眉招众嫉，美人心事易《离骚》。鹈鴂鸣时失众芳，婵媛犹称芰荷裳。春兰秋菊伤零落，欲补梅花殿楚香。"诗歌直接抒发对屈原《离骚》《天问》《九辨》等作品复杂情感的把握。另如以下各诗：

盥手骚经习，留心女诫申。……读书四时乐，作客一家春。（李佩琼《归会同留别贺秋筠秋芍云麓娟诸妹》，贝京校点《湖南女士诗钞》，168页）

悲秋情绪草虫知，滴露研朱读《楚词》。帘卷西风添半臂，桂花香里晓凉时。［陆荷清《秋晓》，胡晓明，彭国忠《江南女性别集》（四编），1179页］

越罗轻袷未装绵，坐傍蕉窗欲雨天。药果有灵何碍病，华胥无梦不求仙。每因易感秋多瘦，苦为耽吟夜损眠。欲展骚经吊湘客，博山先爇水沈烟。（阳湖方荫华《秋日漫》，徐世昌《清诗汇》卷188）

曾记挑灯课楚词，捎窗风雪夜深时。（郭润玉《乙亥祀先日书感》，贝京校点《湖南女士诗钞》，215页）

行踪落落逐飞涛，典尽春衣换浊醪。酒上眉端心未醉，孤灯夜雨读《离骚》。［张慧《春日杂感》，胡晓明，彭国忠《江南女性别集》（初编），1070页］

千古称词伯，休伤命不遭。若无楚靳尚，何处读离骚。（张慧《读楚辞感作》，胡晓明，彭国忠《江南女性别集》（初编），1061页）

人静秋虫声切切，添灯闲诵楚骚篇。［唐庆云《新秋夜》，胡晓明，彭国忠《江南女性别集》（四编），910页］

词坛曾侍读《离骚》，弟妹联吟各染毫。别后定知清兴夜，碧天如水月轮高。（罗瑞琼《寄杨顾楼姨丈》，贝京校点《湖南女士诗钞》，315页）

雨洗庭榴红欲堕，绿净莎凉无客过。一卷《离骚》吊屈平，魂不来兮悲楚些。

[1] 贝京．湖南女士诗钞[M]．长沙：湖南人民出版社，2010：347.

纵使一言能悟主，楚也秦兮总尘土。沅湘之水日滔滔，凛凛孤忠自千古。波心鼓振蛟龙舍，渺矣不接飞凫下。世人皆浊我独清，劳劳谁是怜君者。[梁兰漪《午日读离骚》，胡晓明，彭国忠《江南女性别集》(二编)，130页]

正如百保友兰《自嘲》所云："笑我诗成癖，推敲意自怡。闲时吟弗辍，午夜卷仍披。研露圈《周易》，焚香读《楚辞》。何妨呼獭祭，乐此不曾疲。"[1]女诗人们爱诗成癖，无论是春晓还是秋夜，无论是孤灯夜雨还是行踪落落之时，或滴露研朱读骚，或饮酒读骚，或孤灯夜雨读骚，或为吊湘客，或伤己命不遭，或为怜屈兼自怜，或为悲秋，女诗人们乐此不疲于阅读《离骚》的审美体验中。甚至连留影时也不忘以读《离骚》的姿势来显示自己的知识女性身份。如汪端在《题湘绿小影》曰："秋水绿窗凉似水，玉人扶醉读《离骚》。"[2]在忙碌辛劳的旅途中也不间断饮酒读骚的乐趣，如满洲旗人喜塔腊多敏《微山湖夜泊》曰："一枝柔橹渡蜻蜓，酒畔离骚读未停。明月欲残偎树白，湖山破晓入船青。自怜病骨禁宵坐，最怕春寒袭梦醒。试取瑶琴弹一曲，恍疑篷底有龙听。"俞绣孙认为《离骚》能带领着读者远离名场的困扰："名场扰扰未能逃，马足车尘改鬓毛。得失荣枯身外事，且将杯酒读离骚。"[3]

最具屈骚情结的女诗人当属吴藻，她的换装理想、饮酒读骚图与《乔影》均是典型的屈骚情结反映。吴藻自小就对以屈原为代表的中国文人士大夫文化推崇备至，据记载，吴藻"幼好奇服，崇兰是纫"[4]。"奇服"和"纫兰"分别出自屈原《九章・涉江》《离骚》，借以表达她高远的志向和不与世俗同流的高贵品格。吴藻画有《饮酒读骚图》，还作有杂剧《乔影》，《两般秋雨庵随笔》与《续修四库全书・提要》等均有记载。《乔影》是唯一一部公开上映并轰动南北的女性戏剧，掀起了两性对《乔影》与《离骚》的关注与热评。据葛庆曾回忆："余与其兄梦蕉游，得读此本，恍如湘江千顷，澄波无际，君山飘渺，

[1] 百保友兰《冷红轩诗集》卷上，清光绪元年（1875年）刻本。

[2] 胡晓明，彭国忠．江南女性别集（二编）[M]．安徽：黄山书社，2010：343.

[3] 胡晓明，彭国忠．江南女性别集（三编）[M]．安徽：黄山书社，2012：1443.

[4] 张景祁序，吴藻《香雪庐词》，清道光十年（1830）刻本。

烟鬟雾鬓，相对出没，兰桡桂枻，容与乎中流。复如山鬼晨吟，林猨暮啸，夜郎迁谪，长沙被放，才人沦落，古今同慨。余也羁栖海上，过类蓬飘，秋士能悲，中年多感。爰志伤心之曲，聊书缀尾之词。”诗人从《乔影》与屈原作品的互通神似中感悟到“才人沦落，古今同慨”的悲伤。吴载功云：“读之觉灵均香草之思犹在人间，而得之闺阁尤为千古绝调。适有吴门顾郎兰洲善奏缠绵激楚之曲，爰以是出授之广场演剧。曼声徐引，或歌或泣，靡不曲尽意态，见者击节，闻者传钞，一时纸贵。”无论是戏剧文本还是场上表演，《乔影》均获得男性文人的强烈情感共鸣，一时洛阳纸贵。

同时期闺秀诗人如梁德绳、归懋仪、汪端、张襄、王岳莲均有题词。汪端《题西泠女士吴苹香饮酒读骚图小影》收入吴藻《饮酒读骚图》闺秀题词第一首，诗云：“蜀国黄崇嘏，唐宫宋若莘。美人原洒落，词客最酸辛。修竹难医俗，芳兰不媚春。江潭写秋怨，憔悴楚灵均。”[1]将闺中好友吴藻比作蜀国黄崇嘏、唐宫宋若莘般的洒落美人，同时又是追求超凡脱俗而憔悴的酸辛词客屈原。女诗人们的题诗满含赞赏而又悲伤的复杂感情。梁德绳的题诗则要明亮轻快得多，其《题吴苹香女士饮酒读骚图》曰：“天生幸作女儿身，多少须眉愧此人。纵使空山环佩杳，斯图千载卒传神。”[2]诗人庆幸吴藻为女儿身，因而可以让多少须眉男子羞愧，即便千载之后，她的画、她的精神还足可传。归懋仪为吴藻《乔影》题诗云：“离骚一卷寄幽情，樽酒难浇傀儡平。乌帽青衫灯影里，争看不栉一书生。换却红妆生面开，衔杯把卷独登台。借他一曲湘江水，描出三生小影来。”[3]作者从离骚的情感内涵入手，追溯吴藻作曲的情感寄托，一种不平之气萦绕笔端。吴藻的知己好友沈善宝最欣赏她的正是其诗文词曲中写不尽的“离骚意”。她为吴藻《花帘词》题词曰：

续史才华，扫除尽、脂香粉腻。记当日、一编目睹，四年心事。残月晓风何足道，碧云红藕浑难比。问神仙、底事谪尘寰，聊游戏。写不尽，离骚意。

[1] 胡晓明，彭国忠.江南女性别集（二编）[M].安徽：黄山书社，2010：425.

[2] 梁德绳《古春轩诗钞》卷下，清咸丰2年（1852）刻本，第22页.

[3] 蔡毅.中国古典戏曲序跋汇编[M].济南：齐鲁书社，1989：1134.

销不尽，英雄气。仅绿笺恨托，红牙兴寄。沅露回环吟未了，瓣香私淑情难置。侥金针、许度碧纱前，当修贽。（沈善宝《满江红·题吴苹香夫人〈花帘词稿〉》）

此词特意拈出吴藻的屈骚之气作为吴藻词作的重要特征，甚至因此而意欲成为私淑弟子，可见二人志趣相投。晚清才女刘清韵（1841 ～ 1915 年）读了吴藻的《花帘词》后，赋词《满江红·读花帘词钞吊吴苹香》曰：“图画里，幽怀寄，若个解，青袍意，叹美人名士，伤心同例。”可谓易代知己。从如此热闹的闺秀题赠中，我们可以看出这些不栉书生对屈骚的热爱，同时也反映了屈骚对她们的深远影响。女性的眼光从春花秋月中延展开来，展开对个体人格的追求、两性命运的探讨、对时政得失的思考等重大社会问题上来，女性诗歌风格因而也发生变化，除了温柔敦厚，更多了悲怨愤世。

女诗人通过对既定屈骚母题的探索，构建起超越传统的女性话语，体现了她们丰富的精神生命与积极探索精神。

第二节 屈骚情结的诗学特征

“读罢《离骚》还酌酒”的闺秀诗人在屈骚浸润中获得丰厚的诗学滋养。如归懋仪在《题潇湘夜泛图即步翁大人韵》所曰：“为读《离骚》爱楚游，十年前此泛扁舟。”[1] 因为读了《离骚》而不惜千里迢迢到潇湘泛舟一游。它为闺中女子打开了一片奇特的世界，绝不仅仅是一首诗、一幅景而已。古代女诗人在不断累积的屈骚情结中不仅传承着屈骚精髓，而且将屈骚精神进行了具有性别意味的发扬光大。主要体现在：

一、追求浪漫变幻的意境

《离骚》无疑是中国浪漫主义文学的源头。屈原以热情奔放的语言、瑰丽的想象和夸张的手法营造了一个超凡脱俗的境界，也为后世文人创作提供了一

[1] 胡晓明，彭国忠. 江南女性别集（初编）[M]. 安徽：黄山书社，2008：724.

个骋思于纯美境界的范本。

福建莆田周庚在《又与夫书》中论道："《离骚》之所以妙者，在乱辞无绪。绪益乱则忧益深，所寄益远，古人亦不能自明。" [1] 周庚以世人皆晦我独明的姿态告诉人们，《离骚》的独特魅力在于运用了缤纷瑰丽的想象与复杂纷繁的语言，酣畅淋漓地书写了深切的生命体验和悠远的意境情怀。相较男性诗人而言，女诗人身心更多被禁锢，《离骚》中天马行空式想象不仅打开了广阔的理想世界，也大大开启了她们的思维空间，足以弥补女性因为现实阅历的不足而造成的眼界狭隘，因而，女诗人们偏爱《离骚》。那些不可对人言的心灵深处的隐秘，那些对外界大自然的无限神往，那些用现实主义手法无法表达的激情，女诗人均可以学习离骚来完成。如吴藻《金缕曲》所展现的：

生本青莲界，自翻来几重愁案，替谁交待？愿掬银河三千丈，一洗女儿故态。收拾起断脂零黛，莫学兰台愁秋雨。但大言打破乾坤隘。拔长剑，倚天外。

人间不少莺花海，尽饶他旗亭画壁，双鬟低拜。酒散歌阑仍撒手，万事总归无奈。问昔日劫灰安在？识得无无真道理，便神仙也被虚空碍。尘世事，复何怪！

胸有大志的吴藻不甘雌伏，"愿掬银河三千丈，一洗女儿故态"，是怎样的豪情又包含怎样的无奈？经过一番脱胎换骨，诗人不再是女儿故态，而变成崭新形象："拔长剑，倚天外"，清刚劲健的男儿风范，有遗世独立风姿。

自觉担任诗学传承的女诗人还将自己所理解的离骚精神与他人分享，如刘琬怀《夜坐与弟论诗即赠》有云："作诗如结交，要见肝胆真。何须借雕饰，交情互自陈。灵气贯健笔，慧心绝俗尘。譬若蚕缫丝，乃类石蕴珍。古怀淡淡月，新艳蓬生春。内美虽自得，前人劳问津。绳墨汉魏古，变化庄骚醇。下逮唐与宋，派别途可循。妙在意会间，音节转屈伸。如君贵能获，律细深苦辛。钟嵘及表圣，品在好结邻。" [2] 在刘琬怀看来，因为《离骚》与《庄子》均变幻多姿而醇厚的品格，故而古代文学中常以"庄骚"并称。王瑶湘一生喜读《庄子》《离骚》，

[1] 周庚《又与夫书》，载于静寄东轩辑《名媛尺牍》卷下，清刻本。

[2] 恽珠《国朝闺秀正始集》卷十五。

于是自号逍遥居士，著作集名《逍遥楼集》，是一个典型的庄骚精神传承人。

二、彰显阴柔的审美特质

屈原的《离骚》差不多是可以辨认的“女性化”文学的滥觞。先秦时期，“阴阳”就被用来称谓世界上两种最基本的矛盾现象或属性，阴阳五行之于中国传统审美意识影响深远，以阳刚为主、阴阳和谐的审美取向是我们民族精神气质的主要取向。而《离骚》则以阴柔的审美气质为主，显示出迥异于主流文化的审美特征。

与男性文化中不时出现批评屈骚的声音不同，女诗人们几乎均以仰望的姿势接受屈骚精神的洗礼，这应与骚体中独有的女性倾向深有关系。关于《离骚》的女性倾向，已有诸多前辈学者给予论证。如游国恩说：“与其说‘风骚’代表《诗经》与《楚辞》，倒不如说代表女性。”[1] 刘亚虎在论著《神话与诗的“演述”：南方民族叙事艺术》中也指出，南方的巫觋文化较好地保留了远古神话中的女性崇拜。因此生长在巫觋文化盛行的楚国，屈原在其辞作中体现出来的女性情结是很明显的。李兰《论屈原的女性观》认为屈原欣赏女性的容貌美，张扬女性本身的美，承认、看重女性的智慧。他反对时人把女性看成是亡国的祸水，但不赞成女性干政。在现实生活中，他对女性充满了理解与同情；在夫妻关系中，他主张男女平等，注重夫妻间的忠贞。[2] 自西方弗洛伊德学说兴起，甚至有人质疑屈原是否存在不为人知的“女性癖”或“恋君情结”。

有学者认为：屈原辞作中的香草、美人和水三个意象寄寓楚辞审美特性中的女性情结。[3] 显然，这三个意象均有阴柔之美。屈原以令人目不暇接的香草花木意象群，隐喻自己的高风亮节。《离骚》所展现的香草美人世界让诗人们对楚地心驰神往，一些闺秀甚至百读之而不厌，例如章孝贞曾写道：“深闺瓷斗韵弥高，长养春风也自豪。领略美人香草意，不妨日日写离骚。”在领略了香草美人之意后，作者选择了日日写离骚以自遣。

据王逸《楚辞章句》统计，楚辞中“兰”字凡四十二见，居于众香草之首。

---

[1] 游国恩．楚辞论文集 [M]. 上海：古典文学出版社，1957：191.

[2] 李兰．论屈原的女性观 [D]. 中南大学，硕士学位论文，2008.

[3] 钟丽．屈原辞作中的女性情结 [J]. 柳州师专学报，2010，(4)：37-39.

据《礼记》记载，王朝庆典时有“诸侯执薰，大夫执兰”的传统。“薰”指的是经过薰灸过的兰花，其味更浓。诸侯国的国君与大夫均执兰花庆典，说明兰花在当时已经成为贵族上流社会人人必备的饰品。《风俗通义》也记载汉代尚书奏事中出现“怀香握兰”的习俗。屈原《离骚》面世后，“兰”更被视为《离骚》中香草之魁，也成为幽室闺秀之友，咏兰、画兰、佩兰均成为闺中雅事。如陈梅仙《画兰》所云：“似经蘅若洲前路，又见离骚第一花。”[1]“离骚第一花”即所画之兰。《离骚》中有云：“余既滋兰之九畹兮，又树蕙之百亩。”后世则以“楚畹”一词泛称兰圃。清代女诗人季兰韵不仅以“兰韵”取名，而且以“楚畹”为词集名，足见她对兰花的钟爱。朱庚《咏兰杂言（并序）》：“美人香草，骚客言情；杨柳蒹葭，诗人寄兴。余于兰有所感焉，因作咏兰杂言十章，非敢奴仆命诗骚，聊得性情于物我。”[2]朱庚认为美人香草是骚人言情之物，因而作规模宏大的咏兰十章，用以寄托性情。同样钟爱兰草的还有：

春在娟娟绿玉枝，潇湘烟淡月明时。千秋独抱《离骚》意，未许江蓠杜若知。（汪端《自题画兰》）

雅结湘中佩，幽传泗上琴。（严永华《兰花》）

兰兮生自空山，流出幽香世间。清露润芳颜。载离骚、美人一班。休夸雾鬟烟鬟。不与群芳并看。描写入冰弦。数芬芳、算伊占先。（顾太清《伊州三台·猗兰曲》，《东海渔歌》卷四，日藏抄本）

兰花与《离骚》成为一对相互依存的意象，诗情画意，相得益彰，既是诗人高洁人格的象征，也是抒写审美情感的需要。

在中国，香花美草自古就与女性相连，花之娇艳、草之纤柔皆与女性的温婉相契合。屈原很多时候是通过自拟美人而抒情的，“众女嫉余之蛾眉兮，谣琢谓余以善淫”，直接以“蛾眉”自喻，委曲道出受小人谗言，不为君王信任重用的愤懑。屈原的学生宋玉在《九辨》也袭用了“有美一人兮已不绎”这一

[1] 贝京．湖南女士诗钞 [M]. 长沙：湖南人民出版社，2010：147.

[2] 胡晓明，彭国忠．江南女性别集（四编）[M]. 安徽：黄山书社，2014：789.

隐喻传统。而纷至沓来的香草如“江离”“芷”“兰”等以直接义与寓意义并呈的方式出现，支持并丰富了诗中美人的意象，使“香草美人”成为一个独特完整的体系，形成延绵不绝的文学传统，对中国文学影响深远。不过，男性文人更多会用香草、美人意象来进行政治意味的寄寓。而没有“功名心”焦虑的才女们，不会在诗词中以“美女失意的幽怨”来传达那些“政治上的牢骚失意”，而以美人本色自言女性独有的哀伤，这是代拟美人之文士无法体会的，也是女性屈骚情结的独特所在。如朱家玉《端午祭夫》曰：“湘水人来吊屈原，高风千古至今存。临风我自倾蒲酒，西望难招蜀道魂。”[1] 诗中的“我”就是诗人自己，诗歌抒发夫亡的悲痛之情。

湘水因为舜帝与娥皇、女英那凄绝的爱情而成为一条绮丽多情的河流，屈原的《湘君》《湘夫人》则成为最早歌颂二妃的不朽诗篇。自此，湘君、湘妃、帝子、斑竹、湘水等组成相互关联又意蕴丰富的湘水意象群，阴柔多情，成为后世诗人抒情言志的寄托物。如李淑媛《斑竹怨》曰：“二妃昔追帝，南奔湘水间。有泪寄湘竹，至今湘竹斑。……余恨在江水，滔滔不去还。”[2] 开篇追溯了舜帝与二妃的凄美爱情，最后引发作者悲愤感慨：“余恨在江水，滔滔去不还。”因为婚恋方面的不如意，诗人只能将满腔遗恨寄托于滔滔江水，言尽而意远。

如鲍之芬所言：“世间何地无花木，楚些江边草独香。”[3] 因为有了屈原，湘水边的花木才散发独特芬芳，婉媚多情，引无数闺秀齐咏诵。

三、偏重悲怨的情感释放

屈骚精神的情感表达与以儒家所讲究的“哀而不伤、怨而不怒”的含蓄蕴藉大相径庭，屈骚的情感表达真实直接，基调悲愤幽怨，形成了中国文学史上屈原式忧患。后世文人无论是男性还是女性均羡慕屈原既能对自己美德毫不掩饰地赞美，也能把自己的悲愤之情奋笔直书。“悲浊世，续离骚”[4] 便成为历代两性诗人的情感延续。“读《离骚》《九章》之文，莫不怆然，心为悲感，高其

[1] 贝京．湖南女士诗钞 [M]. 长沙：湖南人民出版社，2010：269.

[2] 王端淑《名媛诗纬初编》卷二十八。

[3] 胡晓明，彭国忠．江南女性别集（三编）[M]. 安徽：黄山书社，2012：365.

[4] 顾太清《东海渔歌》卷二，日藏手稿本。

节行，妙其丽雅。至刘向、王褒之徒咸嘉其义，作赋骋辞，以赞其志。”[1]汉代文人已“咸嘉其义”而“作赋骋辞，以赞其志”。萧统《文选序》云：“楚人屈原，含忠履洁。君匪从流，臣进逆耳，深思远虑，遂放湘南。耿介之意既伤，之怀靡想。临渊有怀沙之志，吟泽有憔悴之容。骚人之文，自兹而作。”李白亦有言：“正声何微茫，哀怨起骚人。”明代王世贞《艺苑卮言》曰：“骚，览之须令人裴回循咀，且感且疑；再反之，沉吟唏嘘；又再三复之，涕泪俱下，情事欲绝。”清代学者王士祯亦云：“忧愤幽思，寓之比兴，谓之骚，始于灵均。”[2]由此可见，楚骚悲怨已成为文人们的自觉传承，只是悲怨的表现与内涵因人而异。

首先，女诗人们的悲怨之情指向对屈原遭际鸣不平。她们或在阅读中感受着屈原的悲愤之情，从而诉之笔端，如鲍之芬《读楚辞感赋》：“哀吟被发楚江滨，耿耿孤忠托鬼神。渔父何知相问难，诗人终古悼灵均。”“幽篁独处与谁论，慷慨悲歌夜色昏。畴昔华阳名胜地，岂无怨魄与诗魂。”[3]作者在阅读楚辞中被屈原耿耿孤忠却不被信任反而只能哀吟于楚江之滨的不幸感同身受，时隔千年，依然悼念不已。又如金至元《江上读楚骚》云：“倚醉沉沉读楚骚，一樽蒲酒想兰皋。彩丝缠得忠魂在，湘水千年卷怒涛。”[4]同样表达了对忠臣被迫自沉的愤懑之意。有诗人触景生情，途径湘水时看着怒涛奔流而自然联想到屈原的不幸而洒下热泪，如胡锦《春日随舅上湘潭省外祖羊公，偕侄珍头，舟中即事》有句：“灵均应有怀沙憾，帝子偏多鼓瑟愁。”[5]特别是每逢端午时节，多愁善感的女诗人感时伤逝，怨愤满怀，如张瑛《午日吊屈原》云：“汨罗千古恨何深，此日灵均何处寻。角黍徒充馋鬼腹，蒲觞不醉怨臣心。汹腾海浪翻风雨，惨淡愁云变古今。泽畔行吟人不见，《离骚》读罢泪沾襟。”作者感受着屈原当年在纵身跃入汨罗江时的怨恨之深，古今变换已千年，但悲愤依旧。又如庄盘珠《朝中措·端午》云：“满城箫鼓竞奢华，今岁数谁家。续命鬓边绿缕，照人窗下榴花。蒲觞吊屈，痴儿騃女，尽也由他。谁放潇湘恨水，年年流遍天涯。”在

[1] 王逸．楚辞章句 [M]．北京：商务印书馆，1960：187-188.

[2] 王士祯．诗友诗诗录．王夫之，等．清诗话 [M]．上海：上海古籍出版社，1963：131.

[3] 胡晓明，彭国忠．江南女性别集（三编）[M]．安徽：黄山书社，2012：365.

[4] 胡晓明，彭国忠．江南女性别集（二编）[M]．安徽：黄山书社，2010：263.

[5] 贝京．湖南女士诗钞 [M]．长沙：湖南人民出版社，2010：117.

“满城箫鼓竞奢华”的映衬下，“蒲觞吊屈”显得如此苍白，年年流遍天涯的潇湘恨水竟也寂寞无主。

更多时候，女诗人的悲愤之情是借屈原之酒杯浇自己胸中之块垒。她们或因为壮志未酬而愤懑，如吴藻《金缕曲》：“闷欲呼天说。问苍苍、生人在世，忍偏磨灭？从古难消豪气，也只书空咄咄。正自检、断肠诗阅。看到伤心翻天笑，笑公然、愁是吾家物！都并入、笔端结。　英雄儿女原无别。叹千秋、收场一例，泪皆成血。待把柔情轻放下，不唱柳边风月；且整顿、铜琶铁拨。读罢《离骚》还酌酒，向大江东去歌残阕。声早遏，碧云裂。”诗歌在女性自省与自振中慷慨悲歌：“英雄儿女原无别”，却“千秋收场”全是泪皆成血，故而，女性红妆们就需要放下柔情，与须眉男儿一起去唱“大江东去”！悲愤中不失斗志。或因感时伤逝而悲愤。女诗人在遭遇失去亲人的残酷打击时，似乎只有屈骚的悲怨之情才能与他们的哀伤旗鼓相当。如吴清莲《十二月二十九日为家君忌辰志恸》曰：“痛亲凋兮鬓未苍，生我劬劳兮恨难偿。我欲问天兮天茫茫，悲歌慷慨兮寄我哀伤。”[1]用屈骚体来抒写自己痛失亲人的悲歌慷慨。又如常熟人季兰韵《冬夜悲歌（时遭先君之丧）》云：“云漫漫兮，夜月无光。朔风凛凛兮，我心恻伤。怨欲问天兮，天何茫茫。嗟今感昔兮，涕泪沾裳。思郁结兮忧不忘，咏悲歌兮悲弥长。”[2]借用屈骚体来抒发因父亲的去世而萦绕于心中的郁结与悲伤。有凄婉之韵的还有王绮《哭夫》：“思美人兮得合欢，谁知凤逝认孤鸾。此身未许轻相殉，总为无儿拜扫难。”[3]范贞仪《重九先夫子小祥》诗云：“遍插茱萸句忍忘？最伤心日是重阳。空闺多恨秋先老，辽鹤无音梦正长。半世凄清同暗月，廿年辛苦历繁霜。楚辞读罢招魂句，未见乘风返故乡。”丈夫的去世让女性失去了生活的勇气，但却必须选择坚强地活着，欲罢不能的悲痛只能用楚辞之悲情来消解，或者希望楚辞中的招魂能真正有效，让丈夫能乘风回故乡，但一切都是徒劳，那种期盼到尽头却只有无尽的虚空，只有屈原才是最好的知音吧。

经历了国破家亡的女诗人最能体会屈原悲愤之情的厚重。屈原曾是楚国重要的政治家，他提倡“美政”，对内主张举贤任能，修明法度，对外力主联齐抗秦。

[1] 胡晓明，彭国忠．江南女性别集（初编）[M]．安徽：黄山书社，2008：852.

[2] 胡晓明，彭国忠．江南女性别集（三编）[M]．安徽：黄山书社，2012：941.

[3] 贝京．湖南女士诗钞 [M]．长沙：湖南人民出版社，2010：23.

因遭谗见疏，被先后两次流放。因为君王的无能、小人的谗佞而导致楚国节节败退，在兴国无望的极度苦闷、绝望情绪下，屈原在汨罗江边纵身一跃，那北去的湘水既流淌着屈原满腔的碧血丹心，也承载着无力回天的悲怨幽魂，这是湘水的永恒魅力，绵延不绝。明清易代之际，许多女诗人遭遇了与屈原一样的社会经历与心路历程，笔端自然有了屈原式忠愤，特别是遗民女诗人。如王端淑在遭遇明清易代、父亡姊出家的人间惨事后，“更多长沙三闾之句”[1]。以吟红泣血之心态记录着历史的沧桑巨变，思考着历史的因果律以及个体的苦难命运。在屈原走向圣贤化的过程中，相当一部分男性文人看重屈原在忠君方面的价值，而对其抒愤精神的阐发则有所忽略，女诗人因为没有社会价值实现的可能，更为自觉地沿袭了屈骚精神中的悲怨。如宗婉《自题梦湘楼集后》：“一卷离骚是我师，休言宋玉有微词。美人香草西风里，写到凄然欲绝时。”[2]自言作品内容完全臣服于《离骚》的香草美人传统，凄然欲绝。

因为屈骚带给诗人的悲愤之情需要酒来祭奠或忘忧，于是屈骚与酒之间形成了相依相伴的关系。如清末著名联家吴熙所撰的三间大夫祠对联所云：“痛饮读离骚，放开古今才子胆；狂歌吊湘水，照见江潭渔父心。”“一卷《离骚》酒一杯”[3]成为女诗人抒写情怀的常见风姿。席佩兰在《红蕙图》中写道：“读罢《离骚》愁独醒，春风吹酒上颜来。”在春风拂面之日，《离骚》成为扫除烦扰、荡涤心胸的良药。饮酒读骚或许可以让诗人暂时忘忧，或许能让女诗人暂时忘却自己的女性身份，然而，酒醒之后依然无路可去，只能选择逃离。如吴藻《浣溪沙》所写：“一卷离骚一卷经，十年心事十年灯。芭蕉叶上几秋声。欲哭不成还强笑，讳愁无奈学忘情。误人犹是说聪明。”一面读着抒愁的《离骚》，一面念着空寂的佛经，诗人的心事在《离骚》的悲愤与经卷的平和中走钢丝，在多愁与忘情中煎熬，在哭与笑之中纠结。最终，诗人认为都是才华惹的祸。于是，最终选择了抛弃文字而入道，以经卷代替了《离骚》，吴藻、汪端均如是，这是才女们独有的悲哀。

---

[1] 丁圣肇序，王端淑《映然子吟红集》。

[2] 胡晓明，彭国忠 . 江南女性别集（三编）[M]. 安徽：黄山书社，2012：709.

[3] 胡晓明，彭国忠 . 江南女性别集（二编）[M]. 安徽：黄山书社，2010：425.

四、拥有独特的文体样式

屈骚作为一种特殊文体具有自身的独有特征。《文心雕龙·章句》云："又诗人以兮字入于句限，楚辞用之，字出句外。寻兮字成句，乃语助余声。"这是文学史上第一次对"楚辞"文体特征的表述，刘勰看到了"楚辞""寻兮字成句"的句型特点。现代学者对此也多有论说。金开诚在讨论"楚辞"的特点时说："在《诗经》的一些诗中，也出现过'兮'字，但数量不多，不像楚辞那样，运用'兮'字不但普遍而且带有规律性，因而竟成为语言形式上一个显著的特征。"[1] 郭建勋在界定骚体的概念时更明确地指出："兮字句是骚体的本质特征，也是区分屈宋以后作品是否骚体的主要标志。"[2] 依次界定，古代女诗人也创作了不少骚体诗。如以下各例：

读既倦兮草草，步苍苔兮缥缈，问落花兮多少，怨残红兮风扫，鸟喧喧兮人稀，柳依依兮絮飞，思悠悠兮春归，惟把卷兮送余晖。（文氏《读书辞》，王端淑《名媛诗纬初编》卷六）

明月既没兮露欲晞，时不再兮吾将安依，佳期可待兮心弗违。（陈千金《歌》，王端淑《名媛诗纬初编》卷十三）

沅水深兮无光，昧空明兮云茫。惜蛟珠兮檏暗，悲世道兮田桒。醒与醉兮难分，思佳人兮湘君，苦行吟兮沧浪。（王端淑《续九歌三章》其一）

仰寒空兮凝眸，送韶华兮三秋，视无端兮朔雁，听菱歌兮莲舟，怨薄命兮离索。嗟天涯兮迟留。赋新章兮难书，郁芳心兮谁知。（王端淑《续九歌三章》其二）

病膏肓兮骨蒸，履尘俗兮如冰，伴深更兮明月，透罗帏兮青灯，银河幽兮清清，弄花影兮疏棂。（王端淑《续九歌三章》其三）

本籍南越兮，世继书香。祖登甲第兮，出仕闽方。廉洁自持兮，民惠煌煌。尽瘁国事兮，寿终泉壤。［吴淑蕙《有怀歌》，胡晓明，彭国忠《江南女性别集》（四编），1361 页］

[1] 金开诚．屈原辞研究 [M]. 南京：江苏古籍出版社，1992：8.

[2] 郭建勋．汉魏六朝骚体文学研究 [M]. 长沙：湖南教育出版社，1997：37.

以“兮”字句为外在语言表征，以湘水、香草美人意象群为重要词句构成，主要抒发幽愤悲怨的情感，以想象、象征、夸张等艺术手法营造浪漫变幻的意境，形成诗歌整体上阴柔的审美特质，这是屈骚情结赋予女性诗歌的丰富诗学特征，让古代女诗人的诗歌有了与男性屈骚传承不一样的风采。

第三节 屈骚精神的人格塑造

屈原的人格精神对后世产生巨大而深远的影响。“从发生学上看，屈原的人格蕴含了中国传统文人的几乎所有‘根源特质’。”[1]王国维先生在《文学小言》中也指出：“三代以下之诗人，无过于屈子、渊明、子美、子瞻者。此四子者若无文学之天才，其人格亦自足千古。”屈子高洁人格影响了历代文士的精神高度，历代文士也试图以各自的人格修养与文学实践来诠释屈骚精神内涵。司马迁、杜甫、辛弃疾均各受其惠。女诗人们仰慕屈原高洁人格，更惊喜地发现屈原竟把心中的美好形象多赋予在女性身上，这是文学史上绝大部分男性作家所不具备的女性关怀，历代女诗人以近乎虔诚的态度主动接受了屈骚精神的人格熏陶。屈骚精神对女诗人的人格塑造主要体现在：

第一，以美人式幽怨成为弱者的精神慰藉者。自拟女性身份是屈骚的一种表达方式。其中，以弱者的身份特征抒写情怀是屈骚精神的一个特色。男尊女卑的家庭伦理与家国同构的社会组织结构使得男女与君臣之间的关系有了对应性内涵。由于受到来自皇权统治的压抑，男性作家被迫使用受压抑的女性话语来表达胸中不平，这种性别错置的表达方式是骚体文化的重要特征。如《离骚》中“曰黄昏以为期兮，羌中道而改路”之句把自己比作待嫁女子；“众女嫉余之蛾眉兮，谣诼谓余以善淫”则自比为宫中女子。这些女性想得到男性的恩宠而过着战战兢兢的生活。因恐容颜老去而失宠，因而更在意自己的装扮：“惟草木之零落兮，恐美人之迟暮。”担心得不到男性的理解而惶恐不安：“荃不察余之中情兮，反信谗而怒。”男性不仅不察自己的忠信之情，反而相信谗言而

[1] 周宪．屈原与中国文人的悲剧性 [J]．文学遗产，1996，（5）：32-41.

对自己大发脾气，自己虽“指九天以为正兮”，仍不被相信，其中女性的被动与卑下是显而易见的。在中国文化中，无论是自比还是他指，女性都是卑下的。屈原满怀同情地抒写女性的高洁品质与悲剧命运的矛盾，女性对男性的期盼与幽怨，让后世无数女诗人久被压抑的情绪被唤醒。

清人方苞在《离骚正义》中说：“古人以男女喻君臣，盖地道也，妻道也，臣道也，以佐阳而成一终也。有男而无女也，则家不成。有君而无臣，则国不立，故（屈）原以众女喻谗邪，以蛾眉自喻，盖此义也。”在忠臣事君与女子事夫的相应关系中，女性和臣子都是卑贱的，哪怕尊如皇后，哪怕位极人臣，在夫、君面前始终是弱者。正如曾燠所云：“叹寒女之秋心，比才人之骚怨。”[1]男女、君臣对应性话语形成了相对固定的文化内涵：相思——渴望报效；美人迟暮——怀才不遇；宠幸——为君王重用；受冷落——薄情；弃妇——遭排挤打击。在这不对等的社会关系中，卑下者的身份地位和对自身高洁的期待产生冲突，使她（他）们倍感幽怨。这种美人式幽怨展示了中国传统文人的普遍生存困境和悲剧人格的形成。在《离骚》中，屈原反复运用这种方式来表达弱者的幽怨。

才高位尊的男性尚且如此，何况男尊女卑社会中卑下如女性者。女性读者在屈骚中找到了同命人，兔死狐悲与顾影自怜之情油然而生，于是出现了双性关照的视野，如钱孟钿《题乞食图乐府》有：“才士由来多薄命，美人自古惜泥沙。”[2]才子美人相提并论，薄命成为他们的共同命运。屈原能给女诗人带来“同是天涯沦落人”的情感慰藉，女性为此有了精神上的依赖感。在孤单痛苦时，在疾病折磨时，屈骚中流露的孤独苦闷情绪和美丽忧伤的文字，就能唤起她们精神上的共鸣，为她们带来一丝超脱现实苦恼的精神抚慰。如江苏昭文江淑则在《秋夜病肝不寐感作》中写道：“此际孤怀添冷落，小楼灯火读《离骚》。”[3]袁棠《小园杂咏》曰：“也有不平闺阁事，海棠花下读离骚。……碧叶成阴杏子红，吟怀分得绣余工。半帘花落凭风扫，一卷书残午梦浓。”自然，闺阁也有不平之事，阅读《离骚》则能舒缓心中的不平之气。

---

[1] 胡晓明，彭国忠．江南女性别集（二编）[M]．安徽：黄山书社，2010：581.

[2] 胡晓明，彭国忠．江南女性别集（初编）[M]．安徽：黄山书社，2008：353.

[3] 胡晓明，彭国忠．江南女性别集（二编）[M]．安徽：黄山书社，2010：1204.

第二,因名士式牢骚成为怀才不遇者的知音。萧统《文选序》云:“楚人屈原,含忠履洁。君匪从流,臣进逆耳,深思远虑,遂放湘南。耿介之意既伤,之怀靡想。临渊有怀沙之志,吟泽有憔悴之容。骚人之文,自兹而作。”屈原“博文强志,明于治乱,娴于辞令”,但由于性格耿直,朝政黑暗,遭人排挤与陷害,两次被流放。屈原多次表达了“恐修名之不立”的焦虑不安,表达了“将游大人,以成名乎”的强烈愿望。然而,壮志难酬,发愤而著《离骚》以明心志,成为才高不遇、愤世嫉俗者的知音。愤世嫉俗是挫折人格的一种表现,流露出生不逢时和怀才不遇的深切哀怨。

许多女诗人对屈原的才高志洁表示了深切同情,如孙淑《五日吊古》:

田文五日生,屈原五日亡。吉凶同此日,理固难推详。原与国休戚,一死分所当。渔父枻自鼓,詹尹龟宜藏。抱石投湘流,心与日月光。文从狡兔计,高枕乐未央。后合魏秦赵,伐齐何披猖。身死薛遂灭,高户仍不祥。文生鸡狗雄,原死蘅荃芳。世人何梦梦,悲屈羡孟尝。我心独不然,临风慨以慷。抚时怀往事,聊进菖蒲觞。(恽珠《国朝闺秀正始集》卷三,4页)

孟尝君出生在五日,而屈原在五日投江自尽,在对生死吉凶的理性思考中,诗人将孟尝君与屈原对比,常人总羡慕孟尝君取得的霸业而替屈原的死感到惋惜。诗人却认为屈原死得其所,流芳后世,而孟尝君虽生而只不过为鸡狗之雄,显示出作者迥异于俗世的高尚旨趣。又如秋瑾《吊屈原》:“楚怀本孱王,乃同聋与瞽。谤多言难伸,虫生木自腐。臣心一如豸,市语三成虎。君何喜谄佞?忠直反遭忤。伤哉九畹兰!下与群草伍。临风自芳媚,又被薰莸妒。太息屈子原,胡不生于鲁?”作者对屈原生活的社会环境进行了全面审视,对屈原身处君喜谄佞臣多谤诽民多嫉妒的境遇深表同情,屈原因为不同于流俗的才高志洁而竟然成为众矢之的,富有斗志如秋瑾者亦只能为之一声太息。

才女身份与名士不遇冲突所合成的矛盾痛苦是女性屈骚情结的重要内容。《离骚》即“牢骚”。梅尧臣在诗文《答韩三子华韩五持国韩六玉汝见赠述诗》中曾写道:“愤世嫉邪意,寄在草木虫。”这种观点是“寓情草木”的进一步认识,

“愤世嫉邪意”是对“情”的具体化,也是对《离骚》中屈原思想情感的合理阐释。屈原的理想是典型的名士理想。其牢骚是才华被封锁的郁闷不平，有明珠暗投之憾。女性在求名之路上走得比男性自是艰难得多,且不论“女子无才便是德”的社会成见已阻断了多少女性的开启智慧之路，社会价值的缺失让那些才高者亦难有出头之日，如王端淑的才华与胆识曾被父亲王思任高度赞赏，声称“生有八男，不及一女”。然她利用自己的出色才华为谋家庭温饱而走出闺门时却屡遭非议。她在《甲午正五月，忽大风雨，藤尽拔，予怜之，辄援笔作〈青藤为风雨所拔歌〉》中，借哀悼青藤而哀叹前主人徐渭、陈洪绶的命运，将自己的不幸打并入诗歌，将青藤与才人的命运作了强烈的对比并暗示，青藤因狂风而催，才人也因为横逆而亡。孟称舜谓此诗:“盖深悲文长、章侯两人失志于时，抑郁以终，于己而将三之也。以遇言，则才人不偶，正略相似；而以诗言，则夫人与文长殆相伯仲。画视章侯，别为一家，而妩媚过之。”[1] 两性才高命蹇的愤懑是相似的,女才人则更多一层性别压抑的不平。又如陈冰雪《有感》云:“离骚读罢动离忧，欲吊灵均转自愁。埋首砚田人似蠹，寄身逆旅客如囚。机锋险处惟痴应，慧业微时藉德修。我有感时千点泪，倩风吹与海同流。”作者感时伤怀，有屈原心志，早寡后只能授徒自给。“举头空羡榜中名”的惆怅成为才女们心中挥之不去的伤痛。“天生我材必有用”的定律在女性这里变得无力实现。女性的怀才不遇并不是机遇未到，而是根本就不可能有机会。绝望中的女性心中那种深仇重恨浓得只有屈原才有资格承载。

第三,以“举世皆醉我独醒”式孤独成为求索者的领路人。“虽九死犹未悔”的求索精神是屈骚精神的重要内涵。屈原对自己的楚国贵族出身很是骄傲，也自觉把国强民盛作为自己不可推卸的责任，然而，屈原那“上陈尧舜禹汤文王之法，下言羿浇桀纣失之以风”的历史智慧却不被当世接受，先后两次被放逐，那种“举世皆浊我独清”“众莫知兮余所为”的清傲与孤独，让屈原在困境和冲突中展开了“路漫漫其修远兮，吾将上下而求索”的探求之路。“内在的精神孤独乃是中国传统文人一以贯之的精神秉性，从恋君到怨君，再从怨君到自恋，这是屈原乃至一般中国传统文人的普遍精神历程，进而内化为他们的普遍

---

[1] 孟称舜《丁夫人传》，王端淑《名媛诗纬初编》卷首。

人格品质。”[1]优秀女诗人也接受了屈骚精神中这一普遍的人格品质。如陈家庆《寒夜读骚》：“严冬风物不胜愁，挟册宵深独倚楼。一卷离骚忍重读，可怜无女怨高邱。”[2]“可怜无女怨高邱”暗用李白“高丘怀宋玉,访古一沾裳”诗句涵义,无人理解的孤独感从诗句中汩汩而出。王采蘩为张纶英《绿槐树屋诗稿》题词有：“抚事歌楚骚，感时悲漆室。”[3]指出《绿槐树屋诗稿》的内容如同楚骚与漆室女之叹，全部是感时忧世而无人理解的痛苦。

屈原以卑弱者、怀才不遇者、孤独求索者的知音而弱化了人性中普遍存在的卑下感、挫折感、孤独感，成为积极人格精神的引导者、塑造者，从而塑造了坚忍、忠贞、刚毅、孤傲、高洁的民族性格，女诗人为此亦做出了独特贡献。然而，女性文学毕竟始终处于弱势地位，在发展过程中自然接受了主流话语的文化基因，如对屈原忠君思想的继承，在不断消化屈原式愁恨的生命历程与历史变迁中，女性也可能建构阅读空间抗拒主导性阅读。如屈原因为无法忍受家国沦亡而奋身一跃的决绝给了那些以付出生命来坚守贞洁之名的女性以勇气。她们甘心赴死以证清白与屈原宁为玉碎不为瓦全的决绝精神是一致的，但所求的是女性的贞烈之名而非功名。清代女诗人对屈原的解读中也加入了特定的性别意味。“名士牢愁、美人幽怨，都非究竟，不如学道”[4]的思想似乎成为有屈骚之志的女性不得已的共同选择。只有到了辛亥革命后，社会的变革才给予了女性社会价值实现的可能性，秋瑾、吕碧城等女诗家才能自立甚至走向革命道路，历史终于减弱了作为女性的独有屈骚悲剧。当然，屈骚精神的丰富性使它在新的时代完全可以有不同的文化内涵。

小　结

众多女诗人在接受丰富的文化传统时，不约而同地选择屈原作为她们的精

[1] 周宪．屈原与中国文人的悲剧性[J]．文学遗产，1996，（5）：32-41.

[2] 贝京．湖南女士诗钞[M]．长沙：湖南人民出版社，2010：509.

[3] 胡晓明，彭国忠．江南女性别集（初编）[M]．安徽：黄山书社，2008：1131.

[4] 陈文述《孝慧汪宜人传》后记，选自汪端《自然好学斋诗钞》，清同治13年（1874）刻本。

神导师，形成了普遍存在的屈骚情结。无论是诗学启蒙、诗歌审美还是人格塑造方面，屈原均成为她们学习的典范，从而对我国女性文学产生深远影响。众多女诗人的诗学启蒙常常诗骚并举，从此在女诗人心中播下屈骚精神的种子。女性诗歌创作中浪漫变幻的意境营造、阴柔审美特质的偏重抑或幽怨悲愤的情感表达、兮字体式的运用均有屈骚精神的影子。在女诗人的人格塑造中，屈骚也以独特的美人式幽怨、名士式牢骚、世人皆醉我独醒式孤独引起女诗人强烈的情感共鸣，完善了女诗人柔美、坚忍、高洁、孤傲等复杂人格建构，成为我们民族精神优秀传统的一部分。

主要参考文献

一、专著类文献

[1] 叶绍袁《午梦堂全集》，崇祯九年刻本。

[2] 王士祯《居易录》，康熙刻本。

[3] 王端淑《名媛诗纬初编》，清康熙间清音堂刻本。

[4] 王端淑《明代妇人散曲集》，中华书局，1937 年铅印本。

[5] 王端淑《映然子吟红集》，清康熙间刻本。

[6] 王端淑《名媛诗纬初编雅集》，饮虹簃所刻曲，1979 年。

[7] 熊琏《澹仙诗话》，南山居藏本。

[8] 熊琏《澹仙诗钞》，清嘉庆二年（1797）茹云山房刻本。

[9] 恽珠《国朝闺秀正始集》，道光十一年辛卯（1831）红香馆刊本。

[10] 恽珠《国朝闺秀正始续集》，道光丙申红香馆藏本。

[11] 恽珠《红香馆诗草》，戊辰武进涉园石印本。

[12] 恽珠《兰闺宝录》，道光十一年辛卯（1831）红香馆刻本。

[13] 震钧《八旗诗媛小传》，《清代传记丛刊》本，明文书局，民国 74 年（1985）。

[14] 完颜麟庆辑《蓉湖草堂赠言录》，道光十六年（1836）刊本。

[15] 完颜麟庆《鸿雪因缘图记》，北京古籍出版社，1984 年。

[16] 汪端《明三十家诗选》，同治癸酉十月蕴兰吟馆重刊本。

[17] 汪端《自然好学斋诗钞》，清同治十三年（1874）刻本。

[18] 沈善宝《名媛诗话》，清光绪鸿雪楼刻本。

[19] 沈善宝《鸿雪楼诗草》，清（1821 ~ 1850 年）刻本。

[20] 沈善宝《鸿雪楼诗选初集》四卷本，清道光十六年（1836）刻本。

[21] 沈善宝《鸿雪楼诗选初集》十五卷本，清（1821 ~ 1850）刻本。

[22] 徐乃昌《小檀栾室汇刻闺秀词》，清光绪二十一、二十二年刻本。
[23] 徐乃昌《小檀栾室汇刻百家闺秀词》，光绪二十二年南陵徐氏刻本。
[24] 吴藻《香雪庐词》，清道光十年（1830）刻本。
[25] 郭润玉《湘潭郭氏闺秀集》，清道光十七年（1837）刻本。
[26] 徐珠《画雨楼稿》，清嘉庆十二年至十五年（1807 ~ 1810）刻本。
[27] 杨受廷等修，马汝舟等纂《嘉庆如皋县志》，清嘉庆十三年刊本。
[28] 曹龙树《星湖诗集》，清嘉庆间刻本。
[29] 冒襄辑《同人集》，冒氏家藏原刻。
[30] 冒广生《冒巢民先生（襄）年谱一卷》，清光绪二十三年刊本。
[31] 陈彝《训学良规》，清光绪九年（1883）。
[32] 张允滋《吴中女士诗钞》，乾隆五十六年林屋吟榭刊本。
[33] 左孝威辑《慈云阁诗钞》，同治十二年（1873）刻本。
[34] 袁枚编，席佩兰等撰《随园女弟子诗选》，清嘉庆元年（1796）。
[35] 毛奇龄《西河文集》，乾隆四十九年（1783）刻本。
[36] 凌霄《快园诗话》，清嘉庆二十五年刻本。
[37] 阮元《两浙輶轩录》，清嘉庆六年仁和朱氏钱塘陈氏同刊本。
[38] 姜绍书《无声诗史》卷五，齐鲁书社影印《四库全书存目丛书》本。
[39] 席佩兰《长真阁集》，扫叶山房，民国九年石印。
[40] 梁德绳《古春轩诗钞》，清咸丰二年（1852）刻本。
[41] 毛国姬《湖南女士诗钞所见初编》，清道光十四年（1834）刻本。
[42] 单士厘《清闺秀艺文略》，民国间抄本。
[43] 单士厘《清闺秀正始再续集初编》，民国间归安钱氏排印本。
[44] 薛绍徽《黛韵楼遗集》，清宣统三年（1911）刊本。
[45] 静寄东轩辑《名媛尺牍》，清刻本。
[46] 陈芸《小黛轩论诗诗》，民国元年（1912 年）二卷本。
[47] 宗廷辅《寓崇杂记》一卷附《古今论诗绝句》，清末（1851 ~ 1911）刻本。
[48] 永瑢 . 四库全书总目 [M]. 北京 ：中华书局，1965.
[49] 雷瑨，雷瑊 . 闺秀诗话 [M]. 上海 ：扫叶山房，1922.

[50] 雷瑨 . 青楼诗话 [M]. 上海 : 扫叶山房, 1926.

[51] 张庚《国朝画征录》, 清乾隆四年刻本。

[52] 晁公武《郡斋读书志》,《四库全书》本。

[53] 宋敏求《春明退朝录》, 浙江巡抚采进本。

[54] 郭松义 . 伦理与生活——清代的婚姻关系 [M]. 北京 : 商务印书馆, 2000.

[55] 王绍曾 .《清史稿・艺文志》拾遗 [M]. 北京 : 中华书局, 2000.

[56] 张寅彭 . 新订清人诗学书目 [M]. 上海 : 上海古籍出版社, 2003.

[57] 张宏生, 张雁 . 古代女诗人研究 [M]. 武汉 : 湖北教育出版社, 2002.

[58] 黄秩模 . 国朝闺秀诗柳絮集 [M]. 付琼, 补校 . 北京 : 人民文学出版社, 2011.

[59] 施淑仪 . 清代闺阁诗人征略 [M]. 上海 : 上海书店, 1987.

[60] 蒋寅 . 中国诗学研究的思路与实践 [M]. 桂林 : 广西师范大学出版社, 2001.

[61] 王蕴章《燃脂余韵》, 商务印书馆铅印本, 民国九年。

[62] 丁耘《闽川闺秀诗话续编》, 1914 年刊本。

[63] 丁耘《历代闽川闺秀诗话》, 侯官丁氏, 民国二十九年 (1940) 刻本。

[64] 梁章钜《闽川闺秀诗话》, 福州梁氏, 清道光二十九年 (1849) 刻本。

[65] 梁章钜 . 楹联三话 [M]. 北京 : 商务印书馆, 1920.

[66] 郭麐《灵芬馆诗话》, 嘉庆间家刊灵芬馆全集本。

[67] 李调元《雨村诗话》, 绵州李调元万卷楼, 清乾隆六十年 (1795)。

[68] 恽鹤生《恽氏世谱》, 诒燕堂本。

[69] 李兆洛等《武进阳湖合志》, 道光二十三年 (1843) 刊本。

[70] 李星沅《梧笙馆联吟初集》, 芋香山馆, 清道光十七年刻本。

[71] 李桓《国朝耆献类征初编》, 光绪十六年湘阴李氏刻本。

[72] 雷缙, 雷瑊 . 闺秀诗话 [M]. 上海 : 扫叶山房, 1928.

[73] 叶燮《已畦文集》, 康熙间二弃草堂本。

[74] 许绍宗《武冈州志》, 北京 : 中国书店出版社, 2002 年影印本。

[75] 席绍葆，谢鸣谦等《辰州府志》，长沙：岳麓书社，乾隆三十年（1765）刻本。

[76] 左孝威辑《慈云阁诗钞》，同治十二年（1873）刻本。

[77] 李星池《澹香阁诗草》，清光绪四年（1878）刻本。

[78] 苕溪生．闺秀诗话 [M]. 上海：上海广益书局，1915.

[79] 赵尔巽．清史稿 [M]. 北京：中华书局，1997.

[80] 冼玉清．广东女子艺文考 [M]. 长沙：长沙商务印书馆，1941.

[81] 邓显鹤．沅湘耆旧集 [M]. 长沙：岳麓书社，2007.

[82] 钱仪吉．清代碑传全集 [M]. 上海：上海古籍出版社，1987.

[83] 钱仲联．中国文学大词典 [M]. 上海：上海辞书出版社，2007.

[84] 沈德潜．说诗晬语 [M]. 北京：人民文学出版社，2005.

[85] 沈德潜．清诗别裁集 [M]. 上海：上海古籍出版社，1984.

[86] 沈德潜．明诗别裁集 [M]. 石家庄：河北人民出版社，1997.

[87] 张璋，职承让，张骅，张博宁．《历代词话续编》本 [M]. 郑州：大象出版社，2005.

[88] 谢无量．中国妇女文学史 [M]. 北京：中华书局，1916.

[89] 梁乙真．清代妇女文学史 [M]. 北京：中华书局，1927.

[90] 梁乙真．中国妇女文学史纲 [M]. 上海：开明书店，1932.

[91] 谭正璧．中国女性的文学生活 [M]. 北京：光明书店，1930.

[92] 辉群．女性与文学 [M]. 上海：启智书局，1928.

[93] 陶秋英．中国妇女与文学 [M]. 沈阳：北新书局，1933.

[94] 丁英．妇女与文学 [M]. 上海：沪江书屋，1946.

[95] 陈东原．中国妇女生活史 [M]. 北京：商务印书馆，1998.

[96] 陈顾远．中国婚姻史 [M]. 中国台湾：商务印书馆，1966.

[97] 胡适．胡适作品集 [M]. 中国台湾：台北远流出版公司，1986.

[98] 陈寅恪．柳如是别传 [M]. 上海：三联书店，2001.

[99] 胡文楷．历代妇女著作考 [M]. 北京：商务印书馆，1985.

[100] 杜芳琴．女性观念的衍变 [M]. 郑州：河南人民出版社，1989.

[101] 康正果 . 风骚与艳情——中国古典诗词的女性研究 [M]. 上海：上海文艺出版社，2001.

[102] 曼素恩 . 缀珍录——十八世纪及其前后的中国妇女 [M]. 南京：江苏人民出版社，2005.

[103] 张宏生 . 明清文学与性别研究 [M]. 南京：江苏古籍出版社，2002.

[104] 邓红梅 . 闺中吟——传统女性的精神自画像 [M]. 郑州：河北人民出版社，2001.

[105] 邓红梅 . 女性词史 [M]. 济南：山东教育出版社，2002.

[106] 胡元翎 . 拂去尘埃——传统女性角色的文化巡礼 [M]. 郑州：河北人民出版社，2001.

[107] 钟慧玲 . 清代女诗人研究 [M]. 中国台湾：里仁书局，2000.

[108] 严迪昌 . 清诗史 [M]. 杭州：浙江古籍出版社，2002.

[109] 严迪昌 . 清词史 [M]. 南京：江苏古籍出版社，2001.

[110] 宋致新 . 长江流域的女性文学 [M]. 武汉：湖北教育出版社，2004.

[111] 郭绍虞，富寿荪 . 清诗话续编 [M]. 上海：上海古籍出版社，1983.

[112] 钱仲联 . 清诗纪事 [M]. 南京：江苏古籍出版社，1987.

[113] 蔡镇楚 . 中国诗话史 [M]. 长沙：湖南文艺出版社，1988.

[114] 蔡镇楚 . 诗话学 [M]. 长沙：湖南教育出版社，1990.

[115] 刘德重，张寅彭 . 诗话概说 [M]. 北京：中华书局，1990.

[116] 蒋寅 . 清诗话考 [M]. 北京：中华书局，2004.

[117] 苏者聪 . 中国历代妇女作品选 [M]. 上海：上海古籍出版社，1988.

[118] 杜珣 . 中国历代妇女文学作品精选 [M]. 北京：中国和平出版社，2000.

[119] 马清福 . 文坛佳秀——妇女作家群 [M]. 沈阳：辽宁人民出版社，1997.

[120] 张菊玲 . 旷代才女顾太清 [M]. 北京：北京出版社，2002.

[121] 王力坚 . 清代才媛文学之文化考察 [M]. 北京：文津出版社有限公司，2006.

[122] 孙康宜，苏源熙 . 中国古代才女诗作及评论选 [M]. 加利福尼亚州：斯坦福大学出版社，1999.

[123] Wilt Idema and Beata Grant.The Red Brush: Writing Women of Imperial China.Cambridge，Mass.: Harvard University Asia Center, 2004.

[124] Susan Mann and Yu-yin Cheng.Under Confucian Eyes: Writings on Gender in Chinese History.Berkeley and Los Angeles: University of California Press, 2001.

[125] 孙康宜 . 耶鲁 • 性别与文化 [M]. 上海 ：上海文艺出版社，2000.

[126] 孙康宜 . 文学经典的挑战 [M]. 南昌 ：百花洲文艺出版社，2002.

[127] 高彦颐 . 闺塾师 [M]. 南京 ：江苏人民出版社，2005.

[128] 钟慧玲 . 女性主义与中国文学 [M]. 中国台湾 ：里仁书局，1997.

[129] 钟慧玲 . 清代女作家专题 :吴藻及其相关文学活动研究 [M]. 中国台湾 :乐学书局，2001.

[130] 淡江大学中国文学系 . 中国女性书写 ：国际学术研讨会论文集 [M]. 中国台湾 ：学生书局，1999.

[131] 性别 / 文学研究会 . 古典文学与性别研究 [M]. 中国台湾 ：里仁书局，1997.

[132] 郑振伟 . 女性与文学 ：女性主义文学国际研讨会论文集 [M]. 香港 ：岭南学院现代中文文学研究中心，1996.

[133] 林树明 . 女性主义文学批评在中国 [M]. 贵阳 ：贵州人民出版社，1995.

[134] 王英志 . 清代闺秀诗话丛刊 [M]. 南京 ：凤凰出版社，2010.

[135] 叶舒宪 . 性别诗学 [M]. 北京 ：社会科学文献出版社，1999.

[136] 任一鸣 . 抗争与超越——中国女性文学与美学衍论 [M]. 北京 ：九州出版社，2004.

[137] 王岳川 . 女权主义文论 [M]. 济南 ：山东教育出版社，2002.

[138]《中国典籍与文化》编辑部 . 中国典籍与文化论丛（第六辑）[M]. 北京 :中华书局，2000.

[139] 张伯伟 . 中国古代文学批评方法研究 [M]. 北京 ：中华书局，2002.

[140] 孙殿起 . 贩书偶记 [M]. 上海 ：上海古籍出版社，2006.

[141] 郭绍虞 . 中国文学批评史 [M]. 上海 ：上海古籍出版社，1979.

[142] 郭绍虞，钱仲联，王蘧常 . 万首论诗绝句 [M]. 北京 :人民文学出版社，1991.

[143] 羊春秋，等 . 历代论诗绝句选 [M]. 长沙：湖南人民出版社，1981.

[144] 吴世常 . 论诗绝句二十种辑注 [M]. 西安：陕西人民出版社，1984.

[145] 魏世德 . 论诗诗：元好问的文学批评 [M]. 中国台湾：南天书局，1985.

[146] 孙海洋 . 湖南近代文学 [M]. 北京：东方出版社，2005.

[147] 孙康宜 . 古典与现代的女性阐释 [M]. 中国台湾：联合文学出版社有限公司，1998.

[148] 荒林，王光明 . 两性对话——20 世纪中国女性与文学 [M]. 北京：中国文联出版社，2001.

[149] 徐世昌 . 晚晴簃诗汇 [M]. 北京：中国书店，1989.

[150] 范晔 . 后汉书 [M]. 北京：中华书局，2007.

[151] 西蒙娜 . 第二性 [M]. 陶铁柱，译 . 北京：中国书籍出版社，1998.

[152] 康正果 . 女权主义与文学 [M]. 北京：中国社会科学出版社，1994.

[153] 张京媛 . 当代女性主义文学批评 [M]. 北京：北京大学出版社，1992.

[154] 米德 . 性别与气质 [M]. 北京：光明日报出版社，1989.

[155] 首都师范大学中国女性文学研究中心，首都师范大学文学院 . 中国女性文化 No.2[M]. 北京：中国女性文化出版社，2001.

[156] 海德格尔 . 海德格尔选集 [M]. 孙周兴，选编 . 上海：三联书店，1996.

[157] 蒋寅 . 古典诗学的现代诠释 [M]. 北京：中华书局，2003.

[158] 西慧玲 . 西方女性主义与中国女作家批评 [M]. 上海社会科学院出版社，2003.

[159] 纪昀，等 . 钦定四库全书总目 [M]. 北京：中华书局，1997.

[160] 纪昀，等 . 四库全书存目丛书 [M]. 北京：中华书局，1997.

[161] 朱彝尊 . 静志居诗话 [M]. 黄君坦，校点 . 北京：人民文学出版社，1990.

[162] 魏收 . 魏书 [M]. 北京：中华书局，2003.

[163] 俞剑华 . 中国美术家人名辞典 [M]. 上海：上海人民美术出版社，1981.

[164] 周骏富 . 清代传记丛刊 [M]. 中国台湾：明文书局，1985.

[165] 萧奭．永宪录 [M]. 北京：中华书局，1997.

[166] 鲁迅．集外集 [M]. 北京：人民文学出版社，1973.

[167] 陈东原．中国妇女生活史 [M]. 北京：商务印书馆，1937.

[168] 王韬《海陬冶游录》，民国二十七年（1983）铅印本。

[169] 陈文述．颐道堂诗选 [M]. 上海：上海古籍出版社，1996.

[170] 尚诗公．中国历代家训大观 [M]. 大连：大连出版社，1997.

[171] 鲁迅．鲁迅全集 [M]. 北京：人民文学出版社，1981.

[172] 江盈科．江盈科集 [M]. 黄仁生，辑校．长沙：岳麓书社，1997.

[173] 钟惺，谭元春．诗归 [M]. 张国光，张业茂，曾大兴，等，点校．武汉：湖北人民出版社，1985.

[174] 张健．清代诗学研究 [M]. 北京：北京大学出版社，1999.

[175] 吴承学．中国古代文体形态研究 [M]. 广州：中山大学出版社，2002.

[176] 钱基博．中国文学史 [M]. 北京：中华书局，1992.

[177] 邹云湖．中国选本批评 [M]. 上海：三联书店，2002.

[178] 乐黛云．北美中国古典文学研究名家十年文选 [M]. 南京：江苏人民出版社，1996.

[179] 李东阳．麓堂诗话 [M]. 北京：中华书局，1991.

[180] 严羽．沧浪诗话 [M]. 郭绍虞，校释．北京：人民文学出版社，1961.

[181] 孙立．明末清初诗论研究 [M]. 广州：广东高等教育出版社，2003.

[182] 钱谦益．列朝诗集小传 [M]. 上海：上海古籍出版社，1983.

[183] 查清华．明代唐诗接受史 [M]. 上海：上海古籍出版社，2006.

[184] 方孝岳．中国文学批评 [M]. 上海：三联书店，1986.

[185] 钱咏．履园丛话 [M]. 北京：中华书局，1979.

[186] 魏中林．钱仲联讲论清诗 [M]. 苏州：苏州大学出版社，2004.

[187] 顾太清，奕绘．顾太清奕绘诗词合集 [M]. 张璋，编校．上海：上海古籍出版社，1998.

[188] 史玉德．名媛雅歌 [M]. 郑州古籍出版社，1999.

[189] 陈引驰．女性主义文学批评 [M]. 中国台湾：骆驼出版社，1995.

[190] 丹纳 . 艺术哲学 [M]. 傅雷，译 . 北京 ：人民文学出版社，1963.

[191] 陈文述《碧城仙馆女弟子诗》，乙卯西泠印社聚珍版印。

[192] 柯愈春 . 清人诗文集总目提要 [M]. 北京 ：北京古籍出版社，2002.

[193] 郭祥正 . 青山集 [M]. 北京 ：北京图书馆出版社，2004.

[194] 孟悦，戴锦华 . 浮出历史地表 [M]. 郑州 ：河南人民出版社，1989.

[195] 乔以钢 . 多彩的旋律——中国女性文学主题研究 [M]. 天津 ：南开大学出版社，2003.

[196] 张国刚 . 中国社会历史评论（第一卷）[M]. 天津 ：天津古籍出版社，1999.

[197] 鲍震培 . 清代女作家弹词小说论稿 [M]. 天津：天津社会科学院出版社，2002.

[198] 伍尔芙 . 自己的房间 [M]. 王还，译 . 上海 ：三联书店，1992.

[199] 陆晶清 . 唐代女诗人 [M]. 上海 ：神州国光出版社，1933.

[200] 邹弢《三借庐赘谭》，民国间排印本。

[201] 法式善 . 梧门诗话合校 [M]. 张寅彭，强迪艺 . 编校 . 南京：凤凰出版社，2005.

[202] 洪亮吉 . 北江诗话 [M]. 北京 ：人民文学出版社，1998.

[203] 袁枚 . 随园诗话 [M]. 王英志，校点 . 南京 ：凤凰出版社，2002.

[204] 袁枚 . 随园诗话 [M]. 顾学颉，校点 . 北京 ：人民文学出版社，2006.

[205] 袁枚 . 袁枚全集 [M]. 王英志，编 . 南京 ：江苏古籍出版社，1993.

[206] 朱虹，文美惠 . 外国妇女文学词典 [M]. 桂林 ：漓江出版社，1989.

[207] 荒林 . 中国女性主义 3[M]. 桂林 ：广西师范大学出版社，2005.

[208] 西慧玲 . 西方女性主义与中国女作家批评 [M]. 上海 ：上海社会科学院出版社，2003.

[209] 于浩辑 . 明代名人年谱 [M]. 北京 ：北京图书馆出版社，2006.

[210] 游国恩 . 楚辞论文集 [M]. 上海 ：古典文学出版社，1957.

[211] 刘亚虎 . 神话与诗的“演述”：南方民族叙事艺术 [M]. 北京 ：北京大学出版社，2006.

[212] 王思任 . 文饭小品 [M]. 长沙：岳麓书社，1989.

[213] 震钧 . 国朝书人辑略（卷十一）[M]. 上海：上海古籍出版社，1995.

[214] 顾太清 . 天游阁集 [M]. 金启琮，乌拉熙春，编 . 沈阳：辽宁民族出版社，2001.

[215] 费善庆，等 . 松陵女子诗征 [M]. 锡成公司铅印本，1919.

[216] 谢无量 . 中国大文学史（卷十）[M]. 北京：中华书局，1918.

[217] 陈维嵩 . 妇人集 [M]. 上海：大东书局，1932.

[218] 吴伟业 . 吴梅村全集 [M]. 上海：上海古籍出版社，1990.

[219] 邓之诚 . 清诗纪事初编 [M]. 北京：中华书局，1965.

[220] 蔡毅 . 中国古典戏曲序跋汇编 [M]. 济南：齐鲁书社，1989.

[221] 王夫之 . 明诗评选 [M]. 保定：河北大学出版社，2008.

[222] 唐圭璋 . 词话丛编 [M]. 北京：中华书局，1986.

[223] 徐世昌 . 清诗汇 [M]. 北京：北京出版社，1995.

[224] 冯云鹏 . 扫红亭吟稿 [M]. 上海：上海古籍出版社，1995.

[225] 陈世镕，等 . 中国地方志集成·道光泰州志 [M]. 王友庆，等，修 . 南京：江苏古籍出版社，1991.

[226] 陈韬 . 汤贻汾年谱 [M]. 中国台湾：龙岗出版社，1997.

[227] 吴宏一 . 清代诗学初探 [M]. 中国台湾：牧童出版社，1977.

[228] 叶玉麟 . 历代闺秀文选 [M]. 郑州：广益书局，1936.

[229] 况周颐 . 蕙风词话 [M]. 上海：上海古籍出版社，2009.

[230] 钱泳 . 履园丛话 [M]. 北京：中华书局，1979.

[231] 广铁夫 . 安徽名媛诗词征略 [M]. 黄山：黄山书社，1986.

[232] 陶叔惠，等 . 资江陶氏七续族谱提本 [M]. 长沙：全国图书馆文献微缩复印中心影印湖南图书馆藏（活字本），1939.

[233] 左宗棠 . 左宗棠全集 [M]. 长沙：岳麓书社，1987.

[234] 郭力宜 . 清代湘潭郭氏诗人作品选编 [M]. 长沙：岳麓书社，2013.

[235] 陈书良 . 湖南文学史 [M]. 长沙：湖南教育出版社，2008.

[236] 聂欣晗 . 清嘉道年间女性的诗学研究 [M]. 广州：世界图书出版公司，

2012.

[237] 顾太清，奕绘 . 顾太清奕绘诗词合集 [M]. 张璋，编校 . 上海：上海古籍出版社，1998.

[238] 卡伦・霍妮 . 女性心理学 [M]. 徐科，王怀勇，译 . 上海：上海锦绣文章出版社，2009.

[239] 张廷玉，等 . 明史・艺文志 [M]. 北京：商务印书馆，1959.

[240] 沈德潜 . 明诗别裁集 [M]. 李索，王苹，点校 . 郑州：河北人民出版社，1997.

[241] 秋瑾 . 秋瑾全集笺注 [M]. 郭长海，辑注 . 长春：吉林文史出版社，2003.

[242] 徐自华 . 徐自华诗文集 [M]. 郭延礼，编校 . 北京：中华书局，1990.

[243] 徐蕴华，等 . 徐蕴华、林寒碧诗文合集 [M]. 周永珍，编 . 北京：社会科学文献出版社，1999.

[244] 吕碧城 . 吕碧城诗文笺注 [M]. 李保民，笺注 . 上海：上海古籍出版社，2007.

[245] 刘义庆 . 世说新语 [M]. 济南：齐鲁书社，2007.

[246] 余嘉锡 . 世说新语笺疏 [M]. 上海：上海古籍出版社，1993.

[247] 陈以刚，等 . 国朝诗品・闺门卷 [M]. 迪化书屋，1734.

[248] 范景中 . 柳如是事辑 [M]. 北京：中国美术出版社，2002.

[249] 游国恩 . 楚辞论文集 [M]. 上海：古典文学出版社，1957.

[250] 周烨 . 丛书集成初编（补印本）[M]. 北京：商务印书馆，1960.

[251] 王夫之，等 . 清诗话 [M]. 上海：上海古籍出版社，1963.

[252] 金开诚 . 屈原辞研究 [M]. 南京：江苏古籍出版社，1992.

[253] 郭建勋 . 汉魏六朝骚体文学研究 [M]. 长沙：湖南教育出版社，1997.

[254] 胡晓明，彭国忠 . 江南女性别集（初编）[M]. 安徽：黄山书社，2008.

[255] 胡晓明，彭国忠 . 江南女性别集（二编）[M]. 安徽：黄山书社，2010.

[256] 胡晓明，彭国忠 . 江南女性别集（三编）[M]. 安徽：黄山书社，2012.

[257] 胡晓明，彭国忠 . 江南女性别集（四编）[M]. 安徽：黄山书社，2014.

[258] 李焯然 . 汉学纵横 [M]. 北京：商务印书馆，2002.

[259] 徐树敏，钱岳 . 众香词 [M]. 上海：大东书局，1933.

[260] 季娴 . 闺秀集 . 台南：庄严文化事业有限公司，1997.

[261] 西慧玲 . 西方女性主义与中国女作家批评 [M]. 上海：上海社会科学院出版社，2003.

[262] 张庚，刘瑗 . 国朝画征补录 [M]. 杭州：浙江人民出版社，2011.

[263] 叶绍袁 . 午梦堂集 [M]. 北京：中华书局，1998.

[264] 钱谦益 . 列朝诗集小传 [M]. 上海：上海古籍出版社，2008.

[265] 小横香室主人 . 清朝野史大观 [M]. 北京：中华书局，1932.

[266] 周骏富 . 清代画史增编 [M]. 中国台湾：明文书局，1980.

[267] 冯金伯《国朝画识》，清道光年刊本。

[268] 吴德旋 . 初月楼闻见录 [M]. 上海：上海进步书局，民国石印本。

[269] 李鸿章，黄彭年 . 畿辅通志 [M]. 石家庄：河北人民出版社，1985.

[270] 陈鼎 . 东林列传 [M]. 扬州：江苏广陵书社有限公司，2007.

[271] 李浚之《清画家诗史补编》，民国十九年（1930）刊本。

[272] 窦镇《国朝书画家笔录》，宣统三年文学山房活字本。

[273] 震钧 . 国朝书人辑略 [M]. 中国台湾：文史哲出版社，1983.

[274] 马宗霍 . 书林藻鉴书林记事 [M]. 北京：文物出版社，1984.

[275] 蒋一葵 . 尧山堂外纪 [M]. 上海：上海古籍出版社，1995 年影印本。

[276] 姚佺辑 . 诗源初集 [M]. 北京：北京出版社，1998.

[277] 刘再华 . 诗通 [M]. 长沙：湖南大学出版社，1999.

[278] 赵世杰《精刻古今女史》，明崇祯元年（1628）刻本。

[279] 马嘉松《花镜隽声》，天启四年（1624）刻本。

[280] 钱泳 . 履园丛话 [M]. 孟裴，校点 . 上海：上海古籍出版社，2012.

[281] 王豫《群雅集》，嘉庆刊本。

[282] 如皋陈氏《如皋西乡陈氏宗谱》，2011 年。

[283] 盛大士《竹间诗话》，清稿本。

[284] 严可均 . 全上古三代秦汉三国六朝文 [M]. 北京：中华书局，1965.

[285] 张宗橚 . 词林纪事 . 词林纪事补正合编 [M]. 上海 ：上海古籍出版社，1900.

[286] 邓显鹤 . 沅湘耆旧集 [M]. 长沙 ：岳麓书社，2007.

[287] 曾卓，丁保赤 . 湘雅摭残 [M]. 长沙 ：岳麓书社，2010.

[288] 朱彝尊 . 明诗综 [M]. 北京 ：中华书局，2007.

[289] 潘德舆 . 养一斋诗话 [M]. 北京 ：中华书局，2010.

[290] 吕肃高，王文清 . 长沙府志 [M]. 长沙 ：岳麓书社，2008.

[291] 湘潭县地方志编纂委员会 . 湘潭县志 [M]. 长沙 ：湖南出版社，1995.

[292] 厉鹗，汤漱玉，汪远孙 . 玉台书史 . 玉台画史 [M]. 杭州 ：浙江人民美术出版社，2012.

二、论文类文献

[1] 李汇群 . 闺阁与画舫 ：清代嘉庆道光年间江南文人和女性研究 [D]. 北京大学，博士学位论文，2005.

[2] 谢榛 . 清代女诗人研究 [D]. 北京大学，博士学位论文，2001.

[3] 虞蓉 . 中国古代妇女的文学批评 [D]. 四川大学，博士学位论文，2004.

[4] 段继红 . 清代女诗人研究 [D]. 苏州大学，博士学位论文，2005.

[5] 林树明 . 多维视野中的女性主义文学批评 [D]. 四川大学，博士学位论文，2003.

[6] 高春花 . 恽珠与《国朝闺秀正始集》研究 [D]. 南京师范大学，硕士学位论文，2006.

[7] 聂欣晗 . 清代女诗家沈善宝研究 [D]. 暨南大学，硕士学位论文，2005.

[8] 王郦玉 . 美国汉学家对晚明至清中叶妇女诗词创作的研究初探 [D]. 华东师范大学，硕士学位论文，2006.

[9] 钟媛媛 . 多维权力拨弄下的女性作家 [D]. 苏州大学，硕士学位论文，2004.

[10] 王艳红 . 明代女性作品总集研究 [D]. 上海师范大学，硕士学位论文，2006.

[11] 丁功宜 . 钱谦益文学思想研究 [D]. 首都师范大学，博士学位论文，2005.

[12] 李睿 . 清代词选研究 [D]. 华东师范大学，博士学位论文，2003.

[13] 高波 . 清代女词人研究 [D]. 南京师范大学，硕士学位论文，2002.

[14] 李兰 . 论屈原的女性观 [D]. 中南大学，硕士学位论文，2008.

[15] 王翼飞 . 清代女性文学批评研究 [D]. 武汉大学，博士学位论文，2014.

[16] 陈启明 . 清代女性诗歌总集研究 [D]. 复旦大学，博士学位论文，2012.

[17] 王郦玉 . 明清女性的文学批评 [D]. 华东师范大学，博士学位论文，2015.

[18] 管梓旭 . 清代女性诗学观新变研究 [D]. 江西财经大学，硕士学位论文，2013.

[19] 张敏 . 王端淑研究 [D]. 南京师范大学，硕士学位论文，2007.

[20] 郭玲 . 王端淑研究 [D]. 中南大学，硕士学位论文，2009.

[21] 李兰 . 论屈原的女性观 [D]. 中南大学，硕士学位论文，2008.

[22] 李小满 . 把卷立苍茫——清代女词人熊琏、吴藻论 [D]. 陕西师范大学，硕士学位论文，2007.

[23] 吴佳永 . 中国古代女性咏史怀古诗歌研究 [D]. 南京师范大学，硕士学位论文，2010.

[24] 张丽丽 . 清代科举与诗歌 [D]. 上海师范大学，博士学位论文，2011.

[25] 贺晓艳 . 明末清初女性作家——顾若璞研究 [D]. 复旦大学，硕士学位论文，2011.

[26] 高新 . 熊琏词研究 [D]. 广西大学，硕士学位论文，2012.

[27] 滕小艳 . 熊琏研究 [D]. 中南大学，硕士学位论文，2012.

[28] 韩荣荣 . 雍乾女性词人研究 [D]. 南京师范大学，博士学位论文，2014.

[29] 王璐璐 . 近代女作家单士厘研究 [D]. 上海师范大学，硕士学位论文，2015.

[30] 费丝言 . 由典范到规范：从明代贞节烈女的辨识与流传看贞节观念的严格化 [D]. 台大历史研究所，硕士学位论文，八十五学年度 .

[31] 吴承学，曹虹，蒋寅．一个期待关注的学术领域——明清诗文研究三人谈 [J]. 文学遗产，1999，（4）.

[32] 单士厘．清闺秀艺文略 [J]. 浙江省立图书馆学报第一二卷．

[33] 王春荣．中国妇女文学研究的历史与现状 [J]. 沈阳师范大学学报（社会科学版），2005，（1）.

[34] 农艳．二十世纪明清女性剧作家研究述评 [J]. 民族艺术，2005，（3）.

[35] 俞陛云．清代闺秀诗话 [J]. 同声月刊，1941 ~ 1942.

[36] 王之江．要关心古代妇女作家的研究工作 [N]. 光明日报，1985–8–12.

[37] 郭延礼．明清女性文学的繁荣及其主要特征 [J]. 文学遗产，2002，（6）.

[38] 马珏玶，高春花．《国朝闺秀正始集》浅探 [J]. 南京师范大学学报，2005，（6）.

[39] 高春花．鲜血沐浴下的贞节之花——论《国朝闺秀正始集》中的绝命诗 [J]. 名作欣赏，2007，（12）.

[40] 张佳生．清代满族妇女诗人概述 [J]. 满族研究，1989，（1）.

[41] 蒋寅．一代才女汪端 [J]. 文史知识，2000，（9）.

[42] 蒋寅．汪端的诗歌创作与批评初论 [J]. 国学研究，2001，（8）.

[43] 王婕．知人论世具慧眼清苍雅正为旨趣——论清代女诗人汪端及其《明三十家诗选》[J]. 苏州教育学院学报，2006，（1）.

[44] 张宏生．才名焦虑与性别意识——从沈善宝看明清女诗人的文学活动 [J]. 阜阳师范学院学报，2001，（6）.

[45] 顾敏耀．清代女诗人的空间分布探析——以沈善宝《名媛诗话》为论述场域 [J]. 中国台湾中央大学中国文学研究所论文集刊，民国 95 年，（6）.

[46] 彭婉蕙．从《名媛诗话》论沈善宝之“家国关怀”与“闺阁情怀” [J]. 中极学刊，民国 94 年，（12）.

[47] 王力坚．《名媛诗话》与经世实学 [J]. 苏州大学学报，2006，（3）.

[48] 王力坚．从《名媛诗话》看家庭对清代才媛的影响 [J]. 长江学术，2006，（3）.

[49] 孙康宜．明清女诗人选集及其采辑策略 [J]. 马耀民，译．中外文学，

1994,（7）.

[50] 张宏生，梅玫 . 重建经典 [J]. 读书，2003,（5）.

[51] 王雪萍 .《闺塾师》与中国妇女史研究的方法论 [J]. 妇女研究论丛，2006,（6）.

[52] 定宜庄 .《缀珍录——十八世纪及其前后的中国妇女》译后感，选自《清史译丛》第 5 辑，中国人民大学出版社，2006.

[53] 胡晓真 . 艺文生命与身体政治——清代妇女文学史研究趋势与展望之探析 [J] 近代中国妇女文学史研究，民国 94 年,（13）.

[54] 陈友冰 . 中国台湾古典文学中的女性文学研究 [J]. 安徽大学学报，2002,（6）.

[55] 高月娟 . 由《名媛诗纬初编》一书观察王端淑之诗学主张 [J]. 中区论文研讨会，1999-4-25.

[56] 万莲子 . 性别：一种可能的审美维度——全球化视域里的中国性别诗学研究导论（1985 ~ 2005）（下）[J]. 湘潭大学学报，2006,（1）.

[57] 林树明 . 性别诗学——意会与构想 [J]. 中国文化研究，2000,（1）.

[58] 肖魏 . 关于“性别差异”的哲学争论 [J]. 道德与文明，2007.5 人大资料复印。

[59] 章培恒 .《玉台新咏》为张丽华所“撰录”考 [J]. 文学评论，2004,（2）.

[60] 王绯，毕茗 . 最后的盛宴，最后的聚餐——关于中国封建末世妇女的文学 / 文化身份与书写特征 [J]. 文艺理论研究，2003,（6）.

[61] 朱易安 . 明代诗学文献的文体形态 [J]. 中国古代文学理论研究第二十辑 .

[62] 阿黛尔·瑞克特 . 作为中国文学批评者的选集 [J]. 东西方文学，1975,（19）.

[63] 张寅彭 . 清代诗学书目辑考 [J]. 上海教育学院学报，1995,（3）.

[64] 蒋寅 . 清代诗学著作简目 [J]. 中国诗学（第四辑），人民文学出版社，2005.

[65] 纪锐利 .20 世纪以来大陆论诗诗研究述评 [J]. 山东师范大学学报，2006,（1）.

[66] 周益忠 . 论诗绝句发展之研究 [J]. 台湾师范大学《国文研究所集刊》

第二十七号 .

[67] 李钟汉 . 历代论诗绝句研究 [J]. 中国文学第九辑 .

[68] 李钟汉 . 论诗诗研究 [J]. 中国学志第三辑 .

[69] 刘再华，蔡慧清 . 郭步韫与郭氏闺秀诗人 [J]. 湘潭师范大学学报，2001,（5）.

[70] 蒋寅 . 关于清代诗学史的研究方法 [J]. 江苏行政学院学报，2003,（4）.

[71] 胡明 . 关于中国古代的妇女文学 [J]. 文学评论，1995，（3）.

[72] 孙康宜 . 明清诗媛与女子才德观 [J]. 李奭学，译 . 中外文学，1993,（21）11.

[73] 连文萍 . 诗史可有女性的位置？——以两部明代诗话为论述中心 [J]. 汉学研究，民国八十八年，（17）1.

[74] 聂欣晗 . 女性文学经典化的焦虑与策略——论沈善宝《名媛诗话》在异性话语体系下的传播技巧 [J]. 求索，2007，（11）.

[75] 段继红 . 清代吴地女学的兴盛与吴文化 [J]. 苏州大学学报，2005,（2）.

[76] 鲍震培 . 从弹词小说看清代女作家的写作心态 [J]. 天津社会科学，2000,（3）.

[77] 陈广宏 . 中晚明女性诗歌总集编刊宗旨及选录标准的文化解读 [J]. 中国典籍与文化，2007,（1）.

[78] 李养正 . 清代完颜麟庆父子与白云观——《新编北京白云观志・珍闻轶事志》片段 [J]. 中国道教，2001,（4）.

[79] 于丽艳 . 骆绮兰“秋灯课女”的文化意蕴 [J]. 常州信息职业技术学院学报，2004,（3）.

[80] 阎纯德 . 论女性文学在中国的发展 [J]. 中国文化研究，2002.

[81] 束忱 . 朱彝尊“扬唐抑宋”说 [J]. 文学遗产，1995,（2）.

[82] 乔以刚 . 中国古代女性文学创作的文化反思 [J]. 天津社会科学，1988,（1）.

[83] 陆草 . 论清代女诗人的群体性特征 [J]. 中州学刊，1993,（3）.

[84] 宋清秀 . 清代才女文化的地域性特点——以王照圆、李晚芳为例 [J]. 浙江师范大学学报，2005,（4）.

[85] 宋清秀 . 略论清代女性文学史的分期及历史特征 [J]. 浙江师范大学学

报，2014,（5）.

[86] 黄瑞云 . 论乾嘉诗坛 [J]. 湖北师范学院学报，2001,（1）.

[87] 宋清秀 . 清代闺秀诗学观念论析 [J]. 文学遗产，2014,（5）.

[88] 陈娇华 . 性别视域中的昭君形象 [J]. 中华女子学院学报，2015,（1）.

[89] 钟丽 . 屈原辞作中的女性情结 [J]. 柳州师专学报，2010,（4）.

[90] 陈启明 . 第一部女性论诗之选——季娴《闺秀集》[J]. 古籍整理研究学刊，2016,（2）.

[91] 党营 . 清代闺秀论诗诗创作略论 [J]. 宜春学院学报，2016,（5）.

[92] 楚北英雌 . 支那女权愤言 [J]. 湖北学生界，1903,（2）.

[93] 王晓燕 . 清代才媛诗学观的形成路径及特质探微 [J]. 长春师范大学学报，2015,（3）.

[94]李垚,董双叶 . 黄媛介——明清之际的诗画才女 [J]. 山东艺术学院学报，2009,（2）.

[95] 魏爱莲 . 十九世纪中国女性的文学关系网络 [J]. 清华大学学报,2008,(3).

[96] 钟慧玲 . 清代女诗人写作态度及其文学理论 [J]. 东海中文学报,1982,(3).

[97] 赵宣竹 . 论明清之际女词人王端淑的词学观 [J]. 东南大学学报,2013,(2).

[98] 林玫仪 . 王端淑诗论之评析——兼论其选诗标准 [J]. 九州学刊，1994,（6）2.

[99] 钱成 . 论《红楼梦》戏曲首编者仲振奎的戏曲创作 [J]. 哈尔滨学院学报，2010,（2）.

[100] 李言 . 徐珠及其《画雨楼稿》考说 [J]. 中国典籍与文化，2011,（3）.

[101] 石明庆 . 略论湖湘学派的文学观 [J]. 廊坊师范学院学报，2006,（1）.

[102] 李真瑜 . 文学世家与女性文学——以明清吴江沈、叶两大文学世家为中心 [J]. 湖南文理学院学报（社科版），2008,（4）.

[103] 娄欣星 . 从明清江南家族女性看女性文学创作的价值 [J]. 常州大学学报，2016,（3）.

[104] 严迪昌 . “市隐” 心态与吴中明清文化世族 [J]. 苏州大学学报，1991,（01）.

[105] 张海燕，赵望秦 . 清代女作家咏史诗创作考论 [J]. 云南社会科学，2013，（3）.

[106] 郭英德 . 至情人性的崇拜——明清文学佳人形象诠释 [J]. 求是学刊，2001，（2）.

[107] 王力坚 . 清代“闺词雄音”的二难处境 [J]. 中华词学（第三辑），东南大学出版社，2002.

[108] 周兴陆 . 女性批评与批评女性——清代闺秀的诗论 [J]. 学术月刊，2011，（6）.

[109] 周宪 . 屈原与中国文人的悲剧性 [J]. 文学遗产，1996，（5）.

[110] 王国维 . 文学小言 [J]. 教育世界 ,1906,（12）139.